KAPITEL 1

Leanne sah aus dem Fenster und bewunderte den Berg, der einsam aus der Landschaft aufragte. Der Sansurio wurde von der Morgensonne angestrahlt und zeigte sich in seiner ganzen Pracht. Die Weingärten an den Hängen leuchteten grün, dazwischen schlängelten sich viele Pfade, die zum Gipfel führten. Leanne holte tief Luft und glaubte, bereits die Reben zu riechen. Sie freute sich auf den neuen Auftrag. Nach dem Frühstück würde sie gemeinsam mit ihren Geschwistern aufbrechen und diesen besonderen Ort erkunden. Er galt als einer der schönsten im ganzen Königreich.

Und als einer der gefährlichsten.

Viele Geschichten rankten sich um diesen Berg, so dunkel und unheimlich, dass Leanne sich vorgestellt hatte, wie ein schwarzer Schleier ihn ummantelte. Gerüchten zufolge litten die Anwohner unter dem Zorn des dunklen Gottes. Manche Leute sprachen von einem Fluch, andere von einem Drachen oder gar schlimmeren Geschöpfen. Die ersten Anwohner sollen ihre Heimat sogar schon verlassen haben.

Leanne würde besonders gut auf ihre beiden jüngeren Geschwister aufpassen müssen.

Doch für den Moment verbannte sie ihre Sorgen aus dem Kopf. Es gab nämlich etwas zu feiern. Ihre Schwester Maya feierte heute ihren zwanzigsten Geburtstag. Und offenbar hatte sie bereits wachgelegen, denn als Leanne sich vom Fenster wegdrehte, saß sie aufrecht in ihrem Bett. Ihre Haare waren vom Schlaf zerzaust, ihre Augen funkelten. »Es ist so weit«, sagte sie, als stünde ein neues Zeitalter an, und lächelte breit.

Was gab es Schöneres, als wenn Maya in ihrer Vorfreude aufging? Anfangs hatte Leanne überlegt, ihr die Geschenke erst zu geben, wenn sie später unter freiem Himmel auf dem Weg zum Sansurio waren. In ihrem gemeinsamen Zimmer in der Gaststätte war es eng und ungemütlich. Doch dem Blick ihrer Schwester, in dem eine kindliche Sehnsucht steckte, konnte sie nicht widerstehen.

»Erst müssen wir die Schlafmütze wecken«, meinte Leanne und deutete mit dem Kopf auf ihren zwölfjährigen Bruder Lon. Er schlief auf dem Bauch, sein Mund stand weit offen. Die Bettdecke lag halb auf dem Fußboden. Es sah aus, als hätte er in der Nacht mit ihr gekämpft.

»Dann erst kriegst du deine Geschenke«, fügte Leanne hinzu.

»Wie gemein! Das ist ja schwieriger, als den Berg zu besteigen«, gab ihre Schwester mit einem Schmunzeln zurück. »Aber ich werde es versuchen.«

Sie kniete sich neben Lon und tippte an seine Schulter. »Aufwachen! … Hallo, gibt es einen Menschen in diesem Körper?« Zunächst schob sie ihn sanft hin und her, dann immer kräftiger, bis der Langschläfer endlich eine erste Reaktion zeigte.

»Noch ein bisschen«, quengelte er und vergrub seinen Kopf im Kissen.

»Nicht an meinem Geburtstag«, protestierte Maya. »Heute musst du mich behandeln wie eine Königin.«

Er stöhnte. »Aber doch nicht jetzt schon. Du hast noch den ganzen Tag Geburtstag.«

»Das ist viel zu kurz. Los, aufstehen! Ein Berg wartet auch noch auf uns!«

Lon grummelte als letztes Zeichen seines Protests, erhob sich aber schließlich. Er bewegte sich so langsam wie ein alter, gebrechlicher Mann, seine Augen sahen so verquollen aus, als reagierten sie auf eine Allergie.

»Ah, der Herr kehrt in die Wirklichkeit zurück«, kommentierte Leanne. Sie holte einen Beutel hervor, in dem sie die Geschenke aufbewahrten, und übergab ihn Maya.

Das erste Geschenk war ein Trinkbehälter, gefüllt mit Rotwein. Die Gegend um den Sansurio galt als das fruchtbarste Gebiet des

Königreichs Qython. Zahlreiche Feinschmecker aus aller Welt reisten an diesen Ort, um die edlen Tropfen zu genießen. Großhändler kamen mit bis zu zehn Ochsenkarren an, um möglichst viele Fässer zu transportieren.

Passend zum Wein schenkten sie Maya ein Trinkhorn, das aus dem Horn eines Bisons angefertigt worden war. Maya begutachtete es von allen Seiten. »Ihr könnt mir doch nicht so ein tolles Gefäß schenken! Da fühle ich mich ja genötigt, den Wein schon am frühen Morgen zu kosten.«

»Das war meine Idee«, verkündete Lon voller Stolz. »Die großen Krieger aus dem Norden trinken aus solchen Hörnern, vor und nach jeder Schlacht. Für sie ist es ein heiliges Ritual.«

»Perfekt! Nach all den Schlachten habe ich immer eine furchtbar trockene Kehle«, scherzte Maya, die so friedlich war, dass sie sogar Mücken wie freundliche Gäste behandelte.

Als Höhepunkt überreichte Leanne einen Armreif. Maya runzelte bei dessen tristem Anblick augenblicklich die Stirn. Er war grau und hatte weder eingearbeitete Muster noch Verzierungen.

»Leg ihn an«, drängte Leanne, »ich will es unbedingt sehen.«

»Du willst *was* sehen?«, fragte Maya.

Leanne lächelte. »Tu es einfach.«

Maya kam dem Wunsch ihrer großen Schwester nach, und mit einem Ausdruck von Ehrfurcht und Bewunderung betrachtete sie das Schauspiel: Der Armreif nahm eine andere Farbe an. Eben noch grau, war er plötzlich in Rotbraun umgeschlagen – offenbar das Werk alter magischer Künste, die dieses Schmuckstück durchflossen.

Maya verengte ihre Augen. »Ich verstehe nicht … Er sieht aus wie …«

»Wie das Holz des Zimmers«, vollendete Leanne ihren Satz. »Seine Farbe passt sich der Umgebung an.«

»Unglaublich! Danke euch beiden! Den werde ich so schnell nicht wieder abnehmen.« Sie lief im Zimmer umher, hob und senkte ihren Arm und hielt ihn aus dem Fenster. Jede Farbänderung kommentierte sie, glücklich seufzend, staunend, lachend. Leanne hätte ihr ewig dabei zusehen können. Ihre Schwester hatte die Gabe, sich wie ein kleines Kind zu freuen und die Sorgen der Welt zu vergessen.

»Er ist aus dem Süden des Königreichs«, erklärte Leanne. »Ein seltenes Schmuckstück.«

»Wo habt ihr ihn gekauft? Und wann? Wir sind doch schon seit Monaten gemeinsam unterwegs.«

Leanne lachte. »Das wird nicht verraten, meine Liebe. Du kennst doch den Spruch: Besser gehütet als der Schatz des Königs sei nur das Geheimnis des Geschenks.«

»Ich habe Hunger«, meckerte Lon plötzlich und hielt sich so theatralisch den Bauch, als hätte er seit Tagen nichts gegessen – offenbar hatten die zwei großen Teller voll mit Braten und Kartoffeln, die er den Abend zuvor verputzt hatte, nicht lange vorgehalten. »Lasst uns endlich frühstücken.«

»Also schön«, sagte Maya und reckte ihren Arm samt Reif in die Luft. »Aber nicht ohne meine neue Begleitung.«

Die drei Geschwister betraten den Schankraum und suchten sich einen Tisch direkt neben der Theke. Das Klappern von Besteck erfüllte den Raum. In der Luft hing der Gestank von gebratenem Fett, Stallgeruch drang durch die offene Tür. Zwei Händlerinnen saßen an einem Tisch in der Mitte des Raumes. Eine bot Stoffe und Felle an, die andere Gewürze und Heilkräuter. Am Rand saßen zwei Ritter und vertilgten grunzend ihr Essen. Ihre Helme und Schwerter lehnten an der Wand.

Zum Frühstück wurden Rührei, Speck und Brot serviert, und Lon schlang sein Essen wie ein ausgehungerter Wolf hinunter. Der Wirt grinste beim Anblick seines zufriedenen Gastes, dann wandte er sich an Leanne und Maya. »Wohin des Weges, junge Damen? Ihr seht nicht so aus, als würdet Ihr von hier stammen.«

»Wir kommen aus Lloyandasburg«, antwortete Leanne. »Wir haben einen Forschungsauftrag von der Universität. Unser Ziel ist der Sansurio.«

Der Wirt hob die Augenbrauen. »Ihr seid Gelehrte? So seht Ihr mir gar nicht aus …«

Leanne bedachte ihn mit einem finsteren Blick.

»Ihr seid noch so …«, stammelte der Wirt.

»Jung?«

»Nun ja …«

»Wenn alles gut läuft, schließt man die Ausbildung schon mit sechzehn ab«, erklärte sie – eine Erläuterung, die sie schon oft hatte geben müssen.

»Und der Junge?«

Alle schauten zu Lon, doch der tat so, als bemerkte er nichts, und aß unbekümmert weiter.

»Unser Bruder ist zwölf und noch mitten in der Ausbildung«, antwortete Maya.

»Verstehe. Nun, wie auch immer. Wird Zeit, dass sich endlich jemand diesen Berg ansieht. Vielleicht findet Ihr ja heraus, was da vor sich geht.«

»Ihr meint diese Beben?«, fragte Leanne.

Der Wirt schaute sie an, als spräche sie eine andere Sprache. »Was denn sonst? Deswegen seid Ihr doch hier.«

Sie schüttelte den Kopf. »Wir sind Tierforscher. Unser Auftrag lautet, die Gelben Berghamster zu studieren.«

»Das ist nicht Euer Ernst!« Eine Mischung aus Empörung und Belustigung stahl sich auf sein Gesicht. »Der Berg rüttelt und schüttelt sich, als wollte er sämtliche Menschen von ihm abwerfen, und die Universität schickt ihre Leute los, um ein paar harmlose Tierchen zu jagen? Das ist doch absurd!«

»Es sind auch zwei Gelehrte für Boden- und Gesteinsforschung vor Ort«, meinte Maya. »Die arbeiten allerdings auf der anderen Seite des Berges.«

»Und warum nur zwei?«

Leanne und Maya tauschten einen Blick und hoben die Schultern. »Unsere Kapazitäten reichen nicht aus«, erklärte Maya in gespielt lehrerhaftem Ton, um ihre Vorgesetzten nachzuahmen.

Der Wirt neigte seinen Kopf. »Kapazi … häh?«

»Zu wenige Leute, zu wenig Geld – es ist immer dasselbe Lied.«

»Aber für Tierforscher haben die alten Greise offenbar …«, murmelte der Mann, wurde aber beim Sprechen immer leiser und verstummte schließlich ganz.

»Erzählt uns von den Erschütterungen«, bat Leanne.

Der Wirt legte Tuch und Besteck beiseite und richtete seinen Blick aus dem Fenster in Richtung des Berges. »Es ist … Ich habe so etwas noch nie erlebt. Der ganze Boden wackelt, jeder Baum, jedes Gebäude. Es fühlt sich an, als ließe ein Riese einen Hammer zu Boden sausen. Die Kinder haben Angst, Familien verlassen ihre Häuser. Niemand weiß, womit wir es zu tun haben. Es ist eine Strafe der Götter, sage ich Euch. Oder es ist Zantul, der dunkle Gott, der in seiner Unterwelt wütet. Er versucht auszubrechen.«

»Ist hier im Haus auch etwas davon zu spüren?«

»Hier nicht, aber ich bekomme trotzdem mit, wenn es wieder passiert.« Er deutete auf ein volles Wasserglas auf der Theke. »Man sieht es an der Oberfläche des Wassers. Wenn Ihr es am eigenen Körper spüren wollt, müsst Ihr nicht weit gehen. Mit jedem Schritt in Richtung des Berges wird es stärker.«

Leanne und ihre Geschwister schauten nun ebenfalls aus dem Fenster. »Wie weit habt ihr Euch schon gewagt?«, fragte sie weiter.

»Am Fuße des Berges merkt man die Beben schon recht stark und das reicht mir. Weiter hinauf würde ich nicht steigen. Ich bin doch nicht verrückt! Ihr bleibt doch auch im Tal, oder?«

»Eigentlich nicht«, murmelte Leanne. »Die Berghamster bevorzugen die Höhe, wir müssen uns also in Richtung Gipfel begeben.«

»Die ersten Anwohner haben ihre Heimat bereits verlassen, sogar viele wohlhabende Weinbauern. Seid Ihr Euch sicher, dass Ihr dorthin gehen wollt?«

Leanne senkte ihren Blick. Eine verdammt gute Frage … Sie drehte den Kopf zu Maya, die sich eine Hand vor den Mund hielt – eine Geste, die sie von ihrer Schwester nur zu gut kannte: Sie fühlte sich unwohl.

Leanne holte den Auftrag der Universität aus ihrer Tasche. Zwar hatten sie ihn schon gelesen, vielleicht aber auch etwas übersehen oder falsch gedeutet. Gemeinsam gingen sie ihn noch mal durch, doch so gründlich sie dabei auch vorgingen, sie entdeckten nichts, was ihnen helfen könnte. Der Auftrag war klar, die Worte der Gelehrten eindeutig:

In letzter Zeit haben Eure Forschungsergebnisse leider nicht den Standard erfüllt, den wir an der Universität gewohnt sind. Das muss sich ändern. Besteigt den Sansurio und studiert die Gelben Berghamster. Sie sind wichtig für unser Verständnis der hiesigen Fauna. Außerdem vermuten wir, dass sich in diesen Wesen magische Kräfte entfaltet haben.

Wir erwarten tägliche Berichte und eine sorgfältige Bearbeitung. Ansonsten sehen wir uns gezwungen, Euch nach Lloyandasburg zurückzuholen.

PS: Die Beben in der Gegend könnt Ihr ignorieren. Ausgehend von unseren bisherigen Forschungen sind sie harmlos.

Zurück in die Hauptstadt? Leanne erkannte die weitaus größere Drohung, die hinter diesen Worten steckte. Im schlimmsten Fall würden sie von der Universität geschmissen werden – für Gelehrte eine empfindliche Strafe. Zwar war der Bau einer zweiten Universität geplant, doch dahinter steckten bislang bloß vage Ideen und Skizzen auf Papier. Bis dahin würde es nur die Universität in Lloyandasburg geben, und wenn man dort keine Arbeit fand, musste man seine Profession aufgeben. Nicht wenige ehemalige Mitarbeiter landeten als Bettler in den Gassen der Armenviertel.

Wir sollten es besser nicht darauf anlegen.

»Die Universität hält die Beben für ungefährlich«, sagte Maya zum Wirt.

»Weil bislang noch nichts passiert ist«, mutmaßte dieser. »Und weil die Leute die Warnungen der Götter nicht ernst nehmen. Letztens waren sogar Reisende hier, die extra gekommen sind, um die Beben zu bewundern. Für sie war es ein Spektakel, das man sich nicht entgehen lassen sollte.« Er schüttelte den Kopf. »Diese Menschen sind verrückt! Vielleicht waren es aber auch Anhänger dieser fürchterlichen Sekte, die Zantul verehrt. Die würden natürlich ums Feuer tanzen, sollte der dunkle Gott tatsächlich aus der Unterwelt ausbrechen.«

»Ihr sagtet, die Bauern verlassen diese Gegend?«

»Nur ein paar. Die besonders feigen, wie manche sagen. Ich dagegen behaupte, es sind die besonders schlauen.«

»Die meisten wohnen also weiterhin dort?«, fragte Leanne, um ganz sicher zu gehen.

»Ja«, bestätigte der Wirt. »Wo sollten sie auch hin? Dies ist ihre Heimat. Ihre Weinfelder sind alles, was sie besitzen.«

Leanne und Maya schauten sich noch einmal an und stellten ohne Worte fest, dass sie sich einig waren – sie konnten den Auftrag unmöglich abbrechen. Es gab keine konkreten Hinweise darauf, dass die Beben eine Bedrohung darstellten. Und was die hiesigen Bewohner dachten, spielte für ihre Vorgesetzten in der Hauptstadt ohnehin keine Rolle.

Den Geschwistern blieb also keine Wahl.

»Wir werden gehen«, sagte Leanne bestimmt.

Der Wirt seufzte. »Macht doch, was Ihr wollt. Wozu rede ich überhaupt?«

Leanne, Maya und Lon näherten sich dem Sansurio mit Ehrfurcht. Der Schrecken, den er in dieser Gegend verbreitete, war ihm allerdings nicht anzusehen. Im Gegenteil – er war genauso schön, wie man sich überall erzählte. Nicht eine Wolke zeigte sich am Himmel und die Rebstöcke, die sich vor dem Berg und an den Hängen erstreckten, strahlten wie ein Meer aus polierten Smaragden.

Der Sansurio barg noch viele Rätsel in sich. Er war klein, weitaus kleiner als alle anderen Berge in diesem Königreich. Seinen Gipfel konnte man mühelos sehen, und ihn zu besteigen war, den Erzählungen einiger Reisender nach, ein Leichtes. Außerdem stand er ganz alleine in der Landschaft. Er war der einzig bekannte Berg, der nicht in einer Gebirgskette auftrat. Die Gelehrten waren auch heute noch ratlos, warum das der Fall war, doch Steine und Berge waren ein Forschungsfeld, das schon seit jeher vernachlässigt wurde. Manche Kollegen hatten abenteuerliche Theorien über die Entstehung des Sansurios, welche von anderen jedoch als verrückt abgetan wurden.

Die Sommersonne knallte erbarmungslos auf die drei hinunter. Sie hatten sich Tücher um die Köpfe gebunden und fächerten sich Wind zu. Jedes Mal wenn sie einen schattigen Platz fanden – wovon es nicht allzu viele gab –, legten sie eine Rast ein und nahmen einige Schlucke Wasser aus ihren Feldflaschen.

Maya machten die Temperaturen wenig aus. Sie war ausreichend abgelenkt von ihrem – wie sie es nannte – ›besten Geschenk aller Zeiten‹. Der Reif nahm meistens einen Grünton an, genährt von der saftigen Farbe der Wiesen, dazu einen leichten Blaustich vom Himmel. Doch so richtig Spaß machte es nur, wenn die Farben tanzten. Sie schwenkte ihn umher, um alle Effekte bewundern zu können. Bei jedem Farbumschlag freute sie sich wie ein kleines Kind und stieß Laute der Bewunderung aus. Besonders schöne Effekte bekam sie nahe an Blumen oder Trauben zu sehen, ab und zu wechselte der Armreif aber auch in ein hässliches Graugrün, wenn die Umgebung felsiger wurde. Irgendwann fuchtelte sie mit dem Reif direkt vor den Gesichtern ihrer Geschwister herum. An Leannes Haaren färbte sich der Armreif braun, direkt vor ihren Augen grün.

»Würdest du ihn bitte aus meinen Gesicht nehmen?«, fragte Leanne etwas genervt.

Mittlerweile hatten sie den Fuß des Berges erreicht und wanderten zwischen zahlreichen Weinfeldern hindurch. Manche Felder waren leer, die meisten wurden jedoch weiterhin von den Bauern und ihren Familien bewirtschaftet. Es roch nach bewässerter Erde, außerdem lag ein süßlicher Geruch nach Trauben in der Luft. Die Gegend gefiel Leanne schon jetzt. Sie konnte gut verstehen, wieso die Menschen hier gerne lebten.

Mit zunehmender Höhe wurde es steiler. Leanne atmete schwer, konnte ihren Kopf kaum noch oben halten. Ihre Waden schmerzten, ihr ganzer Körper war mit Schweiß bedeckt. Das Oberteil klebte ihr am Rücken. Lon war in seinen Gedanken versunken, sogar Maya hatte inzwischen aufgehört, mit ihrem Armreif herumzuspielen. Immer langsamer trotteten sie in Richtung Gipfel, Worte fielen untereinander nicht mehr.

Plötzlich bebte der Boden.

Es war weitaus heftiger, als Leanne erwartet hätte. Die drei hielten sich aneinander fest, um nicht umzufallen. Es rüttelte und grollte, als liefe eine ganze Mammutherde an ihnen vorbei.

Dann hörte es schlagartig wieder auf.

»Was war denn *das?*«, rief Lon.

Maya schaute sich um, als könnte sie in der Umgebung eine Antwort auf diese Frage finden. Doch es hatte sich nichts verändert, es war immer noch dieselbe schöne Landschaft wie zuvor.

»Klingt fast wie Vaters Schnarchen«, sagte Leanne und presste ein gequältes Lachen hervor. Der Versuch, die Situation aufzulockern, schlug jedoch fehl, wie sie an den Gesichtern ihrer Geschwister ablesen konnte. »Denkt dran«, fügte sie hinzu, »es gibt diese Beben schon seit Wochen und bislang ist nichts passiert.«

»Und warum hauen die dann ab?«, fragte Lon und zeigte auf eine Familie, die hastig ihre Sachen packte.

Wenn sogar die Einheimischen plötzlich Angst bekamen, musste das Beben besonders heftig gewesen sein. Andererseits war es nur diese eine Familie. Die anderen Menschen arbeiteten normal weiter.

Leanne zuckte mit den Schultern. »Kein Grund, weiche Knie zu bekommen.«

»Ich doch nicht!«, antwortete Lon kämpferisch, schließlich würde er nicht als Feigling gelten wollen.

»Ich hatte eher ein schwaches Zittern erwartet – nicht, dass die Welt untergeht«, hielt Maya dagegen.

Leanne erkannte die Angst in ihrem Gesicht, und auch ihr selbst wurde flau im Magen. Aber sie versuchte Ruhe auszustrahlen. »Wir wussten doch, was uns erwartet«, sagte sie mit sanfter Stimme. »Doch wir können uns nicht schon vom ersten Beben abschrecken lassen. Wenn wir heute noch seltene Tiere sehen wollen, müssen wir uns ranhalten.«

»Aber immer noch in Richtung Gipfel?«, fragte Lon. »Es ist jetzt schon fürchterlich steil, ganz zu schweigen von dieser unerträglichen Hitze.«

»Hör auf zu quengeln! Das bringt unser Beruf eben mit sich. Wenn du ein Gelehrter werden willst, musst du schon ein wenig aushalten können.«

»*Wenn* …«, murmelte er, beließ es aber bei dem Wort.

Und so schleppten sie sich weiter den Berg hinauf. Es dauerte jedoch nicht lange, bis ein weiteres Beben eintrat.

Dieses Mal noch stärker als das davor.

Leanne ließ vor Schreck ihre Feldflasche fallen, Maya verlor das Gleichgewicht und fiel auf den Hintern. Es donnerte und krachte, als tobte ein Gewitter um sie herum. Das Geräusch kam jedoch nicht aus der Luft, sondern eindeutig aus dem Boden. Leanne musste unweigerlich an einen Riesen denken, der sich unter der Erde wand, als hätte ihn jemand unsanft aus dem Schlaf gerissen. Natürlich glaubten Gelehrte nicht an solche Märchen, doch was sonst konnte diese Erschütterungen verursachen? In der Universität gab es ihres Wissens nach keinerlei Aufzeichnungen über bebende Berge.

Eine weitere Familie flüchtete in Richtung Tal, zwei Kinder auf den Armen, ohne Gepäck. Aus einer anderen Richtung hörte Leanne eine Frau kreischen.

»Das wird langsam unheimlich«, meinte Maya. »Die Beben sind viel schlimmer, als vom Wirt berichtet, und immer mehr Leute hauen ab.«

Leanne wischte sich den Schweiß aus dem Gesicht und schirmte ihre Augen mit einer Hand von der Sonne ab. An diesem Ort und bei so heiterem Wetter wäre das ein besonders schöner Weltuntergang, dachte sie. Aber sie konnten und durften sich nicht einschüchtern lassen. Ihre Vorgesetzten würden stinksauer sein, wenn sie den Auftrag abbrachen. Im schlimmsten Fall würden sie die drei sogar von der Universität verbannen. Leanne dachte an eine Freundin, die früher mit ihr geforscht hatte und jetzt in den Gassen von Lloyandasburg Brot verkaufte. Sie kämpfte jeden Tag darum, genug Geld zum Leben zusammenzukratzen.

»Kommt schon«, sagte sie, angespornt von den Bildern ihrer Freundin. »Wir müssen noch ein wenig durchhalten, sonst ist der Tag völlig umsonst gewesen. Irgendwann werden wir schon auf die Gelben Berghamster treffen.«

»Diese dämlichen Viecher zeigen sich sowieso nicht mehr«, jammerte Lon. »Die sind doch tagaktiv, also sollten wir sie schon längst entdeckt haben. Aber bestimmt ist es sogar denen viel zu heiß. Abgesehen davon hast du Expertin gerade den letzten Rest Wasser verschüttet.«

»Unsinn«, gab Leanne zurück und wühlte in ihren Sachen herum … vergeblich. »Verdammt!«

Sie kramte die Karte hervor und studierte die Umgebung. Schnell fand sie, wonach sie gesucht hatte, und zeigte mit dem Finger darauf. »Nicht weit von hier liegt ein kleiner See. Ich hatte ihn gestern schon herausgesucht. Lasst uns dorthin gehen und unsere Flaschen auffüllen.«

Und so ging ihr Weg unter sengender Sonne weiter. Die Weinfelder lichteten sich, inzwischen lagen vermehrt Steine auf dem Boden – einige verstreut, andere gestapelt auf einem Haufen. Auf ihrem Weg kamen sie an einem alten Bauern vorbei, der seelenruhig auf einem Stuhl saß und ihnen zuwinkte. Selbst wenn die Welt unterginge – *ihn* würde das offenbar nicht stören, dachte Leanne und schmunzelte. Doch kurz darauf vernahm sie das hektische Gewusel einer Familie. Lautstark diskutierten sie, der Mann schien völlig außer sich zu sein.

Langsam konnte sie sich nichts mehr vormachen. Das mulmige Gefühl, das ihr schon von Anfang an auf die Seele gedrückt hatte, war inzwischen in alle Fasern ihres Körpers gekrochen. Möglicherweise waren die Beben tatsächlich stärker als sonst.

Wenn das nächste noch heftiger ausfällt, brechen wir den Auftrag ab.

Mit schnellem Schritt stapften die drei Geschwister voran. Nach einer Weile erreichten sie einen kleinen Hügel, hinter dem sich der See erstreckte. Doch trotz ihres Durstes blieben sie ehrfürchtig stehen. Vor ihnen zeigte sich ein seltsames Schauspiel. Obwohl kein Wind wehte und keine Bewegung des Bodens zu spüren war, zogen pausenlos kreisförmige Wellen über die Wasseroberfläche. Über dem Wasser waberte ein Dunstschleier, wie in der Sauna der Universität.

»Die Welt zittert«, sagte Leanne voller Ehrfurcht. »Die Beben treten nur vereinzelt auf, aber das Zittern ist permanent.«

»Vielleicht schwimmt ein riesiges Tier im See«, meinte Maya mit schwacher Stimme. Sie schaute ihren Armreif an, als wäre dieser schon seit ihrer Kindheit ihr Talisman gewesen. Er hatte einen hässlichen Blauton angenommen, gräulich und sogar leicht gelb. »Wir sollten nicht näher herangehen. Ich habe ein ganz mieses Gefühl.«

»Ich habe aber Durst«, meckerte Lon, und bevor Leanne eine Entscheidung treffen konnte, schnappte er sich die Flaschen und ging los. Sie wollte ihm zurufen, wieder zurückzukommen, doch kurz bevor er das Wasser erreichte, hielt er abrupt an. »Bäh!«, rief er, drehte sich um und hielt sich mit einer Hand die Nase zu. »Das stinkt nach faulen Eiern!«

Neugier übermannte Leanne und Maya, und so folgten sie ihrem kleinen Bruder, wenn auch vorsichtig.

Und rochen es ebenfalls.

»Schwefel«, sagten sie gleichzeitig.

In dem Moment ertönte hinter ihnen eine tiefe Stimme. »Der Gestank des Todes!«

Erschrocken blickten sie sich um. Hinter ihnen stand ein Mann, zusammen mit einer Frau und drei Kindern. Jeder hatte einen Beutel geschultert, in den Händen trugen sie weiteres Gepäck. Gemischte Gefühle spiegelten sich auf ihren Gesichtern.

»Fäulnis, direkt aus der Unterwelt«, fuhr der Mann fort. »Dieser Gestank ist der Vorbote des Todes. Er verheißt Verderben. Seht zu, dass ihr von hier verschwindet!«

Leanne horchte auf. »Ist der See normalerweise rein?«

»Das kann man wohl sagen! Die Fäulnis ist erst vor wenigen Tagen eingetreten.«

»Wie kann so etwas passieren?«

»Du stellst Fragen! Woher soll ein einfacher Mann wie ich das wissen? Aber hier stimmt etwas nicht. Die Fische sind zuerst gestorben, der Gestank kam später hinzu.«

Bei genauem Hinsehen erkannte Leanne, was der Mann meinte: Tote Fische, silbern schillernd, schwammen auf der Oberfläche.

»Übel, häh?«, fragte der Mann, als erwartete er ihre Zustimmung. »Und habt ihr das da oben schon gesehen?«

Leannes Blick folgte seinem Fingerzeig. Sie traute ihren Augen kaum. Der Gipfel war von einer dünnen weißen Schicht bedeckt. Doch Schnee bei der geringen Höhe und diesen Temperaturen? Unmöglich!

»Der Gipfel war vorhin noch nicht weiß«, rief Maya entsetzt.

»Richtig!« Der Fremde redete so laut, als wollte er, dass das ganze Königreich ihn hörte. »Die Welt spielt verrückt. Höchste Zeit, das Weite zu suchen. Hätten wir schon viel früher machen sollen, jawohl. Und ihr auch. Was seid ihr überhaupt für eine seltsame Gruppe?«

Diese Frage bekamen sie häufig gestellt. Leanne ärgerte sich inzwischen nicht mehr darüber, nicht einmal bei einer so unverschämten Formulierung. »Wir sind Gelehrte von der Universität«, antwortete sie so knapp wie möglich. Für Plaudereien war jetzt keine Zeit.

Der Mann grinste. »Gelehrte, soso. Es stimmt also, was man sich erzählt: Ihr schlauen Menschen seht alle gleich aus, hähä.«

»Wir sind Geschwister«, erklärte Maya und seufzte.

»Oh … Geschwister also. Interessant. Und was macht ihr hier?«

»Wir sind Tierforscher auf der Suche nach den Gelben Berghamstern.«

»Tiere sucht ihr? Hah! Ich weiß nicht, ob das witzig sein soll. In dieser Gegend gibt es keine mehr. Oder seht ihr auch nur einen einzigen Vogel am Himmel?«

Wieder blickten sie in den strahlend blauen Himmel. Der Mann hatte recht – keine Vögel weit und breit, nicht einmal ein Zwitschern war zu hören. Leanne wurde klar, dass sie in dieser Gegend nicht nur keine Berghamster, sondern tatsächlich noch kein einziges Tier gesehen hatte – jedenfalls keines, das noch lebte.

»Die spüren das schon länger«, fuhr der Mann fort und zwirbelte seinen Bart. »Sind alle geflohen. Daran sollten wir uns ein Beispiel nehmen. Hier braut sich was zusammen.«

»Und was?«, fragte sie, obwohl ihr bewusst war, dass keine hilfreiche Antwort zu erwarten war.

»Das fragst du mich? *Ihr* seid doch die schlauen Menschen. Oder putzt ihr in der Universität nur Nachttöpfe? Wärt ihr schlau, würdet ihr schon längst im Tal in der Sonne liegen und euch die Bäuche reiben.«

Die Frau des redseligen Mannes zupfte ihn am Ärmel.

»Was?«, fuhr er sie an, doch ihr Blick war so streng, dass er zusammenzuckte und augenblicklich ihren Vorwurf verstand. »Ist ja gut.« Dann wandte er sich wieder den drei Tierforschern zu. »Wir ziehen weiter. Mögen die Götter euch gnädig sein.«

Und mit diesen Worten verschwand die Familie.

Leanne seufzte. »Lasst uns so schnell wie möglich zurück in die Stadt gehen.« Sie zeigte auf den Gipfel. »Schaut, die weiße Schicht hat sich weiter ausgebreitet. Wo kommt das Zeug her? Es ist keine Wolke zu sehen.«

»Ich finde den Schwefel im Wasser viel unheimlicher«, sagte Maya. »Ganz zu schweigen vom Fischsterben.«

»Aber wie erklären wir das der Universität?«, fragte Leanne. »Wir sind weggelaufen, weil ein Bauer abergläubisch ist? Weil das Wasser stinkt? Weil sich der Gipfel verfärbt? Das hört sich an wie die Ausreden eines Spinners.«

»Weil hier keine Tiere sind?«, warf Lon genervt ein.

»Das ist doch …«, begann sie, hielt jedoch mitten im Satz inne. Lon hatte mit dieser banalen Antwort ins Schwarze getroffen. Ausgerechnet an das Naheliegendste hatte sie mal wieder nicht gedacht.

Und da bebte der Boden ein drittes Mal.

Ein gewaltiger Knall, gefolgt von einem Donnergrollen, zerriss die Stille. Die Erschütterung war so stark, dass sie allesamt zu Boden stürzten. Ein Windstoß fegte über sie hinweg und wirbelte Staub auf, Wasserwellen peitschten gegeneinander.

Maya schrie irgendetwas, doch das Grollen, das nun aus der Tiefe drang, wurde immer lauter und übertönte jedes andere Geräusch. Auch das Beben dauerte an und schüttelte sie so kräftig durch, dass sie nur mit Mühe wieder aufstehen konnten.

»Es hört nicht mehr auf!«, schrie Leanne, doch auch diese Worte wurden verschluckt.

Panisch schaute sie sich um. Sie mussten fliehen, aber wohin? Sie wusste nicht, was die Erschütterungen auslöste, geschweige denn, ob es einen Ort gab, an dem sie sicher waren. Ein Stein schlug neben ihnen ein. Leanne las ihn auf. Er war leicht, denn er war voller Löcher und kleiner Höhlen. Ein zweiter und ein dritter, klein wie Kiesel, fielen direkt vor ihren Füßen hinab.

Es regnet Steine. Die Welt geht tatsächlich unter!

Doch der Himmel war weiterhin wolkenlos – wie konnte das passieren?

Einer der Steine traf Leanne am Kopf, ein stechender Schmerz jagte durch sie hindurch. Neben ihnen schlug ein gewaltiger Brocken ein, wie von einem Katapult geschleudert. Leanne packte ihre Geschwister an den Händen, rannte los, zog sie mit sich. Sie hatte keine Ahnung, in welche Richtung sie rennen sollten, sie mussten einfach nur hier weg. Ohne sich umzudrehen rannten sie in Richtung Hang. Felsen durchbrachen die Wasseroberfläche, krachten in nahestehende Gebäude, rollten an ihnen vorbei. Überall Schreie von Einwohnern.

Lon hielt plötzlich an, schrie, zeigte zum Gipfel.

»Was …?« Leanne blieb der Mund offen stehen, als sie dieses zwar wunderschöne, jedoch furchterregende Schauspiel erblickte. Riesige Mengen schwarzen Rauchs strömten aus dem Gipfel empor. Und da wurde ihr klar, woher all die Steine kamen: Der Berg spuckte sie aus.

»Schnell weiter!«, schrie sie.

Sie rannten in Richtung Tal, mitten durch den Steinhagel hindurch. Zwischen den Bäumen entdeckte Leanne ein kleines Blockhaus und rannte darauf zu. Ein Blick über die Schulter verriet ihr, dass ihre Geschwister ihr folgten. Maya hielt schützend ihre Hände über den Kopf, Lon seine Tasche. Immer wieder bekam Leanne Steine ab. Die meisten spürte sie kaum, bis einer sie mit voller Wucht am Becken traf und zum Stehenbleiben zwang. Mittlerweile schossen immer größere Brocken herab, einer davon donnerte in die von ihnen angesteuerte Hütte, die unter lautem Krachen zerbarst.

Wohin konnten sie nur fliehen? Maya gestikulierte wild mit den Händen, zeigte auf einen Pfad, der bergab führte. Sie spurteten wieder los, als ein Geschoss knapp an Lons Kopf vorbeiflog und direkt vor seinen Füßen aufkam. Er stolperte und stürzte. Leanne eilte zu ihm, rief nach ihrer Schwester. Gemeinsam packten sie seine Arme und zogen ihn hoch. Aus dem Augenwinkel sah Leanne, dass der Rauch inzwischen wie eine gigantische Säule aus dem Berg emporstieg. Er schob sich vor die Sonne und verdunkelte den Himmel, breitete sich mit dem Wind in Richtung Südosten aus. Möglicherweise wären sie auf der anderen Seite des Berges in Sicherheit, doch was nutzte ihnen diese Erkenntnis jetzt noch? Sie mussten einfach nur von hier weg.

Lon hatte sich gerade aufgerappelt und war bereit, weiterzulaufen, als plötzlich ein riesiger Felsbrocken durch die Luft schoss.

Direkt auf Maya zu.

Leanne öffnete den Mund, wollte schreien, ihre Schwester wegschubsen. Doch sie konnte nichts ausrichten. Das Geschoss aus dem Berg prallte gegen Mayas Kopf und riss sie zu Boden. Leanne ließ sich neben ihr auf die Knie fallen, schüttelte sie, brüllte sie an. Maya lag reglos am Boden, eine klaffende Platzwunde an der Schläfe. Leanne nahm ihr Tuch ab und drückte es auf die Wunde, Lons Tuch ebenso.

Es war keinerlei Hilfe. Die Tücher sogen sich innerhalb von Sekunden mit Blut voll. Maya bewegte sich immer noch nicht, blinzelte nicht einmal. Leanne nahm ihren Arm und fühlte ihren Puls.

Nichts.

Sie krallte sich an ihrer Kleidung fest.

Bitte nicht!

Tränen liefen über ihre Wangen, verschleierten ihren Blick. Neben ihr kauerte Lon und blickte hilflos auf seine reglose Schwester. Seine Lippen zitterten.

Immer noch kein Puls bei Maya.

Noch mal schütteln, noch mal fühlen.

Aus voller Kehle schreien.

Nichts half.

Maya bewegte sich nicht und auch das Blut pulsierte nicht mehr durch ihren Körper, sondern sickerte unaufhaltsam in die Risse im steinigen Untergrund.

So viel Blut.

Spätestens jetzt traf sie die Erkenntnis so heftig, wie es keines der Steingeschosse aus dem Berg vermochte.

Maya war tot.

Sie starrte auf ihre geliebte Schwester, auf ihren geschockten Bruder, war nicht mehr in der Lage, sich zu rühren. Hagel und Rauch nahm sie nur noch beiläufig wahr, das Grollen spielte sich nur noch als Hintergrundgeräusch ab, wie Regen, der schon seit Stunden aufs Dach prasselte.

Die Trauer lähmte sie.

Nur langsam überkam sie die Einsicht, dass sie etwas tun musste. Es war ihre Pflicht, wenigstens ihren Bruder zu retten und Maya in Ehren zu halten.

»Wir müssen sie hier wegschaffen!«, rief sie zu Lon und rappelte sich auf.

Apathisch blickte Lon zu ihr, verstand nicht, was sie von ihm wollte.

»Hier kann sie nicht bleiben!«, schrie sie und packte Mayas Beine.

Endlich begriff Lon und griff unter Mayas Arme. Gemeinsam schleppten sie ihre Schwester in Richtung Tal. Inzwischen hatte sich auf dem Boden eine Schicht aus Steinen gebildet, auf der sie nur langsam und wackelig vorankamen. Leanne rechnete damit, dass auch sie jeden Moment ein tödliches Geschoss abbekommen würde, denn sie fanden keinen Ort, zu dem sie hätten fliehen können. Selbst in den Holzhütten der Bauern waren sie vor den großen Felsbrocken nicht sicher.

Leanne glaubte zu halluzinieren, als sie plötzlich eine kleine Höhle unter einem Felsvorsprung entdeckte.

»Dorthin!«, rief sie Lon zu.

Ihre Arme brannten, ständig bekam sie kleinere Geschosse ab. Sie japste und keuchte. Lon knickte mit einem Fuß um, lief aber tapfer weiter. Mit letzter Kraft erreichten sie die Höhle und trugen ihre Schwester hinein.

Auch andere Menschen hatten diesen Ort als Zuflucht aufgesucht und kauerten dicht beieinander. Kinder lagen wimmernd in den Armen ihrer Mütter, ein Mann fluchte vor sich hin und bat die Götter um Beistand.

Eine Frau eilte sofort zu ihnen und inspizierte Mayas Wunde.

»Helft ihr!«, flehte Leanne.

Doch ein kurzer Blick reichte aus. Die Frau schüttelte betroffen den Kopf.

Jegliche Hoffnung verloren, ließ sich Leanne zwischen den Menschen nieder und lehnte sich gegen die Wand. Lon setzte sich zu ihr, und gemeinsam hielten sie ihre Schwester in den Armen.

Nie wieder würden sie mit Maya reden können. Sie nie wieder lächeln sehen.

Der Boden bebte ein weiteres Mal. Es wollte einfach nicht aufhören.

Und so lagen sie gemeinsam in der Höhle, während draußen der Sansurio wütete, als wollten die Götter die Menschheit bestrafen.

KAPITEL 2

Leanne las etwas Erde vom Boden auf und ließ sie ins Grab ihrer Schwester rieseln. Sie schloss die Augen. Immer wenn sie an Maya dachte, sah sie eine lebensfrohe junge Frau vor sich. Sie erinnerte sich an das Strahlen in ihrem Gesicht, als sie den Armreif geschenkt bekommen hatte. Er war das perfekte Geschenk, hatte so gut zu ihr gepasst. Sie strich mit dem Finger über den Reif, der inzwischen an ihrem Arm hing. Tränen sammelten sich in ihren Augen und kullerten ihre Wange hinunter.

Ihre Mutter bedachte sie mit einem letzten Blick, der so kalt war wie das Eis an der Küste des Nordens. Danach machten sich ihre Eltern auf den Weg zurück in die Hauptstadt. Erleichtert blickte Leanne ihnen nach, bis sie irgendwann in einer Staubwolke verschwammen, die schließlich am Horizont verschwand.

Endlich waren sie weg.

Die Andeutungen ihrer Mutter waren gehässig gewesen, die Aussagen ihres Vaters gemein. Doch was sie wirklich schmerzte, war ihr eigenes Gewissen. Insgeheim gab sie ihren Eltern nämlich recht. Als große Schwester hatte sie die Verantwortung für Maya getragen. An diesem schicksalsträchtigen Tag jedoch hatte sie versagt. Jede noch so offensichtliche Warnung hatte sie in den Wind geschossen und stattdessen diesen verdammten Tieren nachgejagt. Der Drang zu immer besseren Forschungsergebnissen, der von den Gelehrten der Universität gepredigt wurde, hatte sie ihre wahren Pflichten vergessen lassen. Wie viele Zeichen hätte ihr das Schicksal noch geben müssen, bis sie dem Berg endlich den Rücken gekehrt hätte?

Ein verächtliches Schnauben entfuhr ihr, als sie an die Gelehrten der Universität dachte. Keiner von ihnen hatte es für nötig gehalten, den Weg zur Beerdigung auf sich zu nehmen, um Maya zu gedenken. Stattdessen hatten sie einen Brief mit einem neuen Auftrag geschickt. Niemals zuvor hatte sie sich so respektlos behandelt und wertlos gefühlt. Den Greisen an ihren Schreibtischen war offenbar gleichgültig, dass eine ihrer Kolleginnen bei der Erfüllung ihrer Pflichten ums Leben gekommen war. Es würde Leanne nicht einmal wundern, wenn sie einfach Ersatz schicken würden. Die Arbeit musste schließlich getan werden, von wem auch immer.

Zwei Wochen waren vergangen, seit der Berg Steine gespuckt hatte, doch erst jetzt begann sie langsam zu realisieren, dass ihre geliebte Schwester nicht mehr zurückkehren würde. Das ›Inferno‹, wie die Menschen im Königreich das Ereignis bezeichneten, hatte sie ihr genommen. Es war, als hätte man sie aufgeschnitten und einen Teil ihrer Seele herausgerissen.

Und ich bin daran schuld.

Inzwischen hatte sie schon viele Geschichten und Gerüchte über das Inferno gehört. Teilweise hatten die Leute es ganz anders erlebt als sie. Nachdem das Grollen und der Hagel aufgehört hatten, soll flüssiges Feuer aus dem Berg ausgetreten und in Richtung Tal geflossen sein. Zunächst hatte sie das für Unsinn gehalten, doch zu viele Menschen hatten unabhängig voneinander davon berichtet, also musste etwas Wahres dran sein. Gestorben war an dem Feuer allerdings niemand, da es so zäh und langsam geflossen war wie geschmolzenes Metall.

Nach der Beerdigung waren Leanne und Lon in der Umgebung des Friedhofs unterwegs, südwestlich des Sansurios. Der Berg war aus der Entfernung kaum noch zu erkennen. Ihr Weg führte sie zwischen riesigen Acker- und Wiesenflächen hindurch. Im Westen erstreckte sich der große, namenlose Wald, der so gefürchtet war, dass sie einen möglichst großen Abstand zu ihm wahren wollten, im Süden lief die Oststraße entlang, die die Hauptstadt Lloyandasburg mit dem Südosten des Königreichs verband.

Zusammen mit anderen Reisenden, die mit Pferden, Ochsen und Bollerwagen ihre Reise angetreten hatten, betraten sie eine Ortschaft. Die meisten Häuser waren winzig und aus Holz gebaut, in der Mitte standen einige größere, die aus Stein bestanden. Brombeerbüsche zierten die Wege, die permanent von Kindern, Hunden, Katzen und Hühnern gekreuzt wurden.

Normalerweise beherbergte dieser Ort nur wenige Hundert Menschen, doch im Moment tummelte sich hier ein Vielfaches davon. Einige lungerten in den Gassen herum und suchten nach Obdach, Arbeit oder etwas Essbarem. Den meisten jedoch wurde die Tür vor der Nase zugeschlagen, weil die Bewohner ihnen nicht helfen konnten oder wollten. Mehrere Häuser waren verrammelt, dafür tobte in den überfüllten Gaststätten schon mitten am Tag das Leben in all seinen Farben. Gesang, Gelächter und das Scheppern von Krügen drangen auf die Straße und sorgten für missgünstige Blicke unter den Bettlern. Doch immer wieder schlug die heitere Stimmung schlagartig in grollende Streitereien voller Frust und Zorn um.

Vor dem Haus zweier Heiler hatte sich eine große Schlange gebildet. Aus den Gesprächen der Leute hörte Leanne heraus, dass die meisten von ihnen die Wut des Sansurios abbekommen hatten und nun auf der Suche nach Hilfe durch das Königreich streiften. Viele von ihnen wurden aufgrund fehlenden Geldes abgewiesen. Ein Mann tauschte unter Tränen seinen Papagei ein, weil er die Heiler nicht anders bezahlen konnte. Eine Frau brach zusammen, bevor sie an die Reihe kam.

Leanne und Lon betraten ein Gasthaus. Die Wirtin in der Schänke – rote Locken und ein sympathisches Auftreten – erinnerte Leanne an ihre Freundin Noura von der Universität. Sie stellte sich vor, wie die Wirtin sich in Noura verwandelte und ihr aufmerksam lauschte, während sie ihr von den vergangenen Wochen erzählte. Noura war eine tolle Gesprächspartnerin. Sie vermisste sie. Und könnte sie jetzt – in diesen dunklen Tagen nach Mayas Tod – gut an ihrer Seite gebrauchen.

Am Abend bekamen Lon und sie ein Zimmer im ersten Stockwerk zugewiesen und ließen sich dort nieder. Leanne öffnete den Brief der Universität, gespannt, wohin man sie diesmal schicken würde.

»Blablabla …«, murmelte sie, anstatt den Anfang des Briefes richtig vorzulesen. »… beordern wir Euch nach Tillamoon, einer kleinen Stadt nahe dem großen Wald. Dort sollen Liyus gesichtet worden sein. Prächtige Wesen! Aber nehmt Euch in Acht, die Straßen in dieser Gegend sind nicht sicher. Schurken sind unterwegs, sogar die *Zwölf Boten* sollen gesichtet worden sein. Die Universität stellt Euch daher das Geld für einen Leibwächter, blabla …«

»Klingt verlockend«, spottete Lon.

»Und wie«, stimmte Leanne ihm zu und schüttelte fassungslos den Kopf. »Wir sollen in der Nähe des Waldes – dem gefährlichsten Ort des Königreichs – arbeiten, wo sich außerdem noch diese barbarische Sekte herumtreibt. Wieso schicken sie ausgerechnet uns immer in die unheilvollsten Gegenden?«

Und Maya hatten sie wieder mit keinem Wort erwähnt.

Brief zerreißen, anzünden, jeden Mitarbeiter der Universität anbrüllen – wie gerne würde sie das jetzt tun. Doch ihr Beruf war wichtig, als Gelehrte trugen sie Verantwortung. Außerdem waren sie auf den Lohn angewiesen. Ihre Eltern würden sie nicht unterstützen, wenn sie ihre Arbeit aufgaben.

Kurz öffnete Leanne den Mund, um etwas zu sagen. Sie hatte sich so viel von der Seele zu reden, so viel Ballast, den sie mit sich herumschleppte. Es fühlte sich an, als würde dieses Gewicht sie immer tiefer in ein Gewässer hineinziehen, aus dem es kein Entkommen gab. Doch sie konnte es nicht abschütteln, hatte keine Hoffnung, je wieder aufzutauchen. Sie hatte nur Lon und der würde kein Gespräch dieser Art wollen. Ihr Bruder zog sich lieber in seine eigene Welt zurück. Das war *seine* Methode, um mit den Schmerzen zurechtzukommen. Und er würde seine Zeit brauchen, woran sie jede Nacht aufs Neue erinnert wurde, wenn er – im Glauben, sie schlafe bereits – im Bett schluchzte und die Nase hochzog.

In einer heruntergekommenen Spelunke abseits der Stadt fanden sie gleich mehrere Kandidaten für den Posten des Leibwächters. Sie engagierten Dogo, einen Mann in den Dreißigern, der von all den Söldnern, die dort herumlungerten, am furchteinflößendsten aussah. Leanne musste ihren Kopf in den Nacken legen, um ihm beim Sprechen in die Augen zu schauen, und er war so breit, dass er seitlich durch die Tür der Taverne gehen musste, um nicht mit den Schultern steckenzubleiben.

Gemeinsam ritten sie nach Tillamoon, einer kleinen Stadt am südöstlichen Rand des Waldes. Mit solch einem Hünen an der Seite fühlte Leanne sich sofort sicherer. Viele Menschen gingen ihnen schon von Weitem aus dem Weg. Sie selbst würde es wohl nicht anders machen, immerhin war sein Schwert so lang wie ein achtjähriges Kind und seine Oberarme dicker als ihre Oberschenkel. Billig war er nicht, aber alleine aufgrund seiner äußeren Erscheinung schien er sein Geld wert zu sein.

Von Tillamoon aus war es nur noch ein kurzer Weg bis zum Waldrand. Dort suchten sie sich einen geeigneten Platz, um auf die Liyus zu warten.

Leanne ließ den Blick über das flache Gelände schweifen. Saftige Wiesen schmiegten sich an unbestellte Felder, zwischen denen hier und dort ein Bauernhof stand. Wilde Blumen, die zwischen den Bäumen wuchsen, durchzogen mit ihren bunten Farben das Braun des Bodens. Irgendwo in der Nähe schien ein Bach entlangzulaufen, sein sanftes Plätschern und die Sonnenstrahlen auf ihrem Gesicht ließen Leanne Trauer und Sorgen für eine Weile vergessen.

Doch die Ruhe war trügerisch. Äußerlich sah der Wald aus wie jeder andere, aber jedes Kind wusste um die Gefahren, die von ihm ausgingen. Schwarze Magie lag zwischen seinen Bäumen, jedoch nicht von Hexenmeistern heraufbeschworen, die sich illegalerweise an der dunklen Kunst versuchten. Nein, sie ging von Zantul aus, dem Gott der Finsternis und Herrscher der Unterwelt. Er hatte in den letzten hundert Jahren wieder an Stärke gewonnen und seine Macht in diesem Wald manifestiert. Der Ort war so gefährlich geworden, dass sogar die Universität ihren Mitarbeitern verboten hatte, ihn zu betreten.

Leanne würde sich hüten, diese Vorschrift zu missachten.

Aus sicherer Entfernung behielt sie den Wald im Blick und wartete darauf, dass sich eines der Liyus zeigen würde. Ein, zwei Nickerchen und die eine oder andere Beschwerde von Lon über Langeweile und Sinnlosigkeit dieses Auftrags später war es endlich soweit.

»Da ist eins!« Leanne pirschte sich langsam an das schmetterlingsähnliche Tierchen heran. Es saß auf einem Ast. »Siehst du es?«

»Ich bin ja nicht blind«, entgegnete Lon.

»Es ist um ein Vielfaches größer als Schmetterlinge.« Sie drehte sich zu ihrem Bruder um. »Zeichnest du alles auf?«

Lon, der schon längst bei der Arbeit war, streckte ihr demonstrativ den Zeichenblock entgegen und verdrehte die Augen.

Plötzlich stieß sich das Liyu ab, flatterte mit elegantem Flügelschlag durch die Luft und landete kurzerhand auf einem anderen Ast. Es war faszinierend, diesem Wesen zuzusehen. Sein Körper strahlte türkis, die Flügel schimmerten in verschiedenen Rot- und Violetttönen. Bei jedem Flügelschlag stiegen Funken auf, wie bei einem knisternden Kaminfeuer.

»So ein possierliches Tier«, flüsterte sie Lon zu. »Findest du nicht auch?«

Lon brummte.

»Du schreibst alles auf, ja? Guck mal, diese kleinen schwarzen Knopfaugen sind so süß! Wenn Maya das nur sehen könnte.«

»… sind so süß«, wiederholte Lon langsam, während er schrieb.

»Lass das mit dem ›süß‹ weg, herrje!«

»War doch nur Spaß. Aber wieso hat es einen Schwanz? Es ist doch ein Schmetterling.«

»Hattest du das noch nicht im Unterricht? Genau das ist der Streitpunkt unter den Tierforschern. Die meisten behaupten, die Liyus seien eine besondere Art von Schmetterlingen. Nicht wenige bezeichnen sie aber auch als Mini-Drachen.«

Lon schaute sich seine Zeichnung an, dann nickte er. »Stimmt! Es sieht aus wie ein Drache, nur viel kleiner.«

»Und viel niedlicher!«

Das Liyu zeigte sich unerwartet kooperativ und schwirrte noch eine Weile umher, sodass sie sein Verhalten ausgiebig beobachten konnten. Dogo saß währenddessen auf der Wiese und starrte in die Tiefen des Waldes. Irgendwann wurde es Leanne unheimlich, da er sich seit Stunden weder bewegt noch gesprochen hatte. »Worüber denkt Ihr nach?«, fragte sie ihn.

»Über gar nichts. Ich genieße die Natur.«

»Ihr müsst doch an irgendetwas denken.«

Er schüttelte den Kopf. »Nein.«

Sie wollte noch etwas sagen, doch seine Stimme machte deutlich, dass er nicht daran interessiert war, diese Unterhaltung fortzuführen. Sie bewunderte ihn für seine Ruhe. Für sie wäre es undenkbar, über

Stunden so gelassen an einem Fleck sitzenzubleiben und die Welt um sich herum zu vergessen. Eine beneidenswerte Eigenschaft …

Sie ließ Dogo in Ruhe und wandte sich wieder ihrer Arbeit zu. »Wo hast du das kleine Fernrohr hingelegt?«, fragte sie ihren Bruder, nachdem sie es in ihrem Bündel nicht finden konnte. Sie kroch auf allen Vieren, suchte den Boden ab und durchwühlte ihre Beutel. Maya hätte gewusst, wo es steckte. Bei ihr hatte jeder Gegenstand seinen festen Platz gehabt. »Verdammtes Mistding!«

»Du sollst doch nicht fluchen«, sagte Lon kichernd.

»Hilf mir lieber!«

Doch auch darüber konnte er nur schmunzeln. »Schon in deinen Taschen geschaut?«

»Natürlich«, gab sie barsch zurück, tastete trotzdem noch mal alle ab und fand das gesuchte Objekt. »Oh …« Sie hielt sich die Hände vors Gesicht. »Tut mir leid, kleiner Mann.«

»Nenn mich nicht so! Warte noch ein Jahr ab, dann schaust du zu mir auf.«

»Ja ja.« Sie hielt sich das Fernrohr ans Auge und ging Schritt für Schritt auf das Tier zu. »Ich kann die Haut immer besser erkennen. Sie ist irgendwie … Warte, gleich habe ich es …«

Doch in dem Moment, in dem sie die Linsen scharfgestellt hatte, ertönte hinter ihr eine fremde Stimme, tief und kräftig. »Was machst du da?«

Vor Schreck ließ sie das Fernrohr fallen und drehte sich ruckartig um. Offenbar hatte sich jemand ihnen genähert, doch momentan sah sie bloß Dogos gigantischen Rücken. Er hatte sich vor dem Fremden aufgebaut.

Ein junger Mann kam hinter Dogo hervor und hielt sicheren Abstand, um den Söldner nicht zu provozieren. Sie schätzte sein Alter auf Mitte zwanzig, womit er ein wenig älter war als sie. Er lächelte, doch gleichzeitig musterte er sie so gründlich, dass sie sich wie eine Verbrecherin fühlte.

»Wer seid Ihr?«, fragte sie.

Der Besucher wagte sich einen Schritt näher heran, schaute kurz zu Dogo und wieder zu ihr. »Findest du, ich sehe bedrohlich aus?«

Wenn sie ehrlich zu sich war: Nein, sah er nicht. Gefahr war das Letzte, an das sie in diesem Moment gedacht hatte. Sie sah einen großen, gut aussehenden Mann vor sich. Er hatte dunkles, zerzaustes Haar, seine Augen waren klein und mit großen Ringen untersetzt, doch das tat seinem Erscheinungsbild, das eine vertrauensvolle Autorität ausstrahlte, keinen Abbruch.

Sie schüttelte den Kopf. »Nein … Ich meine … natürlich nicht.« Etwas anderes fiel ihr zu seiner Frage nicht ein. »Trotzdem: Wer seid Ihr?«

»Ich bin Damion Datista Dalyrion«, verkündete er. Die Art und Weise, wie er seinen Namen aussprach, erinnerte sie an einen Herold, der im Thronsaal jemanden vor dem König ausrief. »Sag einfach Damion«, fügte er lächelnd hinzu.

»Ich heiße Leanne.« Sie zeigte auf ihre Gefährten. »Das ist mein Bruder Lon, und unser Leibwächter, der Sonne und Mond verdeckt, heißt Dogo.«

»Leanne, welch schöner Name! Aber willst du nicht ›Du‹ zu mir sagen? Diese Höflichkeitsformen sind doch nur was für Adelige, Priester und dergleichen. Ich kann damit nichts anfangen. Wir sind junge Menschen – wieso müssen wir uns so voneinander abgrenzen?«

Der Vorschlag machte ihn in ihren Augen sofort etwas sympathischer. »Gerne sage ich ›Du‹ zu Euch … äh … zu dir.«

Er zwinkerte ihr zu, als Zeichen, dass er sich über diese Antwort freute. »Also, Leanne und Lon, was treibt ihr beiden hier? Von hinten sah das etwas eigenartig aus.«

»Wir haben ein Liyu beobachtet. Wir sind Tierforscher«, erklärte sie und zeigte auf den Baum, auf dem das Liyu gesessen hatte. »Oh, verdammt! Es ist nicht mehr da.«

»Kommt ihr von der Universität?«

»Ja. Sie haben uns hierher beordert, um Liyus zu erkunden. Und bis eben war auch eines da.«

»Gelehrte also. Interessant.« Er blickte zu Lon hinüber. »Schon in dem Alter?«

»Ich bin noch in der Ausbildung«, antwortete er.

»Und macht es dir Spaß?«

»Ja«, presste er hervor, doch man musste nicht gerade seine große Schwester sein, um zu erkennen, dass er flunkerte.

Damion wandte sich wieder an Leanne: »Und dir?«

»Ich mag meine Arbeit«, antwortete sie schulterzuckend und schaute noch einmal zum Baum hinüber. »Auch wenn sie manchmal frustrierend sein kann.«

Damion nickte. »Was genau beobachtet eine Tierforscherin?«

Leanne blies ihre Backen auf. Wie sollte sie bloß Jahre des Studiums in einem Satz zusammenfassen? »Alles: Aussehen, Vorkommen, Verhalten, magische Kräfte … Ich könnte tagelang davon erzählen.«

»Und wieso tut ihr das?«

»Wieso …?«, wiederholte sie sein Fragewort und kam sich dabei dumm vor. Sie spürte, wie sich ihre Wangen röteten.

»Ich meine, was macht ihr mit euren Beobachtungen?«, hakte er nach. »Wem übergebt ihr sie, welchen Nutzen zieht ihr daraus?«

»Das frage ich mich auch manchmal!«, polterte Lon.

Ich mich auch, dachte Leanne, sprach es jedoch nicht aus. Stattdessen tadelte sie ihren Bruder mit strengem Blick. »Tiere zu studieren ist wichtig«, antwortete sie schließlich und fand ihre Aussage selbst unheimlich plump.

Lass dir etwas Besseres einfallen!

»In erster Linie geht es um unser Zusammenleben mit den verschiedenen Arten und wie wir von ihnen profitieren können. ›Je besser wir sie kennen, desto besser kennen wir uns‹, besagt ein altes Sprichwort. Aber es gibt noch einen anderen wichtigen Aspekt, von dem die meisten Leute nichts wissen. Es geht um Magie. Auch Tierforscher beschäftigen sich mit dem magischen Gleichgewicht unserer Welt. Wir müssen sicherstellen, dass sich dieses nicht verschiebt. Orten wir Magie, so bedeutet das, dass woanders auch welche praktiziert worden ist, hauptsächlich in der Nähe der magischen Quelle, manchmal aber auch mehrere Tagesreisen entfernt. Tiere sind dafür ein hervorragender Indikator, da sie magische Kräfte schnell absorbieren beziehungsweise entfalten können. Daher dient es uns immer als Warnung, wenn spezielle Tiere plötzlich Magie in sich tragen. In der Natur kann jeder magische Funken einen Brand auslösen. Gefährlich wird es, wenn wir größere Anomalien aufspüren. Das weist auf eine erhebliche Störung des Gleichgewichts hin, was wiederum auf eine Bündelung Schwarzer Magie zurückzuführen sein könnte.«

Damion runzelte die Stirn. Er musterte sie so scharf wie ein strenger Dozent während der Prüfung. »Ist es denn gerade gestört?«

»Mehr denn je. Im Wald hat sich viel Schwarze Magie angesammelt, die Kräfte des dunklen Gottes wachsen. Deswegen werden viele Gelehrte in der Nähe eingesetzt, allerdings nicht im Wald selbst. Das wäre zu gefährlich.«

Eben noch ganz auf sie und ihre Worte konzentriert, ging sein Blick nun durch sie hindurch. Sein Schweigen verunsicherte sie.

Worüber denkt er so intensiv nach?

»Was habt ihr heute noch vor?«, fragte er plötzlich.

Sie blinzelte irritiert, weil sie erwartet hatte, er würde auf ihre Erläuterungen eingehen. Sein Themenwechsel wirkte, als wäre er gerade aus einem Traum erwacht, an den er sich nicht erinnerte.

»Weiterhin das Liyu beobachten, falls es so gnädig ist, sich uns noch mal zu zeigen«, antwortete sie. »Und dann … na ja, vermutlich in unsere Unterkunft nach Tillamoon zurückkehren. Unsere Pläne sind nicht allzu spektakulär, wie du merkst.«

»Das Liyu ist doch schon längst weg«, entgegnete Lon in leicht aggressivem Ton.

»Ich will auch nach Tillamoon«, sagte Damion. »Mein Kumpel Fletch wartet schon auf mich. Wollt ihr uns begleiten? Es wäre mir eine Ehre! Tierforscher trifft man schließlich nicht alle Tage.«

Beinahe hätte sie Nein gesagt, doch ein innerer Widerstand klopfte an die Tür ihres Bewusstseins und wehrte sich gegen ihre Gewohnheit, solche Fragen sofort zu verneinen. Warum sollte sie auch? Das Liyu war weg und so putzig dieses Tierchen auch war, es zu beobachten, kam Leanne plötzlich so uninteressant vor wie Katzenkot aus Sand herauszusieben.

Damion war ihr ein wenig unheimlich, trat er doch so selbstbewusst und souverän auf wie ein hochrangiger Ritter. Außerdem war er wissbegieriger als so mancher Gelehrte, und sein intensiver Blick schien sie zu durchbohren. Doch seine Zielstrebigkeit und Neugier gefielen ihr und auf seine Weise war er ihr sympathisch. Sie wollte ihn unbedingt näher kennenlernen.

Natürlich mussten sie weiterhin vorsichtig sein, doch sie wusste ja Dogo an ihrer Seite. Mit diesem Koloss würde sich so schnell niemand anlegen wollen.

»Ja, da wollen wir auch hin«, verkündete sie und war gespannt darauf zu erfahren, wer dieser Mann war.

KAPITEL 3

Leanne, Lon und Dogo ritten gemeinsam mit Damion zurück nach Tillamoon. Wie abgemacht, wartete Damions Kumpel Fletch bereits am Ortseingang. Er hatte blonde Haare und war einen halben Kopf größer als Damion. Damit befand er sich sogar fast auf Augenhöhe mit Dogo, war allerdings bei Weitem nicht so breit. Leanne fühlte sich wie eine Maus zwischen all den großen Männern. Immerhin Lon war kleiner als sie – zumindest noch.

Im Gegensatz zu Damions freundlicher Art war Fletch rau und abweisend. »Leanne, hä? Wo kommst du her?«

»Aus Lloyandasburg.«

Da rümpfte er die Nase. »Hauptstadtkind, ja?« Und ohne eine Antwort abzuwarten, lief er los.

Damion zuckte mit den Achseln. »Er ist eigentlich ganz nett. Manchmal kann er das nur nicht so gut zeigen.«

Fletch und Damion führten die Geschwister und Dogo bis ans andere Ende Tillamoons, um dort ein Gasthaus aufzusuchen. Besonders auffällig in dieser Stadt waren die geschnitzten Holzfiguren von Ratten, die überall in den Gassen und vor den Häusern standen, teilweise so groß wie Menschen.

Furchtbar!, dachte Leanne.

Doch was sie als hässlich empfand, gehörte in dieser Stadt zur Tradition. Märchen zufolge war sie von menschlichen Wesen gegründet worden, die sich in Ratten verwandeln konnten.

Auf dem Eingangsschild des Gasthauses stand geschrieben: ›Willkommen in der Rattenhöhle. Katzen ziehen vor Betreten bitte die Krallen ein‹.

Der Name sprach nicht gerade für eine gemütliche Atmosphäre und Leanne hatte schon Sorge, es würde drinnen vor Nagetieren nur so wimmeln. Doch das war unbegründet. Der Schankraum war zum Bersten voll mit Menschen ganz unterschiedlichen Alters. Vielen Gästen sah sie an, dass sie Reisende waren, anderen, dass sie vermutlich täglich hier versackten.

Die Gruppe um Leanne drängte sich durch das Getümmel zu einem Tisch, der sich fast über die gesamte Länge des Schankraums erstreckte. Einige Freunde von Damion saßen dort und empfingen sie sogleich mit netten Worten. Sie waren gut gelaunt, plauderten, tranken und sangen. In ihrer Mitte stand eine großzügige Auswahl an Speisen: Brot, Suppe, Braten, Käse und Obst. Auch an Wein wurde nicht gespart.

Hier lässt es sich aushalten, dachte Leanne, als sie Platz nahm. Zwar hielten sich Hunger und Durst bei ihr noch in Grenzen, dennoch hielt man ihr sogleich einen Teller und eine Kostprobe des wohlduftenden Weines unter die Nase, und da konnte sie nicht lange widerstehen.

»Wie kommt es, dass du mit deinem kleinen Bruder unterwegs bist?«, fragte Damion. »Ist das bei euch üblich?«

Sie lächelte, einerseits leicht genervt, andererseits amüsiert. Sie hasste diese Frage von ganzem Herzen, wurde sie ihr doch öfter gestellt als die Frage nach ihrem Namen. Aber ihm beantwortete sie sie gerne.

»Nein, ist es nicht. Im Alter von zehn bis zwölf Jahren stehen für unsere Lehrlinge die ersten Praxisjahre an, daher werden sie von ausgebildeten Gelehrten auf Expeditionen mitgenommen. Eigentlich gibt es ein ungeschriebenes Gesetz, dass dafür nicht Geschwister oder Freunde ausgewählt werden sollen, aber nun ja … Bei uns hat sich das trotzdem so ergeben. Vermutlich sind unsere Eltern daran schuld, auch wenn sie das natürlich nie zugeben würden.«

»Vermutlich?«, zischte Lon. »Natürlich ist das deren Schuld! Hauptsache, die Familie hat immer ein Auge auf mich. Als würde ich auf der Stelle tot umfallen, wenn ich mal nicht in ihrer Nähe bin.«

Leanne rollte mit den Augen, während Damion lachte.

»Nichts gegen dich, Schwesterlein«, fuhr Lon fort. »Aber ich hätte auch mit Kendel oder Torraine mitgehen können – beide lernen magische Künste im Nebenfach. Und Kendel kennt sogar hochrangige Ritter, die er mir vorstellen könnte.«

»Wie lange seid ihr beiden schon zusammen unterwegs?«, fragte Damion.

»Seit etwa anderthalb Jahren«, antwortete Leanne mit vollem Mund – etwas unhöflich, wie sie zu spät bemerkte, doch der Käse schmeckte einfach zu köstlich. »Als meine Schwester ihre Prüfungen bestanden hat, ist Lon zehn Jahre alt geworden und war somit bereit für seine ersten Praxisjahre. Zeitlich hat das perfekt zusammengepasst, also haben sie uns zusammen losgeschickt, als erstes Geschwistertrio in der Geschichte der Universität – auch wenn das nicht gerade eine spektakuläre Errungenschaft ist, mit der man abends im Gasthaus angeben kann.«

»Wo ist eure Schwester? Haben sich eure Wege getrennt?«

Ein Schlag ins Gesicht.

So zumindest fühlte sich seine Frage an, auch wenn sie unvermeidbar gewesen war. Aus Reflex wanderte die Hand zu ihrem Armreif. Sie seufzte und atmete gegen die aufkommende Übelkeit an. Die Leichtigkeit des Gesprächs war wie mit einem Hammer zerschmettert worden. »Maya ist … sie ist tot.«

Voller Mitgefühl blickte Damion ihr in die Augen. »Das tut mir leid.«

Seine Anteilnahme erschien ihr aufrichtig. »Sie ist bei dem Inferno gestorben«, sagte sie leise, während sie an ihrem Armreif, der die Farbe der blauen Tischdecke angenommen hatte, zog und drückte. »Wir waren auf dem Sansurio unterwegs – ausgerechnet an diesem verdammten Tag. Sogar nahe des Gipfels. Haben nach den Gelben Berghamstern gesucht und …«

Und ich habe Maya in den Tod geschickt. Ich habe alle Warnungen ignoriert, das Beben, das faule Wasser, die toten Tiere, die fliehenden Menschen.

»Du musst nicht darüber reden, wenn du nicht möchtest«, versicherte er ihr. Seine sonst kräftige Stimme klang plötzlich so sanft wie die eines Sängers am königlichen Hof.

Bilder ihrer toten Schwester drängten sich ihr auf. Sie senkte den Kopf, wollte nicht, dass er sah, wie sie mit den Tränen kämpfte.

»Viele machen sich seit dem Inferno Vorwürfe«, sagte er, als hätte er ihre Gedanken gelesen. »Ich habe schon mit mehreren Betroffenen geredet und fast alle lassen sich einreden, dass es ihre Schuld war und sie von den Göttern bestraft würden. Aber glaubst du wirklich, du oder einer der Anwohner ist für so eine Katastrophe verantwortlich? Ich denke nicht, dass du einen Berg Steine und Feuer spucken lassen kannst.«

Es waren schöne Worte, die wie Musik in ihren Ohren klangen. Endlich zeigte jemand Verständnis und Feingefühl. Zwar reichten seine Worte nicht aus, um ihr die Schuldgefühle, die sich tief in ihrer Seele festgesetzt hatten, auszureden, doch waren sie trotzdem genau das, was sie in diesem Moment hören musste. Sie taten ihr unendlich gut.

Damion deutete ihren Blick und ihre Verschwiegenheit richtig. Mit einem Nicken gab er zu erkennen, dass er verstanden hatte und nicht weiter auf das Thema eingehen würde.

Eine junge Frau betrat die Bühne auf der gegenüberliegenden Seite des Raumes. Nach einer kurzen Vorstellungsrede spielte sie auf einer Flöte, die so lang war wie ihre Arme. Ein weißer Affe, der einen viel zu großen Hut trug, tanzte an ihrer Seite. Unweigerlich fragte sich Leanne, wo die Künstlerin dieses Tier aufgetrieben hatte. Im Westen sollten mal Exemplare dieser Gattung gesichtet worden sein, aber vielleicht stammte er auch aus einem fernen Königreich.

Hoffentlich bekomme ich später die Gelegenheit, sie darauf anzusprechen.

Die Musikerin und das Tier waren zweifellos ein eingespieltes Duo. Während sie spielte, lief der wendige Affe zwischen den Gästen hindurch und hielt ihnen seinen Hut hin. Bekam er Almosen, bedankte er sich bei dem freundlichen Spender mit einer Kostprobe seiner ulkigen Tanzküste.

Dogo spielte mit Fletch und zwei anderen Männern ein Kartenspiel. Lautstark jubelte Fletch, wenn er gewann, doch mindestens ebenso laut schimpfte und fluchte er, wenn er verlor – und das war nicht gerade selten. Dogo hingegen gab keinen Ton von sich und verzog keine Miene. Leanne war das nur recht. Ein ruhiges Gemüt war ihr allemal lieber als ein geschwätziger Angeber, von denen es unter den Söldnern leider allzu viele gab.

Auf einmal trafen sich ihr und Damions Blick. Es geschah so plötzlich, wie wenn sich zwei Pfade, die einsam durch die Landschaft irrten, endlich trafen und die Reisenden zusammenführten. Seine Augen waren blau, mit dunklen Flecken durchzogen. Ein faszinierendes Muster, das wunderbar zu seinem Gesicht passte. Der Blickkontakt zwischen ihnen dauerte länger als gewöhnlich, bis Leanne irgendwann wieder wegschaute, als fühlte sie sich bei etwas ertappt. Danach lauschten sie wieder der Musikerin. Es war eine angenehme, gemütliche Stille, die zwischen ihnen lag – eine, in die sie sich fallen und von der sie sich ewig lang wiegen lassen konnte.

Erst nachdem mehrere Lieder vergangen waren, ergriff Damion wieder das Wort. »Deine Eltern arbeiten also auch für die Universität?«

»Eltern, Großeltern, Tanten, Onkel … Mein Vater ist am Institut für Wasserkunde, meine Mutter ist Meisterin der Mathematik. Beide sind in der Hauptstadt bekannt, haben gemeinsam unterirdische Kanäle zur Beförderung von Grundwasser bauen lassen. Eine Gelehrtenfamilie durch und durch …« Sie lächelte. »Sorgt für gähnende Langeweile auf Familientreffen.«

Ohne die Zeit im Auge zu behalten, redeten und lachten die beiden, tranken Wein, aßen Kuchen, naschten Nüsse. Was sich um sie herum abspielte, nahm Leanne kaum noch wahr. Endlich konnte sie einen Abend wieder in vollen Zügen genießen, als hätte sie ihre Fesseln abgestreift und ihren Kerker für einen Moment verlassen, um in die schöne Welt zurückzukehren, in der sie vor Mayas Tod gelebt hatte. Am liebsten hätte sie mit Damion bis in die Morgenstunden geplaudert.

Doch eine betrunkene Frau machte ihr einen Strich durch die Rechnung.

»Feuer hat der Berg gespien!«, rief sie in den Raum. »Es kam aus der Erde.«

Leanne stöhnte. Am liebsten würde sie jede Erinnerung an dieses schreckliche Ereignis verdrängen, verbrennen oder zerhackstückeln – was auch immer ihr dabei helfen würde, es zu vergessen. Doch das Inferno war in den Köpfen der Menschen immer noch zu präsent, und so verging nicht ein einziger Tag, an dem nicht darüber gesprochen wurde.

»Da lebt ein Drache«, verkündete ein älterer Herr mit einer solchen Überzeugung, als wäre jede andere Erklärung für diese Katastrophe absurd. »Er versucht sich zu befreien. Irgendwann wird es ihm gelingen und dann, meine Freunde, helfen uns auch die schärfsten Schwerter nicht.«

»Ein Drache?«, höhnte die Frau. »So ein Stuss! Wieso war das Feuer dann flüssig?«

»Weil in dieser Welt nichts mehr so ist wie früher«, jammerte ein kleiner, dicker Mann. »Schwarze Magie sucht uns heim. Das Reich des dunklen Gottes Zantul liegt unter diesem Berg. Ich hoffe nur, die wahren Götter stehen uns bei, sonst wird er ewige Finsternis über uns bringen.«

Manch einer murmelte Zustimmung. Die Frau jedoch entgegnete mit lauter, aggressiver Stimme: »Die wahren Götter kümmern sich einen Scheiß um uns!«

Sofort verstummten alle Gespräche. Plötzlich lag eine beklemmende Stille im Raum, abgesehen von der Flötenmusik, die immer noch von der Bühne her ertönte. Ihre fröhliche Melodie wirkte jedoch nicht beruhigend, sondern vielmehr verstörend, und bot einen seltsamen Kontrast zur vorherrschenden Atmosphäre, die von warm und heiter auf einmal in eisige Kälte umgeschlagen war.

Hatte die stimmgewaltige Frau es tatsächlich gewagt, die Götter in aller Öffentlichkeit zu beleidigen? Immerhin hatte sie sich damit eines schweren Verbrechens schuldig gemacht. Doch das schien sie nicht zu beeindrucken. »Wieso sollten uns die Götter beim nächsten Mal beistehen? Haben sie diesmal ja auch nicht, oder was sagt ihr zu all den verschütteten Kindern und zertrümmerten Städten?«

Leanne verfolgte die hitzige Diskussion mit Unbehagen. Damion dagegen hörte interessiert zu. Sie meinte sogar zu sehen, wie sich ein zufriedenes Lächeln auf sein Gesicht stahl. »Streitereien wie diese erleben wir in letzter Zeit häufig«, erklärte er flüsternd. »Die Menschen werden immer unzufriedener.«

Zunächst ging keiner der Gäste auf die Anschuldigungen der pöbelnden Frau ein, bis ein stämmiger Mann in Uniform – vermutlich von der Stadtwache – aufstand und mit dem Finger auf die Lästerin zeigte. »Hüte deine Zunge! In dieser Stadt werden nur gottesfürchtige Menschen geduldet.«

Kurzerhand zückte diese ein Messer und ging auf ihn los. Die Wirtin brüllte Befehle – mit einer Stimme, die selbst einen Bären vertrieben hätte –, und mehrere Menschen stürzten sich auf die Angreiferin. Ein kurzes Gerangel, dann wurde sie hinausgeworfen wie ein Sack Kartoffeln. Sie hatte großes Glück gehabt. Man hätte sie ebenso gut verhaften oder ihre Zunge abschneiden können.

Ein Ende hatte der Streit dadurch jedoch nicht gefunden. Weitere Menschen mischten sich ein, um für die Querulantin einzutreten. Auch Fletch sprang auf, so energisch, dass sein Stuhl nach hinten gegen die Wand knallte. Mit hochrotem Kopf spie er Beleidigungen in die Menge, wobei Leanne nicht festmachen konnte, wem sie eigentlich galten. Gerade wollte er ins Geschehen eingreifen, als Damion ihn festhielt und unmerklich den Kopf schüttelte, um anzudeuten, dass er das unterlassen sollte. Verständnislos zog Fletch seine Augenbrauen zusammen, doch Damions Lippen formten ein entschiedenes ›Nein‹. Kurz zögerte Fletch, sichtlich unzufrieden mit dem Gedanken, seinen Zorn bändigen zu müssen, gab letztendlich aber nach und setzte sich wieder hin.

Lon und Dogo schauten begeistert zu, als befänden sie sich in einer Theatervorstellung. Die Frau auf der Bühne hatte inzwischen aufgehört zu spielen, der Affe huschte geschickt zwischen den Beinen der Menschen hindurch und rettete sich zu seinem Frauchen. Kurz darauf waren die beiden verschwunden.

Es dauerte noch eine ganze Weile, bis wieder Ruhe einkehrte. Einige Störenfriede wurden unter lautstarkem Protest hinausbugsiert, mehrere Verletzungen mussten behandelt werden. Doch schließlich konnten sich die Gäste wieder ihren Gesprächen und Getränken widmen. Dogo stieg von Bier auf Apfelsaft um und erklärte mehrfach, wie sehr er den köstlichen Geschmack genoss.

Damion wirkte nach dem Gerangel abwesend. Sein Blick verlor sich im Chaos des Gasthauses, seine Gedanken schienen sich in fernen Welten zu bewegen.

Leanne berührte vorsichtig seine Schulter. »Alles in Ordnung?«

»Ja …«, antwortete er etwas verzögert, offenbar wieder im Hier und Jetzt angekommen. »Seit dem Inferno hat sich einiges verändert. Die Menschen … ihr ganzes Denken.«

»Viele haben Haus und Familie verloren.«

Er nickte, doch ihm war anzusehen, dass er sich über etwas anderes den Kopf zerbrach. Kurz rieb er sich die Schläfen, dann richtete er seine Konzentration wieder auf Leanne. »Jeder erzählt seine eigene Geschichte über diese Katastrophe und jeder findet einen anderen Schuldigen. Es wird die Menschen im Königreich noch über Generationen hinweg beschäftigen, sie vielleicht sogar spalten. Was sagen die Gelehrten dazu?« Er rückte ein Stück näher. »Entschuldige bitte meine Neugier. Du musst nicht darüber sprechen, wenn du nicht möchtest.«

»Ist schon gut.« Sie schenkte ihm ein Lächeln, als Zeichen, dass sie es ernst meinte und nicht nur höflich war. »Noch stehen wir vor einem großen Rätsel. Die Obersten in der Universität wissen nicht einmal, wonach sie suchen sollen, also haben sie kurzerhand jeden zweiten Gelehrten von Aabial bis Zyrix zum Sansurio geschickt, um sich einen Eindruck von der Lage zu verschaffen. Experten für Boden, Gestein, Feuer, Gift und natürlich auch für Magie sind vor Ort. Es ist der umfangreichste Auftrag seit Jahrzehnten.«

»Glaubst du, sie werden etwas finden?«

»Das kann ich nicht beurteilen. Aber am Ende werden sich mehr Fragen als Antworten ergeben haben – das ist immer so.«

»Und worauf hoffst du?«

»Hmm …« Schon wieder hatte er eine Frage gestellt, die sie zuvor noch nie gehört hatte. Ob ihr etwas Spaß mache oder was sie sich für ihre Arbeit wünsche waren Dinge, die sonst niemanden interessierten. Damion jedoch schien die Welt aus einer anderen Perspektive zu betrachten. Seine Fragen waren nicht immer leicht zu beantworten, doch genau das fand sie faszinierend, und seine Denkweise regte sie zum Nachdenken an.

»Ich hoffe, es war kein magisches, sondern ein natürliches Ereignis«, antwortete sie. »Wenn Magie der Auslöser für etwas so Großes war, dann ist das magische Gleichgewicht unserer Welt nicht nur gestört, sondern kollabiert. Aber frag mich nicht, was das für uns bedeuten würde. Das kann niemand einschätzen. Und genau das macht es so gefährlich.«

»Wie kann eine solche Katastrophe ohne Magie hervorgerufen werden? Das ist unmöglich.«

»Nicht unbedingt. Das hat man schon bei vielen Ereignissen gedacht, die sich später als bloße Laune der Natur herausgestellt haben.«

Er runzelte die Stirn. »Das würde bedeuten, es war Zufall. Aber ich glaube nicht an Zufälle – vor allem nicht, wenn dabei so viele Menschen sterben. Höhere Kräfte waren hier am Werk. Bösartige Kräfte.«

Langsam bekam Leanne ein flaues Gefühl im Magen. Sie hatte sich überschätzt, konnte doch noch nicht so befreit über das Inferno sprechen, wie sie gehofft hatte.

Als hätte sie ihre Gedanken laut ausgesprochen, wechselte er plötzlich das Thema. »Haltet ihr morgen wieder nach Tieren Ausschau?«

Sie nickte.

»Hast du was dagegen, wenn ich euch begleite?«

»Nein«, antwortete sie eine Spur lauter als gewollt und das flaue Gefühl in ihrem Magen verwandelte sich schlagartig in ein wohliges Kribbeln mit rasendem Herz. Ja, sie wollte ihn morgen unbedingt wiedersehen. Schon bei dem bloßen Gedanken daran freute sie sich wie ein Spatz im Wasserbad.

»Leanne?« Die Stimme kam von der Seite. »*Leanne?*«

Sie hatte Lon kaum wahrgenommen. Doch nun zupfte er an ihrem Ärmel und rieb sich die Augen. »Lass uns schlafen gehen.«

»Geh ruhig, ich komme gleich nach.«

Er zuckte mit den Schultern und ließ sich von der Wirtin das Zimmer zeigen. Erst jetzt bemerkte Leanne, wie spät es bereits war. Der Schankraum hatte sich deutlich geleert. Die meisten Tische waren nicht mehr besetzt, die Künstler hatten Feierabend. Der Abend war ›ausgesoffen‹, wie man in dieser Region gerne sagte. Dogo war noch wach und genehmigte sich einen weiteren Apfelsaft. Bei diesem Getränkekonsum würde von seinem Lohn nicht allzu viel übrig bleiben, dachte sie. Aber es gab wahrlich dämlichere Wege, sein Geld zu verprassen.

»Wieso grinst du so?«, fragte Damion.

Sie fühlte sich ertappt. »Oh … Liegt wohl daran, wie ungewöhnlich die Situation ist. Normalerweise fallen mir immer lange vor Lon die Augen zu, wofür er mich gerne als ›alte Frau‹ schimpft.«

Er lachte. »Das kann ich mir sehr gut vorstellen.«

Schließlich gingen auch sie schlafen. Während Leanne zufrieden in ihrem Bett eindöste, rekapitulierte sie noch mal die vergangenen Stunden, die gerne länger hätten andauern können. Doch erst jetzt bemerkte sie, dass sie trotz ihres langen Gesprächs nichts über Damion erfahren hatte. Fast den ganzen Abend über hatte er Fragen gestellt, und so wusste er nun alles Wissenswerte über sie und ihre Arbeit an der Universität. Sie hingegen hatte noch immer keine Ahnung, mit wem sie es eigentlich zu tun hatte.

KAPITEL 4

Nach einem reichhaltigen Frühstück brachen Leanne, Lon, Dogo und Damion auf. Schnell kamen sie allerdings nicht voran. Mehrfach bat Dogo um eine Pause, um sich zu übergeben. Nachdem er das dritte Mal hinter einen Busch gerannt war, konnte Leanne sich eine Nachfrage nicht verkneifen. »Literweise Bier machen Euch nichts aus, aber Apfelsaft haut Euch um?«

»Apfelsaft ist ganz übles Gesöff, vor allem frisch gekeltert«, erklärte er, das Gesicht bleich, die Stirn voller Schweiß.

»Warum habt Ihr dann so viel davon getrunken?«

Sein Gesicht nahm einen schelmischen Ausdruck an, den sie sonst nur von kleinen Kindern kannte. »Dogo konnte einfach nicht widerstehen. Sie haben Zimt reingemacht.«

Sie runzelte die Stirn. »Und wieso redet Dogo von sich in der dritten Person?«

»Oh, habe ich das gerade getan? Das passiert manchmal, wenn ich mich freue. Die bloße Erinnerung an diese Köstlichkeit reicht aus.«

Sie lachte. »Also gut, können wir dann jetzt weiter?«

»Gönn ihm doch eine Pause«, quengelte Lon. »Wir sind seit Stunden unterwegs, ohne auch nur ein einziges Liyu entdeckt zu haben.«

»Du willst dich doch nur hinlegen«, meckerte sie und warf Damion einen fragenden Blick zu.

»Deine Entscheidung«, gab er zurück.

Sie zuckte mit den Achseln »Na gut, ich könnte ohnehin etwas zu Essen vertragen.«

Sie setzten sich in den Schatten eines großen Baumes, der einsam auf einer weiten Wiese stand. Die Sonne tauchte die Gegend in erbarmungslose Hitze und so waren sie froh, diesen Platz in unmittelbarer Nähe gefunden zu haben. Um sie herum erstreckten sich Wiesen und Felder, vereinzelte Brunnen und eine kaputte Hütte stachen daraus hervor.

Leanne bereitete gerade ihre übliche Mahlzeit aus Brot, Wurst und Käse zu, als Damion einige Bananen aus seinem Beutel holte.

»Wo hast du *die* denn her?«, fragte sie. Bananen hatte sie erst zweimal in ihrem Leben gegessen. Diese seltene Frucht wuchs nur im äußersten Süden des Königreichs.

Stolz hielt er das exotische Obst in die Höhe. »Von einem Händler aus Adorna. Man muss nur die richtigen Leute kennen. Wollt ihr welche?«

Leanne rieb sich die Hände. »Und wie! Ich habe schon ewig keine mehr gegessen!« Sie kramte in ihrem Beutel und holte einen Löffel hervor.

Damion schaute verwirrt. »Was hast du vor?«

Lon kannte die Antwort bereits und erklärte genervt: »Sie isst Bananen mit dem Löffel.«

»Aber warum?«

»Weil sie merkwürdig ist.«

»Weil ich das nun einmal so mache«, meinte Leanne und fing an, ihre Banane zu schälen und das Fruchtfleisch nach und nach zu löffeln.

Plötzlich fing Damion an zu lachen. »Ich dachte, das war ein Witz!« Und als Leanne sich besonders theatralisch den nächsten Bissen gönnte, konnte er nicht mehr an sich halten. Es war so ansteckend, dass sie mitlachen musste.

»Boah, seid ihr albern!«, bemerkte Lon wie ein nörgelnder alter Mann und rollte mit den Augen.

»Wollt Ihr nicht auch etwas essen?«, fragte Leanne Dogo. Der wirkte inzwischen wieder etwas frischer. »Ihr könnt etwas von meiner Banane haben. Ich habe noch einen Löffel übrig.«

Er schüttelte den Kopf. »Erst mal nicht, danke.«

»Ihr habt Euch mehrfach übergeben, außerdem braucht jemand mit Eurer Statur viel Energie.«

»Im Moment fühle ich mich erstaunlich gut. Liegt wohl am leeren Magen. Der Apfelsaft gestern war ein Segen für meinen Körper. Am liebsten würde ich sogleich mein Schwert schwingen, so viel Kraft verspüre ich – oh ja!«

»Dann tut das doch. Aber bitte nicht hier.«

Er sprang auf. »Los Lon, ich fordere dich zum Duell!«

Zunächst sah Lon aus, als hielte er Dogo für verrückt, doch kaum hatte dieser zwei Äste vom Boden aufgelesen, verstand er. Sofort eilte er ihm nach, wie ein Hund, dem man einen Knochen hingeworfen hatte, und sie fochten so konzentriert gegeneinander, als ginge es um Leben und Tod.

Leanne betrachtete ihren kleinen Bruder stolz. »Ich habe ihn noch nie so eifrig gesehen«, sagte sie zu Damion.

»Das verwundert mich nicht. Junge Männer in dem Alter wollen fast alle das Schwert in die Hand nehmen und Pferde satteln. Hat er etwa nie davon geschwärmt, ein Ritter zu werden?«

»Doch, manchmal schon.«

»Und von der Tierforschung?«

Sie seufzte. »Nein, eher nicht. Eigentlich meckert er nur darüber.«

Damion hatte ein Thema angesprochen, das sie immer kleingeredet und irgendwann verdrängt hatte. Ob das ein Fehler gewesen war?

»Vielleicht ist das Studium nicht das Richtige für ihn«, überlegte sie laut.

»Wenn du als Schwester so etwas spürst, wird das auch stimmen. Wäre er denn an der Universität, wenn eure Eltern keine Gelehrte wären?«

»Hmm, ich weiß nicht. Vielleicht … Na ja, sehr wahrscheinlich nicht.«

»Das ist ein großes Problem in diesem Königreich. Immer müssen die Kinder das tun, was ihre Eltern von ihnen verlangen, statt ihren eigenen Träumen nachzujagen. Wie sollen sie da glücklich werden?« Er schenkte ihr ein Lächeln, welches sie gerne erwiderte. Dann setzte er sich neben sie, damit sie Lon und Dogo beim Kämpfen zusehen konnten.

Dogo gewann ein ums andere Mal, doch sooft Lon auch der Ast aus der Hand geschlagen oder sein Körper getroffen wurde – ans Aufgeben dachte er nicht.

»Wie geht es dir eigentlich?«, fragte Damion. »Du machst dir seit dem Inferno bestimmt viele Gedanken.«

»Ja, das stimmt«, antwortete Leanne, erfreut über die Nachfrage. Ihr Gefühl sagte ihr, dass sie endlich jemanden gefunden hatte, dem sie sich anvertrauen konnte. »Ich bin mit der Situation überfordert, weiß nicht, was ich will oder wohin ich möchte.«

Sie hoffte, dass Damion etwas sagen würde, das ihr augenblicklich alle Sorgen von der Seele zauberte. Doch das war natürlich nur eine verzweifelte Hoffnung. Stattdessen deutete er ihr an, weiterzureden.

Sie atmete tief durch. »Maya ist gestorben und mit ihr ein Teil von mir. Ich spüre, dass mir etwas fehlt, doch ich weiß nicht, was diese Leere in mir zu füllen vermag. Meine Mutter sagt, ich solle die Zeit meine Wunden heilen lassen, doch mit der Zeit lernt man bloß zu verdrängen. Aber das kommt nicht infrage. Ich will meine Schwester in Ehren halten und sie nicht vergessen.« Sie spielte mit ihrem Armreif und starrte auf den Boden. »Doch die Leere bleibt, genauso wie die Angst. Nachts wache ich manchmal auf, weil ich denke, der Boden bebt, oder ich träume, dass Steine vom Himmel regnen. Der Geruch von Schwefel steigt mir in die Nase, überall grollt und donnert es. Und was ich dabei sehe …«

Damion rückte ganz nahe an sie heran und legte einen Arm um sie. »Gerade in den schwersten Stunden braucht man Geborgenheit. Ich hoffe, du hast einen Halt in deinem Leben?«

»Die Beerdigung hat geholfen, aber nur bedingt. Die Vorwürfe meiner Eltern …« Sie brach ab. Ihre Eltern hatten ja recht. Ihr Ehrgeiz hatte Maya getötet.

»Und natürlich meine verfluchten Vorgesetzten, für die Maya nur eine Zeile im Protokoll ist«, fuhr sie fort. »Keiner von ihnen ist gekommen, sie haben nicht einmal einen Brief mit Worten der Anteilnahme geschickt – stattdessen nur einen neuen Auftrag, als wäre nie etwas geschehen.« Sie schnaubte verächtlich. »Wenigstens lenkt die Arbeit mich ab.«

»Und doch sprichst du von einer Leere in dir.«

Im Hintergrund prallten weiterhin die Äste der beiden Kontrahenten aufeinander, begleitet von einer Vielzahl an Geräuschen, die Lon von sich gab. Er stöhnte, ächzte und fluchte.

Erst jetzt merkte Leanne, wie nah Damion ihr war. Sie konnte jede einzelne seiner Wimpern sehen und bewunderte sie für ihre Länge.

»Auch wenn man es mir vielleicht nicht anmerkt«, flüsterte sie, »aber die Trauer zerfrisst mich. Ich habe Angst, dass ich irgendwann daran zerbreche.«

Ihre Worte überraschten sie selbst. Sie hatte diese Gefühle seit Mayas Tod nicht ein einziges Mal laut ausgesprochen. Mit wem hätte sie auch darüber reden sollen? Hätte man ihr erzählt, dass sie sich nun einem nahezu Fremden anvertrauen würde – sie hätte denjenigen wohl für verrückt erklärt. Aber hier saß sie nun, und es tat gut, endlich über das zu reden, was ihr auf der Seele lag.

Damion setzte wieder seinen eindringlichen Blick auf, als versuchte er, in ihren Augen zu lesen, als suchte er in ihnen nach einer Antwort. »Das kann ich gut verstehen. Deswegen hatte ich nach deinem Halt gefragt. Viele Menschen suchen ihn bei den Göttern. Wie ist das bei dir?«

Ein leichter Wind kam auf und blies Leanne eine Strähne ins Gesicht. »Ich weiß nicht …«

»Glaubst du denn an die Barmherzigkeit der Götter?«

Sie zog die Augenbrauen zusammen. »Natürlich glaube ich daran! Ich huldige ihnen vielleicht nicht genug, aber ich würde sie niemals infrage stellen.«

»Und warum spürst du dann nicht, wie sie dir helfen? Warum geht es dir immer noch so schlecht?«

Wie konnte er es wagen, die wahren Götter zu kritisieren? War ihm nicht bewusst, dass er Dinge aussprach, für die man ihm die Zunge abschneiden konnte?

»Sollten die Götter in solchen Momenten nicht helfen?«, fragte er weiter.

Leanne wollte etwas erwidern, doch in dem Augenblick kamen Lon und Dogo wieder. Lons Gesicht war knallrot, sein Oberteil triefend vor Schweiß. »Nicht ein einziges Mal hat er mich gewinnen lassen!«, schimpfte er.

Wortlos ging Dogo an ihnen vorbei und plünderte seine Vorräte. Nun aß er wie ein Verhungernder. Ganz so angenehm lebte es sich mit leerem Magen offenbar doch nicht.

Leanne sah über Damions Aussagen über die Götter hinweg. Sie wollte keine Themen mit großem Streitpotential anfangen. Zum ersten Mal hatte sie das Gefühl, all das ansprechen zu können, was ihre Seele bedrückte. Und das waren nicht die Götter.

»Wir sollten weitergehen«, sagte sie.

»Wieder Liyus suchen?«, fragte Lon zwischen zwei hechelnden Atemzügen. »Die lassen sich heute bestimmt nicht mehr blicken. Ist ihnen viel zu heiß.«

»Du meinst, *dir* ist zu heiß?«

»Mir auch und dir ebenso.«

Wie gerne wollte sie ihrem frechen kleinen Bruder widersprechen, doch die Hitze war mittlerweile tatsächlich nahezu unerträglich.

»Ihr könnt mit zu unserer Gemeinschaft kommen«, schlug Damion vor. »Wir sind eine kleine Gruppe von Menschen, die abseits der Städte in einem Zeltlager leben. Es ist ganz in der Nähe.« Er zwinkerte ihnen zu. »Dort gibt es viele schattige Plätze.«

Mehr Zeit mit ihm zu verbringen klang großartig, und sie musste sich zusammenreißen, nicht sofort aufzuspringen. Doch seine abfälligen Worte den Göttern gegenüber nagten noch immer an ihr. Was hatte er sich dabei nur gedacht? War das nur ein flüchtiger Gedanke von ihm gewesen oder war er tatsächlich vom Glauben abgekommen? Ein gefährliches Spiel trieb er allemal. Und sollte Leanne sich weiterhin in seiner Nähe aufhalten, machte sie sich ebenfalls strafbar, wenn sie solche Aussagen nicht meldete – ganz abgesehen davon, wie die Götter über sie richten würden.

Außerdem war er immer noch ein Fremder.

»Was ist das für eine Gemeinschaft?«, fragte sie.

»Eine Gruppe von Männern, Frauen und Kindern, die miteinander arbeiten und das Leben genießen. Wir haben uns aber auch eine wichtige Aufgabe gestellt: Wir helfen Bedürftigen.«

Sie runzelte die Stirn. »Helfen? Du sprichst in Rätseln.«

»Menschen in Not können sich an uns wenden. Obdachlose, Ausgestoßene, körperlich Eingeschränkte – bei uns werden alle akzeptiert. Wir bieten ihnen Brot, Heilkünste und ein Dach über dem Kopf. Dafür steht unsere Gemeinschaft.«

Seine Antwort warf mehr Fragen auf, als sie beantwortete. Sie konnte sich unter seiner Gemeinschaft immer noch nichts vorstellen und dass eine kleine Gruppe so vielen Leuten tatsächlich helfen konnte, bezweifelte sie.

»Wenn ihr mitkommt, könnt ihr euch ein eigenes Bild machen«, meinte er.

»Ich bin dafür«, warf Lon ein und packte sein Bündel so schnell wie nie zuvor.

Dass Lon gehen wollte, hätte sie sich denken können. Ihn lockte die Abwechslung – Hauptsache, er musste keine Tiere studieren.

»Wie weit ist dein Lager von hier entfernt?«, fragte sie Damion.

»Mit dem Pferd höchstens zwei bis drei Stunden.«

»Und können wir in der Nähe irgendwo übernachten?«

»Ihr könnt bei uns bleiben. Wir haben genügend Zelte über.«

Leanne konnte sich gut vorstellen, dass Maya in dieser Situation die Augen gerollt hätte. *Sei kein langweiliger Esel!,* hätte sie ihr mit breitem Grinsen vorgeworfen. *Du magst ihn doch, also geh gefälligst mit!*

Und ihre Schwester hätte recht gehabt. Natürlich wollte sie Damion näher kennenlernen. Zwar waren seine Aussagen über die Götter bedenklich gewesen, doch im Lager würde sie die Gelegenheit haben, ihn besser kennenzulernen und sich ein Bild von ihm und seiner Gemeinschaft zu machen. Und für den Notfall wusste sie ja Dogo an ihrer Seite.

Damions Lager befand sich auf einer einsamen Wiese nahe am Wald. Kein Weg führte dorthin, die nächste Stadt war mehrere Reisestunden entfernt. Vierzig bis fünfzig Zelte reihten sich aneinander, die meisten davon klein und simpel. In der Mitte des Platzes standen einige deutlich größere Zelte mit aufwändigen Farbmustern. Sie waren reich geschmückt mit verschiedenen Pflanzen, die an den Seiten angebracht waren. Ein großer Brunnen mit zwei Seilzügen versorgte die Menschen mit Wasser, daneben brannten mehrere Feuerstellen.

Im Lager herrschte reges Treiben. Zwischen den Zelten wuselten die Mitglieder der Gemeinschaft umher. Mehrere Männer hackten Holz, zwei Frauen schleppten Kisten. Hunde tollten auf der Wiese herum, eine Frau verfolgte ein gackerndes Huhn. Leanne stieg ein angenehmer Duft von Brühe in die Nase, der von einem dampfenden Kessel über einer Feuerstelle verströmt wurde. Pausenlos war ein Mann damit beschäftigt, in dem riesigen Gefäß zu rühren, während eine Frau immer wieder abschmeckte und dabei unzufrieden den Kopf schüttelte. Aus einer hinteren Ecke drang Gitarrenmusik, in der Ferne ertönte das Klirren von Metall auf Metall, vermutlich von einem Schmied.

»Damion, willkommen zurück!«

Zwei Männer begrüßten ihn mit Umarmung und warmen Worte. Danach kam eine ältere Frau mit Kind an der Hand auf ihn zu und fiel ihm um den Hals. »Wie geht es dir? Hattest du eine schöne Reise?«, fragte sie.

Von überall her strömten die Leute herbei. Offenbar hatten sie ihn bereits vermisst. Auch an den drei Gästen, die er mitgebracht hatte, zeigten sie großes Interesse. »Seid willkommen in unserem Lager!«, rief eine Frau. »Wir freuen uns, dass ihr den Weg zu uns gefunden habt. Wo kommt ihr her?«

Damion musste sie in ihrer Euphorie erst einmal dämpfen. »Habt Geduld, meine Freunde. Wir können alle Neuigkeiten gleich in Ruhe besprechen. Holt die anderen herbei, dann halten wir eine Versammlung ab.«

Auf seine Worte hin ließen die Menschen alles stehen und liegen. Besonders eifrige Kinder und Jugendliche spurteten los, um allen im Lager schnellstmöglich Bescheid zu geben, und so bildete sich innerhalb kürzester Zeit ein großer Kreis um Damion. Leanne und Lon nahm er zu sich in die Mitte.

»Wer ist neu in unserer Gemeinschaft?«, fragte er in die Menge.

Eine kleine Gruppe aus Männern, Frauen und Kindern kam zögernd zu ihnen in die Mitte. Die einen liefen mit gesenktem Kopf, die anderen blickten sich mehrfach um. Leanne konnte ihre Verunsicherung gut nachvollziehen. Auch ihr war es unangenehm, dass so viele Augen auf sie gerichtet waren, und vermutlich wussten diese Menschen genauso wenig wie sie, was Damion mit ihnen vorhatte.

»Seid ihr eine Familie?«, fragte er die Gruppe.

Sie verneinten.

»Wurdet ihr eurer Familie entrissen?«

Betretenes Nicken.

Daraufhin ging er einen Schritt auf sie zu. »Ich weiß, wie ihr euch fühlt. Ihr habt etwas Wertvolles im Leben verloren und als ihr Hilfe gesucht habt, wurdet ihr im Stich gelassen, vielleicht sogar verschmäht oder davongejagt. Und nun wisst ihr nicht, wem ihr trauen könnt. Doch bei uns dürft ihr alles aussprechen, was euch auf dem Herzen liegt. Fühlt euch frei und redet. Jeder wird euch zuhören, das verspreche ich euch. Und wer mich kennt, der weiß, dass ich meine Versprechen halte.«

Nun wandte er sich den Geschwistern zu. »Lasst mich meine Gäste vorstellen, die ich in Tillamoon kennengelernt habe: Leanne und ihr Bruder Lon.«

Plötzlich wurde es laut. Die Mitglieder der Gemeinschaft hießen die drei willkommen. Leanne hatte das in dieser Form nicht erwartet. In der Universität konnte man von den meisten Leuten höchstens ein angedeutetes Nicken zur Begrüßung erwarten, doch hier fühlte sie sich wie eine gefeierte Königin, die nach langer Zeit zu ihrem Volk zurückgekehrt war.

»Erzählt uns doch, was am Sansurio passiert ist«, sagte Damion.

Ihr Blut wallte auf und schoss in ihren Kopf. Sie konnte und wollte nicht darüber reden – nicht jetzt und erst recht nicht vor so vielen Menschen, die sie nicht einmal kannte. Hektisch blickte sie sich um und suchte nach einem Ausweg aus der Situation, sah allerdings bloß in fragende Gesichter. Die Leute schienen ernsthaft an ihrer Geschichte interessiert zu sein, doch warum sollte sie sich ihnen anvertrauen?

»Ihr müsst das natürlich nicht tun, wenn ihr nicht möchtet«, fügte Damion hinzu. »Ihr könnt es jetzt erzählen, morgen, in einer Woche oder niemals. Aber ich verspreche euch, es würde euch gut tun. Wir sind keine Menschen, die nachtreten. Wir fangen euch auf und helfen euch wieder auf die Beine.«

»So ist es«, bestätigte eine Frau. »Ohne diese Gruppe hätte ich mir schon längst einen Strick um den Hals gelegt. Ich habe meine gesamte Familie verloren, doch hier habe ich eine neue gefunden.«

Ein alter Mann trat vor und stützte sich auf seinem Gehstock ab. »Viele Jahre habe ich meine Trauer in mich hineingefressen und sie nach meiner Seele greifen lassen. Aus Trauer wurde Wut, aus Wut wurde Hass. Ich war ein verbitterter Mann, hatte bloß noch Feinde und keine Freunde mehr. Doch diesen Menschen habe ich mich anvertraut und seitdem Frieden mit mir selbst geschlossen. Es war die beste Entscheidung, die ich je getroffen habe.«

»Ich weiß nicht, ob ich das kann«, gestand Leanne.

»Das verstehe ich«, sagte Damion. »Wenn du möchtest, kann ich das Reden für dich übernehmen.«

Sie atmete tief ein. Ja, vielleicht war das ein guter Anfang. Schließlich wollte sie sich aussprechen. Sie *musste* es tun, früher oder später.

Und so nickte ihm zu.

»Leanne und Lon waren während des Infernos auf dem Sansurio unterwegs«, sprach er zur Gemeinschaft. »Es traf sie unerwartet, sie hatten keine Gelegenheit zu fliehen. Nur durch großes Glück haben sie überlebt. Ihre Schwester jedoch ...« Er machte eine kurze Pause und sah sich um, als wollte er sich vergewissern, dass alle zuhörten. »Ihr Name war Maya. Einundzwanzig Jahre alt, eine lebensfrohe Frau. Ihr wurde das Leben entrissen, als die Katastrophe heraufbeschworen wurde.«

Leanne horchte bei seiner Wortwahl auf. Er hatte angedeutet, dass das Inferno mit Magie entfacht worden war. Doch von wem? Immerhin hatte er selbst gesagt, dass Menschen so etwas nicht zu tun vermochten.

Ihr blieb allerdings keine Zeit, um über seine Worte nachzudenken. Eine Frau kam auf sie zu und schloss sie in die Arme. »Mein herzliches Beileid.«

Hinter der Frau wartete bereits ein Mann, der sie ebenfalls umarmte. »Wir sind immer da, wenn du Hilfe brauchst oder reden möchtest«, versprach er. »In diesen fürchterlichen Tagen müssen wir zusammenhalten und aufeinander aufpassen.«

Eine Traube bildete sich um sie und Lon. Alle wollten mit den Geschwistern sprechen. Leanne war völlig überwältigt, ihr stockte der Atem bei so viel Trost und Zuspruch dieser völlig fremden Menschen. So etwas hatte sie noch nie zuvor erlebt, und sie spürte, wie sehr sie diese Herzlichkeit gebraucht hatte. Sie lachte unkontrolliert, gleichzeitig kamen ihr die Tränen. Die Menschen munterten sie auf, als wären sie schon von Kindheit an ihre besten Freunde gewesen. Mit jedem Wort und mit jeder Umarmung schien ein weiteres kleines Gewicht von ihren Schultern zu fallen. Auch Lon rieb sich die Augen. Er tat so, als juckten sie, aber es war nicht schwer zu erkennen, dass er nur seine Tränen verbergen wollte.

Auch die anderen Gäste des Lagers, die Damion zu sich in die Mitte geholt hatte, trauten sich nun zu sprechen. »Zwei Tage lang war ich in meinem Haus eingesperrt«, erklärte eine Frau. »Diese verdammten Steine, die vom Himmel gefallen sind! Ich konnte weder Tür noch Fenster öffnen, musste Tage warten, bis man mich befreit hat. Mein Mann und mein Sohn jedoch …« Ihre Stimme brach.

Die meisten der Neuankömmlinge hatten während des Infernos Familie und Heimat verloren, doch in diesem Lager glücklicherweise einen Zufluchtsort gefunden. Ohne die Gemeinschaft wären sie jetzt bettelarme Vagabunden, wie sie in letzter Zeit so zahlreich durch das Reich streiften.

Ein Mann jedoch war aus anderen Gründen hier. »Hätten sich die Bastarde nicht mit meinem Geld zufriedengeben können?«, brüllte er. »Nein, meine kostbare Seide haben sie auch mitgenommen, diese Gauner. Ich kann froh sein, dass ich noch lebe. Die haben mir mit der Keule eins übergezogen, da lag ich flach, und zwar bis in die Nacht hinein!«

»Hast du nach Hilfe gesucht?«, fragte Damion.

»Klar, ich bin zum Lord gegangen, doch da musste ich zwei Tage lang anstehen. Und als ich endlich dran war, meinten sie bloß: ›Ja, Herr Bauer Beuleneumel aus der Hütte rechts vom Bach, wir verstehen Euch. Aha, nun gut, wir kümmern uns darum‹.« Der Mann machte eine abweisende Geste mit der Hand. »Die hätten mir genauso gut einen Blumenstrauß in den Arsch schieben können. Na ja. Bin dann zum Orden des Lichts gegangen, aber da hieß es nur: ›Niemand da, niemand Zeit, kommt doch später wieder – am besten im nächsten Zeitalter, wenn eine zweite Sonne aufgeht. Dann ist es vermutlich etwas ruhiger bei uns‹.«

Damion nickte, als hätte er das schon geahnt. »So etwas hören wir hier ständig. Der Orden des Lichts kümmert sich nicht um Bedürftige. Er treibt Geld ein, wenn es dir gut geht, und lässt dich verkümmern, wenn du am Boden liegst. Die Priester leben in ihrer eigenen selbstgefälligen Welt und verurteilen jeden zum Kerker oder zum Tode, der ihnen nicht bedingungslos gehorcht. Und die Ritter des Lichts setzen diese Interessen mit dem Schwert durch, anstatt für den Frieden zu kämpfen.«

Die umstehenden Menschen hatten ihn mit Worten der Zustimmung befeuert. Sie waren im Laufe seiner Rede immer lauter geworden, hatten ihn am Ende beinahe übertönt. Leanne dagegen stellten sich die Nackenhaare auf. Diesmal hatten sich seine Worte zwar nicht gegen die wahren Götter, die Schöpfer von Welt und Menschen, gerichtet, dafür gegen den Orden des Lichts. Der Orden war die Institution, die die wahren Götter auf der Erde vertrat. Die Priester des Ordens waren dazu auserkoren, im Namen der Götter zu sprechen und ihre Lehren und Gebote zu verbreiten. Sie standen für alles, woran Leanne und der Großteil der Bewohner des Königreichs glaubten.

Und Damion hatte sie soeben heftig kritisiert – so heftig, dass Leanne sich hektisch umsah.

Wo sind wir hier bloß hineingeraten?

Damion hob seine Hand, sogleich wurde es wieder ruhig. »Bei uns jedoch ist das anders«, fuhr er fort. »Es zählt nicht, wer ihr vorher wart, wie ihr gelebt oder was ihr gemacht habt. Hier ist jeder Mensch gleich viel wert. Niemand erteilt Befehle, niemand wird verurteilt. In unserer Gruppe arbeiten, essen und singen wir gemeinsam. Hat einer von uns Probleme, so lösen wir diese gemeinsam. Hat einer von uns Kummer, so teilen wir seinen Schmerz, bis es ihm wieder besser geht. Dafür steht unsere Gemeinschaft, mit Überzeugung, Hingabe und Stolz.«

Die Menge jubelte – im Gegensatz zu Leanne. Sie fühlte sich wie in einem Albtraum, in dem der Mörder mit seinem Messer immer näher kam. Erst jetzt wurde ihr klar: Keine seiner bisherigen Aussagen hatte Damion aus der Laune heraus gemacht. Er meinte seine Kritik ernst. Er hetzte gegen die wahren Götter und gegen den Orden des Lichts.

Panisch griff sie Lons Hand und sah sich nach Dogo um. Sie mussten verschwinden. Sofort!

»Autsch!«, jammerte Lon und entzog ihr seine Hand. »Was soll das?«

»Wir müssen hier weg«, flüsterte sie leise.

»Hast du Angst?«

Ja, die hatte sie. Angst vor den Menschen hier und woran sie glaubten. Angst vor dem Zorn der Götter. Eigentlich musste sie die Gemeinschaft melden und von Damions Ansichten berichten. Alles andere wäre töricht und eine Missachtung des Gesetzes.

Und doch wehrte sich ein Teil ihres Herzens dagegen.

Sie mochte diese Gemeinschaft schon jetzt. Sie stand für vieles, das sie an der Universität vermisste: Freundlichkeit, Hilfsbereitschaft,

Trost und Zusammenhalt. Damion hatte nicht gelogen. Sie halfen Bedürftigen. Die Frage war nur, mit welchen Mitteln sie das taten.

Damion trat zu ihr und blickte sie besorgt an. »Geht es dir nicht gut?«

Ihre Gedanken überschlugen sich. Sie konnte ihm unmöglich sagen, worüber sie gerade nachgedacht hatte, schließlich konnte sie nicht einschätzen, wie die Bewohner dieses Lagers reagieren würden. »Alles in Ordnung. Es ist nur etwas viel auf einmal. Die vielen Menschen, diese Freundlichkeit …«

»Das verstehe ich gut«, sagte er und deutete auf eine freie Stelle zwischen den Zelten. »Kommt! Wir bauen dort euer Zelt auf, dann kannst du dich etwas ausruhen. Nimm dir so viel Zeit, wie du brauchst, um dich zu sammeln.«

»Warte!«, zischte Fletch, der am Morgen ebenfalls angereist und nun unbemerkt neben sie getreten war. »Du willst sie ernsthaft hier übernachten lassen?«

»Natürlich möchte ich das«, antwortete Damion in einem Ton, als hätte Fletch die dümmste Frage der Welt gestellt. »Hast du vergessen, wofür wir einstehen? Wir helfen den Menschen.«

»Ja, den Bedürftigen! Sehen die für dich so aus, als bräuchten sie unsere Hilfe?« Er machte sich nicht einmal die Mühe, leise zu sprechen. »Die sind aus der Hauptstadt, sind sogar Gelehrte. Deren Taschen quellen über vor Silbermünzen. Außerdem haben die einen verdammten Koloss von Söldner im Schlepptau, der auf ihre gepuderten Ärsche aufpasst.«

Dogo trat einen Schritt nach vorne. »Hütet Eure Zunge!«

Fletch grinste, völlig unbeeindruckt von der Drohung. »Zieh ruhig dein Schwert! Zu dem Spaß würde ich nicht Nein sagen. Komm her und …«

»Niemand zieht hier eine Waffe!«, unterbrach ihn Damion. »Wir sind eine friedliche Gemeinschaft und jeder, der hier übernachten möchte, darf das auch. Verstanden?«

Fletch schnaubte verächtlich, dann ging er davon. Nach ein paar Schritten drehte er sich allerdings noch mal um. »Hast du nicht ihren Gesichtsausdruck gesehen, als du vom Orden gesprochen hast? Sie verachtet uns. Arrogantes Hauptstadtweib!«

»Genug jetzt! Gib ihr Zeit, lass sie über alles nachdenken. Sie kann selbst entscheiden, was sie von uns hält. So wie alle anderen auch.«

Kopfschüttelnd verschwand Fletch in der Menge.

»Du darfst dir nichts dabei denken«, erklärte Damion. »Er ist ein Hitzkopf, aber eigentlich ein netter Geselle.«

Leanne atmete tief durch. Erst jetzt merkte sie, wie ihr Herz raste. »Du hast leicht reden. Ich kam mir vor, als hätte mich ein tollwütiger Hund angebellt.«

»Ich verstehe, wenn er dich verunsichert. Aber er ist mein Freund und ich schätze ihn. Du wirst dich sicher noch mit ihm anfreunden. Nun …« Er deutete mit dem Kopf in Richtung der Zelte. »Wir sollten uns jetzt erst mal ausruhen, es war ein anstrengender Tag. Morgen können wir eine Runde spazieren gehen und ich zeige euch die Umgebung. Was hältst du davon?«

Für Leanne klang das nach einer guten Idee. Die Ansichten dieser Menschen waren gefährlich, außerdem schienen sie irgendetwas zu verbergen, sonst wäre Fletch ihr gegenüber nicht so misstrauisch. Doch sie mochte diese Gemeinschaft, daher wollte sie unbedingt mehr über sie herausfinden. Der Spaziergang würde eine gute Gelegenheit sein, um Damion und die Menschen hier besser kennenzulernen. Außerdem konnte sie sich einen Fluchtweg für den Notfall zurechtlegen.

KAPITEL 5

Nach dem gemeinsamen Frühstück brachen sie zu viert zum geplanten Spaziergang auf. Leanne schlug vor, am Waldrand entlangzulaufen, damit sie gleichzeitig nach Liyus Ausschau halten konnten.

Damion hatte jedoch eine andere Idee. »Wenn wir uns schon in Waldesnähe bewegen, können wir ihn auch betreten.«

In den Wald hinein?

Hatte er das gerade tatsächlich vorgeschlagen? So langweilig und frustrierend die Suche nach den Liyus auch sein konnte, das war doch nun wirklich kein Grund, das gefährlichste Gebiet des Königreichs zu betreten. Wie konnte Damion auch nur daran denken, einen Fuß in diesen Wald zu setzen?

»Dort ist es kühl und da tummeln sich seltene Tiere«, begründete er seinen Vorschlag.

Entschieden schüttelte sie den Kopf. »Die Universität warnt schon seit Jahren vor diesem Ort. Er ist verboten, nicht einmal unsere Experten für magische Künste wagen sich zwischen diese Bäume.«

Er lachte. »Wenn du sagst, dieser Wald sei wundersam, würde ich dir sofort zustimmen. Aber gefährlich? Keinesfalls!«

»Was meinst du mit ›wundersam‹?«

»Es ist ein Ort voller Magie. Niemand kann vorhersehen, was dort passiert. Das muss aber nicht zwangsläufig etwas Schlimmes bedeuten, oder siehst du das anders?«

»Dort herrscht Schwarze Magie, heraufbeschworen vom Gott der Finsternis«, erwiderte sie. »Und ja, das finde ich nicht gerade einladend. Ganz und gar nicht.«

»Schwarz? Oder einfach bloß Magie, die die Menschen nicht verstehen und sie deswegen verleumden?«

»Es gibt sicher vieles, das die Menschen nicht verstehen, aber dass dort Schwarze Magie herrscht, kannst du nicht abstreiten. Denk an dieses Dorf, das dort vor sechs Jahren zerstört worden ist. Das war das Werk des dunklen Gottes.«

Seine Stimme wurde schärfer. »Meine Gemeinschaft und ich waren schon zweimal in diesem Dorf, haben dort allerdings nichts gefunden, außer ein paar zerstörten Häusern. Niemand weiß genau, was dort passiert ist. Die Bewohner des Waldes erzählen ganz unterschiedliche Geschichten über diesen Ort. Trotzdem behauptet der Orden des Lichts, die Wahrheit zu kennen, und verbreitet Lügen über angeblich finstere Mächte, um die Menschen zu täuschen und einzuschüchtern. Denn es ist die Angst, die sie in seine Arme treibt, und das nutzen die Priester aus.«

»Nicht nur die Priester, sondern auch die Gelehrten sind sich einig, dass Zantul seine Hand über dieses Dorf gelegt hat. Es zeigt, wie stark er inzwischen geworden ist.«

Sie beobachtete ihn, während er nachdachte. Inzwischen hatte sie einige Muster erkannt. Erwartete er eine Antwort, schaute er sie so intensiv an wie ein Raubtier seine Beute. Dachte er nach, schien sein Blick jedoch durch sie hindurchzugehen, als wäre sie gar nicht da. Wie gerne würde sie seine Gedanken lesen können. Es machte sie wahnsinnig, nicht zu erfahren, worüber er sich ständig den Kopf zerbrach.

Er schloss die Augen und atmete tief durch. »Jedenfalls solltet ihr in den Wald gehen, wenn ihr seltene Tiere sehen wollt«, meinte er schließlich und Leanne wurde das Gefühl nicht los, dass er eigentlich etwas ganz Anderes im Sinn gehabt hatte. »Der Wald ist voller Überraschungen, das gilt auch für seine Tierwelt. Ist das nicht die perfekte Gelegenheit für Tierforscher?« Er musterte sie, doch als sie nicht antwortete, fuhr er fort. »Ihr müsst euch keine Sorgen machen. Ich bin oft im Wald unterwegs und kann euch versichern, dass er nicht gefährlicher ist als andere Teile des Königreichs. Nach wie vor leben dort viele Menschen.«

»Ich will auch in den Wald«, warf Lon ein. »Da ist es nicht so unerträglich heiß und vielleicht passiert dort mal etwas Interessantes.«

Damion hatte mit seinen Worten Zweifel bei Leanne gesät. Im Gegensatz zu ihr lebte er hier und durchstreifte diesen Wald anscheinend öfter. Er sollte einschätzen können, ob es tatsächlich riskant war, ihn zu betreten. Außerdem hatte er recht: Trotz allem, was passiert war, wohnten noch immer viele Menschen in Dörfern, Städten oder abgelegenen Behausungen mitten im Wald. Viel wusste Leanne nicht über das Waldvolk, da sie isoliert vom Rest des Königreichs lebten und sich eigentlich niemand so recht für sie interessierte. Seit der Zerstörung des Dorfes jedoch wurden die Geschehnisse im Wald mit Sorge beobachtet, doch abgesehen von kleineren Vorfällen war seitdem nichts Beunruhigendes passiert.

Ihre Neugier wuchs. Das Inferno, der Wald, Zantul … Wie sollte sie jemals die Zusammenhänge verstehen lernen, wenn sie diese Gelegenheit jetzt nicht ergriff?

Solch eine Entscheidung hätte sie normalerweise mit Maya ausdiskutiert. Sie schloss die Augen und stellte sich vor, was ihre Schwester in dieser Situation sagen würde. *Willst du dich jetzt auf ewig verstecken, du Nuss? Geht einfach nicht zu weit hinein, dann wird schon nichts passieren.*

Wieso glaubte sie, dass Maya sie als Nuss beschimpft hätte? Jedenfalls war sie überzeugt davon, dass ihre Schwester diese gefährliche Expedition befürwortet hätte, und so sagte sie schließlich: »Unter einer Bedingung. Wir bleiben am äußersten Rand, Tagesreisen entfernt von diesem ominösen Dorf. Und beim ersten Anzeichen von Gefahr verschwinden wir.«

Beklemmung überkam Leanne, als sie den Wald betraten. Es war deutlich kühler als erwartet. Mächtige graue Wolken schoben sich vor die Sonne und ließen einen sanften Nieselregen auf die Gruppe herab. Die Härchen an ihren Armen stellten sich auf und sie spürte ein unangenehmes Kribbeln im Nacken. Sie bekam Kopfschmerzen, ihre Atmung beschleunigte sich. Die hohen Bäume schienen sie einzuengen, mit jedem Schritt tiefer in den Wald hinein wurde sie nervöser. Ihr war, als würde sie von den Pflanzen beobachtet werden, als tummelte sich etwas im Gebüsch, als lauerte hinter jedem Baum ein gefährliches Tier.

Ständig meinte sie, Bewegungen aus dem Augenwinkel zu bemerken, einmal sogar ein seltsames rotes Leuchten. Doch jedes Mal, wenn sie hinschaute, stellte sie fest, dass sie sich das nur eingebildet hatte.

Dein Geist spielt dir Streiche. Dies ist bloß ein Wald, eine Ansammlung von Bäumen. Lass dich nicht einschüchtern!

Die Gruppe blieb eng beieinander. Damion pfiff munter seine Lieder, der Rest hüllte sich in Schweigen.

Irgendwann durchbrach Lon die Stille. »Warum hat der Wald keinen Namen? Er ist riesig und liegt im Zentrum des Königreichs.«

»Trotzdem interessiert sich kein Mensch für ihn«, erklärte Damion. »Hier gibt es kein Gold, kein Silber und die Menschen leben so zerstreut, dass man sie im Kriegsfall nur schwer versammeln könnte. Der Wald ist ein bedeutungsloser Flecken Erde. Seine Einwohner unterstehen keiner Obrigkeit, außer natürlich dem König direkt, aber der hält es nicht für nötig, ihn zu besuchen, ebenso wenig wie seine Vorgänger. Oder hast du – abgesehen von all den Märchen, die der Orden verbreitet – schon viel über diesen Ort gehört?«

»Nein«, gab Lon zu. »Aber ein Wald braucht doch einen Namen.«

Plötzlich blieb Damion stehen und hob eine Hand, als Zeichen, dass er etwas bemerkt hatte.

»Was …?«, fragte Leanne, doch in dem Moment hörte sie es auch.

Etwas surrte und klapperte, dazu ertönte ein metallenes Klingeln, als spielte jemand auf einer Triangel. Leanne hatte solch eine Kombination von Klängen noch nie gehört und sie konnte kein Muster erkennen, nach dem sie auftraten.

Außerdem kamen sie immer näher.

Dogo legte eine Hand ans Heft seines Schwertes, Damion stellte sich vor Leanne. Die jedoch wollte sich nicht die Sicht versperren lassen und trat hinter ihm hervor. Die Geräusche näherten sich, doch zu sehen war nichts. Vor der Gruppe lag bloß der Wald, nahezu bewegungslos, als handelte es sich um ein Gemälde.

Schließlich kam etwas hinter den Bäumen hervor. Es war ein kleiner Schwarm länglicher, dünner Tiere, schlangenähnlich. Sie schwebten durch die Luft und bewegten sich dabei so grazil wie Delphine unter Wasser. Leanne schätzte ihre Länge auf vier bis fünf Fuß. Ihre Körper waren nahezu durchsichtig und strahlten in einem intensiven Violett, das einen Schimmer auf die nahegelegenen Bäume warf. Ihre Köpfe sahen aus wie die von Echsen oder Drachen.

Insgesamt ein gutes Dutzend dieser Tiere, die Leanne völlig unbekannt waren, schwirrte durch die Lüfte. Sie hatten vor der Gruppe Halt gemacht, schwebten vor und zurück, empor und wieder herab. Manche steuerten auf die vier zu und drehten im letzten Moment wieder ab. Sie wurden immer schneller, ihre Bewegungen immer hektischer und willkürlicher. Leanne kannte das von anderen Tieren, die keine Menschen in ihrem Revier duldeten und aggressiv wurden. Instinktiv wich sie ein Stück zurück, die anderen taten es ihr gleich.

Eines der Tiere schnatterte, was das metallene Geräusch hervorrief, das Leanne schon von Weitem gehört hatte. Hinzu kamen schrille Töne in kaum zu ertragender Lautstärke – die Wesen schrien. Vorsichtig ging die Gruppe rückwärts. Lon hob einen Stein vom Boden auf, Dogo knurrte, als wäre er ein Hund.

Niemand wird uns hier helfen können.

Eines der Tiere öffnete sein Maul und stieß Schwaden weißen Nebels hervor, die eine Eiseskälte ausstrahlten. Ein anderes flog auf sie zu und schrie in solch schrillem Ton, dass Leanne sich die Ohren zuhalten musste. Stechender Schmerz durchfuhr ihren Kopf.

Weitere Schreie, dichtere Nebelschwaden. Dogo zog sein Schwert und schlug wild um sich, doch die Tiere bewegten sich viel zu schnell.

Leanne sah nur einen Ausweg. »Lauft!«

Sie rannten los. Dogo war erstaunlich schnell für seine Statur und hatte kurze Zeit später alle überholt. Leanne sprintete, wie sie es seit ihrer Kindheit nicht mehr getan hatte. Sie vergewisserte sich, dass Lon mithalten konnte, traute sich aber nicht, sich zu den Tieren umzudrehen – nicht solange sie diese fürchterlichen Geräusche hörte, die in den Ohren schmerzten. Doch mit jedem Schritt klangen sie ab, bis Leanne den Blick über die Schulter wagte und erleichtert feststellte, dass die Tiere sich nicht die Mühe machten, ihnen zu folgen.

»Verdammtes Nagelbrett, Öl und Pech!«, fluchte sie zwischen rasselnden Atemzügen. Lange hätte sie nicht mehr rennen können, ihre Lunge brannte wie Feuer.

»Dogo hätte sie alle zweigeteilt!«, schnaubte der Söldner, der offenbar auch im Zorn gerne von sich in der dritten Person sprach. »Ihr hättet ihm mehr Zeit geben müssen.«

»Was war das?«, fragte Damion. »Etwas in der Art habe ich noch nie gesehen.«

»Nicht die Spur einer Ahnung!«, rief Leanne in einer Lautstärke, als müsste die ganze Welt davon erfahren. »Ich kenne keine Tierart, die auch nur annähernd mit diesen Schlangenviechern verwandt sein könnte.«

»Schlangen? Für mich waren das Würmer mit Drachenköpfen«, meinte Lon.

»Schön und elegant waren sie in jedem Fall«, meinte Damion, der offenbar schon wieder durchgeatmet hatte. »Wunderschöne Motive für Zeichnungen.«

Leanne entfuhr ein bitteres Lachen. »Nun ja, sie sahen … interessant aus. Lon? Hey, Lon! Das müssen wir der Universität melden.«

»Erst mal«, gab dieser in ungewohnt gebieterischem Ton zurück, »müssen wir hier weg!«

Kaum hatten sie den Wald verlassen, schrieb Leanne ihre Beobachtungen stichpunktartig nieder, während Lon sich um die Zeichnungen kümmerte. Anschließend holte Leanne eine gelbe Flöte aus ihrem Beutel hervor und spielte eine Melodie aus acht Tönen.

»Eine Tubix-Flöte«, erklärte sie, als sie Damions verwirrten Blick sah, und zeigte ihm das fein geschnitzte Kunstwerk. »Sie zählen zu den ältesten noch erhaltenen Instrumenten. Sie wurden mit Magie geschaffen und Gelehrte haben sie über Jahrtausende hinweg weiterentwickelt. Mit ihnen kann man bestimmte Tiere zähmen und abrichten«

»Und was hat dieses Lied bewirkt?«

»Ich habe einen Tikadu gerufen. Du wirst ihn gleich sehen.«

Wenig später rauschte ein großer, bunter Vogel in atemberaubender Geschwindigkeit heran und landete vor der Gruppe auf dem Boden. Seine Flügelspannweite entsprach der Größe eines ausgewachsenen Menschen und sein Schnabel war geformt wie eine Sichel.

Damion wich einen Schritt zurück. Leanne schmunzelte. »Keine Sorge, er ist harmlos. Ein Tikadu hat noch nie einen Menschen angegriffen.«

Sie rollte ihre Aufzeichnungen und Lons Bild zusammen und band es an die Füße des Vogels. Einmal in die Hände geklatscht und der

Vogel schoss empor und flog mit lautem Zischen zurück in Richtung Westen. Sein Ziel war die Universität in Lloyandasburg.

»Der schnellste Vogel des Königreichs«, erklärte sie, während sie ihm mit der Hand über der Stirn hinterherschauten. »Die Notizen werden in Kürze die Fakultät erreichen. Ich bin gespannt, was sie sagen werden. Bei einem so spektakulären Fund sollten sie eigentlich sofort antworten.«

Am Abend erzählte Damion voller Ehrfurcht von ihrer Begegnung mit den seltsamen Tieren im Wald. Die Mitglieder der Gemeinschaft hörten aufmerksam zu und stellten viele Fragen, doch viele davon konnte er nicht beantworten. »Was kann ich über diese Wesen, die offenbar viel Magie in sich tragen, schon sagen?«, fragte er in die Menge. »Selbst für Leanne, eine ausgebildete Tierforscherin, sind sie ein Rätsel.«

Anschließend saßen sie zusammen am Lagerfeuer. Schnell vergaß Leanne ihre Skepsis und Sorgen von gestern. Mit einer Schüssel Nüsse in der einen und einem Glas trockenen Rotwein in der anderen Hand genoss sie den Abend. Damion stimmte mehrere Lieder an. Mit geschlossenen Augen sang er aus voller Kehle. Seine Leidenschaft war ansteckend und er konnte die Menge ohne Probleme animieren, mitzusingen. Am liebsten hätte Leanne ebenfalls mitgesungen, doch leider kannte sie die Lieder nicht und so musste sie sich mit Zuhören begnügen.

In den Liedtexten kamen viele Wörter wie Frieden, Güte und Gerechtigkeit vor – Eigenschaften, die den Menschen hier wichtig zu sein schienen. Es fielen aber auch einige negative Wörter, allesamt auf den Orden des Lichts und die wahren Götter bezogen. Und zu Leannes Leidwesen wurden die Liedtexte zum Abend hin immer eindeutiger. Sie versuchte den Inhalt zu ignorieren, doch die Keule der Erkenntnis, die immer wieder auf sie einschlug, ließ sich nicht aufhalten. So offen, wie die Bewohner dieses Lagers die Götter kritisierten, würde man sie in vielen Teilen des Königreichs an den Galgen hängen. Offenbar war das der Grund dafür, weshalb sie ein Leben fernab jeglicher Zivilisation führten.

Und Leanne und Lon befanden sich auf einmal mitten unter ihnen.

Man konnte sie genauso bestrafen, wenn man sie an der Seite von Ketzern sah. Und selbst wenn sie sich vor möglichen Strafen verstecken konnten – vor ihrem eigenen Gewissen würden sie nicht fliehen können. Gotteslästerung war eine Sünde. Jeder wusste das.

Die Zweifel in Leanne wuchsen schneller als die Bisonbäume in Lylion. Sie fühlte sich zunehmend unwohl, als hätte ihr jemand ein Gift injiziert. Sie dachte an die gefürchtete Sekte, die in dieser Gegend ihr Unwesen trieb. Schon oft hatte sie von den *Zwölf Boten* gehört, sie standen ganz oben auf der schwarzen Liste des Ordens. Große Kopfgeldsummen waren auf ihre Mitglieder ausgesetzt, zuletzt hatte sogar die Universität in ihrem Auftrag vor ihnen gewarnt. Und leider passte Damions Gemeinschaft genau auf die Beschreibung dieser Sekte: eine Gruppe von Menschen, die abseits der Städte hauste und sich gegen die Götter auflehnte.

Andererseits erschien ihr der Gedanke absurd. Die Menschen hier waren friedfertig. Hier wurde gewiss niemand gehäutet, versklavt oder gefoltert, so wie man es sich über diese Sekte erzählte. Und aufgrund ihrer geringen Größe konnten sie weder für den Orden noch für die umliegenden Städte eine große Gefahr darstellen. Sicher wusste Damion mehr über die *Zwölf Boten,* und wenn sie ihn darauf ansprach, würde sich herausstellen, dass ihr Verdacht abwegig war.

Nach dem Gesang setzte er sich zu ihr. Sie hatte schon den Mund geöffnet, um ihre heikle Frage zu stellen, doch plötzlich regte sich Widerstand in ihr. Im Moment wollte sie jeden Augenblick mit ihm einfach nur genießen. Keine aufwühlenden Themen mehr – ihre Sorgen und dunklen Gedanken über Mayas Tod und die Universität sollten sich bitte in Luft auflösen! Damion und seine Gemeinschaft waren so hilfreich dabei, alles um sie herum zu vergessen und das Leben zu genießen – warum sollte sie das aufs Spiel setzen? Sie verdrängte die Frage und stellte stattdessen eine andere – eine, die ihr schon seit ihrem ersten Aufeinandertreffen auf der Zunge lag: »Darf ich in deinen Haaren rumwühlen?«

Er runzelte die Stirn. Offenbar konnte er nicht einordnen, was diese Frage zu bedeuten hatte. »Ich verstehe nicht … Nein … Wieso …?«

Sein Protest kam zu spät. Ihre Hände fuhren bereits durch seine zerzausten Haare, bis er nach ihnen griff und sie festhielt.

»Du brauchst dich nicht zu wehren«, sagte sie und kicherte. »Es sieht ohnehin so aus wie vorher, da kann ich wuscheln, so viel ich will.«

»Rachel«, rief er.

Ehe sie begriff, was er vorhatte, lag sie laut lachend auf dem Boden und setzte sich mit Armen und Beinen strampelnd zur Wehr.

»Aufhören!«, keuchte sie zwischen zwei Atemzügen.

»Wer angreift, muss auch verteidigen können.«

Sie wand sich unter seinen Händen, lachte und japste. »Hab Erbarmen! Eure Strafen sind ja noch schlimmer, als man euch nachsagt.«

Sofort hörte er auf, sie zu kitzeln, und presste die Augenbrauen zusammen. »Was soll das heißen?«

Sie erschrak. Warum hatte sie das gesagt? Die Worte waren ihr so leicht über die Lippen gekommen, als wären sie ein Witz gewesen. Und doch hatte sie den schlimmen Verdacht, der ihr auf dem Herzen lag, soeben mehr als angedeutet. Sie setzte sich auf, wischte sich die Lachtränen von den Wangen und sah ihn verstohlen an. »Damion … wie heißt eure Gemeinschaft?«

Sein Gesichtsausdruck war plötzlich wie in Stein gemeißelt.

So wie er reagiert, trifft meine Befürchtung zu … oder?

Sie kaute auf ihren Fingernägeln.

Nun sag doch endlich was!

Er richtete sich auf und nahm seine Schultern nach hinten. Jeder Muskel in seinem Körper schien angespannt zu sein. Schließlich holte er tief Luft und sagte: »Wir sind die *Zwölf Boten*.«

Auch wenn sie es bereits erwartet hatte, traf die Erkenntnis sie wie ein Pfeil in die Brust. Sie wagte nicht, sich zu bewegen, ja, nicht einmal zu atmen. Sie fühlte sich, als zeigten zehn Schwertklingen auf ihren Hals, alle in den Händen feindlicher Soldaten. Ihre Sorge war also weder absurd noch paranoid gewesen, sondern vollkommen berechtigt. Damions Gemeinschaft war in Wahrheit eine im ganzen Königreich gefürchtete Sekte, die offen gegen die wahren Götter und den Orden des Lichts rebellierte. Eine blutrünstige Horde, die mordend und plündernd von Stadt zu Stadt zog und den Menschen mit Gewalt ihre Ideologie aufzwang. Angeblich hinterließen sie überall, wo sie auftauchten, zahlreiche Tote, rauchende Ruinen und verbrannte Erde. Und sie praktizierten Schwarze Magie – die verbotene Kunst des dunklen Gottes Zantuls.

»Ich weiß, woran du denkst«, unterbrach er ihre Gedanken. »Zähl ruhig auf, was du schon alles über uns gehört hast. Was ist das Grauenvollste, das sie über uns verbreitet haben?«

Genau das spukte tatsächlich in ihrem Kopf herum. Ja, man erzählte sich die schrecklichsten Geschichten über ihre Taten: Menschen häuten, bei lebendigem Leib verbrennen, Kinder als Opfergaben für Zantul darbieten … Allein die Erwähnung ihres Namens brachte Menschen dazu, ihre Heimat fluchtartig zu verlassen.

Diene oder opfere dich!, hieß es.

Doch nichts davon wagte sie auszusprechen. Am liebsten hätte sie beteuert, nie etwas Schlechtes über die *Zwölf Boten* gehört zu haben, aber das würde er sofort durchschauen. Jeder kannte diese Sekte, dazu musste man keine Gelehrte sein oder in der Hauptstadt leben.

»Alles Lügen!«, rief er plötzlich, obwohl sie gar nichts gesagt hatte. Sie erkannte seine Stimme kaum wieder, dunkel und kratzig, mit einer unverkennbar tief sitzenden Wut darin. »Der Orden des Lichts hasst und fürchtet uns. Die Priester geben sich als Helfer der Armen und Bewahrer des Friedens aus, doch stattdessen schüren sie die Ängste der Menschen und nutzen diese aus. Sie halten sie dumm und abhängig, damit sie ihnen wie Köter hinterherrennen und gehorchen, ohne je etwas zu hinterfragen. Ihnen geht es nur um Macht. Und wir? Wir sind die Einzigen, die ihre Machenschaften entlarven. Natürlich wollen sie uns deswegen einen Strick um den Hals legen. Sie würden *alles* tun, um das Volk gegen uns aufzubringen.«

Leanne starrte ihn mit offenem Mund an. Bisher hatte sie seine Worte verdrängt, so gut es ging, doch nun sah sie sich direkt mit seiner Ideologie konfrontiert. Sie befand sich mitten im Herz dieser Sekte, deren Blut durch Damions Adern pulsierte.

»Leanne, ich verstehe deine Zweifel und Ängste«, fuhr er fort, jetzt wieder leiser. »Man hat dir dein Leben lang etwas anderes erzählt. Deine Eltern glauben an die ›wahren‹ Götter, genauso deine Großeltern und all die Menschen um dich herum. Ihr bekommt von Geburt an in den Kopf gehämmert, wer die Guten sind und wem ihr folgen sollt. Und wenn es doch mal einer wagen sollte, auch nur den geringsten Zweifel auszusprechen, so richtet man ihn hin.«

Aus dem Augenwinkel nahm Leanne eine Bewegung wahr und drehte sich um. Fletch trat von hinten an Damion heran und packte ihn an der Schulter. »Du erzählst es ihr jetzt schon?«

Damion warf ihm einen bösen Blick zu. »Hast du etwas zu sagen?«

»Du weißt, wo sie herkommt!« Er spuckte auf den Boden. »Und trotzdem erzählst du ihr frei heraus, wer wir sind? Wenn sie uns an ihre Schnöselfreunde aus der Hauptstadt verrät, kriegt sie so viel Gold in den Rachen gestopft, bis sie platzt.«

»Schweig!« Er richtete seine Worte an Fletch, ohne jedoch den Blickkontakt zu Leanne zu unterbrechen. »Sie ist keine von diesen Kötern, sie hat einen wachen Verstand. Lass sie bei uns leben und uns bei der Arbeit beobachten. Sie wird sich ihr eigenes Bild machen – unabhängig von den Märchengeschichten und Hasstiraden des Ordens.« Dann wandte er sich wieder an Leanne. »Du hast uns in Tillamoon und hier im Lager erlebt. Kommen wir dir vor wie Barbaren?«

Sie starrte ihn an, unfähig, sich zu bewegen oder die Lippen zu einem Wort zu formen.

Wenn ich jetzt etwas Falsche sage, werde ich diesen Ort nie wieder lebend verlassen.

Sie wollte verneinen oder zumindest den Kopf schütteln, doch sie war zu verängstigt, um ihre Gedanken zum Ausdruck zu bringen. Fletch blickte sie an wie ein zähnefletschender Wolf, Damions Gesichtsausdruck konnte sie im Moment nicht deuten.

Doch war ihre Angst berechtigt? Bislang hatte sie wahrlich nicht den Eindruck, als wären die Mitglieder der *Zwölf Boten* böswillig – ganz im Gegenteil. Sie waren freundlich, höflich und hilfsbereit. Außerdem hatte Damion etwas Überzeugendes an sich. Wenn er etwas sagte, hörte sie ihm gerne zu, und seine Worte regten sie zum Nachdenken an. Sie mochte seine Einstellung und teilte viele seiner Überzeugungen.

Aber diese Gotteslästerei! Er gehört einer grausamen Sekte an. Anscheinend ist er sogar ihr Anführer.

»Bleib bei uns und überzeuge dich«, sagte er, auch wenn das für Leanne mehr wie ein Befehl denn ein Vorschlag klang – oder redete ihre ängstliche Stimme ihr das bloß ein?

Fletch fügte nichts hinzu, schien sich aber zu denken: *Ich ramme dir ein Messer ins Herz, damit du uns nicht an den Orden auslieferst.*

Sie ertrug es kaum, wie die beiden sie anstarrten, und bat um einen Moment, um sich mit Lon und Dogo abzusprechen.

»Was meinst du, Lon?«, flüsterte sie.

Schulterzucken. »Können gerne bleiben.«

Er tat so, als wäre ihm das egal, doch Leanne durchschaute ihn: Er wollte im Lager bleiben, denn es gefiel ihm hier. Er hatte hier sogar schon die ersten Kontakte zu Gleichaltrigen geknüpft.

»Und Eure Meinung, Dogo?«

»Ich bin doch nur ein Söldner«, antwortete dieser. »Bezahlt mich und ich folge Euch in jeden Sumpf.«

Leanne seufzte. Sie musste diese Entscheidung allein treffen.

Wir können das Lager jetzt nicht verlassen. Wo sollen wir um diese Uhrzeit noch hin? Außerdem würden die Bewohner des Lagers skeptisch werden, allen voran Fletch. Vielleicht würde er uns sogar verfolgen – oder Schlimmeres – um sicherzugehen, dass wir nicht direkt zum Orden laufen.

Mehrmals ließ sie sich diese Gedanken durch den Kopf gehen, bis sie sich eingestand, dass sie bloß nach Ausreden suchte. In Wahrheit war die Freude über Damions Angebot größer als die Furcht vor der Gemeinschaft. Von der Tierkunde musste sie sich nach dem heutigen Erlebnis erst einmal erholen, zumal jede Wanderung mit einem meckernden Jungen und einem schweigsamen Söldner im Schlepptau zu einem schwerfälligen Trott wurde. Dann waren da noch ihre Vorgesetzten in der Universität, die sich einen Dreck um Mayas Tod scherten. Allein der Gedanke an ihre Respektlosigkeit schmerzte ihr in der Seele. Sie wollte nicht zurück in ihre alte Welt. Sie würde unglücklich werden, es hassen, wieder jeden Moment an Maya denken müssen.

Die Aussicht jedoch, weitere Tage mit Damion zu verbringen, ließ ihr Herz sofort schneller schlagen. Er folgte einer verwerflichen Ideologie und hatte sich soeben – vom Frust getrieben – von einer anderen Seite gezeigt, und das empfand sie als unangenehm. Doch eigentlich war er ein ausgelassener, freundlicher und verständnisvoller Mensch. Und diesen ersten Eindruck hatte sie auch von den anderen Bewohnern des Lagers gewonnen. Sie spendeten Trost und halfen ihr, nicht an Selbstvorwürfen zu ersticken.

Sollen Fremde über die Gemeinschaft doch erzählen, was sie wollen! Ich werde mir mein eigenes Urteil bilden – so, wie Damion es vorgeschlagen hat.

Und so drehte sie sich um und lächelte ihn an. »Wir bleiben bei euch.«

Zwar schien er guten Mutes gewesen zu sein, dass sie sich so entscheiden würde, doch als sich seine Haltung entspannte und sich seine Mundwinkel nach oben zogen, erkannte sie seine Erleichterung.

Ganz im Gegensatz zu Fletch.

Der ohnehin schon große und bedrohliche Blondschopf schien aus Leannes Perspektive noch weiter zu wachsen, wenn er seinen Hass versprühte. »Ich beobachte dich. Ihr Schönlinge aus der Hauptstadt seid raffgierig und falsch. Zeig mir nur einmal dein wahres Gesicht und du bist fällig!«

Die Drohung ließ Leannes Knie zittern und schnürte ihr die Kehle zu. Doch sie hielt seinem Blick stand. Sie konnte sich nicht ständig von ihm einschüchtern lassen.

Dich und die anderen werde ich auch beobachten, Fletch. Zeigt mir nur einmal ein anderes Gesicht – jenes, für das eure Sekte berüchtigt und gefürchtet ist – und ihr seid fällig.

KAPITEL 6

Zwei Frauen kamen im Lager an – ebenfalls Opfer des Infernos, ebenfalls auf Hilfe angewiesen. Damion organisierte ein Zusammentreffen, bei dem die Bewohner des Lagers sich ausgiebig Zeit für die Neuankömmlinge nahmen. Sie hießen sie willkommen und hörten sich ihre Geschichte an. Danach wurden sie mit Essen, neuer Kleidung und Zelten versorgt. Sie würden zunächst neben Leanne, Lon und Dogo wohnen.

»Wenn ihr ständig neue Mitglieder aufnehmt, platzt euer Lager doch bald aus allen Nähten«, meinte Leanne.

»Nicht alle, die herkommen, bleiben bei uns«, erklärte Damion, während er einige dicke Äste zur Feuerstelle brachte, wo er alle bis auf einen auf den Boden fallen ließ. »Viele verlassen uns wieder, sobald sie irgendwo Arbeit gefunden haben. Und das akzeptieren wir, denn wir zwingen niemanden, bei uns zu bleiben. Außerdem bringen wir nicht alle hier in diesem Lager unter, sondern verteilen sie auch auf die nahegelegenen Ortschaften. Dort gehören uns viele Häuser, Farmen und Geschäfte.«

»Ich dachte, ihr wärt vollständig hier versammelt?«

Er holte ein Klappmesser aus seiner Tasche und ließ es mit einem lauten *Klack* aufspringen. »Nein, manche von uns leben lieber in der Stadt. Außerdem bleibt unser Lager auf diese Weise überschaubar. So erregen wir weniger Aufsehen und können im Notfall schneller flüchten.«

Je mehr Damion erklärte, desto mehr Fragen stellten sich Leanne.

»Wissen die anderen Neuankömmlinge, wer ihr seid?«

Er schüttelte den Kopf. »Denkst du, das wäre weise?«

»Sicher nicht. Aber uns hast du es sofort erzählt.«

Er setzte mit der Klinge am Ast an und schabte die Rinde ab. Seine Bewegungen waren schnell und präzise. »Habe ich nicht. Du hast es selbst herausgefunden, und weil ich dir und deinem Urteil vertraue, habe ich es nicht geleugnet. Du bist klug, daher wirst du erkennen, dass ich die Wahrheit spreche. Wir sind eine Gemeinschaft, die anderen Menschen hilft. Warum also solltest du uns dem Orden ausliefern?«

Er schnitzte das Ende des Astes zu einer Spitze. Das stetige Ratschen wirkte hypnotisierend.

»Und wie seid ihr zu eurem Ruf gekommen?«, fragte sie. »Sicher, ihr übt harsche Kritik an den Göttern und am Orden, aber das tun auch andere Menschen in diesem Königreich, vor allem nach dem Inferno. Warum habt ausgerechnet ihr diesen schlimmen Ruf? Warum verachtet und fürchtet euch jeder? Warum warnt sogar die Universität vor euch?«

»Leanne …« Er legte alles beiseite und stand auf. »Wir kritisieren nicht nur die Götter.«

Und da konnte sie sich die Frage plötzlich selbst beantworten. Im Inneren hatte sie die Antwort schon gewusst, nur hatte sie sich dagegen gewehrt, diese Erkenntnis in ihr Bewusstsein sickern zu lassen. Der eine Satz hatte jedoch ausgereicht, diese Blockade zu überwinden. Weitersprechen war nicht mehr nötig. Sie wusste genau, was er jetzt sagen würde.

»Wir folgen Zantul«, erklärte er mit Stolz in der Stimme. »Der Orden bezeichnet ihn als ›Gott der Finsternis‹, aber das ist nur ein dämlicher Name, um ihm Böses anzuhängen. In Wahrheit steht er für Frieden, Güte und Gerechtigkeit. Er ist der einzig wahre Gott.«

Kein Unverständnis, kein Zorn. Stattdessen setzte sich Traurigkeit in Leanne fest. Damion war ein kluger Mann, warmherzig und verständnisvoll. Wie hatte es dazu kommen können, dass er solch einem Irrglauben folgte? Hatte man ihn vielleicht schon als Kind manipuliert?

Und was war mit ihr?

Zwar schämte sie sich dafür, in diesem Moment auch an sich und ihre Zukunft zu denken, konnte sich aber nicht dagegen wehren.

Damion tat ihr gut, am liebsten würde sie ihm nicht mehr von der Seite weichen. Doch bei seiner Weltanschauung war das unmöglich.

Sie nahm seine Hand. Er hatte eine ungewöhnlich weiche Haut. Mit erwartungsvollem Blick schaute er sie an, während Wärme in ihr aufwallte und sich ein Kribbeln durch ihren Körper zog. Kurz vergaß sie, was sie sagen wollte, und genoss den Augenblick.

Das Leben könnte so schön sein …

Erst nach einer Weile fand sie die Worte, um ihre Gedanken aussprechen zu können. Sie seufzte. »Zantul verkörpert das Böse«, sagte sie mit belegter Stimme und versuchte, so ruhig wie möglich zu klingen. »Das behauptet nicht nur der Orden des Lichts, auch an der Universität sind wir davon überzeugt. Die Gelehrten für Götter und magische Künste sind sich schon seit Menschengedenken einig, dass Zantul Schwarze Magie beschwört, um das Reich zu unterwerfen. Und die Gelehrten sind nicht gerade oft einer Meinung mit den Priestern.«

Sie biss sich auf die Unterlippe und wartete auf seine Antwort. Doch er erwiderte nichts. Und das machte ihre Anspannung nur noch schlimmer. Wenn sie mit einer Sache nicht umgehen konnte, dann mit Schweigen. »Unzählige Dokumente zeugen von seinen Gräueltaten«, fuhr sie leise fort. »Denk nur an …«

»Lügen! Alles Lügen!«, fuhr er sie an. »Das wird den Menschen seit Generationen in die Köpfe gemeißelt!« Er sprang auf und lief hin und her, bis er abrupt wieder vor ihr stehen blieb. »Willst du wissen, wie es wirklich war? Zantul hat schon immer über unser Reich gewacht, schon bevor die Menschheit existierte, und in jedem Zeitalter herrschte Frieden. Dann jedoch kamen Yanus und seine heimtückischen Gefährten. Zantul hat ihnen vertraut, doch sie haben ihn verraten. Haben seine Güte ausgenutzt und ihn gestürzt. Seitdem säen sie ihr niederes Gedankengut in die Köpfe der Menschen und strafen sie willkürlich mit Krieg, Krankheit und Hunger. ›Gott des Lichts‹ nennt sich dieser Yanus, dabei ist er derjenige, der die Finsternis verkörpert – er und seine acht Schergen, die heute als die ›wahren‹ Götter bezeichnet werden. Natürlich glaubt jedes Kind an die unrechtmäßigen Götter, denn sie waren gut darin, die Geschichte neu zu schreiben. Sie haben Dokumente vernichtet, Zeugen getötet und ihre Lügen verbreitet. Über Jahrtausende hinweg.«

Immer mehr Menschen stellten sich um ihn herum und lauschten seinen Worten mit großer Ehrfurcht. Er drehte sich langsam im Kreis, wollte jeden Umstehenden miteinbeziehen, suchte den Blickkontakt. »Doch es existieren Aufzeichnungen über die wahre Geschichte, wenn auch nur noch sehr wenige. Uralte Relikte und Dokumente, die erzählen, wie es sich wirklich zugetragen hat. Sie entlarven das Lügenkonstrukt der sogenannten ›wahren Götter‹. Wenn du willst, Leanne, kannst du sie dir gerne ansehen.«

»Aber … das Dorf …«, stammelte sie, überfordert von all den schwerwiegenden, abfälligen Aussagen, die Damion in ihre Richtung schleuderte und mit denen sie sich noch nie in ihrem Leben konfrontiert gesehen hatte.

»Ja, die Priester wollen uns weismachen, dass Zantul es zerstört und seine Einwohner getötet hat. Sie geben ihm die Schuld an jeder Katastrophe. Aber ich habe dir erzählt, dass wir dort waren, um uns die Lage anzuschauen. Vor sechs Jahren, kurz nachdem es passiert war, und zwei Jahre später noch einmal. Und was haben wir gefunden? Ein zerstörtes Dorf, ja. Ein paar verbrannte Holzbretter auf dem Boden. Aber sonst? Woher wollen Priester und Gelehrte wissen, was dort passiert ist? Sie haben die Waldbewohner nur kurz und oberflächlich befragt, sie halten sie für ein eigenartiges Völkchen, dumm, abergläubisch und weltfremd. Oder liege ich da falsch?«

Vorsichtig schüttelte sie den Kopf. Falsch war nicht, was er sagte. Die zuständigen Gelehrten hatten Schwarze Magie in großen Mengen aufgespürt und waren sich sicher, dass Zantul in diesem Dorf gewütet hatte. Aber auch sie konnten nicht rekonstruieren, was genau vorgefallen war.

Trotzdem ergaben seine Worte keinen Sinn. »Erklär mir bitte, wieso du glaubst, die wahren Götter seien böse. Tut mir leid, aber ich kann dir nicht folgen. Ich bin viel im Königreich unterwegs und habe nicht den Eindruck, als müsste jeder Mensch in Angst und Schrecken leben.«

»Weil du dich daran gewöhnt hast. Das trübt deine Sicht. Wenn die Götter wirklich für Liebe und Frieden stehen, warum herrscht dann ständig Krieg? Für ein nutzloses Stück Land schlagen sich Menschen gegenseitig den Kopf ab. Sie plündern, morden, vergewaltigen, und immer trifft es Unschuldige. Wieso lassen die Götter das zu?

Warum lassen sie die Pest zwischen uns wüten, warum sterben Mütter bei der Geburt ihrer Kinder, warum wird so vielen Menschen alles genommen?«

Fast das gesamte Lager hatte sich mittlerweile um die beiden herum versammelt.

»Wieso peinigen sie uns mit Sommern, die Flüsse austrocknen und Ernten zerstören? Wieso strafen sie uns mit Wintern, die Menschen in ihrem eigenen Zuhause erfrieren lassen? Und denk an all die Unwetter, Flutwellen, Sandstürme und – wie du selbst erleben musstest – feuerspeiende Berge. Hast du dir nie Gedanken darüber gemacht, wer das Inferno verursacht hat?«

Sie fühlte sich wie in einem Albtraum. Damion konfrontierte sie mit schrecklichen Aussagen, während gleichzeitig unzählige Blicke von Menschen, die seine Ansicht teilten, auf ihr lasteten. Sie sah sich nach Dogo um, doch was konnte er alleine gegen so viele Menschen ausrichten?

»Wer hat denn die Macht über das Feuer?«, fragte Damion. »Zantul nicht mehr, denn Yanus hat sie ihm entrissen und ihn in die Unterwelt verbannt. Er hätte nicht die Kräfte, um so ein großes Unheil heraufzubeschwören. Doch ich kann dir sagen, wer sie hat: Ementos. Er ist nun der Gott des Feuers, nachdem Yanus ihm diese Macht übertragen hat. Wer außer ihm sollte für diese Katastrophe verantwortlich sein?«

Leanne starrte ihn an. Ihr Herz raste, als wäre sie seit Stunden gerannt. Es fühlte sich an, als würde sie mit jedem seiner Worte schrumpfen, während die Menschen um sie herum wuchsen.

Hör auf … bitte!

Doch Damion redete in Rage weiter. »*Er* ist für das Inferno verantwortlich. Ementos hat deine Schwester getötet! Und viele andere Menschen ebenfalls.«

Das war zu viel. Sie rannte in ihr Zelt, sank zu Boden und vergrub das Gesicht in den Händen.

Ementos hat deine Schwester getötet!

Wie in einer Schlucht hallten Damions Worte in Leannes Kopf nach. Sie versuchte, an etwas anderes zu denken, doch der Satz bohrte sich wie ein Stachel in ihre Seele.

»Glaubst du ihm?«, fragte Lon.

Eine schwierige Frage. Doch die Zweifel, die an ihr nagten, würden Lon verunsichern und das konnte sie auf keinen Fall zulassen. »Natürlich nicht«, behauptete sie. »Die wahren Götter haben von Anfang an geherrscht, sie sind die Schöpfer der Erde. Zantul hat lediglich die Unterwelt erschaffen, nichts weiter. Sein Reich ist die Finsternis, seine Waffe die Schwarze Magie.«

Ementos hat deine Schwester getötet!

»Wieso hat er von Yanus und seinen acht Gefährten gesprochen?«, fragte Lon weiter.

»Er behauptet, Zantul wäre einst der einzige Gott gewesen, bis er von diesen neun gestürzt wurde. Das würde bedeuten, dass die wahren Götter damals noch keine waren. Was für ein Unsinn! Was sollen sie dann gewesen sein? Normale Menschen? Wie soll ein Mensch plötzlich zu einem Gott werden? Stell dir Yanus doch mal als armen Bauern vor.« Sie verstellte ihre Stimme und machte überspitzte Gesten, als spielte sie in einem schlechten Theater. »Seht her, ich bin Yanus! Eben noch den Pflug in der Hand, herrsche ich plötzlich über das Licht, hoho! Wie praktisch! Da schnappe ich mir doch meine acht Gesellen aus dem Stall und stürze ganz beiläufig den herrschenden Gott Zantul, das mächtigste Geschöpf auf Erden.«

Ein bitteres Lachen entfuhr ihr. Auf diese Weise klang es tatsächlich lächerlich.

»Also glaubst du weiter an die wahren Götter und ihre Lehren?«

Sie nickte. »Selbstverständlich. Sie sind die Guten.« Doch während sie das sagte, dachte sie wieder an den Gott des Feuers und was er womöglich zu verantworten hatte.

Ementos hat deine Schwester getötet!

Nach einer Weile lugte Damion ins Zelt. »Darf ich hereinkommen?«, fragte er so ehrfürchtig, als spräche er mit einer Königin.

»Natürlich.«

Er trat ein und setzte sich zu den Geschwistern. »Ich bitte euch um Verzeihung. Manchmal packt mich der Zorn, und dann kann ich mich nicht zügeln. Daran muss ich arbeiten.« Seine Worte klangen aufrichtig.

Leanne seufzte. »Ist schon in Ordnung. Ich muss das nur erst einmal verdauen.«

»Das verstehe ich. Ich habe mich in meine Rede hineingesteigert und euch überrumpelt.«

Sie kam nicht umhin, seine Einstellung zu bewundern. Niemand gab gerne seine Fehler zu, doch für ihn schien das kein Problem zu sein.

Den Inhalt seiner Worte nahm er jedoch nicht zurück.

»Möchtet ihr euch nicht wieder zu uns setzen?«, fragte er. »Einige haben schon nach euch gefragt.«

Lon stand sofort auf, doch Leanne packte ihn am Arm und hielt ihn zurück. »Es war ein langer Tag. Ich denke, es ist besser, wenn wir uns jetzt ausruhen.«

Ihr Ton duldete keinen Widerspruch und auch der flehende Gesichtsausdruck ihres Bruders erweichte sie nicht. Mit Dogo im Zelt nebenan waren sie erst einmal sicher. »Morgen ist genug Zeit, um die Gegend und die Menschen besser kennenzulernen«, ergänzte sie.

»Warum nicht heute?«, fragte Lon enttäuscht.

»Hey«, mischte Damion sich ein. »Auch wenn es nervt – sie hat recht. Ruht euch aus. Morgen ist ein neuer Tag und es gibt wie immer viel zu tun.« Er zwinkerte Lon zu. »Ich hoffe, du wirst uns helfen.«

Lon nickte begeistert, seine Augen leuchteten. »Mach ich!«

»Das freut mich! Wir können aufgeweckte, junge Männer gut gebrauchen.« Er stand auf und bedachte Leanne mit einem Lächeln. »Gute Nacht, ihr zwei.«

Die halbe Nacht wälzte sich Leanne im Bett herum. Sie war hin- und hergerissen, ihr Herz pochte, als verrichtete sie schwere Arbeit.

Was war dran an Damions Worten?

Manches klang durchaus logisch, doch sie hatte es von Grund auf anders gelernt und konnte sich nicht vorstellen, dass alles, woran sie glaubte, gelogen sein sollte. Passte sie in die Welt, in der die Menschen in diesem Lager lebten, überhaupt hinein? Je länger sie darüber nachdachte, desto tiefer sackte die Erkenntnis, dass sie es nicht tat.

Leider.

Und das galt natürlich auch für Lon. Er war ihr kleiner Bruder. Sie musste ihn beschützen. Bei Maya hatte sie bereits versagt, doch diesen Fehler würde sie nicht wiederholen. Sie musste ihn von hier fortbringen.

Am nächsten Tag fand sie zunächst keine Gelegenheit, allein mit ihrem Bruder zu sprechen. Während er zur Jagd mitgenommen wurde, half sie beim Waschen der Kleidung. Und je weiter der Tag voranschritt, desto weniger konnte sie sich dazu durchringen, ihn aufzusuchen und ihre Sachen für die Abreise zu packen. Die Menschen im Lager verhielten sich weiterhin so nett und hilfsbereit, dass Leanne ihre Entscheidung, das Lager zu verlassen, immer stärker anzweifelte, zwischenzeitlich tendierte sie sogar dazu, zu bleiben. Diese Gruppe schien keine ›Sekte‹ zu sein. Zwar folgte sie einem falschen Glauben, doch der Begriff war so negativ belegt, dass er Leanne unangemessen erschien. Das Wort ›Gemeinschaft‹, das Damion benutzte, eignete sich viel besser.

Als sie sich endlich ermahnte, vernünftig zu bleiben und alle Risiken noch einmal abzuwägen, war es schon wieder Abend – und somit zu spät. Und es war wieder einer dieser gemeinsamen Abende, die sie so sehr mochte. Die Mitglieder der Gemeinschaft entzündeten ein Feuer und ließen sich dort nieder, um den Tag gemütlich ausklingen zu lassen. Es gehörte zu ihrem Ritual. Während sie tagsüber schufteten wie die Ameisen, entspannten sie sich abends bei einem Glas Wein und lustigen Spielen.

»Wer hart arbeitet, darf auch hart feiern«, erklärte Damion lachend. Er war gut gelaunt, das gemeinsame Essen, Reden und Singen schien ihm viel Kraft zu geben. »Nun, meine Liebe, wie gefällt es dir bei uns?«, fragte er. »Verstehst du dich gut mit meinen Schwestern und Brüdern?«

»Die meisten hier sind wirklich nett«, antwortete sie. Dann dämpfte sie ihre Stimme. »Nur Fletch … Ich fürchte, er mag mich nicht.«

Als ahnte Fletch, dass sie über ihn sprach, schaute er in diesem Moment zu ihr herüber – wie immer mit Argwohn und Missgunst in seinem Blick.

»Er scheint etwas dagegen zu haben, dass ich aus Lloyandasburg komme«, fuhr sie fort.

Damion schmunzelte. »Er denkt, in der Hauptstadt leben nur Adelige, Priester und Gelehrte, und die hält er alle für arrogant und starrköpfig. Hat wohl schon schlechte Erfahrungen gemacht. Jedenfalls sollte er mal mit eigenen Augen sehen, wie viele Menschen dort täglich um ihr Brot kämpfen müssen. Dann würde er anders denken. Aber nimm es ihm nicht übel. Er ist eigentlich ein gutherziger Mensch und er wird erkennen, dass du das auch bist.«

Leanne war sich da nicht so sicher, wollte das Thema aber nicht weiter vertiefen. »Wie viele Mitglieder habt ihr eigentlich?«, fragte sie stattdessen.

»Das kann ich dir nicht genau sagen. Die meisten von uns siehst du hier. Wieso fragst du?«

»Wirklich die meisten? In den umliegenden Städten wohnen doch auch einige, hast du gemeint. Wie viele genau?«

»So viele sind das nicht. Die einen wohnen hier, die anderen dort. Manche besuchen für ein paar Tage unser Lager, dann gehen sie wieder.«

Sie lächelte und schlug ihm sanft gegen den Arm. »Ach, du Ente! Hör auf, meiner Frage auszuweichen. Du bist ihr Anführer, also wirst du doch wohl eine Zahl im Kopf haben.«

»Wir haben keinen Anführer. Die Leute schätzen meinen Rat und vertrauen mir viele Aufgaben an, doch ich befehlige niemanden. Jeder hier ist frei.« Er stand auf, wischte sich den Schmutz von der Hose und bat sie darum, kurz zu warten. Nach einer Weile kam er mit ein paar Blumen zurück. Leanne erkannte sie sofort: die Tränen der Cecilia. *Zart und zerbrechlich,* nannten die Gelehrten für Pflanzenkunde diese Gattung. Sie hatte hauchdünne Stiele und winzige weiße Blüten, wie Kronleuchter geformt. Ihr frischer Geruch erinnerte an Minze.

Leannes Neugier war sofort vergessen. Stattdessen tanzte ihr Herz vor Aufregung. Das letzte Mal hatte ihr jemand Blumen geschenkt, als sie fünfzehn Jahre alt gewesen war – eine Person, die sie absolut nicht ausstehen konnte. Ihr Lächeln ging in ein Kichern über.

»Warum lachst du?«, fragte er irritiert. »Gefallen sie dir nicht?«

»Doch, und wie! Ich freue mich sehr. Es ist nur … Sie riechen so gut, dass ich am liebsten hineinbeißen würde. Kennst du das?«

»Ähm … ehrlich gesagt, nein … Du willst meine Blumen futtern?«

Sie drückte ihm einen Kuss auf die Wange. »Natürlich nicht, du Esel! Ich bin bloß etwas seltsam. Dein Geschenk ist wahnsinnig lieb. Wirklich!«

Jemand legte weitere Holzscheite ins Feuer und kurz darauf schossen mannshohe Flammen in den Himmel, die ein sanftes Licht auf Damions Gesicht warfen. Schon mehrfach hatte sie beobachtet, dass sich Trauer und Frust dort spiegelten, und manchmal ergriffen diese Gefühle von ihm Besitz. Dennoch war er ein Mensch, der ihr allein durch seine Anwesenheit, seine Worte und sein Interesse an ihr über die schlimmste Zeit der Trauer hinweggeholfen hatte. Alleine ihn kennengelernt zu haben, war eine wertvolle Erfahrung.

Gemeinsam schauten sie den anderen dabei zu, wie sie improvisiertes Theater spielten. Jeweils eine Gruppe von fünf Leuten trat in die Mitte und bekam ein Skript vorgegeben, das sie nachspielen musste. Die Zuschauer durften eingreifen, indem sie den Schauspielern ihre Ideen zuriefen.

Leanne und Damion hatten sich währenddessen in ein Gespräch vertieft. »Ich bin im ärmsten Teil Salemsburgs aufgewachsen«, erzählte er. »Die meiste Zeit über waren wir auf uns allein gestellt und mussten uns jeden Schluck Wasser hart erarbeiten. Meine Eltern waren angesehene Mitglieder der *Zwölf Boten,* meine Großeltern väterlicherseits ebenfalls. Daher mussten wir besonders vorsichtig sein. Uns standen nur wenige Zimmer zur Verfügung, die wir mit Bettlern und Ausgestoßenen teilten. Wir haben Durchgänge in die Wände geschlagen, damit wir von Haus zu Haus gehen konnten, ohne die Straße zu betreten, außerdem Löcher in die Erde gebuddelt und mit einer getarnten Falltür abgeschlossen, als Versteck vor der Stadtwache. Mit den Mitgliedern außerhalb der Stadt haben wir über Kontaktpersonen kommuniziert, die allerdings ständig untertauchen mussten. Wäre einer von ihnen gefangen genommen worden, hätten sie ihn gefoltert und all unsere Geheimnisse aus ihm herausgeprügelt. Manchmal haben wir monatelang nichts von ihnen gehört, und dann haben wir uns täglich gefragt, ob sie vielleicht schon längst tot waren.«

»Hast du Geschwister?«

»Ich hatte drei, aber mein Bruder und meine ältere Schwester sind früh gestorben und meine jüngere Schwester …« Er seufzte. »Sie ist abgehauen, als sie zwölf war. Niemand von uns hat das kommen sehen, und wir haben all die Jahre lang nie eine Spur von ihr gefunden. Ich habe nicht die geringste Ahnung, wo sie stecken könnte. Ich hoffe so sehr, dass sie noch lebt. Und dass es ihr gut geht.«

Leanne ließ die Worte kurz sacken. »Und deine Eltern?«

Er schloss die Augen und nahm einen tiefen Atemzug. »Der Orden des Lichts hat sie geschnappt und öffentlich hingerichtet. Und das nur, weil sie nicht dieselben Götter verehrt haben wie die alten Männer in ihren weißen Gewändern. Freudetrunken haben sie die Hinrichtung zelebriert, als hätten sie eine Hochzeit ausgerichtet. Ich war dabei. Ich habe diese Barbarei mit eigenen Augen gesehen.«

Leanne schloss ihn in die Arme. Mayas Tod hatte eine klaffende Wunde in ihrer Brust hinterlassen. Sie ahnte, wie er sich fühlen musste.

»Der Orden ist grausam, Leanne«, fügte er hinzu. »Die Priester und ihre Lakaien handeln so, wie die ›wahren‹ Götter es ihnen befehlen. Gelehrte haben sie auch schon gehängt. Das weißt du doch, oder?«

»Ja.«

»Weil sie die Existenz der Götter bestritten haben. Zugegeben, klug war das nicht. Doch musste man sie dafür gleich aufknüpfen?« Er machte eine kurze Pause. »Bitte entschuldige! Jetzt habe ich schon wieder mit diesem Thema angefangen.«

»Das macht nichts. Aber dein Hass auf den Orden ergreift schnell Besitz von dir und dann bist du nicht mehr derselbe. Ich mag den unbeschwerten und ausgelassenen Damion viel lieber als den verbissenen.«

Sie hakte sich bei ihm unter und legte den Kopf auf seine Schulter. Wärme durchströmte ihren Körper. Der Geruch von Rauch, Stall und Schweiß, der in seiner Kleidung haftete, stieg ihr in die Nase. Sie schmiegte sich noch näher an ihn und vergaß alles um sich herum. All die Zweifel und dunklen Gedanken, die sie seit der Ankunft im Lager mit sich herumtrug, verblassten. Es war egal, woran er glaubte oder was diese Gruppe machte. Im Augenblick zählte nur dieser wundervolle Moment.

KAPITEL 7

Einzelne Sonnenstrahlen kämpften sich durch den kleinen Spalt im Zelt und kitzelten Leannes Gesicht. Schon am frühen Morgen war es brütend heiß. Sie nahm sich eine Flasche Wasser und trank sie in einem Zug leer. Erst dann bemerkte sie, dass Lon nicht im Zelt war. Das war ungewöhnlich, schlief die Schnarchnase doch normalerweise viel länger als sie.

Draußen war bereits einiges los. Eine kleine Gruppe hatte sich um Damion versammelt, der etwas in die Höhe hielt und gestenreich zu den Umstehenden sprach. Leanne gab ihrer Neugier nach und stellte sich dazu. Sie erkannte den Gegenstand in seiner Hand: ein eiserner Schöpferring, das Wahrzeichen der Götter. An dem Ring waren zehn Symbole angebracht, neun auf der oberen Hälfte des Ringes, das zehnte abgeschottet auf der unteren Hälfte. Die oberen neun repräsentierten die wahren Götter, mit Yanus, dem Gott des Lichts und Schöpfer der Sonne, an der Spitze. Ementos, der Gott des Feuers, war zwei Plätze rechts von ihm platziert. Dargestellt wurde er als Mann mit nach oben zeigenden Handflächen, aus denen Flammen emporstiegen.

Ementos hat deine Schwester getötet!

Das zehnte Symbol gehörte Zantul, dem Gott der Finsternis. Angeblich wurde er vom Orden des Lichts absichtlich auf der Unterseite des Ringes platziert. Die Lage sollte repräsentieren, dass er einsam im Reich der Finsternis schmoren musste und ihm der Zugang zur Überwelt, in der die wahren Götter herrschten, auf ewig verwehrt blieb. Am liebsten wollten die Priester Zantuls Zeichen ganz vom Schöpferring verbannen, aber das wagten sie nicht, da sie die Folgen dessen nicht einschätzen konnten. Bis heute verstand niemand – auch nicht die Gelehrten für Götter und Magie –, welche Kräfte in diesem Wahrzeichen steckten.

»Im Dreck haben wir ihn gefunden«, rief Damion. »Jemand hat den Ring einfach auf den Boden geschmissen, zwischen Abfall und Hundescheiße. Seht hin, dann erkennt ihr, was die Menschen inzwischen von den ›wahren‹ Göttern halten. Sie werfen weg, was Generationen ihrer Familie in Ehren gehalten haben. Sie erkennen, dass ihre Götter falsch sind und sie ihnen nicht länger folgen wollen.« Er übergab Fletch den Ring. »Leg ihn zu den anderen. Wir werden sie bald einschmelzen.«

Dann reckte er einen anderen Ring in die Luft – einen, an dem nur ein Symbol zu sehen war, das des dunklen Gottes Zantul. Leanne hatte dieses Wahrzeichen noch nie mit eigenen Augen gesehen, nur einmal auf einer Abbildung in einem Buch. Gemeinhin wurde er als ›Verbotener Ring‹ bezeichnet, auf seinen Besitz stand die Todesstrafe. Die Priester fürchteten ihn, und allein sein Anblick jagte Leanne einen Schauer wie von einer klirrenden Windböe über den Rücken.

Sofort drehte sie sich um und entfernte sich von der Gruppe. Gestern hatte sie sich noch davor gedrückt, doch spätestens jetzt musste sie etwas unternehmen und mehr über diese Gemeinschaft herausfinden. Sie ging durch das Lager und beobachtete dessen Bewohner, belauschte ihre Gespräche und spähte – sofern sich die Gelegenheit ergab – in die Zelte. Doch die Ernüchterung ließ nicht lange auf sich warten. Sie fand nicht einmal im Ansatz etwas, das ihr bei ihrem Zwiespalt weiterhalf, und schon bald fragte sie sich, wonach sie eigentlich suchte. Nach einem hieb- und stichfesten Beweis, dass alle Gerüchte über diese Sekte gelogen waren? Der würde ihr sicher nicht einfach so in den Schoß fallen, nur weil sie gewöhnliche Menschen in ihrem Alltag beobachtete. Außerdem fühlte sie sich bei ihrer Schnüffelei unwohl, wie eine Diebin, die auf den richtigen Moment für eine Plünderung wartete.

Schließlich entdeckte sie Fletch, der sich mit seinem besten Kumpel Maks unterhielt. Sie saßen auf Stühlen, vor ihnen lag ein großer Beutel. Plötzlich holten beide ein Messer hervor. Leanne zuckte instinktiv zusammen, doch die beiden fingen bloß an, Kartoffeln zu schälen.

Du hast Paranoia!

Wenig später traf eine Wagenladung Kisten ein, alle mit Waffen gefüllt. Die Mitglieder der *Zwölf Boten* gingen sofort ans Werk. Sie reparierten Lanzen, spannten Bögen und schärften Schwerter. Lon half fleißig mit. Er sortierte die Waffen und trug sie von einer Stelle zur anderen. Er fand die Arbeit so interessant, dass er unterdessen mehr Fragen stellte als während eines gesamten Lehrjahres an der Universität. Es war schön, ihren kleinen Bruder mit so großem Eifer zu sehen. Das kam nur selten vor, aber jetzt schien er endlich eine Aufgabe gefunden zu haben, in der er aufging.

Sie richtete ihr Wort an Damion, der soeben an sie herangetreten war. »Ich verstehe ja, dass ihr Waffen braucht, um euch zu verteidigen. Aber so viele? Damit könntet ihr die Mauern von Lord Pallamors Burg stürmen.«

»Die sind nur Vorrat. Unsere Gemeinschaft wächst momentan stärker als je zuvor. Gerade in diesen schrecklichen Tagen nach dem Inferno brauchen viele Menschen eine Zuflucht, und die finden sie bei uns.«

»Dann weiß ich ja, wo ich eine Axt finde, wenn ich mal einen Kopf abschlagen muss«, gab sie in ironischem Ton zurück.

Ein Lächeln umspielte seine Lippen. »Ich bete schon mal für denjenigen, der töricht genug ist, sich mit dir anzulegen. Übrigens: Was hat die Universität wegen dieser fliegenden Tiere im Wald geplant?«

»Keine Ahnung. Eigentlich sollten sich längst weitere Tierforscher auf den Weg gemacht haben, um sich unsere Entdeckung anzuschauen. Vielleicht purren sie noch.«

»Vielleicht was?«

»Purren … Kennst du den Ausdruck nicht? Leute, die das tun, nennt man auch ›purrende Puten‹. Das bedeutet, dass sie sich in konfusen, nicht zielführenden Diskussionen verlieren, anstatt zu handeln.«

Er lachte. »Ich kann mir sehr gut vorstellen, was du meinst. Der Ausdruck ist großartig! Den werde ich mir merken.«

Sie zuckte mit den Achseln. »Oder sie nehmen unsere Nachricht nicht ernst. Kann auch sein.«

»Andere haben übrigens auch solche Entdeckungen gemacht.«

Sie runzelte die Stirn. »Ach ja?«

»Josh war gestern im Wald und hat eine Art Hund mit Horn zwischen den Augen gesehen.«

»Wie bitte? Warum erzählst du mir das erst jetzt? Das ist ja … Er soll mir davon berichten!«

Er grinste. »Du bist süß, wenn du so euphorisch bist. Leider kannst du nicht mit ihm sprechen. Er ist schon wieder abgereist. Aber das war nicht das Einzige, das gesichtet worden ist. Insektenfressende Pflanzen, blaue Äpfel …« Seine Augen funkelten, während er davon berichtete. »Überall im Wald herrscht Magie, sie sprüht geradezu Funken. Es ist wundervoll!«

Seine Erzählungen klangen wie aus einem fernen Königreich zu einem anderen Zeitalter. Unweigerlich kam in Leanne wieder die Tierforscherin hervor. »Das Gleichgewicht ist mehr als nur gestört«, sagte sie.

»Was bedeutet das?«

»Es gibt viele Formen von Magie, angewandt von Menschen, Göttern und Natur. Im Normalfall stehen sie im Gleichgewicht zueinander, das heißt, sie kompensieren sich gegenseitig. Wird Magie heraufbeschworen, so wird sie an anderer Stelle ausgeglichen. Für gewöhnlich sind Abweichungen im Gleichgewicht so gering, dass Gelehrte sie nur erkennen, wenn sie präzise danach suchen. Aber je stärker ein magisches Ereignis ist, desto stärker und unkontrollierter ist auch die Reaktion darauf. Und im Moment scheint die Welt durchzudrehen, um es mal salopp zu formulieren. Es muss an Zantul liegen …«

Damion nickte. »Mir war klar, dass alle wieder Zantul dafür verantwortlich machen. Und ausnahmsweise haben sie recht – wenn auch mit der falschen Begründung. Dass er stärker wird, wissen wir alle. Aber statt seine ›Schwarze Magie‹ zu verurteilen, solltet ihr realisieren, was wirklich passiert: Er schenkt den Spezies ihre Freiheit. Dank seiner Kraft und Güte können sie wieder atmen und sich vermehren. Nur deshalb erscheinen im Wald all die Tiere und Pflanzen, die die wahren Götter über Jahrtausende hinweg unterdrückt haben. Das hat nichts mit Gleichgewicht zu tun.«

»Für mich klingt das nicht so malerisch, wie du es darstellst«, protestierte Leanne. »Die fliegenden Schlangenviecher haben uns angegriffen! Wer weiß, welche Form der dunklen Kunst in ihnen steckt.«

»Es gibt nun mal harmlose und gefährliche Wesen. Die Tierwelt ist vielfältig, das weißt du besser als ich. Die Götter jedoch dulden nur gehorsame Untertanen, die sie kontrollieren können. Was sie am meisten fürchten, ist Veränderung, weil diese sie ihre Macht kosten könnte. Die Priester tun daher alles, um die Menschen dumm zu halten, damit niemand auf die Idee kommt, die Götter und den Orden zu hinterfragen. Oder warum lehren sie die Armen nicht die Kunst der Buchstaben? Viele Menschen können nicht einmal ihren eigenen Namen schreiben.«

»Das ist die Aufgabe des Königs und seiner Lords«, widersprach Leanne. »Du kannst nicht alles auf den Orden schieben.«

»Das sehe ich anders. Zu welchem Zweck hat Yanus seine Komplizin Phylenia zur Göttin der Weisheit auserkoren? Es ist ihre Pflicht, die Macht des Wissens zu verbreiten und somit auch die der Priester. Die jedoch kümmert das nicht. Sie lehren nur innerhalb ihrer eigenen Reihen. Die *Zwölf Boten* hingegen haben schon drei Schulen gebaut.«

Leanne riss ihre Augen auf. »Ihr habt Schulen gebaut? Das ist ja großartig!«

»Natürlich nicht unter unserem Namen. Aber wenn man den Städten genug Abgaben zahlt, lassen sie sie sogar stehen – auch wenn der Orden natürlich dagegen ist.«

Leanne konnte ihre Gedanken immer schlechter sortieren. Diese Gemeinschaft nahm Obdachlose auf und baute Schulen für Kinder. Es gab keinen Zweifel daran, dass sie den Menschen half. Auf welcher Seite stand sie wirklich? Kämpfte die gefürchtete Sekte, die den Gott der Finsternis anbetete und den Verbotenen Ring stolz in die Höhe hielt, in Wahrheit für das Gute? Wurde das Königreich Qython tatsächlich von einer großen Lüge beherrscht?

Sie sah zu Lon herüber, der gerade mit einigen Jugendlichen aus dem Lager Schwertkampf übte. Er genoss die Zeit im Lager ganz offensichtlich. Zum ersten Mal seit langer Zeit wirkte er wieder unbeschwert und glücklich. Die ihm zugewiesenen Aufgaben machten ihm Spaß, außerdem hatte er neue Freunde gewonnen. Langsam wurde es für ihn und Leanne ernst, wenn es um die Entscheidung ging, das Lager zu verlassen. Je länger sie blieben, desto heimischer würden sie sich hier fühlen und desto schwerer würde es ihnen fallen, wieder zu gehen. Gerade Lon war mit seinen zwölf Jahren leicht beeinflussbar.

Spätestens jetzt stand für Leanne fest: Sie musste endlich handeln und sich Gewissheit darüber verschaffen, wer die *Zwölf Boten* waren und woran sie glaubten.

»Du hast von Aufzeichnungen über die frühe Geschichte der Götter gesprochen«, sagte sie zu Damion. »Ich möchte sie sehen.«

»Gerne. Aber was ist mit deiner Forschung?«

»Die kann mir fürs Erste gestohlen bleiben.«

Ob all die Bücher, Schriftrollen, losen Blätter und Steintafeln echte Dokumente von vor vielen Jahrtausenden waren, vermochte Leanne nicht zu sagen. Alt waren sie in jedem Fall. Die Seiten waren gewellt, vergilbt und verdreckt, häufig waren sie auch eingeknickt, zerrissen oder fehlten ganz. Die Bindungen drohten jeden Moment auseinanderzufallen.

In den Dokumenten wurde die Geschichte der Götter so erzählt, wie Damion es angedeutet hatte. Angeblich hatte Zantul die Welt erschaffen und alleine über Mensch und Tier geherrscht. Irgendwann wählte er neun Menschen aus, die ihm dabei helfen sollten, seine Lehren zu verbreiten. Er vertraute ihnen und stattete sie mit besonderen magischen Fähigkeiten aus. Doch die Auserwählten nutzten seine Güte aus und fielen ihm in den Rücken. Mit Yanus als Anführer lockten sie ihn in eine von ihnen geschaffene Dimension, in der er seine Kräfte nicht vollständig entfalten konnte. Sie bekämpften und bezwangen ihn und entrissen ihm so die Herrschaft über die Welt, die sie anschließend untereinander aufteilten. Zantul verbannten sie in die Unterwelt.

Jahrtausende später gewann Zantul so viel Macht zurück, dass er die Überwelt wieder betreten konnte – in Menschengestalt. Er war ausgestattet mit gewaltigen Kräften. Jedem Kind in diesem Königreich war dieses Ereignis bekannt, es galt als das wichtigste in der Geschichte der Menschheit. Laut den Dokumenten der *Zwölf Boten* scharte er seine Anhänger um sich, um wieder ein Reich des Friedens aufzubauen. Sie lebten in Wohlstand, mit mildem Wetter, reichhaltigen Ernten und florierendem Handel.

Bis die wahren Götter eingriffen.

Sie übertrugen einen großen Teil ihrer Kräfte auf Yanus, der ebenfalls als Mensch auf die Erde zurückkehrte. Er jagte Zantuls Anhänger wie Vieh. Wer nicht entkam, wurde gehängt, verbrannt oder gehäutet. Seine Barbarei setzte sich fort, bis Zantul ihn aufspürte und herausforderte. Ein tagelanger Zweikampf begann, gleichzeitig tobte das schwerste Gewitter in der Geschichte des Königreichs. Im Volksmund bezeichnete man das ›Duell der Götter‹ daher auch als ›Donnerfehde‹.

Gewonnen hatte schließlich Yanus, der Zantul an einen Amboss kettete. Mit einem gigantischen Hammer und unter Aufbringung all seiner Kraft trieb er ihn aus dem Menschenkörper hinaus und verbannte ihn zurück ins Reich der Finsternis.

Leanne – und fast alle anderen Menschen in diesem Königreich – hatten diese Geschichte anders gelernt. Nach der geläufigeren Version hatten die wahren Götter die Erde erschaffen, während Zantul schon immer in der Unterwelt herrschte. Als der dunkle Gott in Menschengestalt auf die Erde gekommen war, zog er mit seiner Anhängerschaft von Stadt zu Stadt und metzelte alle nieder, die sich ihm nicht bedingungslos unterwarfen. Sie brannten Dörfer und Wälder nieder und rissen Gotteshäuser und Kulturstätten ein. Die Finsternis, die Zantul über dem Reich heraufbeschwor, verdunkelte den Himmel, ließ Tiere verenden, Felder verrotten und vergiftete die Gewässer.

In dieser Variante war Yanus nicht der Tyrann, sondern der Held, der die Menschheit von dem Terror und der Unterdrückung befreite. Der legendäre Amboss wurde daher als heiliger Gegenstand verehrt. Noch heute stand er in der Kathedrale zu Lloyandasburg, zu der Menschen aus weit entfernten Königreichen pilgerten, um ihn zu bestaunen. Für die *Zwölf Boten* galt er dagegen als Artefakt des Bösen.

Leanne bekam Kopfschmerzen. Die Dokumente waren in altertümlicher Sprache verfasst, die Tinte teils stark verblasst. Und zu allem Überfluss brachte das Studieren der Schriften sie kein Stück weiter. Die erhofften Antworten auf all ihre Fragen hatte sie nicht finden können. Stattdessen hatte sie bloß eine zweite Sichtweise auf die geschichtlichen Ereignisse kennengelernt. Natürlich klangen die Dokumente überzeugend, aber das taten die Geschichtsbücher der Universität auch. Im Endeffekt schwirrten ihr mehr Fragen im Kopf herum als zuvor.

Am Abend nahm Damion Leanne mit in Arwils Zelt. Die Menschen im Lager nannten ihn ›den Medizinmeister‹, während sie sein Zelt – das mit Abstand größte im Lager – als ›Die Brauerei‹ bezeichneten.

»Du wirst gleich sehen, warum«, meinte Damion.

Beim Eintreten fühlte sich Leanne, als wäre sie durch eine unsichtbare Wand gelaufen. Es war heiß und furchtbar stickig, außerdem lag ein süßlich-fauliger Geruch in der Luft. An der Seite stand ein langer Tisch mit mehreren Kesseln in unterschiedlichen Größen. Aus einem der Kessel entwich grüner Dampf, in einem anderen gurgelte es. Daneben lag Besteck, dazu einige verschlossene Tongefäße. An der Seite standen zwei große Schränke mit allerhand Fächern, gefüllt mit Flaschen, Gläsern und Beuteln. In der Mitte saßen Arwil und eine Frau im Schneidersitz auf dem Boden. Die Frau hatte blonde Haare, ein hübsches Gesicht und war hoch gewachsen.

Leanne setzte sich zu ihnen und sogleich rückte die Frau dicht an sie heran. »Freut mich, dich kennenzulernen«, sagte sie mit verträumtem Blick. »Ich bin Viviana.«

Arwil nickte Damion zur Begrüßung zu, Leanne beachtete er nicht weiter. Er war breit gebaut und hatte ein rundliches Gesicht mit hoher Stirn und Glatze. Bartstoppeln zeugten davon, dass er sich schon seit einigen Tagen nicht rasiert hatte. Schweiß bedeckte seine Stirn und mit jedem Atemzug schnaufte er deutlich hörbar. Seine Augen hatten eine so dunkle Farbe, dass sie beinahe schwarz wirkten. Sein Körper war mit Tätowierungen, Narben und Verbrennungen überzogen.

Er öffnete eine Schatulle und holte eine kleine Flasche mit rötlicher Flüssigkeit hervor.

»Das ist Shinosin, eine Medizin«, erklärte Damion. »Ich habe mir gedacht, du möchtest sie vielleicht mal ausprobieren.«

»Ich bin aber nicht krank«, entgegnete Leanne.

»Irgendwas ist immer. Kratzer, Schürfwunden, Mückenstiche, Kopfschmerzen … Diese Tinktur heilt den gesamten Körper. Doch nicht nur das: Sie reinigt auch den Geist und befreit die Seele. Sie erfüllt dich mit neuem Leben.«

»Schwarze Magie!«, rief Leanne. Seine bizarre Wortwahl kam ihr bekannt vor. So sprachen Hexenmeister und andere dunkle Seelen, die nachts in den Gassen von Lloyandasburg ihr Unwesen trieben und Menschen vergifteten. »Was ihr praktiziert, ist die Kunst des Bösen!«

»Schwarze Magie? Was soll das bedeuten?«, fragte Damion spöttisch. »Das ist nur ein Begriff, den sich die Priester des Ordens ausgedacht haben, um jede Form von Magie, die sie nicht verstehen, in den Dreck zu ziehen. Die Heiler der Universität sind da nicht besser. Sie ertragen es nicht, dass es Heilkräfte gibt, die sie selbst nicht beherrschen. In ihrem Hochmut sollten sie jedoch nicht vergessen, worauf es ankommt: den Menschen Gesundheit zu schenken.«

Arwil und Viviana nickten Leanne zu. »Ich glaube nicht, dass ich das möchte«, gab diese mit schwacher Stimme zurück.

Viviana rückte noch ein Stück näher an sie heran und legte eine Hand auf ihr Knie. Sie duftete nach Vanille und Zimt. »Probier es ruhig aus. Die Medizin ist ungefährlich. Im Gegenteil, sie tut uns gut. Sie spendet der Seele Kraft und Hoffnung, vor allem wenn man ein so furchtbares Schicksal erlitten hat wie du.«

»So ist es«, fügte Damion hinzu. »Zantul hat sie einst benutzt, um die Menschen zu trösten und sie zu heilen.«

»Ich fange gerne an, wenn dir das lieber ist«, meinte Viviana. Mit einem sanften Lächeln nahm sie das Shinosin langsam ein. Sie schloss ihre Augen und entspannte sich. Ihre Atmung ging schneller, ihre Wangen röteten sich. Sie strahlte Erleichterung und Zufriedenheit aus, ihr Geist schien in eine andere Welt zu schweben. Vollständig gab sie sich der Medizin hin und musste sich stellenweise an Leanne festhalten, um nicht umzufallen.

Schließlich war Leanne an der Reihe. Alle Blicke waren auf sie gerichtet, doch sie zögerte, suchte nach einer Ausrede. Sie konnte ihren Körper doch nicht mit Schwarzer Magie vergiften, außerdem würde sie eine schwere Sünde begehen. Damion ließ den Löffel derweil bis zum Rand volltropfen und hielt ihn ihr vor die Nase. Die Tinktur verströmte einen seltsamen Geruch, der sie ein wenig an Rum, aber auch an Kuhmist erinnerte. Sie rümpfte die Nase. Das Zeug war ekelhaft, sie wollte es nicht in ihren Körper lassen. Doch gerade, als sie ablehnen wollte, wirkte der Geruch auf einmal verlockend, und je mehr er sich in ihrer Nase festsetzte, desto stärker drängten sich die Erinnerungen an das Inferno auf, realer und schlimmer als in all ihren Albträumen. Sie sah Bilder ihrer Schwester, tot auf dem Boden, mit einer klaffenden Wunde am Kopf und in einer Blutlache liegend, die sich erschreckend schnell ausbreitete. Überall um sie herum schossen Steine vom Himmel, ein kläglicher Schrei von Lon setzte sich in ihrem Kopf fest.

Ihre Seele schien nach der Medizin zu schreien, als hätte sie sich schon ein Leben lang nach ihr verzehrt – der letzte Ausweg aus ihrer unendlichen Finsternis. Das Verlangen wurde überwältigend. Ihr Mund wurde trocken, ihre Hände zitterten. Der Geruch schien ihren Geist zu vereinnahmen. Ja, sie wollte das Shinosin unbedingt kosten. Sie musste sogar, diesen Schmerz konnte sie nicht länger ertragen.

Als sie einen Schluck von der dickflüssigen Medizin trank, verzog sie das Gesicht. Sie schmeckte bitter und rauchig, als hätte Arwil verbranntes Kraut untergemischt. Doch kurz darauf durchfloss ein unbekanntes Gefühl ihren Körper. Ihr wurde warm und überall kribbelte es, als wallte ein Feuer in ihr auf, das sich in jeden Finger und in jede Zehe ausbreitete. Ihr Atem raste. Sie ließ das Heilmittel auf sich wirken, vergaß alles um sich herum. Ihre Zweifel und Sorgen verblassten. Sie spürte eine große Kraft in sich, gleichzeitig eine vollkommene Ruhe, wie wenn sie an einem freien Tag auf einer Wiese lag. Jeder Muskel in ihrem Körper entspannte sich, aus der Wärme wurde eine angenehme Hitz, das wohltuende Kribbeln wurde immer intensiver.

Plötzlich hörte es auf und Leanne nahm ihre Umgebung wieder wahr. Ihr war, als wäre ihr Geist aus einer fremden Welt zurückgekehrt.

»Du wirst heute Nacht gut schlafen können«, sagte Viviane mit sanfter Stimme und lächelte.

Leanne schloss die Augen und nickte. Heute Abend würde sie sich in einer Welt jenseits ihrer Sorgen bewegen.

Es ist so schön hier bei Damion. Wieso sollte ich je wieder fortgehen?

KAPITEL 8

Es war mitten in der Nacht, als Leanne aufwachte. Sie war alleine. Wo war Lon? Sie schreckte hoch, erinnerte sich dann jedoch daran, dass er bei seinen neuen Freunden übernachtete.

Alles gut, Leanne. Du hast nur schon ewig keine Nacht mehr alleine verbracht.

Sie verließ das Zelt, um einen Spaziergang zu machen. Der Himmel war klar und die funkelnden Sterne wachten über das Lager. In einem der Zelte unterhielten sich zwei Personen, in einem anderen schnarchte ein Mann so laut wie ein Bär. Am Rand des Lagers hielten einige Personen Wache.

Als sie an Damions Zelt vorbeikam, lugte sie kurz hinein. Er war wach. Melancholisch saß er vor einer Fackel, die im Boden steckte, und starrte ins Feuer. Die Flammen zuckten kurz, als ein Windstoß durch das Lager spukte.

»Darf ich hereinkommen?«, fragte sie.

»Natürlich«, antwortete er leise.

Sie setzte sich neben ihn. Eine Tätowierung prangte auf seiner rechten Brust – ein Abbild des Verbotenen Ringes, der von der Gemeinschaft auch *Xantho* genannt wurde. Sie war groß und erstaunlich fein ausgearbeitet.

»Kannst du nicht schlafen?«, fragte sie.

»Ich schlafe so wenig wie möglich«. Er sprach langsam und ruhig. »Nur wer wach ist, lebt. Schlafende hingegen sind vorübergehend tot.«

»Und was machst du?«

»Nachdenken.«

»Worüber?«

Er seufzte. »Manchmal … fühle ich mich schwach. Vielleicht kennst du das. Ich würde mich gerne verkriechen. Abhauen. Mich nicht länger jeden Tag dieser grausamen Welt stellen. Einfach aufhören zu versuchen, eine bessere aus ihr zu machen.«

So hatte sie ihn bisher noch nicht reden hören. Diese Worte und auch seine Körpersprache – krummer Rücken, hängende Schultern – passten nicht zu ihm. Das war nicht der selbstbewusste, optimistische und lebensfrohe Damion, den sie kannte. Normalerweise diente sein Enthusiasmus anderen Menschen als Motivation, doch nun hockte er in seinem Zelt wie ein Häufchen Elend, traurig und überfordert.

»Diese Phase geht vorbei«, sagte er, als hätte sie ihre Gedanken laut ausgesprochen. »Hoffentlich.«

Sorgenvoll blickte sie ihn an. »Das erklärt, warum du so dunkle Ringe unter den Augen hast. Zu wenig Schlaf ist ungesund.«

Er hob die Mundwinkel zu einem schwachen Lächeln. »Es ist schön zu hören, dass du dich um mich sorgst. Ich weiß das zu schätzen. Aber seit der Orden meine Eltern hingerichtet hat, schlafe ich höchstens drei Stunden die Nacht. Und es geht mir gut.«

Sie rückte an ihn heran und streichelte seinen Nacken. Mit der Zeit wurden ihre Augen schwer, doch im Augenblick war ihr nicht danach, zurück ins Bett zu gehen. Stattdessen blieb sie weiter bei ihm, schmiegte sich an ihn und genoss seine Wärme, bis sie irgendwann gemeinsam einschliefen.

Am nächsten Morgen landete ein Tikadu im Lager der *Zwölf Boten*. Während der Vogel sich munter mit dem Schnabel putzte, starrten die Menschen ihn mit offenem Mund an. Leanne starrte auch, allerdings nicht auf das prächtige Tier, sondern auf den Brief, der an seinem Bein befestigt war. Das gelbe Siegel der Universität verschloss nämlich keinen blauen, sondern einen weißen Umschlag, und das bedeutete etwas, das Leanne unter keinen Umständen sehen wollte: allerhöchste Priorität.

Das Schreiben war nicht an sie persönlich gerichtet, sondern allgemein gehalten: *An alle Gelehrten, die in der Nähe des Waldes im Einsatz sind: Umgehend nach Lylion kommen! Der König beruft eine Konferenz ein, mit Vertretern der umliegenden Ortschaften, der Universität und des Ordens.*

Höchste Dringlichkeit!

Gez.: Hento Pakero, Präsident der Universität zu Lloyandasburg.

Die Anordnung kam von oberster Stelle. Leanne konnte sie nicht ignorieren. Normalerweise freute sie sich über neue Aufträge, denn sie liebte die Herausforderungen, die sie mit sich brachten. Doch dieses Mal wollte sie den Brief am liebsten ins Feuer schmeißen, bedeutete er doch, dass sie Damion und seine Gemeinschaft verlassen musste. Sie dachte über mögliche Ausreden nach, doch alle, die ihr in den Sinn kamen, musste sie wieder verwerfen. Im Wald hatte sich ein gefährliches Ungleichgewicht ausgebildet, dessen Ausmaß kaum einzuschätzen war. Sie hatte es mit eigenen Augen erlebt. Wenn nun der König eine Versammlung einberief, bestätigte das ihre schlimmsten Befürchtungen. Als Gelehrte der Universität konnte, ja, musste sie dabei helfen, die Geschehnisse aufzuklären.

»Warte wenigstens noch einen Tag«, bat Damion, als sie ihm von der Versammlung erzählte. Seine Enttäuschung konnte er nicht verbergen. »So dringend kann es nicht sein. Außerdem richten wir heute Abend ein Fest aus.«

Leanne seufzte, sagte aber zu. Zumindest diesen einen Abend wollte sie noch mit Damion verbringen, immerhin wusste sie nicht, wann sie ihn das nächste Mal sehen würde. Danach suchte sie Lon an der Bogenschießanlage auf, wo er sich gerade für einen Schuss bereit machte. Mit straffem Rücken und ausgestreckter Brust wirkte er viel größer als sonst.

»Dein Bruder hat das Schießen im Blut«, erklärte Hemet, sein Lehrer im Schießen. »Es ist sagenhaft, wie schnell er lernt.«

Lon spannte den Bogen und richtete ihn auf eine Zielscheibe, die immerhin sechs bis sieben Schritte entfernt an einem Baum angebracht war. Der Pfeil zischte durch die Luft und fand sein Ziel fast genau in der Mitte.

Die Umstehenden klatschten und jubelten.

»Sag ich doch, der Bursche hat was drauf!«, rief Hemet so stolz, als wäre er sein Vater. »Wenn er weiter so fleißig übt, wird er unser bester Schütze.«

Fleißig? Sprach er wirklich von Lon? Von der Person, die gelernt hatte, während der Kurse an der Universität mit offenen Augen zu schlafen? Doch natürlich hörte Leanne das gerne, schließlich zeigte er nur selten so viel Talent bei einer Sache und hatte gleichzeitig Spaß daran. Umso mehr bedauerte sie, dass sie ihm ausgerechnet jetzt vom Auftragsbrief erzählen musste.

»Ich will aber nicht zu dieser Konferenz«, entgegnete er. »Ich bleibe hier.«

»Würde ich ja auch gerne, aber diese Konferenz ist wichtig. Es geht um die Zukunft unseres Königreichs.«

»Ist mir egal, für wie wichtig die sie halten. Die purren doch nur. Sie werden nichts erreichen und stattdessen Zantul die Schuld für alles geben. Wir sollten lieber den *Zwölf Boten* helfen. Die handeln wenigstens und werfen nicht mit leeren Versprechungen und Drohungen um sich.«

Zwar hatte sie erwartet, dass die Gemeinschaft ihn beeinflussen könnte, doch dass dies so schnell und in einem solchen Maß passieren würde, hätte sie nicht gedacht. Doch nicht nur der Inhalt, sondern auch seine Wortwahl kam ihr erschreckend bekannt vor. Diese Sätze hätten auch von Damion kommen können. Offenbar hatte er sich schon einiges von ihm abgeschaut.

»Sinnvoll ist die Konferenz allemal«, gab sie zurück. »Du hast diese Schlangenviecher im Wald selbst gesehen.«

»Sollen die doch fliegen«, zischte Lon. »Es interessiert mich nicht, wie sie aussehen, wie sie sich fortpflanzen oder welchen verdammten Krümmungsgrad ihre Körper aufweisen.«

»Willst du deine Ausbildung etwa abbrechen? Was würden Vater und Mutter dazu sagen?«

Er zuckte mit den Schultern. »Sollen sie doch meckern.«

»Verdammt, du trägst Verantwortung!«, rief Leanne so laut, dass alle um sie herum verstummten. Auch sie selbst erschrak über ihre Lautstärke, dachte aber nicht daran, sich zu zügeln. »Das ist kein Spiel, bei dem du einfach die Karten auf den Boden schmeißen und abhauen kannst, wenn du keine Lust mehr hast. Du bist ein Student der Universität und hast ihr gegenüber Pflichten zu erfüllen, ganz zu schweigen von den Menschen in diesem Königreich. Denkst du, *ich* habe noch Lust, nach deren Pfeife zu tanzen? Absolut nicht! Du glaubst gar nicht, wie sehr ich mich dagegen sträube. Aber wir haben keine Wahl. Also pack deine Beutel. Morgen früh ziehen wir los.«

Lon wich ihrem Blick aus und verkniff sich weitere Widerworte. Mit gesenktem Kopf schlenderte er davon.

Am Abend fand eine Zeremonie zur Aufnahme neuer Mitglieder statt. Die *Zwölf Boten* trugen Masken aus Holz, die oben eckig waren und unterhalb des Kinns spitz zusammenliefen. Grün-rote Muster durchzogen die Oberflächen, mehrere Figuren und Symbole waren eingeritzt worden. Im Sonnenlicht hatten sie wunderschön ausgesehen, doch bei Dunkelheit im Schein des Feuers wirkten sie wie unheimliche Fratzen. Leanne jagten sie einen Schauer über den Rücken und sie wurde das Gefühl nicht los, als führten die Masken ein Eigenleben und starrten sie mit böswilliger Miene an.

Ein Mann und eine Frau hielten sich schon seit einigen Wochen im Lager auf und halfen bei den Arbeiten. Nun hatten sie sich dazu entschieden, der Gemeinschaft offiziell beizutreten. Diese wiederum lobte ausdrücklich die Einstellung und den Ehrgeiz der beiden Anwärter und nahm sie daher gerne auf.

Während Damion mit Inbrunst über Zantul und seine unendliche Güte predigte, hielt Arwil einen kleinen Topf über das Feuer, um eine spezielle Flüssigkeit zu brauen, die für das Ritual gebraucht wurde. Angeblich hatte auch Zantul einst seine Vorfahren mit diesem Gebräu gesegnet, um sie noch empfänglicher für seine Magie zu machen. Die zwei Neuen holten ihre Verbotenen Ringe hervor, marschierten zum Feuer und tauchten sie ein.

»Die falschen Götter wollen uns ihre Ideologie aufzwingen und fordern absoluten Gehorsam«, rief Damion. »Doch Tilana und Saleb haben sich von ihnen abgewandt. Sie haben die Wahrheit erkannt: Zantul ist der einzig rechtmäßige Gott. Nur er kann Frieden bringen und die Menschen im Königreich wieder vereinen. Er ist unsere Hoffnung im Kampf gegen Yanus und seine Schergen.« Er deutete auf Arwils Topf. »So vollendet nun das Ritual und bekennt euch zu ihm, mit eurem Körper, eurem Geist und eurer Seele.«

Die beiden holten die dampfenden Ringe aus der Flüssigkeit heraus und pressten sie sich auf die Brust.

»Auf unsere Gemeinschaft!«, brüllte Saleb. Sein verzerrtes Gesicht zeugte vom Kampf gegen die Schmerzen.

Ein üppiges Festmahl folgte. Serviert wurden zunächst Brot und eine breite Auswahl an Schinken- und Käsesorten, anschließend gab es eine deftige Lammkopfsuppe, Hasenbraten mit Ziegenkäsesalat, Huhn in Mandelsahnesoße, Datteln im Speckmantel und zur Krönung des Ganzen eine Himbeertorte, so groß, dass Maya sich hätte hineinlegen können. Getrunken wurden erlesene Weine aus dem Süden und vom Sansurio, teilweise gewürzt mit Honig, Zimt und Nelken. Leanne staunte nicht schlecht, wie dieses kleine, abgelegene Lager solch große Mengen an hochwertigem Essen aufbieten konnte. Sie speisten wie die Königsfamilie. Doch so klein war die Gemeinschaft gar nicht, wie sie inzwischen festgestellt hatte. Zu dem Aufnahmeritual waren viele Mitglieder aus den umliegenden Ortschaften angereist. Außerdem hatten sie offenbar exzellente Kontakte zu Händlern und Marktverkäufern.

Nach dem Essen verließen Leanne und Damion die Feierlichkeiten. Sie wollten so viel Zeit wie möglich miteinander verbringen, bevor Leanne am nächsten Morgen aufbrechen musste. Gerade waren sie auf dem Weg zu seinem Zelt, als Fletch sich ihnen mit verschränkten Armen in den Weg stellte.

»Hab ich dir nicht gesagt, sie haut ab?«, fragte er und wies mit dem Finger auf sie. Seine Stimme klang bissiger denn je, vom Alkohol gezeichnet und voller Wut. »Sie zweifelt, Damion, siehst du das denn nicht? Sie zweifelt! Wie kann sie dich nur so blenden? Ausgerechnet dich?«

Damion wollte etwas erwidern, doch Leanne fiel ihm ins Wort. »Ich werde euch nicht verraten. Versprochen!«

Fletch spuckte auf den Boden. »Deine leeren Versprechungen kannst du dir sparen. Mag sein, dass Damion dir vertraut, doch mich kannst du nicht täuschen.«

»Ich …«

»Würdest du wirklich zu uns stehen, würdest du dich jetzt nicht mit deinen oberschlauen Gelehrtenfreunden treffen – und das, nachdem wir Unterkunft, Essen und Trinken mit dir geteilt haben.« Er machte eine abfällige Geste, als schleuderte er etwas auf den Boden. »Ach, weißt du was? Eigentlich kümmern die mich einen Fliegenschiss! Weißt du, was mich wirklich ankotzt? Dass du dich mit den verdammten Priestern an einen Tisch setzt. Mit unseren Todfeinden! Willst du mit diesen Bastarden Tee trinken oder was?«

Sein Gesicht strotzte vor Hass, sie konnte ihm kaum in die Augen schauen. »Ich muss dorthin«, sagte sie, doch ihre Stimme zitterte, sodass sie befürchtete, sie könnte jeden Moment versagen. »Aber ich komme bald wieder.«

»Ich glaub dir kein Wort!«

Endlich mischte Damion sich ein: »Zantul gewährt den Menschen Freiheit. Wenn es Leannes Wille ist, zu dieser Konferenz zu gehen, so werden wir sie nicht aufhalten.«

»Sollten wir aber! Wir müssen vorsichtig bleiben. Wie sonst haben wir über so viele Generationen überlebt?«

Damion sprach nun besonders langsam und deutlich. »Ich vertraue ihr. Deshalb werden wir sie gehen lassen. Und ich versichere dir, dass du dir keine Sorgen zu machen brauchst.«

Fletch schnaubte und knurrte, und Leanne fürchtete, dass er jeden Moment auf sie losgehen würde, doch schließlich wandte er sich ab. »Verfluchtes Hauptstadtkind!«, grollte er beim Gehen. »Sie wird uns ein Messer in den Rücken rammen!«

Die restlichen Worte waren nicht mehr zu verstehen.

Leanne atmete tief durch und zählte von zehn herunter, bevor sie Damion schließlich in sein Zelt begleitete. Er bot ihr einen kleinen Rest Shinosin an. Eigentlich wollte sie diese Medizin nicht wieder nehmen, einmal musste reichen. Doch kaum öffnete er das Fläschchen, kroch ein flaues Gefühl in ihren Körper und breitete sich aus. Ihr war, als strömten winzige Nadeln durch ihre Adern, die überall zustachen.

Und da überkam sie eine schmerzhafte Flut an Erinnerungen. Sie lösten sich aus ihrem Geist, griffen mit scharfen Klauen nach ihrer Seele. Plötzlich musste sie an Mayas Beerdigung denken. Eigentlich hatte sie langsam gelernt, mit diesem dunklen Teil ihrer Vergangenheit umzugehen, doch diesmal überwältigte er sie, raubte ihr jede Kraft. Die Medizin schien es in ihr freizusetzen und der Schmerz in ihrer Seele wurde unerträglich. Sie sah sich vor dem Grab ihrer Schwester stehen, wie sie mit zitternder Hand Erde in die Grube rieseln ließ. Sie keuchte, das Verlangen war unerträglich. Die Medizin hatte ihr gestern geholfen, wieso sollte sie das heute nicht wieder tun? Schwarze Magie oder nicht – das war im Moment nicht wichtig. Sie brauchte sie. Nur noch dieses eine Mal.

Am nächsten Morgen fühlte sie sich elend. Sie hatte ihren eigenen Willen, bei Damion und der Gemeinschaft zu bleiben, unterschätzt. Er krallte sich wie eine Zecke an ihr fest und ließ sich nicht abschütteln, egal, wie viel Vernunft sie sich einzureden versuchte. Das Leben hier im Lager war wundervoll. Sie mochte die Menschen, sie waren – vielleicht abgesehen von Fletch – herzlich und hilfsbereit. Es sollte keine Rolle spielen, dass sie dem dunklen Gott folgten. Wichtig war nur, dass sie gut miteinander auskamen und gemeinsam ihren Alltag meisterten. Die Boshaftigkeit und Grausamkeit, die ihnen immer nachgesagt wurde, konnte sie nicht einmal im Ansatz erkennen.

Am schlimmsten war jedoch die Aussicht, von Damion getrennt zu sein. Sie hatte ihn lieb gewonnen und genoss jede Sekunde, die sie miteinander verbrachten. Obwohl sie sich erst vor Kurzem kennengelernt hatten, spürte sie schon eine tiefe Verbundenheit zu ihm. Nur schwer konnte sie sich auf die kommende Zeit ohne ihn einstellen. Es würde langweilig werden.

Und sie würde ihn vermissen.

Jetzt weiß ich, du dich fühlst, kleiner Bruder. Ich kann deine Sichtweise verstehen. Sehr gut sogar.

Diese blöde Konferenz! Sie würde ihr die schöne Zeit mit Damion wegnehmen. Jeder Tag würde sich wie ein verlorener anfühlen. Und sie wusste nicht, wohin es sie danach verschlagen würde. Vielleicht Wochenreisen entfernt von Damion?

Würde sie überhaupt zu ihm zurückkehren können?

Hör auf!

Ihre egoistischen Gefühle hatten in letzter Zeit viel zu oft Oberhand gewonnen, sogar gedroht, ihre Vernunft zu überrumpeln. Doch jetzt erlebte sie einen starken Moment, in dem sich ihr Pflichtgefühl zurückmeldete und sie aus dem Schneckenhaus, in das sie sich aus Sturheit und Gemütlichkeit verkrochen hatte, herauszerrte.

Trotz allem war sie eine Tierforscherin. Eine mit großer Verantwortung. Und sie hatte einen Auftrag zu erfüllen. Sie packte ihre Sachen und holte Lon und Dogo aus ihren Zelten. Pferde mussten sie nicht organisieren, da Damion dies noch vor Sonnenaufgang für sie übernommen hatte. Gleich sechs standen bereit, denn er, Fletch und Viviana wollten sie noch bis ins nächste Dorf begleiten.

»Dort soll etwas vorgefallen sein«, meinte Damion, verzichtete aber auf eine Erklärung.

Sie sollte es mit eigenen Augen sehen.

Nach einer Stunde erreichten die sechs Reiter die Ortschaft. Die von Trauer und Furcht gezeichneten Gesichter der Bewohner verrieten bereits, dass hier etwas Schreckliches passiert sein musste. Doch auch das Chaos hinter ihnen sprach eine deutliche Sprache. Mehrere Türen waren zerborsten, Tonscherben und Werkzeuge lagen verstreut auf der Wiese herum. Im Gras und auf dem Sandweg waren mehrere Flecken zu erkennen, die aussahen, als handelte es sich um Blut. Aus einem Haus drang das Wimmern eines Mannes, ein Hund winselte, ein Kleinkind schrie.

Ein Mann mit blutgetränktem Verband um den Bauch humpelte auf sie zu. Seine Nase war gebrochen, in seinen Augen standen Tränen.

»Damion, danke, dass du gekommen bist«, rief er und fiel auf die Knie. »Oh, es ist furchtbar! Die Ritter des Lichts waren hier, acht an der Zahl. Wir haben ihnen ihren Anteil gegeben, doch dieses Mal war ihnen das nicht genug. Dass unsere Ernte diesen Sommer schlecht war, hat sie nicht interessiert. Sie haben ihre Waffen gezückt und …« Beschämt senkte er den Kopf. »Natürlich haben wir uns gewehrt, doch was können wir gegen acht bewaffnete Männer schon ausrichten? Sie haben sich meine Tochter genommen.«

»Die ehrlosen Gotteskrieger haben meinem Sohn eine Klinge in den Bauch gerammt«, klagte ein anderer Mann. »Er war stark, fleißig und intelligent. Hat sich immer gut um seine Geschwister gekümmert. Er war zu mehr berufen, als bloß unsere Farm zu übernehmen. Mit seinen Fähigkeiten hätte er Handwerker, Schmied oder Soldat werden können. Doch nun schmeckt er die Erde unter unseren Füßen.« Er reckte eine Faust in den Himmel. »Verflucht sei dieses gottlose Pack!«

»Beklaut haben sie uns auch«, rief eine Frau. »Sie haben alles mitgenommen, was in ihre Taschen gepasst hat. Oder es einfach zerstört, weil es ihnen Spaß gemacht hat. Wie sollen wir all die Türen, Fenster und Möbel ersetzen, geschweige denn die zerstörten Hütten wieder aufbauen?«

Fassungslos sah Leanne sich um. Sie zitterte am ganzen Körper, brachte kein Wort heraus. Sie konnte nicht glauben, was sie gerade gehört hatte. Ritter des Ordens, sogenannte ›Beschützer des Friedens‹, hatten dieses Dorf überfallen. Obwohl sie es nicht für möglich gehalten hatte, hatte sie nun den Beweis dafür, dass diese Ritter – unter der Maske der Barmherzigkeit – ihre Klingen führten wie niedere Schurken. Wie konnten die Diener der wahren Götter ihre Macht nur so schamlos gegenüber wehrlosen Menschen ausnutzen?

Damions Aussagen waren also nicht gelogen gewesen.

Er nahm sie zur Seite. »Wir werden uns jetzt um die Dorfbewohner kümmern. Es gibt viel zu tun, wie du siehst.«

»Und wie! Lass mich euch helfen, ihr könnt jede Hand gebrauchen.«

»Auf keinen Fall«, erwiderte er. »Ich bewundere deine Hilfsbereitschaft, doch du hast deine eigenen Aufgaben zu erfüllen. Mach dir keine Sorgen. Wir sind mit Situationen wie dieser vertraut. Wir haben alles im Griff.«

Sie atmete tief durch. »In Ordnung. Es ist gut zu wissen, dass sich jemand um diese Menschen kümmert.«

»Ich wünsche dir eine angenehme Reise. Und tu mir einen Gefallen, ja? Lass dich von den Wichtigtuern auf der Konferenz nicht ärgern.«

Trotz der schockierenden Szenerie schaffte er es, ihr ein Lächeln abzuringen. »Ich werde mein Bestes geben.«

»Sehen wir uns bald wieder?«

Sie gab ihm einen Kuss auf die Wange. »Ganz sicher. Ich komme so bald wie möglich zurück.«

Und so, in dem Gefühl, ihn jetzt schon zu vermissen, verabschiedete Leanne sich mit einer innigen Umarmung. Sie wollte ihn nicht loslassen, und auch er schien nicht daran zu denken. Stattdessen drückte sie ihn noch fester an sich und krallte sich in seiner Kleidung fest. Er legte sein Kinn auf ihrem Kopf ab, sie hörte das Herz in seiner Brust schlagen. Erst als Lon irgendwann genervt aufstöhnte und Fletch etwas

Gehässiges murmelte, lösten sie sich voneinander. Damion blickte ihr noch einmal tief in die Augen und sagte mit unerschütterlicher Gewissheit in seiner Stimme: »Es ist fürchterlich, was hier geschehen ist, Leanne. Aber vergiss nicht: Zantul wird stärker. Wir werden stärker. Schon bald wird sich das Blatt wenden.«

KAPITEL 9

Als der Ritter die Augen öffnete, war es bereits hell. Ob die Sonne vor einer Stunde oder vor dreien aufgegangen war, vermochte er nicht zu sagen. Das Gefühl für die Tageszeit hatte er längst verloren und es interessierte ihn nicht, wie lange er schlief. Er hatte ohnehin keine Lust, aufzustehen, also blieb er auf dem nasskalten, harten Boden liegen, zugedeckt mit einer zerlumpten Decke, und starrte hinauf in das Geäst. Gedanklich war er schon wieder tief in seiner Vergangenheit versunken – in einer Zeit, in der er die Welt noch jeden Morgen mit Eifer und Freude begrüßte.

Erst als sein Magen knurrte wie bei einem ausgehungerten Bären, rappelte er sich langsam auf. Lauthals gähnte er, streckte sich und klopfte das Gras von der Kleidung. Doch kaum nach draußen geschaut, verließ ihn schon wieder die Motivation.

Wald. Tiefster, dunkler Wald.

Ein deprimierender Ort, an dem sich unendlich viele Bäume aneinanderreihten. Man konnte tagelang in alle Himmelsrichtungen reisen und würde immer bloß das Gleiche sehen.

Die Sonne stand bereits hoch am Himmel, sofern der Ritter das bei dieser tristen, grauen Wolkendecke beurteilen konnte. Noch war es trocken, doch er wagte schon lange nicht mehr, auf gutes Wetter zu hoffen. Der nächste Regenschauer würde kommen, das war unausweichlich. Es hatte hier schließlich schon seit Jahren keinen trockenen Tag mehr gegeben. Manchmal, wenn er zu faul war, abends noch bis zu seiner Höhle zu trotten, legte er sich zum Schlafen einfach irgendwo zwischen die Bäume. Da konnte es passieren, dass ihn nachts gewaltige Regenmassen aufweckten, die ihm ins Gesicht peitschten und sogar das Erdreich zum Überlaufen brachten. Nicht selten stand ihm das Wasser dann im wahrsten Sinne des Wortes bis zum Hals und er war gezwungen aufzustehen.

Königsblut wieherte zur morgendlichen Begrüßung.

Der Anblick des stolzen Hengstes rang ihm ein Lächeln ab. Er sah so prachtvoll aus wie eh und je. So sehr der Ritter sich selbst auch gehen ließ – Königsblut würde er niemals vernachlässigen. Wenn sie nur noch wenige Äpfel hatten, bekam das Pferd alles und der Ritter nichts. War die Gegend unsicher, durfte das Pferd ruhen, während er seine Augen nicht eine Sekunde lang schloss.

»Schwere Hufen?«, fragte er seinen Gefährten. »Ich verstehe ja, du willst los, einen Spaziergang machen, dich austoben. Doch gleichzeitig hast du Hunger. Welch ein Dilemma!« Er kramte einen Beutel mit Hafer hervor, stellte fest, dass er langsam zur Neige ging, und hängte ihn an einen Ast.

Nach dem Frühstück ritten sie zum nahegelegenen Pfad und folgten diesem bis zur nächsten Ortschaft. Der Ritter zog sich keine Kapuze über und schmierte sich auch keinen Dreck ins Gesicht. Nach all den Jahren störte es ihn nicht mehr, wenn andere Menschen ihn anschauten. Vor zehn Jahren, nach dem Sturz seines alten Königs Horace Payton, war er in den Wald geflohen, um sich vor dem neuen Machthaber zu verstecken. Seitdem hatte er vorsichtiger gelebt als eine Katze im Wolfsrevier und sein Gesicht stets verborgen. Doch mittlerweile hatte er die Sinnlosigkeit dahinter begriffen. Erkennen würde ihn hier im Wald sowieso niemand mehr, und selbst wenn das eines Tages passieren sollte, so hätte er wenigstens einen Grund, endlich wieder sein Schwert in die Hände zu nehmen.

Ein älteres Ehepaar kam ihm entgegen. Sie zogen einen ramponierten Bollerwagen hinter sich her, gefüllt mit spärlichen Besitztümern.

»Wohin des Weges?«, fragte er. Heute war er ausnahmsweise in Plauderlaune.

Skeptisch musterten die beiden den Ritter. Das taten alle, die ihn sahen. Er hatte sein Spiegelbild schon seit Jahren nicht mehr betrachtet, doch ihm war klar, dass er aussehen musste wie ein Vagabund aus den Armenvierteln Lloyandasburgs. Königsblut hingegen war ein großes und muskulöses Pferd, das stolz und erhaben seinen Kopf in die Höhe reckte, wie es sich für ein Pferd aus der Zucht einer Königsfamilie gehörte. Das edle Schwert, das an der Seite des Ritters baumelte, vollendete das kontrastreiche Bild. Wer würde bei diesem Anblick nicht vermuten, dass dieser scheinbar heruntergekommene Halunke zwei Menschen im Schlaf die Kehle aufgeschlitzt hatte, um Waffe und Pferd zu stehlen?

»Meine Familie und ich wohnen schon seit unzähligen Generationen in diesem Wald«, antwortete die Frau, die offenbar erkannt hatte, dass er ihnen nichts Böses wollte. »Doch nun verlassen wir ihn. Unheil und Verderben drohen ihm und seinen Bewohnern.«

»Die Gefahr des dunklen Gottes lauert nur im tiefsten Wald«, gab der Ritter zurück. »Die Ortschaften jedoch sind sicher. Also wieso begebt Ihr Euch auf die Reise?«

»Ihr mögt eine andere Vorstellung von Sicherheit haben als wir, werter Herr. Oder ist Euch nichts zu Ohren gedrungen?«

Er lächelte. »Gewiss, ich höre so allerhand. Doch wie viel Wahrheit steckt in einem nächtlichen Gespräch dreier Schnapsdrosseln am Ecktisch eines Wirtshauses?«

»Nun, so glaubt es wenigstens einer nüchternen Frau am helllichten Tag. Das Dorf Schwarzbach wurde bereits zerstört. Und glaubt nicht, das war nur Zufall. Wir alle spüren, dass das nicht das letzte gewesen sein wird.«

»Was macht Euch da so sicher? Die Zerstörung dieses Dorfes ist einige Jahre her, seitdem ist nichts Außergewöhnliches passiert. Und ich muss es wissen, immerhin lebe ich mitten im Wald.«

»Offenbar hattet Ihr das Glück auf Eurer Seite. Doch verschließt nicht Eure Augen. Finsternis überzieht diesen Wald und unsere Seelen werden allmählich mit Schwarzer Magie vergiftet. Menschen verschwinden, Menschen sterben. Tiere und Pflanzen verwandeln sich in heimtückische Geschöpfe. Davon sind auch längst die Ortschaften betroffen.«

Vielleicht hatte die Frau recht und das Glück war ihm bislang hold gewesen. Geschichten wie diese bekam er ständig zu hören, außerdem wusste er, wozu der dunkle Gott fähig war, schließlich war das von ihr angesprochene Dorf früher einmal sein Zuhause gewesen.

Nach dem Gespräch verließ er den Weg und ritt querfeldein. Er sammelte Nüsse, Beeren und Pilze und erlegte zwei Eichhörnchen. Normalerweise waren diese schlauen Kerlchen nicht so leicht zu fangen, doch heute zeigten sie sich so zahlreich, als böten sie sich freiwillig zum Fraß an.

Einiges von dem Zeug würde er verkaufen, um seinen Geldbeutel mit Münzen zu füllen. Es war ein einfaches und rentables Geschäft. Die Waldbewohner betraten die Wege zwischen den Ortschaften nur noch, wenn es sich nicht vermeiden ließ, und mitten in den Wald hinein, abseits der Pfade, trauten sich nur noch die wenigsten. Lieber verharrten sie in ihrem Zuhause wie in einem Kerker.

Der Ritter suchte eine der nahegelegenen Städte auf. Seit seinem letzten Besuch hatte sich hier erstaunlich viel verändert. Einige Häuser waren verbarrikadiert, bei anderen waren Türen und Fensterläden aus den Angeln gehoben. Auf einem Haus saß ein Bogenschütze und wachte über die Stadt wie der Wachposten einer Burg.

Gute Geschäfte konnte der Ritter trotzdem wieder machen. Er verkaufte einige seiner Waren und bekam für den Erlös einen großen Sack voll Hafer und einen noch größeren Sack voll Äpfel. Für Königsblut galt: Je röter der Apfel, desto vergnüglicher das Fressen. Und da auf dem Marktplatz diesmal besonders saftig-rote Sorten angeboten wurden, konnte sich der Hengst auf einen Festschmaus freuen.

Einige Münzen blieben dem Ritter übrig. Kurz haderte er mit sich, was er damit anstellen sollte, bis er schließlich ein Wirtshaus aufsuchte. Nirgendwo wurde man so kritisch beäugt wie in Räumen voll trinkender Menschen, doch wieso sollte er sich nach all den Jahren nicht endlich mal wieder ein Bier gönnen?

Er betrat die gut besuchte Schänke und suchte sich einen Platz an der Theke. Während er vor sich hinträumte, trank er sein Bier in wenigen Zügen leer und bestellte direkt das nächste. Er redete nicht und auch die anderen Gäste ließen ihn in Ruhe – so, wie es ihm lieb war.

Es war der Wirt, der irgendwann das Gespräch suchte. »Wer seid Ihr? Das ist nicht das erste Mal, dass ich Euch in unserer Stadt sehe. Ich kann mir Gesichter gut merken, müsst Ihr wissen.«

Der Ritter leerte den Krug und orderte mit einer knappen Geste mit dem Kopf ein drittes. »Wer soll ich schon sein? Ich bin ein Bewohner des Waldes, genau wie Ihr.«

Der Wirt lachte und stellte den gefüllten Krug vor ihm auf die Theke. »Im Gegensatz zu mir kommt Ihr aber woanders her. Das sieht man Euch an. Viele von uns, gerade die jungen Männer, verlassen den Wald, um ihr Abenteuer in den Weiten des Königreichs zu suchen. Die wenigsten jedoch verlassen diese Welt, um den Rest ihres Lebens zwischen Bäumen zu leben. Das kommt mir schon etwas … wie soll ich sagen … ungewöhnlich vor.«

Der Ritter grinste. »Nicht jeder sucht sich seine Wohnstatt aus.«

»Wohl wahr, wohl wahr. Und das macht mich nur noch neugieriger. Wo Ihr herkommt und was Eure Geschichte ist, frage ich mich schon, seit Ihr hereingekommen seid.«

Oft hatte er zu dieser Frage geschwiegen, oft hatte er eine wohldurchdachte Lüge erzählt. Als diese ihn irgendwann langweilte, hatte er sich neue Geschichten ausgedacht, immer fantasievoller, immer unglaubwürdiger. Natürlich hatten ihm nicht alle geglaubt, was er so erzählte, aber das war ihm gleich.

Dieses Mal jedoch wollte er es mit der Wahrheit versuchen. Er wollte sich einen Spaß daraus machen, zu beobachten, wie der Wirt reagierte. »Ich habe in der persönlichen Leibgarde des alten Königs Horace Payton gedient. Bis die Liandras seinen Kopf abgeschlagen haben. Danach bin ich in den Wald geflohen und … nun ja, kurz und gut: Das ist meine Geschichte. Seitdem bin ich hier.«

Kurz runzelte der Wirt die Stirn, und der Ritter legte bereits eine Hand ans Schwert, als der Mann plötzlich lachte. »Ihr seid mir vielleicht ein Witzbold! Aber sei's drum. Wenn Ihr nichts über Euch erzählen wollt, ist das in Ordnung. Jeder von uns trägt schließlich so seine Geheimnisse mit sich herum.«

Den Abend verbrachte er wieder in seiner Höhle. Ein kleines Feuer flackerte, in der modrigen Luft lag der Geruch von gegrilltem Fleisch. Draußen schüttete es in Strömen.

Mit einem metallischen Schaben zog er das Schwert aus der Scheide. Es war sein Lieblingsgeräusch. Damals, als er noch aktiver Ritter mit ehrenvollen Aufgaben gewesen war, hatte dieser Klang den Kampf eingeläutet, wie Fanfaren ein Fest. Heute stand es für sein allabendliches Ritual – das Einzige in seinem Leben, auf das er sich noch einigermaßen freute.

Mit der mächtigen Waffe in den Händen hielt er inne.

Sein Name war Sir Caster.

Zwar war er seit vielen Jahren nicht mehr im Dienst, doch war er noch immer ein Ritter, und diese Berufung würde er bis an sein Lebensende in sich tragen. Sie war nicht nur ein Teil von ihm, sie war sein Leben. Er war als Ritter aufgewachsen, hatte als Ritter gedient und würde als Ritter sterben.

Und so ging er seine Übungen durch. Wie an jedem Abend, seit er einsam durch diesen verdammten Wald streifte. Es erinnerte ihn daran, wer er wirklich war, es bewahrte ihn davor, vor der Tristesse dieses Waldes zu kapitulieren oder endgültig seinen Verstand zu verlieren. Er übte gegen einen imaginären Gegner, ein Kampf gegen den eigenen Schatten. Und er nahm ihn so ernst, als ginge es um Leben und Tod. Wiederholt ging er jede einzelne Bewegung durch, achtete auf sauberen Stil, flinke Fußarbeit, Präzision und Durchschlagskraft. Sollte er seine Fertigkeiten noch einmal brauchen, musste er bereit sein. Wie gerne würde er noch einmal tun, wofür er geboren und ausgebildet worden war. So wie früher, als er auf Königsblut mit erhobenem Schwert ins Gefecht geritten war, geliebt und gefürchtet als einer der besten Krieger des Königreichs.

Doch daran glaubte er schon lange nicht mehr.

Gegen wen sollte er noch antreten, außer gegen ausgehungerte Gesetzlose, die ihm für ein Paar kaputter Stiefel im Schlaf die Kehle aufschlitzen würden? Seine Zeit in der Leibgarde, die Zeit der Duelle, der Tjosts und der Schlachten gehörte längst der Vergangenheit an.

Als er seine Übungen beendet hatte, trat er das Feuer aus und legte sich hin. Gleich würde er in seine Gedankenwelt eintauchen und erschöpft einschlafen. Wieder in diesem Wald, abseits der Städte, ohne Kontakt zu anderen Menschen. Einsam und ziellos. Ohne Pläne für morgen oder die restlichen Jahre seines Lebens.

KAPITEL 10

Einmal in seinem Leben müsse man die ›Grüne Stadt‹ besucht haben, sagte man sich. Niemand könne ihre Schönheit in Worte fassen und selbst die begabtesten Künstler verzweifelten daran, ihr mit Bildern oder Liedern gerecht zu werden. Menschen aus allen Ecken des Königreichs reisten zu diesem einzigartigen Ort, um ihn zu sehen, zu riechen und zu spüren. Leanne war bislang noch nicht dazu gekommen, ihn zu besuchen, obwohl er südlich des Waldes und somit in der Nähe ihrer Heimat Lloyandasburg lag.

Doch nun war es endlich soweit.

Sie hatte schon viele beeindruckende Städte gesehen, aber Lylion übertraf sie alle bei Weitem. Ihrem Namen machte sie alle Ehre. Die Lylianen, nach denen sie benannt worden war, sprossen aus dem Boden wie Gras auf einer Wiese. Ähnlich wie Efeu kletterte diese sonst seltene Pflanze an Gebäuden empor und bedeckte diese mit ihren strahlend grünen Blättern. Sie war beständig gegen Frost, Sonne, Dürre und Ungeziefer, und man brauchte viel Kraft und eine scharfe Klinge, um sie zu durchtrennen.

Leanne, Lon und Dogo blieben vor der Stadt stehen, um sie von außen zu bewundern. Sie sah aus wie eine gigantische grüne Burg. Das Grün kam von den Lylianen, die schwindelerregende Höhe von den Bisonbäumen, die dort seit Jahrtausenden beheimatet waren. Sie ragten um ein Vielfaches höher in die Luft als jedes vom Menschen geschaffene Gebäude. Angeblich waren sie so groß, dass man bei diesigem Wetter ihre Wipfel nicht mehr sehen konnte. Sie wuchsen nur innerhalb dieser Stadt – selbst wenige Meter außerhalb war es den Gelehrten nicht gelungen, sie anzupflanzen.

Ein kleinwüchsiger Mann kam auf sie zu und sprach sie an. »Dreihundertfünfzig Arten sind hier beheimatet«, erklärte er und deutete in den Himmel, wo zahlreiche Vögel durch die Luft flogen.

»Ich weiß«, murmelte Leanne.

Obwohl ihre Botschaft, sie bitte in Ruhe zu lassen, angekommen sein sollte, sprach der Mann hastig weiter. »Manche halten sich nur in den Baumwipfeln auf und sind lediglich von spezialisierten Tierforschern gesichtet worden.«

Diesmal ignorierte sie ihn komplett. Sie wusste, worauf er hinauswollte. Doch ans Aufgeben dachte er nicht und dackelte weiterhin neben ihnen her. »Die Lylianen tragen das Lebenswasser von Valeya, Göttin der Fruchtbarkeit, in sich. Sie persönlich hat die gesegnete Erde an diesem Ort verstreut und die Stadt gegründet. Das Leben gedeiht hier so prächtig wie nirgendwo sonst in Qython.« Kurz schwieg er und räusperte sich. »Tiere werden in dieser Stadt doppelt so alt wie anderswo«, fügte er hinzu.

Wieder keine Reaktion.

»Wollt Ihr denn nicht mehr über die Grüne Stadt erfahren?«, fragte er, und plötzlich klang seine Stimme aggressiv und vorwurfsvoll, als wären sie bloß drei einfältige Tölpel, die keinen Sinn für Bildung hätten. »Wer nichts lernt, stirbt dumm!«

»Ich habe eine Frage«, entgegnete Lon. »Wieso sagt man bloß ›Grüne Stadt‹? Hier gibt es doch auch viel Gelb.«

Leanne stöhnte laut auf und rollte mit den Augen – genau das hatte sie vermeiden wollen. Lon hatte dem Städteführer soeben einen Auftrag gegeben, für den sie ihn bezahlen mussten.

Schelmisch grinste der Mann. »Eine ganz hervorragende Frage, junger Mann! Zwischen den Lylianen siehst du die Pyrillia-Blumen. Sie wachsen nur im Sommer und weisen eine ganz besondere Eigenschaft auf: Sie verändern im Laufe des Tages ihre Farbe. Strahlen sie morgens noch gelb, gehen sie mittags in Orange über und leuchten abends rot.«

Das hätte ich dir auch erklären können, versuchte Leanne ihrem kleinen Bruder über einen genervten Blick mitzuteilen. Ohne Erfolg.

Du Esel, fügte sie hinzu, doch auch diese Nachricht fand keinen Adressaten.

In der Stadt war es noch heißer als auf freiem Feld, die Luftfeuchtigkeit so hoch wie im Dampfbad der Universität. Schon nach wenigen Minuten schnaufte Leanne. Schweiß lief ihr Gesicht herunter und zog in ihre Klamotten. Immerhin war sie nun doch froh, den Mann angeheuert zu haben, denn er konnte sie so schnell wie möglich zum Konferenzsaal führen.

Auch innerhalb der Stadt war alles grün, da die Lylianen keinen Flecken Erde ausließen. Abgesehen von Wegweisern und Schildern, die von den Menschen mühsam gepflegt werden mussten, war alles von ihnen bedeckt. Am Boden sprossen allerhand seltene Pflanzen, außerdem wuchs hier jede Menge exotisches Obst und Gemüse. Eine Vielzahl an Springbrunnen war über die Stadt verteilt aufgestellt worden.

»Das Wasser sprudelt hier von ganz alleine aus dem Boden«, erklärte der Mann, der emsig vor ihnen herlief und sich immer wieder umdrehte, um ihnen dieses oder jenes Detail zu erläutern. Offenbar versuchte er, so viel Trinkgeld wie möglich herauszuschlagen. »Deshalb gibt es hier keinen einzigen Brunnen, der tief in die Erde geht.«

Das Leben in Lylion fand auf mehreren Ebenen statt. Massive Holzplanken waren an den Bisonbäumen angebracht und verbanden die Stämme untereinander wie durch Brücken. Gestützt wurden sie von Balken, die man ins Erdreich gestampft hatte. Die Wege waren so breit und stabil, dass sich dort fast genauso viele Menschen tummelten wie am Boden, außerdem konnten darauf sogar Ochsen laufen und ihre Karren ziehen. Auf den Holzwegen standen viele kleine Läden, während sich in den Bäumen größere Geschäfte, Häuser und Gaststätten befanden. Überall hingen Hängematten, in denen die Menschen sich ein Schläfchen gönnten. Zahlreiche Lianen baumelten in der Luft, die vor allem von den hiesigen Affen zur Fortbewegung genutzt wurden.

»Vorsicht vor diesen garstigen Biestern«, warnte der Stadtführer. »Sie haben lange Finger und sind gut organisiert. Einmal nicht aufgepasst und Ihr seht Eure Tasche nie wieder.«

Die Art, wie der kleine Mann lief, und seine unverhältnismäßig langen Arme, die er neben sich hin und her schaukeln ließ, erinnerten Leanne ebenfalls an einen Affen.

Endlich erreichten sie den Konferenzsaal – jedenfalls fast. Der Saal befand sich hoch oben in den Wipfeln. Er erstreckte sich über eine riesige, rechteckige Hochebene und wurde von insgesamt sechs Bisonbäumen getragen.

»Da müssen wir hoch?«, fragte Leanne und wischte sich mit dem Ärmel den Schweiß von der Stirn.

»Allerdings, verehrte Dame«, antwortete der Mann.

Leanne glaubte, Schadenfreude zu hören. »Und wie?«

Er zeigte auf den Bisonbaum hinter ihnen, der so breit war, dass mehrere Häuser hineinpassen würden. Erst bei genauerem Hinsehen erkannte Leanne die im Stamm eingebaute Tür, die im Vergleich zum mächtigen Baum wie eine Mäusehöhle wirkte. Zwei Männer bewachten den Eingang.

Der Stadtführer schaute sie mit großen Augen an. »Wenn Ihr meine Dienste noch mal braucht, ruft einfach nach Tustion und ich komme geschwind.«

Leanne überreichte ihm eine Silber- und ein paar Bronzemünzen, woraufhin er so flink wie ein Wiesel von dannen huschte.

Erschöpft, deprimiert und mit dem Wissen, am heutigen Tag sehr viel Zeit verschwendet zu haben, ließ Leanne sich ins Bett fallen. Die Konferenz hatte nichts Wichtiges ergeben, nicht das Geringste. Krone, Orden und Universität hatten wie immer ganz unterschiedliche Ziele verfolgt und sich leidenschaftlich gestritten. Zwar hatte es dieses Mal immerhin kein Handgemenge gegeben, doch die Gelehrten standen am Ende mal wieder als die Dummen da. Ihre Forschungsergebnisse zum Sansurio hatten niemanden interessiert, stattdessen wurde nur über den Wald diskutiert, zu dem die Gelehrten nichts berichten konnten, abgesehen von Leannes und Lons Erlebnis mit den fliegenden Schlangen (oder was auch immer diese Tiere waren). Dogo war während der Konferenz mehrfach eingenickt und Leanne hätte ihn gerne schlafen lassen, hatte das bei seinem enormen Schnarchpotential aber nicht zulassen können.

Am nächsten Morgen saßen Leanne, Lon und Dogo in einem Teeladen auf der dritten Ebene der Stadt. Die Küche war im Stamm eines Bisonbaumes eingebaut und die Gäste saßen auf einem Plateau, das um den Stamm herum angebracht war. Über fünfzig Gäste probierten hier all die unterschiedlichen Teesorten aus, die die Stadt zu bieten hatte. Offiziell durfte man nur in der üblichen Währung bezahlen, doch Leanne beobachtete, wie Einheimische gelegentlich mit Samen und Ablegern handelten.

Die Aussicht war herrlich, und so beobachtete Leanne das Treiben auf den verschiedenen Ebenen. Es wimmelte von Gärtnern, die den Kampf mit den wuchernden Lylianen angingen, und Obstbauern, die sich um Sonneneinstrahlung und Bewässerung ihrer Güter kümmerten. Unzählige Handwerker verrichteten ihre Arbeit, es hämmerte und klopfte ununterbrochen.

Am unterhaltsamsten waren jedoch die Affen. Sie kletterten die Bäume hinauf und hinunter, schwangen sich von Liane zu Liane und lieferten sich untereinander Verfolgungsjagden. Doch so beschäftigt sie auch taten, sie behielten stets ihre Umgebung im Auge. Jeder Mensch, der alleine unterwegs war und ihnen den Rücken zukehrte, war ein potentielles Ziel. Einmal beobachtete Leanne einen Affen, der sich bedrohlich nahe an eine alte Dame heranpirschte. Fast hätte er sich ihren Beutel gekrallt, doch die Bewohner Lylions passten aufeinander auf. Einer warnte die Frau, ein anderer warf mit Nüssen. Das getroffene Tier schaute empört, als verstünde es die Welt nicht mehr, und huschte davon.

In dieser schönen Stadt konnte man sicher das ein oder andere schöne Jahr verbringen, dachte sich Leanne. Hier gab es unendlich viel zu entdecken und bestaunen, sie genoss den Ausblick wie in einem Theater. Wenn nur diese Hitze nicht wäre …

Erst ein interessantes Gespräch am Nachbartisch lenkte sie ab.

»Die Hohe Priesterin des Waldes ist in der Stadt«, erzählte eine Frau ihrer Freundin. »Angeblich wollte sie zu dieser Konferenz kommen, aber die haben einfach ohne sie angefangen.«

Leanne konnte nicht deuten, ob die Freundin empört oder fasziniert reagierte. »Ist ja nicht zu fassen! Und was ist dann passiert?«

Die Frau blickte sich verstohlen um, als ginge es um ein Geheimnis. Dann wisperte sie, allerdings so laut, dass sie trotzdem weithin zu hören war. »Offenbar ist sie wütend und will sofort wieder abreisen. Wenn das nicht noch Ärger gibt!«

Leanne rüttelte ihren Bruder an der Schulter. »Nicht einschlafen! Priesterin Salya ist in der Stadt. Ich will sie unbedingt kennenlernen.«

»Was willst du bitte von einer Priesterin?«, fragte er. Sein Tonfall und seine Wortwahl erinnerten sie an Fletch.

»Ist doch egal, was sie ist. Sie ist eine tolle Frau.«

»Und warum?« Ein demonstratives Stöhnen unterstrich seine Worte.

»Sie ist die mit Abstand jüngste Priesterin aller Zeiten und wurde gleich nach ihrem Eintritt in den Orden zur Hohen Priesterin befördert. Und das als Frau.«

»Toll«, murmelte Lon ironisch.

»Außerdem hat sie damals gegen Zantuls Schwarze Magie gekämpft und die Bewohner des zerstörten Walddorfes gerettet. Stell dir vor, was sie uns alles über den Wald und den dunklen Gott erzählen könnte. Ich muss sie einfach treffen!«

Aufgrund der Konferenz tummelten sich einige Ritter des Lichts in Lylion. Sie galten als Schwerter des Ordens und beschützten die Priester sowie die Einrichtungen der Götter. Wie immer sahen sie so rein und makellos wie Märchenfiguren aus. Mit ihrer strammen Haltung und den strahlend weißen Oberteilen, auf denen im Brustbereich goldene Schöpferringe aufgestickt waren, schindeten sie großen Eindruck. Die darunter liegenden Kettenhemden ließen sie besonders breit erscheinen. Als Kind hatte Leanne nur ehrenhafte Geschichten über sie gehört und sie für unfehlbare Helden gehalten.

Doch schon während der Konferenz hatte sie gemerkt, wie erschüttert dieser Eindruck war. Die Bilder von dem angegriffenen Dorf und den verletzten Bewohnern drängten sich ihr immer wieder auf und warfen einen dunklen Schatten des Zweifels auf die Mitarbeiter des Ordens. Erstmals betrachtete Leanne sie mit Argwohn, spürte sogar eine allgemeine Verachtung, obwohl ihr bewusst war, dass nur ein kleiner Teil von ihnen für den Überfall verantwortlich war. Genährt wurden diese schlimmen Gedanken von einer Frage, die erstmals aufgekommen war, als Leanne die verletzten Bauern im Dorf gesehen hatte:

Was ist, wenn Damion recht hat?

Nicht auszudenken. Leanne konnte die Ausmaße nicht einschätzen. Es würde ihr gesamtes Weltbild auf den Kopf stellen. In dem Fall wären die Mitglieder des Ordens von finsteren Kräften besessen und die gesamte Institution von machthungrigen Verbrechern durchzogen. Eine Unterscheidung in Gut und Böse wäre nicht mehr möglich.

Ich hoffe, er hat Unrecht.

Zwei der Ritter bewachten die Hohe Priesterin des Waldes. Leanne wies sich als Gelehrte aus, und so ließen sie die beiden Geschwister durch. Dogo hingegen musste warten.

Beim Anblick der jungen Gottesvertreterin erschrak Leanne. Sie hatte eine hochgewachsene Frau erwartet, die Autorität ausstrahlte und zugleich andere Menschen mit ihrem Lächeln verzückte. Eine Frau, die vor Tatendrang strotzte und ihren Enthusiasmus auf andere übertrug.

Doch das Gegenteil war der Fall.

Die Person vor ihr war klein und schmächtig. Sie stand in gebeugter Haltung und sah aus, als wollte sie jeden Moment weglaufen. Die weit geschnittene Kapuze gab den Blick auf das Gesicht erst frei, als die Priesterin ihren Kopf hob. Sie sah müde und kraftlos aus, wirkte weder erfreut noch neugierig, als sie die beiden sah.

Und dann war da noch diese Narbe.

Salyas eigentlich hübsches Gesicht wurde durch sie völlig entstellt. Sie verlief von der linken Schläfe über die Wange bis hinunter zum Kinn. Eine so lange Narbe hatte Leanne noch nie gesehen. Sie konnte nicht anders, als sie anzustarren, obwohl sie sich der Unhöflichkeit bewusst war. Salya erwiderte den Blick und ein unangenehmes Schweigen legte sich zwischen die beiden.

Sie weiß, dass ich auf ihre Narbe glotze. Peinlich!

Leanne ging davon aus, dass die Priesterin gleich das Wort erheben würde, doch das tat sie nicht. Stattdessen brach sie den Blickkontakt ab.

»Hallo, ich heiße Leanne«, stammelte sie daraufhin und vergaß jede Höflichkeitsform, die man einer Hohen Priesterin entgegenbringen sollte.

»Ich bin Priesterin Salya«, antwortete diese und verzichtete ebenfalls auf eine Floskel.

»Schade, dass Ihr nicht auf der Konferenz wart. Ich hätte gerne Eure Meinung gehört.«

Die Priesterin schnaubte. »Das war wieder so bezeichnend! Ich war mitten im Wald unterwegs, natürlich habe ich eine Weile gebraucht, um anzureisen. Den einen Tag hätten sie ruhig noch warten können. Na ja … Ich bin ja nicht so wichtig.«

»Natürlich seid Ihr das! Ihr seid die Hohe Priesterin des Waldes. Ihr könnt über den Wald mehr sagen als jeder andere.«

Zum ersten Mal seit Beginn ihres Gesprächs zeigte sich der Ansatz eines Lächelns auf ihrem Gesicht. »Danke, dass wenigstens Ihr so denkt. Aber die anderen Priester des Waldes würden Euch widersprechen. Die waren froh, dass ich nicht da war. Sie hassen es, einer so jungen Person untergeben zu sein, noch dazu einer Frau.«

»Gilt das für alle Priester? Die hochrangigen Priester vertrauen Euch doch.«

Über der Basis der gemeinen Priester standen die Hohen Priester. Sie galten als Hüter eines Gebietes, so wie Salya für den Wald. Eine Stufe höher befanden sich die Ehrenpriester, von denen es im gesamten Königreich nur etwa ein Dutzend gab. Über ihnen thronten nur noch der vierköpfige Rat des Ordens und der Oberste Priester – gesegnet sei Seine Heiligkeit.

Salya seufzte. »Das stimmt, der Rat und der Oberste Priester glauben an mich. Sie sind schließlich diejenigen, die mich in mein Amt eingesetzt haben. Doch so sehr mich ihr Vertrauen auch ehrt, sie sind in Lloyandasburg ansässig, was mir hier wenig hilft. Der Großteil der Priester akzeptiert mich trotzdem nicht, und das wird auch immer so bleiben. Sie sagen, dass ich weder Erfahrung noch Weisheit mitbringe … womit sie ja auch recht haben.«

»Jedenfalls habt Ihr bei der Konferenz nicht viel verpasst«, versicherte Leanne, um das Thema zu wechseln. »Ein Haufen Gerede, viel Streit und am Ende kein Ergebnis. Uns Gelehrte nehmen sie nicht ernst, der König würde am liebsten weiter Däumchen drehen.«

»So ein Narr!«, zischte Salya. »Der Wald ist gefährlich. Wie kann er seine Augen bloß davor verschließen?«

»Der Minister für Magie will seine Abteilung hierher beordern. Was der König machen wird, bleibt abzuwarten.«

Salya runzelte die Stirn. »Aha. Und die Priester? Wollen die auch irgendetwas tun?«

»Sie wollen die Menschen zu mehr Gottesfurcht erziehen – mit allen Mitteln. Sollten scharfe Worte nicht ausreichen, wollen sie sie notfalls ins Gebetshaus schleifen und die Gebete aus ihnen herauspressen.« Am liebsten hätte Leanne diese Worte voller Verachtung ausgesprochen, doch sie konnte nicht einschätzen, wie Salya darauf reagieren würde.

»Also dieselbe Geschichte wie seit hundert Jahren«, kommentierte Salya mit einem kräftigen Seufzer. »Die Priester, die im Wald ansässig sind, können nur von einem Baum bis zum nächsten denken. Was helfen uns Menschen, die mit Messern an der Kehle zum Beten gezwungen werden?«

»Genau das habe ich mir auch gedacht!«, warf Lon ein – sein erster Satz seit Langem. Schon während der Konferenz war jedes Mal, wenn ein Priester gesprochen hatte, großer Zorn in ihm aufgelodert. Leanne hatte das sehr gut nachvollziehen können. Früher hatte sie die Priester mit einer ganz anderen Einstellung betrachtet. Nun jedoch, mit kritischen Ohren und Augen, realisierte sie, dass sie genauso handelten, wie Damion es ihnen vorwarf. Notfalls würde sie ihre Interessen mit Gewalt durchsetzen – wie in der überfallenen Ortschaft.

»Und wie wollen sie vorgehen?«, fragte Salya.

»Der Oberste Priester hat die Armee des Lichts mobilisiert«, antwortete Leanne. »Sie wird schon bald auf dem Weg in Richtung Lylion sein und sich den südlichen Rand des Waldes vornehmen.«

»Die gesamte Armee?«

Leanne nickte.

Salya holte tief Luft. »Fast Tausend Mann also. Das war nur eine Frage der Zeit. Doch die Armee wird uns nichts nützen. Schwerter hin oder her – Schwarze Magie lässt sich damit nicht bezwingen.« Sie drehte sich um und trug ihren Wachen auf, die Pferde zu satteln und etwas Proviant zu besorgen.

»Ihr wollt die Stadt schon wieder verlassen?«, fragte Leanne.

»Ich hätte gar nicht erst kommen sollen. Für mich gibt es jetzt nur ein Ziel: Schwarzbach.«

»Ihr wollt Eure alte Heimat aufsuchen? Die Quelle der Schwarzen Magie? Wieso riskiert Ihr das?«

Die Priesterin verschränkte die Arme, ihr Blick ging wieder in Richtung Boden. »Schon damals sah der Orden den Grund für Zantuls Erstarken in der mangelnden Gottesfurcht der Bewohner. Ich jedoch bin der Überzeugung, dass dies zu einfach gedacht ist. Es muss noch einen anderen Grund geben, warum der Gott der Finsternis an diesem Ort immer mächtiger wird. Etwas, das Priester und Gelehrte übersehen haben. Also muss ich mich dorthin wagen, um das Dorf gründlich zu untersuchen. Ich habe die Kräfte dafür und bin für den Wald verantwortlich.«

»Aber ist dieser Ort nicht sogar für Euch gefährlich?«

»Für die meisten anderen Priester ist er lebensbedrohlich, da die Schwarze Magie auf Gottgesandte besonders stark wirkt. Ich dagegen kann ihr standhalten – zumindest noch.« Sie musterte Leannes Gesicht und grinste. »Ihr seid von der Idee begeistert, wie ich sehe.«

Ja, das war sie, und offenbar konnte sie es nicht verbergen. Im Wald lebten zwar viele Menschen, doch ins Herz der Finsternis hatte sich schon seit Jahren niemand mehr gewagt. Für die Wissenschaftlerin in ihr war dieser Ort daher besonders faszinierend und so verlockend wie glitzerndes Gold.

»Ihr könnt gerne mitkommen«, fügte Salya hinzu. »Auch eine Gelehrte sollte sehen, was dort vor sich geht. Oder besser gesagt: spüren. Wenn Ihr mit mir unterwegs seid, kann Euch nichts passieren.«

Leannes Herz begann zu rasen. Für sie hatte sich gerade eine einmalige Möglichkeit ergeben, die sie sich vorher nicht einmal erträumt hatte. Sie könnte als erste Gelehrte seit mehreren Jahren diesen geheimnisvollen Ort betreten. Diese Gelegenheit musste sie einfach ergreifen. Außerdem könnte ihr die Expedition weitaus mehr Erkenntnisse bringen, als wochenlang auf den Waldrand zu starren und auf bunte Schmetterlinge zu warten – so viel Spaß ihr das auch machte.

Lon dagegen schaute wie ein Hund, dem man das Essen weggenommen hatte. Sie nahm ihn zur Seite: »Lass uns mitgehen. Damion hat uns schon viel über Zantul und das zerstörte Dorf erzählt. Jetzt können wir endlich abklopfen, was hinter all den Erzählungen steckt. Vielleicht hat er uns angelogen.«

»Und wenn er die Wahrheit gesagt hat?«

Da war sie wieder: die Wenn-Frage.

Wofür fürchte ich mich mehr? Dass Damion sein Leben lang fanatisch für einen dunklen Gott kämpft? Oder dass stattdessen fast alle Menschen in diesem Königreich den falschen, bösartigen Göttern folgen?

»Genau das müssen wir herausfinden. Ich weiß, dass du dich in Damions Gemeinschaft sehr wohl fühlst. Ich mag sie auch. Aber ich zweifle an ihrem Glauben. Wo sonst, wenn nicht im Zentrum von Zantuls Schwarzer Magie, können wir die Wahrheit erfahren?«

Er runzelte die Stirn. »Aber wir wären mit einer Priesterin unterwegs. Du hast gesehen, wozu der Orden fähig ist. Ich vertraue ihr nicht, sie würde uns nur etwas vorlügen.«

»Soll sie es versuchen. Wir sind eigenständig denkende Menschen. Niemand kann uns seine Meinung aufdrängen. Und weißt du was? Stell dir vor, du spürst Zantul. Oder er nimmt sogar Kontakt zu dir auf. Dann könntest du Damion und deinen Freunden davon erzählen.«

Plötzlich strahlte er. »Das wäre ja toll!«

»Na siehst du.« Sie deutete mit dem Kopf in Richtung der Priesterin. »Dann lass uns keine Zeit verlieren.«

Doch so begeistert sie klang, so sehr fürchtete sie sich auch. Die Wahrheit, wenn sie diese denn erfahren sollte, mochte wie süßer Honig schmecken.

Oder aber wie bitteres Kraut.

KAPITEL II

Der Wald wirkte auf Leanne ähnlich bedrückend wie beim letzten Mal. Ihr war, als ginge sie durch eine Höhle, die geradeaus immer enger wurde und sich hinter ihr schloss. Die ganze Zeit fühlte sie sich beobachtet und immer wieder bildete sie sich ein, etwas im Augenwinkel wahrzunehmen, was sich bei genauem Hinsehen als Täuschung herausstellte. Es war kalt und regnete dauerhaft, wie an einem Tag im späten Herbst. Der Boden war aufgeweicht, der Geruch feuchter Erde erfüllte die Luft.

Salya und ihre Ritter sprachen kein Wort, Dogo und Lon sowieso nicht. Kaum ein Mensch kam ihnen entgegen und auch magische Tiere oder sonstige Phänomene, die in den letzten Wochen so oft gesichtet worden waren, zeigten sich nicht. Die Stille war Leanne unheimlich, doch sie zögerte, diese zu durchbrechen. Zwar wollte sie unbedingt mehr über die junge Priesterin erfahren, doch die schien an einem Gespräch nicht interessiert zu sein. Ständig kehrte sie ihr Rücken und Schulter zu und scheute den Blickkontakt. Irgendwann jedoch hielt Leanne die Atmosphäre, die sie an einen Gang über den Friedhof erinnerte, nicht mehr aus und ließ es auf einen Versuch ankommen. »Wie seid Ihr Priesterin geworden?«, fragte sie.

Salya seufzte. »Ich kann Euch gerne erklären, wie es dazu gekommen ist. Aber nicht, warum. Das weiß ich nämlich nicht. Aus irgendwelchen Gründen haben die wahren Götter mir besondere Kräfte geschenkt.« Sie stieß ein bitteres Lachen hervor. »Ausgerechnet mir … Ich selbst wusste nichts davon. Meine Kräfte wurden erst geweckt, als Zantul meine alte Heimat bedroht hat. Das Dorf konnte ich zwar nicht retten, aber dafür ist es mir gelungen, den Geist des Mannes, der von Zantul kontrolliert worden ist, zu befreien. Nur so konnten wir ihn überwältigen und in die nächste Stadt flüchten.« Sie holte einige Nüsse aus ihrem Beutel und knabberte darauf herum. »Das hat sich natürlich herumgesprochen und der Orden hat mich umgehend aufgesucht. Die Priester haben mich ausgefragt und Tests mit mir gemacht – gegen meinen Willen wohlgemerkt. Aber sie meinten, ich trage so große Kräfte wie der Oberste Priester von Lloyandasburg in mir, also bliebe ihnen keine andere Wahl. *Für das Licht,* haben sie gesagt. Sie waren von mir beeindruckt. Ich dagegen war alles andere als glücklich mit ihren Plänen. Ich wollte diese Ausbildung nicht machen, sondern einfach nur in Ruhe gelassen werden. Doch sie haben mich bedrängt und mir ins Gewissen geredet.

Du bist schuld, wenn die Welt zugrunde geht, haben sie gesagt. *Du bist egoistisch, faul und gefühlskalt.*

Das war eine schlimme Zeit für mich. Ich wollte abhauen und … noch schlimmere Dinge tun. Aus dieser Zeit stammt auch die Narbe in meinem Gesicht, auch wenn das eine andere Geschichte ist. Jedenfalls habe ich meine Meinung irgendwann geändert und meine Rolle akzeptiert. Wenn die Götter so viel Vertrauen in mich haben, dann offenbar aus gutem Grund. Auch wenn ich diesen nie verstehen werde.«

Leanne beobachtete ihre Mimik und achtete auf ihren Tonfall. Jedes Wort und jede ihrer Bewegungen war von Unsicherheit und Zweifeln geprägt. Ihre Stimme klang schwach und wurde zu jedem Satzende hin leiser, als wollte sie das Gespräch abbrechen.

»Meine Ausbildung haben sie stark gekürzt«, erzählte die Priesterin weiter. »Normalerweise beginnt sie schon im Kindesalter und geht teilweise über drei Dekaden. Bei mir jedoch haben sie bloß zwei Jahre angesetzt. Ich habe nur ein Bruchteil von dem gelernt, was andere Priester wissen. Ich kann immer noch fast keine einzige Stelle aus der Heiligen Schrift zitieren, außerdem weiß ich kaum etwas über die Geschichte des Ordens. Trotzdem haben sie mich nicht nur zur Priesterin, sondern dank meiner Kräfte gleich zur Hohen Priesterin des Waldes ernannt. Die anderen Priester im Wald haben getobt, als ihnen eine junge, unbedarfte Frau ohne richtige Ausbildung und ohne jegliche Erfahrung vor die Nase gesetzt worden ist. Aber das wisst Ihr ja bereits.«

Leanne nickte. »Ja, das habe ich auf der Konferenz erlebt.«

Gleichzeitig dachte sie an Damions Aussagen über Hierarchien. Sie war nicht ganz seiner Meinung und fand, dass eine klare Rangordnung innerhalb einer Gruppe wichtig war. Aber die Menschen neigten dazu, sich in Kämpfe um einzelne Positionen zu verbeißen. Die Missgunst der Priester war ein perfektes Beispiel dafür.

»Wollen wir nicht ›Du‹ zueinander sagen?«, fragte sie die Priesterin. Die Frage war ihr wie von allein über die Lippen gekommen. Sofort bereute sie ihre Anmaßung und erwartete eine empörte Ablehnung.

Doch Salya lächelte. »Gerne.«

Daraufhin lockerte sich ihr Gespräch auf und Leanne lernte die Priesterin immer besser kennen. Sie war nicht die Art von Heldin, die sie erwartet hatte. Ihr Amt hatte sie sich nicht erkämpft, sie war unfreiwillig hineingeraten. Diese große Verantwortung hatte sie nie tragen wollen, hielt sich auch nicht für die geeignete Person dafür. Doch letztendlich hatte sie sich der Herausforderung gestellt, und Leanne bewunderte ihren Mut. Sie *war* eine Heldin, aber auf ihre eigene Weise. Sie diente den wahren Göttern, weil sie überzeugt war, auf der richtigen Seite für eine bessere Welt zu kämpfen.

So wie Damion voller Überzeugung an die andere Seite glaubte.

Insgeheim hatte sie gehofft, dass Salya sich genauso anmaßend und arrogant wie die meisten anderen Priester verhalten würde. Doch warum? Sie verstand sich selbst nicht mehr und ärgerte sich über ihre Gedanken, war sie doch sonst eine Person mit großem Bedürfnis nach Harmonie. Aber mit der Zeit realisierte sie, dass sie einen speziellen Wunsch hegte: Sie wollte sich selbst die Erlaubnis geben können, den Orden zu verachten. Je schlechter nämlich ihr Eindruck von den Dienern der wahren Götter war, desto mehr Rechtfertigung hätte sie dafür, den *Zwölf Boten* zu vertrauen.

Und desto eher könnte sie mit ihrem Gewissen vereinbaren, zu Damion zurückzukehren.

Doch diesen Gefallen tat Salya ihr nicht. Trotzdem konnte sie nichts gegen die Skepsis ausrichten, die sich in ihrem Kopf festgebissen hatte. In letzter Zeit hatte sie viel gehört und gesehen, und das

Vertrauen in den Orden des Lichts war nachhaltig erschüttert worden. Zwar konnte der hinterhältige und brutale Angriff, der sich in der Nähe von Damions Lager ereignet hatte, das Werk einzelner Ausreißer gewesen sein, die auf eigene Faust gehandelt hatten, doch daran zweifelte sie. Damion hatte berichtet, dass solche Verbrechen ständig und überall begangen wurden, und es wäre naiv, das als Unsinn abzutun.

Unweigerlich fragte sie sich, was Salya zu diesem Vorfall sagen würde. Würde sie vielleicht abstreiten, dass Mitglieder des Ordens zu solch einer schrecklichen Tat in der Lage wären? Sie entschied sich dazu, es herauszufinden. »Zwei Tagesreisen östlich von hier wurde ein kleines Dorf überfallen«, erzählte sie und versuchte dabei, so beiläufig wie möglich zu klingen. »Hast du davon gehört?«

Die Priesterin schüttelte den Kopf. »Nein.«

Leanne und Lon tauschten Blicke aus. Das Misstrauen ihres Bruder war noch deutlich größer als ihr eigenes, er wirkte nahezu zornig. Doch warum sollten sie ihr nicht glauben? Im Prinzip waren nur wenige Bauernhöfe betroffen gewesen, das hatte sich bestimmt nicht so weit herumgesprochen. Leanne traute Salya vom ersten Eindruck her auch nicht zu, so etwas zu verschweigen, zu billigen oder gar anzuordnen. Aber vielleicht würde sie Damions Gemeinschaft dafür verantwortlich machen, und das wollte sie als Nächstes austesten. »Hast du in letzter Zeit von den *Zwölf Boten* gehört?«, fragte sie daher.

Plötzlich schaute Salya ihr in die Augen. »Von der Sekte? Natürlich habe ich das. Diese Menschen sind eine Schande! Sie praktizieren Schwarze Magie und tragen somit dazu bei, dass Zantul stärker werden kann. Außerdem sind sie brutal und rücksichtslos. Für sie sind andere Menschen bloß Spielfiguren und Opfergaben.«

Gerade wollte sie nach Beispielen fragen, als Lon sich einmischte. »Sie behaupten aber, Zantul sei der Gute und die wahren Götter die eigentlichen Tyrannen.«

Leanne erschrak bei diesen riskanten Worten.

Du gehst zu weit, Lon!

Salya schien es ihm jedoch nicht übel zu nehmen. Ihr kam gar nicht in den Sinn, dass Lon die Ansichten der Sekte teilen könnte. »Ich weiß auch nicht, wie sie zu diesem Irrglauben kommen. Vielleicht hat Zantul ihren Geist vergiftet, vielleicht sind sie einfach nur bösartig.«

»Aber woher sollen wir wissen, dass sie Unrecht haben?«, fragte Lon.

Da wurde Salya auf einmal laut. »Weil ich es mit eigenen Augen gesehen habe! Zantul hat mein Heimatdorf mit Finsternis überzogen und sich die Seelen unserer Bewohner gegriffen, eine nach der anderen. Meine Mutter und viele Freunde gehörten zu den Opfern, sie hatten seiner Macht nichts entgegenzusetzen. Er hat unsere Heimat angegriffen und vollständig zerstört.«

Sogar einer ihrer Leibwachen mischte sich ein. Sein Name war Kolosan, wenn Leanne sich recht erinnerte. »Er hat den Willen meines Vaters mit Schwarzer Magie gebrochen. Mein Vater war ein anständiger, pflichtbewusster Mensch, er hat sich um die Dorfbewohner gekümmert und uns durch jeden Winter gebracht. Doch der dunkle Gott hat ihn missbraucht, hat ihn wie eine Puppe für seine Gräueltaten benutzt. Meine Mutter ist durch die Hand des dunklen Gottes gestorben, mein Vater ebenso. Also pass lieber auf, was du sagst, und wag es ja nicht, an den Lehren des Ordens zu zweifeln!«

»Hab ich doch gar nicht«, protestierte Lon kleinlaut und verkroch sich in seinen Mantel.

»Hör auf damit!«, herrschte Salya ihren Leibwächter an. »Er ist noch ein Kind und bloß neugierig.« Dann wandte sie sich wieder an Leanne und Lon. »Natürlich ist es dämlich vom Orden, die Menschen zum Beten zwingen zu wollen. Trotzdem müssen wir aufpassen, dass sie sich nicht von den wahren Göttern abwenden. Im schlimmsten Fall treten sie dieser niederträchtigen Sekte bei, und dann hätten wir Zantul irgendwann wirklich nichts mehr entgegenzusetzen.«

Leanne zuckte zusammen. Deutlicher hätte sie niemand daran erinnern können, in welch gefährlicher Situation sie steckten. Wenn jemand herausfinden sollte, dass sie und Lon sich mehrere Tage mitten im Lager der *Zwölf Boten* aufgehalten hatten, würde man ihnen den Kopf abschlagen.

Am übernächsten Tag kamen sie an. Ohne Salya hätte Leanne Schwarzbach niemals gefunden. Irgendwo in den Weiten des Waldes versteckte sich eine Lichtung, die nur über schmale, zugewachsene Pfade zu erreichen war. Die Lichtung war relativ groß, da hier offenbar auch Bauernhöfe gestanden hatten, doch gelebt hatten hier nur wenige Menschen.

Es sah aus, als hätte hier eine ganze Armee gewütet. Haufen aus verbranntem Holz und Asche zeugten von Häusern, Hütten und Ställen, die hier einst gestanden hatten. Einzelne Balken oder Wände standen noch aufrecht, an einigen verkohlten Stellen auf dem Boden wuchs kein Gras mehr.

Salya fasste sich an den Kopf.

»Hast du Schmerzen?«, fragte Leanne.

Sie nickte. »Nur leicht, aber die hatte ich bei meinem letzten Besuch nicht. Das ist ein eindeutiges Zeichen, dass Zantul stetig an Macht gewinnt.«

»Wieso haben wir keine?«, fragte Leanne. Zwar fühlte sie durchaus ein Drücken im Kopf, aber vielleicht bildete sie sich das auch nur ein.

»Der dunkle Gott duldet keine Gottgesandten und das bekommen wir zu spüren. Vor sechs Jahren war ein Ehrenpriester in Schwarzbach gewesen und sogar der ist innerhalb weniger Tage Zantuls Kräften erlegen. Nur noch die mächtigsten Priester können sich dem Dorf nähern. Mittlerweile reicht auch die Kraft des Lichts in mir nicht mehr aus, um mich dauerhaft gegen seine Schwarze Magie zu wehren. Wir müssen uns beeilen.«

Salyas Worte erinnerten sie daran, wo sie sich eigentlich befanden. Die Reise durch den Wald war so trist und eintönig gewesen, dass sie Leanne eingelullt hatte. Die Nervosität und die Furcht waren über die Zeit hinweg verblasst und ihre Gedanken überall gewesen, nur nicht in der Gegenwart. Und als sie ihr Ziel endlich erreicht hatten, hatte sie erst mal nachhaken müssen, ob sie wirklich am gefährlichsten Ort des Königreichs angekommen waren.

»Sind wir schon da? *Das* ist Schwarzbach?«, hatte sie gefragt.

Trotz der mahnenden Worte bewegte sich Salya nur sehr langsam durch das Dorf und schien nicht gerade strukturiert und zielstrebig vorzugehen. Sie inspizierte nicht jeden einzelnen Grashalm, wie Leanne es erwartet hatte, sondern ging melancholisch hin und her. Vor manchen Gebäuden oder Plätzen blieb sie längere Zeit stehen, hier und da stieß sie einen Seufzer aus.

Doch je länger Leanne darüber nachdachte, desto besser konnte sie es verstehen. Dies war Salyas alte Heimat. Hier war sie aufgewachsen und hätte vielleicht heute noch hier gelebt, wenn es diesen Angriff nicht gegeben hätte. Wie schmerzhaft musste es sein, nach all den Jahren zurückzukehren und eine Ansammlung von Trümmern vorzufinden?

Die meiste Zeit über fror Leanne, doch immer wieder überkamen sie Hitzewellen, die sie ins Schwitzen brachten. Außerdem war ihr leicht schwindelig, als bekäme sie Fieber. Sie hoffte, sich bei dem Ritt durch den nasskalten Wald nicht erkältet zu haben.

Sich hinzusetzen und auszuruhen, kam dennoch nicht infrage. Jetzt, wo sie hier war, wollte sie sich umsehen. Vielleicht konnte sie auch nach all den Jahren noch einen Hinweis entdecken, der entweder die Geschichte der *Zwölf Boten* oder die der Priester bekräftigte.

Hoffentlich Ersteres.

Sie blickte zu Lon hinüber, doch der übte stillen Protest und hockte auf dem Boden, um dort zu warten. Dogo hatte sich ins Gras gelegt und ließ den Regen auf sein Gesicht tröpfeln – nichts Neues also von Seiten ihrer Begleiter.

Ähnlich wie Salya machte sie einen Rundgang durchs Dorf. Sie erblickte einen völlig überwucherten Garten mit einer exotischen Vielfalt an Pflanzen, die ebenso gut in Lylion wachsen könnten. Im Zentrum lag eine Statue aus Stein auf dem Boden, daneben die Überreste eines ehemals großen Hauses. In den Trümmern fand sie ein Schild mit der Aufschrift ›Zum gerupften Huhn‹. Mehr gab es allerdings nicht zu entdecken. Frustrierend! Sie war an einem Ort, an dem seit Jahren kein Gelehrter oder Priester mehr gewesen war, konnte aber keinen Nutzen daraus ziehen. Wie sollten ihr diese Ruinen dabei auch helfen? Es war lediglich – wie Damion berichtet hatte – ein zerstörtes Dorf. Was hatte sie erwartet? Dunkle Kreaturen, die sie aus dem Hinterhalt angriffen? Besessene Menschen mit den Kräften von Dämonen? Auch spüren konnte sie nichts, außer einem flauen Gefühl im Magen, möglicherweise als Vorbote einer Grippe. Salya hätte an ihrer Statt lieber einen Gelehrten für magische Künste mitnehmen sollen, wobei vermutlich auch der nichts anderes herausfinden würde als seine Kollegen, die hier vor sechs Jahren so zahlreich geforscht hatten.

Sie kam sich dumm und naiv vor, ähnlich wie bei der Durchsicht der Dokumente bei den *Zwölf Boten.* Überwältigt von einem Gefühl großer Enttäuschung, setzte sie sich zu Lon und Dogo und wartete darauf, dass Salya fertig mit dem wurde, was auch immer sie gerade tat. Wer hätte gedacht, dass sie sich an der Stätte, die als Zentrum der Schwarzen Magie und als gefährlichster Ort des Königreichs galt, langweilen würde?

Sie dachte an Damion und seine Gemeinschaft. Wie gerne säße sie jetzt mit ihm am Lagerfeuer, bei einer warmen Suppe, einem lieblichen Wein und jeder Menge Spaß. Am liebsten würde sie sofort abreisen, Damion in die Arme schließen und mit ihm plaudern, ohne auf den Stand der Sonne zu achten.

Und gemeinsam diese wundervolle Medizin einnehmen.

Shinosin. Dieses verlockende Gebräu des Medizinmeisters. Plötzlich überkam sie ein tiefes Verlangen. Sie spürte die stickige Hitze, als säße sie in Arwils Zelt. Ihr Mund wurde trocken, der unverkennbare Geruch der Tinktur lag plötzlich in ihrer Nase. Nur ein einziger Schluck würde reichen, um für Stunden in eine tiefe Entspannung zu gleiten und alles um sich herum zu vergessen.

Es könnte so schön sein.

Sie wollte unbedingt zurück ins Lager.

Stattdessen hockte sie hier und schaute Salya dabei zu, wie sie durch das Dorf stapfte und …

Ja, was tut sie da eigentlich?

Der Baum über Leanne verhinderte, dass sie von dem Dauerregen durchnässt wurde. Die Wolkendecke hing dick und träge über dem Dorf, für die Tageszeit war es ungewöhnlich dunkel. Leanne wurde schläfrig, es fühlte sich an, als drückte etwas ihre Lider herunter. Gleichzeitig stellten sich vor Kälte die Härchen an ihren Armen auf und hinderten sie daran, einzudösen. Wenn wenigstens ein paar seltene Tiere den Anstand hätten, sich zu zeigen, könnte sich ihr Ausflug lohnen, aber so ärgerte sie sich über die verlorene Zeit.

Hoffentlich brachte zumindest der Rückweg weitere Erkenntnisse, doch das bezweifelte sie. Salya war zwar eine liebe Person, mit der man sich gut unterhalten konnte, aber wenn es um die Götter ging, zeigte sie sich ähnlich verbissen wie die anderen Priester. Eine neutrale Diskussion würde nicht möglich sein, und im Moment war Leanne nicht danach, Lobeshymnen über die wahren Götter und Hasstiraden gegen Zantul zu hören.

Nach zwei Rundgängen schien Salya etwas gefunden zu haben. Für Leanne sah der Flecken aus wie jeder andere, einfach nur ein Stück Erdreich mit Grashalmen. Doch die Priesterin inspizierte ihn mit voller Konzentration.

Plötzlich legte sich ein glänzender Schein um sie, der ein angenehmes Licht auf den Waldboden warf. Helle Punkte, die aussahen wie Funken, schwebten um sie herum und leuchteten im Dämmerlicht des Waldes wie ein Schwarm Glühwürmchen. Leanne stand auf und ging auf sie zu. Sie spürte die Hitze, die sie ausstrahlte, als hätte sie ein Feuer entfacht. Angenehme Wärme legte sich auf ihre Haut. Sie starrte Salya an, konnte nicht fassen, was sich gerade vor ihren Augen abspielte. Niemals hätte sie solche magischen Kräfte bei einem Menschen für möglich gehalten. Selbst in der Fakultät für Götter und Magie hatte sie so etwas noch nicht erlebt.

Nach einer Weile bemerkte sie, dass sich ihre Gesichtsmuskeln verkrampft hatten, weil sie seit geraumer Zeit grinste. Am liebsten hätte sie Salya noch den ganzen Tag zugesehen, doch offenbar hatte die Priesterin gefunden, wonach sie suchte. Sie legte eine Hand auf den Boden und tastete ihn ab. Die Funken um sie herum erloschen, der Schimmer verblasste. Schließlich fingen Salya und ihren beiden Ritter an zu graben. Und wie von der Priesterin offenbar erwartet, stießen sie auf etwas.

»Was habt ihr gefunden?«, fragte Leanne.

Die Priesterin zeigte ihren Fund: eine Schatulle, Münzen, bemalte Holzsplitter und einige Werkzeuge. Mit den Fingern und durch Pusten entfernten sie kleine Insekten und groben Dreck von den Gegenständen. »Sehen wie Alltagsgegenstände aus«, murmelte sie. »Aber nicht aus unserem Dorf. Die müssen aus einer Zeit stammen, lange bevor Schwarzbach gegründet wurde.«

»Woher weißt du das? Und was hat das zu bedeuten?«

Salya schloss die Augen und neigte den Kopf in Richtung Himmel. Sie schien zu genießen, wie die Regentropfen auf ihr Gesicht prasselten und langsam die Wangen hinunterliefen. »Ich werde Hilfe brauchen, um herauszufinden, womit wir es hier zu tun haben«, erklärte sie. »Aber in dieser Schatulle verbirgt sich Schwarze Magie – so alt und so ungeheuer mächtig, dass ich kaum wage, sie anzufassen, geschweige denn, sie zu öffnen.«

Salya begleitete Leanne, Lon und Dogo auf ihrem Rückweg in Richtung Lylion. Sie hatte versprochen, bis zum Waldrand an ihrer Seite zu bleiben, damit sie diesen gefährlichen Ort sicher verlassen konnten.

Angenehm war der Ritt allerdings nicht.

Es regnete ununterbrochen. Leannes Kleider sogen sich mit Wasser voll und klebten an ihrer Haut. Wirtshäuser, in denen sie sich aufwärmen konnten, waren rar gesät und oft nur über große Umwege zu erreichen.

Immer wieder drehte Leanne an ihrem Armreif. Er hatte schon beim Betreten des Waldes eine hässliche und deprimierende Farbe angenommen – Dunkelbraungrün, passend zur freudlosen Atmosphäre dieses Ortes. Selbst Maya hätte hier vermutlich Schwierigkeiten gehabt, das Positive zu sehen und ihre Späße zu machen.

»Das war die letzte Pause«, raunte Salya, als sie gerade aus der Stube einer gemütlichen Gaststätte traten. »Es tut mir leid, dass ich euch so hetze, aber ich habe es eilig. Wir müssen die Gegenstände, die ich gefunden habe, dringend untersuchen.«

Das hast du jetzt schon zehnmal gesagt, dachte Leanne und verdrehte die Augen. *Wir wissen es langsam.*

Die Priesterin schien mit ihren Gedanken stets woanders zu sein. Ab und zu sprach sie einen knappen Satz zu ihren Rittern, gelegentlich murmelte sie etwas vor sich hin. Antworten, Kommentare oder Nachfragen erwartete sie offenbar in beiden Fällen nicht. Auch ihre beiden Leibwächter öffneten selten den Mund, wobei sie mit Lon und Dogo in bester Gesellschaft waren. Leanne betitelte die Fünf als ›Quintett des Schweigens‹ und musste heimlich über ihren ausgedachten Spitznamen schmunzeln.

Hätte ich den bloß Maya erzählen können!

Dies war allerdings der einzige erheiternde Moment auf ihrer Reise. Ansonsten dachte sie viel nach, über sich, über Lon, über die letzten Wochen ... Unweigerlich drängten sich ihr Bilder des Infernos auf.

Ementos hat deine Schwester getötet!

Wie eine Zecke hatte sich dieser Satz in ihrem Bewusstsein festgebissen. Seit Damion ihn ausgesprochen hatte, fragte sie sich nicht mehr, *was* das Inferno ausgelöst hatte, sondern *wer.* Und das, obwohl die Gelehrten am Sansurio bislang keinen Hinweis auf magische Kräfte entdeckt hatten.

»Was weißt du über das Inferno?«, fragte sie die Priesterin.

Diese jedoch rührte sich nicht. Vermutlich hatte sie ihre Frage nicht gehört, da sie das Gesicht fast vollständig unter der Kapuze verbarg.

Vielleicht will sie mich auch gar nicht hören.

Trotzdem versuchte sie es noch ein zweites Mal, diesmal so laut, dass sie es weder überhören noch ignorieren konnte.

Nun reagierte Salya, indem sie den Kopf ein winziges Stück in Leannes Richtung bewegte und sagte: »Nichts.«

»Aber du musst doch etwas mitbekommen haben«, hakte sie nach.

»Nur Gerede. Es muss schrecklich gewesen sein.«

Leanne holte tief Luft.

Ja, das war es.

Das Grollen. Das Beben. Die Steine. Die Rauchwolke.

Maya.

Am liebsten würde sie sich augenblicklich all den Kummer von der Seele reden, ihn aus sich herausschreien.

Doch sie hielt den Mund geschlossen.

Zwar verspürte sie ein starkes Bedürfnis, sich jemandem anzuvertrauen, doch auch einen starken inneren Widerstand, wenn es nicht die richtige Person war. Die Priesterin war ihr durchaus sympathisch, doch der Gedanke, mit ihr auf emotionaler Ebene zu reden, kam ihr fremd und unangenehm vor. Vielleicht kannte sie sie einfach noch nicht lange genug, doch vielmehr hatte sie das Gefühl, dass da etwas fehlte.

Mit ihr war es nicht das Gleiche wie mit Damion.

Mit dem deprimierenden Gefühl, etwas Wichtiges in ihrer Seele zu unterdrücken, versuchte sie, das Gespräch auf nüchterne Weise weiterzuführen. »Glaubst du, es war ein magisches Ereignis?«

»Natürlich«, erwiderte Salya, als handelte es sich um eine äußerst dämliche Frage. »Die meisten Menschen glauben, Zantul versuche aus der Unterwelt auszubrechen, und auch für mich klingt das nach der einzig logischen Erklärung. Aber ich kann dazu nichts sagen. Dieser Berg ist zu weit weg. Ich spüre nur, was im Wald vor sich geht, und hier bündeln sich verheerende Mengen an Schwarzer Magie. Das macht mir schon genug Sorgen.«

Leanne merkte ihr an, dass sie versuchte, nett und höflich zu bleiben. Aber die Priesterin hob nie den Kopf, um ihr in die Augen zu blicken, und aufgrund der Art und Weise, wie sie redete, konnte sie nicht verbergen, dass sie die drei eigentlich nicht begleiten wollte, weil sie wichtigere Dinge zu tun hatte. Leanne frustrierte das. Sie fühlte sich wie ein scheuernder Sack voll Steine, den man nicht ablegen konnte und der obendrein dumme Fragen stellte. Zwar lagen ihr noch einige Themen auf dem Herzen, aber heute würde sie diese wohl nicht mehr ansprechen.

Der Rest der Reise verlief nahezu wort- und gänzlich ereignislos. Als sie den Waldrand erreichten, wollte Leanne zum Abschied nur schnell »Danke« und »Tschüss« sagen, um so schnell wie möglich weiter in Richtung Lylion zu reiten.

Doch zu ihrer Überraschung sah Salya tatsächlich traurig aus. »Schade, dass sich unsere Wege trennen. Ich hätte mich gerne mehr mit dir unterhalten.«

Wie bitte? Hältst du mich gerade zum Narren? Dafür war doch wohl Zeit und Gelegenheit genug!

Doch beides war offenbar nicht der Fall. Wenn sie keine begnadete Schauspielerin war, bekümmerte die verpasste Gelegenheit sie tatsächlich. »Tut mir leid, wenn ich auf dem Rückweg ein wenig grummelig war. Ich weiß, ich bin nicht gerade die angenehmste Person, und wenn ich gestresst bin, dann so richtig. Aber ich würde mich freuen, wenn wir uns wiedersehen. Irgendwann. Unter anderen Umständen.«

Sie meinte es wahrhaftig ernst. Für Leanne kam das so überraschend, als wenn Lon sich freiwillig zum Kochen meldete oder Maya bei einem obszönen Witz nicht lauthals gelacht hätte.

»Ich fand die Reise sehr schön«, fügte Salya hinzu. »Sie war eine willkommene Abwechslung. Es ärgert mich, dass ich so schnell weiterreiten muss. Aber die Pflicht ruft.«

Leanne schloss sie zum Abschied in die Arme. »Viel Erfolg mit der Schatulle. Ich hoffe, sie liefert dir Erkenntnisse, mit denen du arbeiten kannst.«

Salya lächelte. »Danke. Die Untersuchung wird aber von Experten des Ordens übernommen. Ich habe andere Pläne.«

KAPITEL 12

An diesem Morgen konnte Sir Caster sich nicht aufraffen. Er hatte sich in seine Decke eingemummelt, neben ihm lag sein Schwert wie eine Geliebte. Wie so oft verspürte er keinerlei Motivation, diese zumindest einigermaßen gemütliche Position aufzugeben. Draußen war es kalt, außerdem wütete starker Regen. Das Plätschern der Tropfen hielt ihn schläfrig, und so blieb er einfach liegen und lauschte dem Rauschen der Bäume, die sich vor der Höhle im Wind wiegten.

Doch irgendwann schnaubte Königsblut – ein Zeichen der Entspannung, aber auch eines der Aufforderung.

»Was ist los, mein Junge?«, fragte der Ritter.

Das Pferd spitzte die Ohren und hob den Kopf.

»Worüber ich nachdenke? Über damals. Über jetzt …« Er seufzte. »Du hast recht. Eigentlich war ich nie einer dieser lethargischen Menschen, die in der Vergangenheit leben. Sie ist bereits geschrieben, wieso sollte ich also unnötig Zeit mit ihr verschwenden? Doch ich fürchte, das hat sich geändert. Mein Geist ist schwach geworden, er klammert sich an frühere Tage. Ich frage mich: Habe ich falsche Entscheidungen getroffen?«

Königsblut brummelte.

»Ganz deiner Meinung. Die Frage ist bloß, welche Entscheidungen das waren.«

Erneutes Brummeln, diesmal deutlich lauter.

»Ja, wir hätten den offenen Kampf suchen können, statt in den Wald zu fliehen. Du weißt, dass ich nichts lieber getan hätte, als gegen die

Armee des Feindes vorzupreschen und fünf Männer mit in den Tod zu reißen. Ein ehrenvoller Tod, eines Ritters der Königsgarde würdig.« Kurz schloss er die Augen und dachte nach. »Doch damit hätten wir unserem alten König keinen guten Dienst erwiesen. Was hätte ihm unser Tod genützt, so ehrbar er auch gewesen wäre? Wenn sich eines Tages jedoch herausstellen sollte, dass sein Sohn wirklich überlebt hat, wäre unsere Flucht nicht umsonst gewesen. Dann würden wir an seiner Seite reiten, wenn er das Banner der Paytons hisst, um den Thron zurückzuerobern. Und dann hätte sich auch dieses verdammte Versteckspiel über all die Jahre gelohnt.«

Hätte.

Dass die Kerze dieser Hoffnung schon lange heruntergebrannt war, war ihm leider allzu bewusst. Wie viele Jahre waren bereits vergangen, in denen er keinerlei Neuigkeiten von der Familie, der er diente, erhalten hatte?

Genug, dass er aufgehört hatte zu zählen.

Hätte der Sohn seines alten Königs überlebt, wäre er mittlerweile volljährig und hätte gewiss schon längst eine Rebellion gegen den unrechtmäßigen König auszurufen. Und eine Neuigkeit solch historischen Ausmaßes hätte sich sogar bis in diesen Wald verbreitet. Aber sie war nie gekommen. Nicht einmal ein spärlicher Hinweis.

Eine Rebellion würde es nicht mehr geben.

Der Ritter beobachtete seinen Gefährten, der gemächlich mit dem Kiefer mahlte und sich mit dem Schweif eine Fliege vom Leib hielt. Mit einem Ruck rappelte er sich auf und ging in den Schneidersitz. »Und danach? Wir sind in einen Kerker voller Bäume geflohen, haben uns dort selbst in Ketten gelegt. Aber wo sonst hätten wir untertauchen können? Überall hätte König Zalamo uns schon längst gefunden, aber hier im Wald hältst du dich bloß abseits der Pfade und schon bewegst du dich in einer anderen Welt – wenn auch einer furchtbar tristen. Immerhin sind wir irgendwann auf Schwarzbach gestoßen und haben dort zwei Jahre lang gelebt. Damals noch ein blühender Flecken Erde. Für uns war dieser Ort ein Segen, nicht wahr?«

Königsblut zog vor Erheiterung eine Schnute.

Der Ritter lachte. »Ja, mein Lieber, dort hat es dir gefallen, richtig? Etwas langweilig zuweilen, doch immer noch besser als der nackte

Wald. Das Dorf war so klein und abgeschieden, dass wir dort in Ruhe leben konnten, ohne uns ständig umschauen und die Hand am Schwert lassen zu müssen. Sagen wir, es war auf seine Art und Weise idyllisch. Wir konnten den Bewohnern sogar unsere Identität anvertrauen. Eine neu gelebte Freiheit.«

Die allerdings nicht lange gewährt hatte.

Je mehr er redete, desto unruhiger wurde Königsblut. Offenbar war er an einer Unterhaltung nicht mehr interessiert.

»Ich verstehe schon«, sagte der Ritter und lächelte. »Ich langweile dich. Du brauchst Bewegung … Und ja, Durst habe ich auch.«

Der Bach, zu dem sie sich begeben hatten, führte wie immer viel Wasser. Königsblut suchte sich eine geeignete Stelle, um freudig zu trinken. Der Ritter wagte währenddessen einen verstohlenen Blick.

Soll ich oder soll ich nicht? Zu gerne würde ich es mal wieder sehen.

Er konnte nicht sagen, was ihn nach all den Jahren ausgerechnet heute dazu verführt hatte, aber er kniete sich ans Wasser und blickte auf die Oberfläche, die aufgrund des schwachen Nieselregens beständig flimmerte.

Bei Yanus … Wer war dieser Mensch, der ihn aus dem Bach heraus anschaute, als hätte man ihn gerade aus dem Schlaf gerissen und zur Sklavenarbeit verdonnert? Dies war nicht der junge, agile Ritter aus der einstigen Königsgarde. Er hatte nichts gemeinsam mit dem preisgekrönten Turnierkämpfer, Frauenschwarm und Vorbild vieler junger Männer von damals. Er war bloß ein gealterter Mann mit müden Augen, Falten und wildem Vollbart. Den optimistischen, vor Kraft und Frohmut strotzenden Sir Caster hatte er offenbar endgültig hinter sich gelassen. Stattdessen fristete er als in die Jahre gekommener Ritter sein Dasein, willensschwach und antriebslos.

Täuscht das, weil ich mich noch nie unrasiert gesehen habe?

Ein zynisches Lächeln spielte auf seinem Gesicht.

Red dir keinen Unsinn ein. Das liegt nicht nur am Bart.

Den Durst endlich gelöscht, machte Königsblut den Ritter auf seine nächste Begierde aufmerksam. Die Nasenstupser waren mehr als deutlich, und so ließ Sir Caster sein Spiegelbild zurück und holte einige

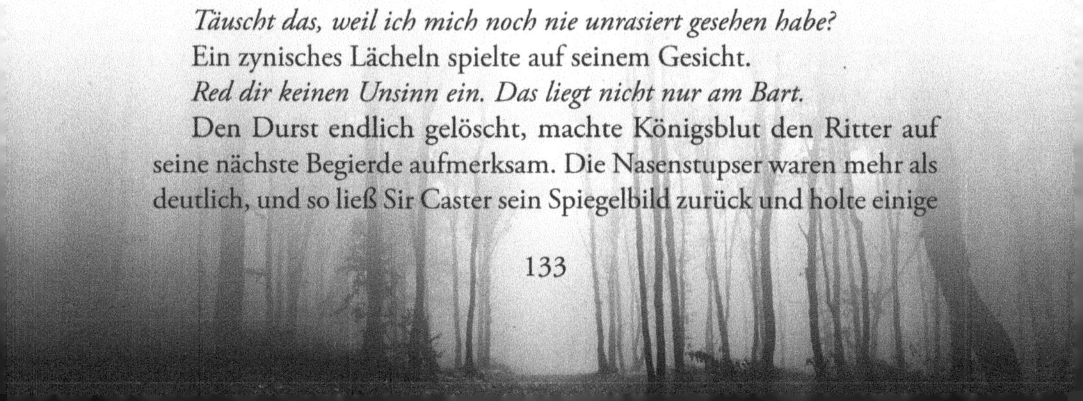

Äpfel hervor, die sein Begleiter genüsslich verschlang. »An deinem Hunger hat sich jedenfalls nichts geändert.«

Plötzlich knirschte ein Ast. Direkt hinter ihm. Er blickte sich um und sah drei Männer, die sich angeschlichen hatten. Einer von ihnen grinste Königsblut an und stieß einen Laut der Bewunderung aus. »Ein Wolfsfell liegt auf dem Boden meiner Hütte, ein Bärenkopf hängt an der Wand. Fehlt nur noch ein Pferd unter meinem Arsch, und deines gefällt mir besonders gut. Ich will es haben. Dazu Wein im Magen, dann könnte ich mir sogar überlegen, dich am Leben zu lassen.«

Der Ritter musterte die Störenfriede, die mit Schwertern und Messern bewaffnet waren. Sie sahen aus wie typische Halunken, ausgemergelt, verdreckte Gesichter, fettige Haare, Zahnlücken, zerlumpte Klamotten – wie aus einer schlechten Erzählung. Im Kontrast zu ihrem heruntergekommenen Äußeren trugen sie feine Ledergürtel, einer von ihnen sogar mit Fell gefütterte Stiefel, die für den Winter gedacht waren.

Eindeutiger ging es kaum.

Kleidung und Waffen hatten sie sich zusammengeklaut und nun schleppten sie alles mit sich herum, das sie irgendwann vielleicht einmal gebrauchen oder verkaufen konnten. Eine Hütte mit Wolfsfellteppich besaßen die bestimmt nicht.

»Wie recht Ihr habt«, antwortete Sir Caster beinahe gelangweilt. »Dieses Pferd ist wahrlich prächtig. Viel zu kostbar für jemanden wie mich.«

»Für dich vielleicht, hähä. Für meine Ansprüche genau richtig. Ich trample damit auf deinem Grab herum.«

Alle drei lachten, einer dreckiger als der andere.

»Ihr seid drollige Kerlchen, das lasse ich Euch«, sagte Sir Caster. »Aber nun verzieht Euch! Ihr langweilt mich.«

Seine Provokation hatte den gewünschten Effekt, das Lachen der Männer erstarb. »Du bist frech«, zischte ihr Anführer. »Renn lieber so schnell du kannst, oder ich ramme dir meine Klinge in den Bauch und drehe sie zweimal im Kreis!«

Für den Ritter klang diese Drohung einfach nur lächerlich, doch lachen konnte er über diese armseligen Würmer nicht. Außerdem war Reden nicht seine Spezialität, also übersprang er das überflüssige

Geplänkel an Drohungen und Beleidigungen und zückte seine Waffe. Die drei Männer taten es ihm gleich.

Die Klinge seines Schwertes war länger, breiter und sauberer poliert als die ramponierten Gegenstücke seiner Kontrahenten. Dass sie außerdem härter und schärfer war, stand außer Frage, immerhin wurde sie von den Gebrüdern Dizow gefertigt, den damals begnadetsten Alchemisten des Königreichs. Nur sein ehemaliger König und die Ritter seiner Garde hatten die Ehre gehabt, Schwerter aus dem Stahl ihrer Geheimrezeptur zu tragen.

Festen Schrittes trat er auf die Männer zu. Diese drei Wichte würden ihm nicht einmal einen Kratzer zufügen. Drei gegen einen war wahrlich keine Herausforderung für ihn, zumal diese Gestalten nicht einmal wussten, wie man ein Schwert richtig fasste.

Die Angreifer wichen zurück. Kampfeslust und Arroganz waren aus ihren Gesichtern gewichen. Offenbar spürten sie, wie unbeeindruckt und siegessicher Sir Caster war, vielleicht sogar seine Vorfreude auf das kommende Gefecht.

Gebt mir einen Grund und ich tue, was ich am liebsten tue. Ich führe die Klinge, seit ich als kleiner Knirps einen Ast halten konnte, und habe mein Leben lang an der Perfektion dieser Kunst gefeilt. Außerdem ist mir in den letzten Jahren langweilig geworden – verdammt langweilig.

Die Männer rannten weg.

Schallend lachte der Ritter. Einerseits amüsierte ihn die Feigheit dieser Großmäuler, andererseits hoffte er, mit seinem Gelächter an ihre Ehre zu appellieren und sie zur Rückkehr provozieren zu können. Leider erfolglos. In Windeseile waren sie außer Sichtweite.

»Hast du das gesehen?«, fragte er Königsblut. »Als wäre ein tollwütiges Wildschwein hinter ihnen her.«

Das Tier gab ein leichtes Wiehern von sich.

»Finde ich auch. Wo bleibt da der Spaß? Nun ja, für ihr Leben haben sie die einzig richtige Entscheidung getroffen – wenngleich sie feige und jämmerlich war.«

Eben noch amüsiert, keimte plötzlich Ärger in ihm auf. Weniger darüber, dass er sein Schwert wieder einstecken musste, als vielmehr über das schandhafte Verhalten dieser Banditen. Einsame Menschen im Wald überfallen, sie verspotten, ihnen drohen und beim geringsten

Widerstand die Krallen einziehen und die Flucht ergreifen. Dafür konnte er kein Verständnis aufbringen.

Er seufzte. »Also gut, wollen wir zurück zur Höhle?«

Keine Regung von Königsblut.

»Ich auch nicht. Hier ist es gemütlich und einigermaßen trocken. Ein kleines Schläfchen kann nicht schaden.«

Er ließ sich unter einem Baum nieder, den Kopf auf das Wurzelwerk gebettet, die Hände über dem Bauch gefaltet. Seine Gedanken an das Jetzt verblassten und lösten sich in Träumen vom Früher auf. Ab und an raschelte etwas in der Umgebung, das ihn hellhörig werden ließ, doch jedes Mal handelte es sich dabei bloß um harmlose Kleintiere auf der Suche nach einem Happen zu futtern. Und so döste er vor sich hin, ein ständiges Hin und Her zwischen Schlafen und Wachen.

Bis das Licht erschien.

Er öffnete die Augen, doch die Helligkeit blendete ihn so sehr, dass er sie wieder zusammenkneifen musste. Nur langsam gewöhnte er sich an das Licht. Ihm war, als schiene die Sonne ihm direkt ins Gesicht. Er hielt eine Hand an die Stirn, versuchte, das Licht zu lokalisieren und etwas zu erkennen, sah jedoch nur, dass es aus dem Wald kam. Irgendwo zwischen den Bäumen leuchtete es, flutete den Boden in gelb-oranger Farbe und ließ die regenbedeckten Pflanzen glitzern.

Und es strahlte Wärme aus.

Magie.

Wahrhaftig erlebte er es endlich mit eigenen Augen. Er wurde Zeuge der mächtigen Kräfte, die in diesem Wald herrschten. Zwar schien es keine Schwarze Magie zu sein, doch da wollte er sich nicht festlegen. Ein Laie wie er würde niemals zwischen den einzelnen Formen der Zauberkunde unterscheiden können. Hinter jedem lieblichen Gesicht konnte sich eine boshafte Fratze verbergen, hinter jeder harmlosen Tarnung ein tödlicher Dolch. Vielleicht blickte er gerade dem Tod in die Augen, vielleicht würde man ihm gleich seine Seele entreißen.

Doch das schüchterte ihn nicht ein. Er stand auch nicht auf, um zu flüchten. Natürlich wäre es ärgerlich, nicht ehrenvoll im Kampf zu sterben, wie es sich für einen Ritter gehörte, sondern einer höheren Macht zu erliegen, gegen die er sich nicht einmal wehren konnte. Aber

Angst verspürte er nicht. Ob tot oder einsam im Wald – es machte keinen Unterschied mehr.

Das Licht näherte sich, die Schatten der Bäume und Pflanzen tanzten über den Boden. Die Wärme floss in Wellen durch seinen Körper, bis sie sich wie ein kostbarer Mantel um ihn legte. Und dann vernahm er eine Stimme, hell und lieblich. Sie kam aus dem Licht und richtete ihre Worte direkt an ihn.

KAPITEL 13

Kaum hatten sie die Bäume hinter sich gelassen, schlug Leanne die erbarmungslose Sommersonne entgegen. Bei den Temperaturen im Wald hatte sie ganz vergessen, dass im Königreich Hochsommer herrschte. Die Wetterschwankungen plagten ihren Kreislauf, in Lylion wurde es noch schlimmer. Zwar drang nur wenig Sonne durch all die Bäume, Pflanzen und Behausungen der Grünen Stadt, doch die Hitze staute sich und die Luftfeuchtigkeit war unerträglich.

Leanne, Lon und Dogo nahmen sich zwei Zimmer in einer Gaststätte, die in einem Bisonbaum auf erster Ebene eingebaut war. Im Inneren des Stammes war es angenehm kühl und behaglich, für Leanne in diesem Augenblick der schönste Ort auf Erden. Sie befand, dass es an der Zeit war, einen persönlichen Rekord im Langzeitschlafen aufzustellen, und als sie am nächsten Morgen aufwachte, war sie zufrieden mit ihrer Leistung – selbst Lon hatte sie dieses Mal nicht übertreffen können.

Das Frühstück wurde draußen auf den Holzplanken serviert, wo viele bequeme Stühle aufgestellt worden waren. Von dort aus genossen sie den Ausblick auf die Hauptstraße und beobachteten das geschäftige Treiben der Einwohner. Leider konnten die Leute von der Straße genauso gut auf die Gäste des Wirtshauses blicken, wie sie von oben auf die Leute herab. Und wie es der Zufall wollte, lief Leannes alter Mentor Qydius – ausgerechnet er – den Weg entlang und pfiff eines seiner nervigen Lieder. Neugierig wie er war, schaute er sich nach allen

Seiten um, und so war es zu Leannes Bedauern nicht zu vermeiden, dass er sie entdeckte.

»Leanne, welch eine Freude!«, rief er nach oben. »Wie läuft deine Forschung?«

»Nun, ich …«

»Warte, eigentlich habe ich keine Zeit für Plaudereien. Ich muss zu einer Besprechung.«

»Ähm …« Leanne kam sich veralbert vor. *Dann eben nicht. Aber wenigstens bin ich ihn dann los.*

»Wo ist Maya eigentlich?«, fragte er plötzlich.

Ihre Gabel fiel klirrend auf den Teller. Hatte sie sich gerade verhört? Am liebsten würde sie ihm an die Gurgel springen. Wie konnte er den Tod einer Kollegin und ehemaligen Studentin einfach so vergessen? Sie formte mit dem Mund das Wort ›Du …‹ und war kurz davor, eine Beleidigung auszusprechen, als er noch etwas hinzufügte: »Wenn mich nicht alles täuscht, habe ich gerade eine Frage gestellt.«

Ruckartig stand sie auf, der Stuhl flog krachend nach hinten. »Sie ist tot!«

Sofort schauten die anderen Gäste zu ihr herüber. Es war in Lylion normal, die Unterhaltungen anderer Leute mitzuhören, wenn sie über verschiedene Ebenen hinweg brüllten. Doch ein solches Gespräch verfolgten die Einwohner sicher auch nicht alle Tage.

»Oh …«, stammelte Qydius. »Stimmt. Das hatte ich vergessen. Mein Beileid.«

Weder sagte Leanne etwas noch bewegte sie sich. Was war er bloß für ein kaltherziger Mensch? Kein Wunder, dass niemand von der Universität zu Mayas Beerdigung gekommen war. Offenbar hatte ihr Tod nur als Randnotiz während des Frühstücks kursiert.

Er kratzte sich am Kopf. »Wie dem auch sei … Äh … schmeckt euch denn euer Essen?«

»Durchaus«, antwortete Leanne, nahm die Gabel wieder zur Hand und hielt sie demonstrativ über den Teller, um zu signalisieren, dass sie gerne ungestört weiter essen würde.

»Nun … ihr habt sicher auch viel zu tun, richtig? … Dann … Hat mich gefreut.«

Idiot.

Nach dem Essen blieben sie noch eine Weile sitzen. Dogo probierte die verschiedenen Säfte aus, die in dieser Stadt hergestellt wurden, doch selbst er würde sich nicht durch das gesamte Angebot des Hauses arbeiten können, dafür war die Auswahl viel zu groß. Leanne verarbeitete ihren Ärger auf Qydius, indem sie sich ausmalte, welches Getränk sie über ihn schütten würde, sollte sie ihm noch mal über den Weg laufen. Lon beobachtete währenddessen Stadt, Leute und Affen. Immer wieder ging sein Blick in Richtung Ostausgang – jenes Tor, das sie nehmen mussten, wenn sie zum Lager der *Zwölf Boten* reiten wollten.

Eine Verkäuferin des Informationsblattes *Der Zwitscherer* kam vorbei und warb mit ihren Angeboten. Leanne kaufte sich sofort eine Ausgabe, um sich über die Neuigkeiten im Königreich zu informieren. »Deema, Tochter von Lord Relayus, soll bald heiraten«, las sie vor. »Zwar steht noch nicht fest, wen, doch Bewerber gibt es zuhauf.«

»Spannend«, kommentierte Lon. Der Sarkasmus in seiner Stimme war so stark, dass sie kurz dachte, er wäre Vater, der mal wieder über Mutter schimpfte. Doch sie ließ sich von seinem Desinteresse nicht beirren und las weiter.

»Der monatelange Krieg zwischen Tilenia und Seveston ist beendet. König Zalamo hat angeordnet, dass Tilena den Vorsitz über alle Städte westlich des Chikkara-Flusses erhält und Seveston über die anderen.« Sie lachte. »Wenn ich das richtig verstehe, sind das fünfzehn Ortschaften für Tilena und ganze zwei mickrige Dörfer für Seveston.«

»Ich wusste gar nicht, dass die sich bekriegt haben«, merkte Lon an.

»Ich auch nicht.«

Die nächsten Blätter überflog sie nur. »Neue Handelsroute im Süden, ein großes Fest in Kimbletown … Bimbalim … Bimbadum … alles belanglos.«

Mit Absicht war sie zunächst die hinteren Blätter durchgegangen – reine Vermeidungstaktik. Erst nachdem sie das Ende erreicht hatte, überwand sie sich dazu, den Artikel auf der Titelseite zu lesen. »Die Konferenz in Lylion … blabla … groß, bedeutsam, zukunftsweisend, mhm, aha, und so weiter …«

»Nun sag schon, was sie schreiben«, drängelte Lon.

Sie schnipste gegen die Zeitung. »Das Übliche. Die Gelehrten werden kritisiert, sie hätten angeblich nichts über Inferno und Wald herausgefunden und würden die Arbeit der Priester ›behindern‹. Soso. Die ersten drei Seiten sind komplett gefüllt mit Lobpreisungen für den Orden des Lichts. Sie hätten die Lage unter Kontrolle, bekämpften erfolgreich Zantuls Schwarze Magie und kümmerten sich um die Opfer von Überfällen.«

»Die kümmern sich überhaupt nicht!«, schimpfte Lon. »Das machen die *Zwölf Boten!* Außerdem haben sie gar nichts im Griff, nicht einmal sich selbst. Die sind untereinander völlig zerstritten, genau wie die Gelehrten.«

Leanne zeigte auf die entsprechende Stelle in der Zeitung. »Das steht hier wirklich so. Außerdem fordern sie die Menschen zu mehr Gebeten und natürlich auch zu mehr Spenden auf.« Ihre Finger verkrampften sich und zerknitterten die Blätter. »Und jetzt schreiben sie … das kannst du keinem Esel erzählen!«

»Was?«

»Diese verdammten … Sie geben den *Zwölf Boten* die Schuld an dem Angriff auf die Bauern. Guck doch!«

Lon winkte ab, als hätte sie ihm faulen Fisch angeboten. »Ich glaube dir ja. Ich will es nur nicht lesen.«

»Sie sprechen von einem Akt der Barbarei. Mehrere Dörfer, Farmen und angeblich sogar Gotteshäuser sollen im Umkreis überfallen worden sein. Der Orden des Lichts warnt vor der plündernden und mordenden Sekte und bezeichnet sie als einen Haufen gottesverachtender Ketzer, die dem dunklen Gott Zantul Blutzoll leisten. Betroffene und Angehörige sollen sich an den Orden des Lichts wenden.«

Lon schnaubte. »Siehst du? Damion hat recht! Die verdrehen die Wahrheit! Sie schieben alles auf die *Zwölf Boten* und geben sich selbst als Retter der Menschheit aus.«

»Und alle werden diese Lüge glauben«, konstatierte Leanne. »Sie können es nicht besser wissen, sie haben es schließlich nicht mit eigenen Augen erlebt.«

Sie zerknüllte die Blätter und schmiss sie weg. Danach ließ sie sich gegen die Lehne fallen und massierte ihre Schläfen. In letzter Zeit hatte sich so viel verändert und sie hatte kaum Gelegenheit, das alles zu verarbeiten. Für die Universität hatte sie eigentlich immer gerne gearbeitet, doch sie fühlte sich von ihren Vorgesetzten nicht ernst genommen und im Stich gelassen. Vor dem Orden hatte sie stets höchste Achtung gehabt, die Priester als Vorbilder und die Ritter des Lichts als Ehrenpersonen angesehen, doch jetzt war ihr Vertrauen zu den Gottesdienern zersplittert wie Glas auf Stein. Und wenn Damions Aussagen über den Orden stimmten, womit hatte er dann noch recht?

Etwa mit seinen Äußerungen über Zantul?

»Alles in Ordnung bei dir?«, fragte Lon plötzlich.

»Ja«, murmelte sie reflexartig und musste dabei tief durchatmen. Natürlich war ihre Antwort gelogen. Lon erkundigte sich normalerweise nie nach dem Wohlbefinden seiner Schwester, aber offenbar war sogar ihm aufgefallen, dass es ihr nicht gut ging.

Die Temperaturen in Lylion erhöhten sich gegen Mittag, Schweiß perlte auf ihrer Haut. In ihren Ohren dröhnten die Geräusche der Handwerker, Affen, Pferde und Karren, es roch nach feuchter Erde und nassem Holz. Ein nervtötendes Jucken teilte ihr mit, dass sich in der Nacht eine Mücke über sie hergemacht und ihre Beine zerstochen hatte. Sie fühlte sich von all den Eindrücken überfordert, eine einzige Chaosattacke auf ihre Sinne.

Und dann war da noch der Spuk in ihrem Kopf, verursacht von zwiespältigen Gefühlen, die sie sich nicht erklären konnte. Beim Lesen des *Zwitscherers* hatte sie großen Ärger verspürt.

Wut.

Verachtung.

Aber auch eine gewisse Freude und Erleichterung. Sie sträubte sich gegen diese Emotionen. Es war unangemessen, so zu empfinden, wenn man von derart schlimmen Dingen erfuhr. Trotzdem konnte sie sich nicht dagegen wehren. Woher kamen sie, was hatten sie in ihrem Kopf zu suchen?

Doch bei genauem Nachdenken wurde ihr alles klar.

Die Erklärung dazu hatte sie sich selbst schon auf der Hinreise gegeben: Sie suchte nach einer Erlaubnis, in Damions Gemeinschaft zu leben, und die würde ihr Gewissen ihr nur erteilen, wenn sie Damion Glauben schenkte und den Orden verachtete. Beides fiel ihr inzwischen immer leichter. Was sie heute erfahren hatte, trug sein Übriges dazu bei und half ihr, eine Entscheidung zu treffen, die sie schon die ganze Zeit vor sich hergeschoben hatte.

Sie würde zurückgehen.

Zurück zur Gemeinschaft, zurück an Damions Seite. Sie konnte sich nichts vormachen, es war ein Wunsch, der aus tiefstem Herzen kam. Alles andere kam für sie nicht mehr infrage.

Sie schaute zu ihrem kleinen Bruder, der die Menschen auf den Straßen beobachtete wie die Wildkatzen im Gehege der Fakultät. In den Wochen nach Mayas Tod war er still und mürrisch gewesen, doch während ihrer Zeit bei den *Zwölf Boten* wirkte er wie wiederbelebt. Der Gedanke, zurück ins Lager zu reiten, war schön, doch er war nichts gegen die Aussicht auf das Strahlen auf dem Gesicht ihres Bruders, wenn sie ihn an den Ort zurückbringen würde, an dem er aufblühte, seine Fähigkeiten und Interessen ausleben durfte und neue Freundschaften schloss.

»Wollen wir ins Lager zurückkehren?«, fragte sie.

Schlagartig änderte sich seine Mimik. Mit seinem breiten Lächeln und den süßen Fältchen um die Augen erinnerte er sie in diesem herzerfüllenden Moment an Maya.

Und so reisten sie kurze Zeit später ab. Ihr Weg führte sie an Wiesen, Feldern, Bächen und Bauernhöfen vorbei. Irgendwann verließen sie die belebten Straßen, nahmen kleine Pfade in Richtung Nordosten und ritten schließlich querfeldein, wo sich keine anderen Menschen mehr aufhielten. Je näher sie dem Lager kamen, desto weiter ritt Lon voran, wie der Späher einer Armee.

Leanne nutzte die Gelegenheit, um allein mit Dogo zu sprechen. Bei all der Euphorie, endlich wieder zu den *Zwölf Boten* zu reiten, hatte sie nicht die Gefahren vergessen, die sich dahinter verbargen. Und ihre Pflichten als große Schwester.

»Ich habe eine Bitte an Euch. Es geht um Lon. In nächster Zeit werde ich ihn kaum sehen. Er wird die Zeit lieber mit seinen Freunden verbringen als mit seiner ständig meckernden Schwester. Ich will, dass Ihr auf ihn aufpasst. Was mit mir geschieht, ist nicht wichtig. Aber wenn jemand meinem Bruder zu nahe kommt oder ihn zu etwas drängt, das er nicht will, dann schreitet Ihr ein. Verstanden?«

Dogo nickte und fasste demonstrativ an seinen Schwertgriff. »Verstanden.«

Noch bevor sie ankamen, wurden sie von zwei Reitern abgefangen. Jeder hätte das Gebiet westlich des Lagers patrouillieren können, doch sie trafen ausgerechnet auf Fletch und Maks – die beiden, auf die Leanne am wenigsten gehofft hatte. Fletch sah mal wieder aus wie ein unausgeschlafener Berserker, der gerne jemandem den Hals umdrehen würde, und seine Augenbrauen schoben sich so stark zusammen, als hätte er Schwierigkeiten mit dem Sehen. Als er erkannte, dass es sich bei der Reiterin um Leanne handelte, suchte er mit seinem Blick mehrfach die Gegend ab, ob sie jemanden mitgebracht hatte.

»Was wollt ihr hier?«, fragte er.

»Wir kehren zurück. Wie angekündigt«, entgegnete sie triumphierend. *Siehst du, du Strohkopf!*, hätte sie am liebsten hinterher geschoben, behielt das aber besser für sich.

»Hätte ich nicht gedacht.« Er schaute zu seinem Freund. »Du etwa?«

»Näh«, antwortete dieser. »Hab gedacht, sie lässt sich zurück in die Hauptstadt kutschieren und in ein Samtkleid wickeln.«

Fletch nickte. »Allerdings. Aber gut. Du bist wieder hier – warum auch immer. Wir bringen euch zu Damion.«

Gemeinsam ritten sie ins Lager. Leanne hatte erwartet, dass dort niemand mitbekommen würde, dass sie zurückkamen, doch da hatte sie sich getäuscht. Kaum vom Pferd abgesprungen, rief Viviana lautstark ihren Namen. Sie ließ Hammer und Nagel fallen, rannte auf sie zu und fiel ihr so überschwänglich um den Hals, dass sie beinahe stürzten. »Ich hatte so sehr gehofft, dich wiederzusehen«, rief sie und küsste sie auf die Wange.

Weitere Menschen kamen herbei. Lons Freunde nahmen ihn gleich in Beschlag und zerrten ihn regelrecht hinfort. Damion musste sich erst durch die Menge hindurch kämpfen, bis er an Leanne herankam.

»Schön, dass du wieder da bist!« Sie umarmten sich innig. »Ich habe dich vermisst«, fügte er flüsternd hinzu.

Seine Stimme, seine Nähe, sein unverwechselbarer Geruch – endlich war sie wieder bei ihm.

»In diesem Lager hat etwas gefehlt, seit du fortgegangen bist«, fuhr er fort, jetzt wieder in normaler Lautstärke.

Verlegen lächelte sie. »Übertreib doch nicht. Hier kommen und gehen ständig Leute.«

»Du brauchst dich nur umzuschauen, meine Liebe. Dann siehst du, was ich meine.«

Sie blickte in viele strahlende Gesichter.

Und fragte sich, wie sie diesen wunderbaren Ort jemals hatte verlassen können.

Als die anderen zurück an die Arbeit gingen, nutzten Leanne und Damion die Gelegenheit und verließen das Lager zu einem kleinen Spaziergang. Ohne ein Ziel im Blick zu haben, gingen sie unter dem beinahe wolkenlosen Himmel über eine Wiese, barfuß und in gemächlichem Tempo. Damion bot ihr seinen Arm an und sie hakte sich bei ihm ein.

»Willst du dich ausruhen?«, fragte er. »Oder hast du Hunger? Da hinten wachsen leckere Blumen.«

Sie lachte und stieß ihm gegen den Arm. »Veralber mich nicht!«

»Ich kümmere mich nur«, entgegnete er und hob abwehrend die Hände.

Doch diese klägliche Ausrede ließ sie nicht gelten. »Du denkst wohl, du kannst mich mit ein paar mickrigen Gänseblümchen abspeisen.«

»Mickrig? Sogar Königin Lloyanda hat sie geliebt und damit einst ihre Räumlichkeiten geschmückt.«

Sie grinste. »Manchmal weißt du echt merkwürdige Sachen.«

Seite an Seite schlenderten sie über die Wiese, plauderten, lachten, und durch einige geschickte Worte konnte Damion Leanne sogar zu einem gemeinsamen Lied überreden. Leanne erzählte von ihrer Reise, vom quengelnden Lon und dem bezaubernden Lylion. Als sie vom Klima in der Grünen Stadt sprach, tupfte sie sich aus Reflex die Stirn ab, als sie von den umhertollenden Affen berichtete, musste sie grinsen.

»Affen habe ich noch nie in freier Wildbahn gesehen« merkte Damion an. »Alle sagen, sie wären die Narren unter den Tieren.«

»Ja, das sind sie, aber auch intelligent und gemein. Sie haben es auf Taschen und Beutel und vor allem auf glitzernde Gegenstände abgesehen.«

Während sie redeten, fiel Leanne auf, wie befreit sie sich wieder fühlte. In den letzten Tagen waren ihre Gedanken ständig woanders gewesen. Stets hatte sie an den nächsten Schritt, das nächste Treffen, den nächsten Tag gedacht und immerzu vor Anspannung und Nervosität an ihrem Armreif gespielt. Jetzt, beim Spaziergang mit Damion, war das Gegenteil der Fall. Alles, was zählte, war dieser Moment, und den genoss sie in vollen Zügen.

Irgendwann erzählte sie von der Konferenz. »Alle haben aneinander vorbeigeredet. Jeder war nur auf seinen Vorteil bedacht, keiner ist auf die Wünsche des anderen eingegangen. Der Orden will die Leute zum Beten zwingen und der König kümmert sich einen Fliegenschiss.«

Von Damion erwartete sie gehässige Kommentare und befürchtete, er könnte wieder zornig werden. Doch er blieb ruhig und kommentierte ihre Erzählungen nur vereinzelt. »Das hätte ich dir auch vorher sagen können«, sagte er, als sie mit der groben Zusammenfassung fertig war. »Trotzdem ärgert es mich, das zu hören. Das Wohl der Menschen ist ihnen gleichgültig.«

Schließlich berichtete sie vom Treffen mit Priesterin Salya.

»Stimmt das mit ihrer Narbe?«, fragte er als Erstes.

Sie nickte. »Der Schnitt muss ziemlich tief gewesen sein. Wer ihr das wohl angetan hat?«

»Sie selbst«, antwortete Damion, als wäre das eine Tatsache, von der jedes Kind wusste.

»Nicht dein Ernst … Nein, das kann nicht sein!«

»Oh doch! Sie fügt sich ihre Wunden selbst zu. Einer unserer Spione hat das mit eigenen Augen beobachtet. An den Armen und Beinen hat sie zahlreiche davon.«

»Wieso sollte sie sich selbst verletzen?«

»Das ist die Last, die die Diener der wahren Götter mit sich herumschleppen. Sie sind mit magischen Fähigkeiten gesegnet, gerade bei Priesterin Salya sind diese besonders stark ausgeprägt. Doch je größer ihre Kräfte, desto schwerer wiegt die Bürde. Das ist der Preis, den sie an Yanus und seine Schergen zahlen müssen. Die mächtigen Priester in den hohen Rängen sind alle dafür bekannt, unter ihrer Bestimmung zu leiden. Selbstverletzung ist unter ihnen weit verbreitet.«

»Sie ist nett«, entgegnete Leanne.

Damion hatte mittlerweile ein wenig von seiner Ruhe verloren. Er gestikulierte energisch und sprach deutlich schneller und kraftvoller.

»Das glaube ich dir gerne. Aber das Licht stellt schreckliche Dinge mit den Menschen an. Viele Mitglieder des Ordens waren einst gutherzige und rechtschaffene Menschen, das würde ich niemals bestreiten. Doch die Götter vergiften ihre Seelen, formen sie nach ihren eigenen Vorstellungen, machen sie zu ihren Sklaven. Ohne dass ihre Opfer es mitbekommen, übernehmen sie nach und nach ihren Willen und verwandeln sie in ebenso skrupellose Monster. Viele können damit nicht umgehen, hassen sich im Unterbewusstsein selbst dafür und bestrafen sich. Der Oberste Priester soll sich regelmäßig gegen den Kopf schlagen. Wusstest du das?«

»Niemals!«

»Nicht mit voller Kraft natürlich. Aber immer, wenn er sich in seinen Gedanken verliert und vergisst, dass um ihn herum Leute sind, schlägt er sich gegen die Stirn – mit der flachen Hand, manchmal aber auch mit der Faust. Von einem seiner Ratsmitglieder ist bekannt, dass er Selbstgespräche führt und sich dabei anbrüllt. Hört sich das für dich gesund an?«

»Vielleicht sind sie krank. Aber solange sie damit niemandem schaden, spielt das keine Rolle.«

»Tun sie aber. Und zwar sich selbst. Denkst du etwa nicht, dass Salya fürchterliche Schmerzen ertragen musste? Es ist eine Qual, die ihr von den Göttern auferlegt worden ist.«

Erschreckende Bilder gingen Leanne durch den Kopf: Eine junge Frau, die sich eine scharfe Klinge auf die Haut setzt, das Blut läuft schon nach dem Einstich ihre Wangen hinunter. Vor Schmerz beißt sie die Zähne zusammen, trotzdem fährt sie mit der Klinge durch die Haut und zieht den Schnitt bis zum Kinn durch.

Warum tut ein Mensch sich so etwas an?

Die Gedanken daran gruselten sie. Sie wollte sich die innere Qual nicht vorstellen, die jemand erleiden musste, um sich selbst so etwas anzutun.

»Wir sind zusammen nach Schwarzbach geritten«, sagte sie, um das Thema zu wechseln.

Augenblicklich kam Damion näher und hob seine Augenbrauen. »Tatsächlich? Warum? Was hatte Salya vor? Und was wolltest *du* dort? Hast du etwas gesehen?«

»Nicht so viele Fragen auf einmal«, antwortete sie und zwang sich zu einem Lächeln.

Doch bei Damion war jede Leichtigkeit verflogen. Er schaute sie an, so hungrig nach Informationen, als hinge davon sein Leben ab.

Sie atmete tief durch. »Salya hat in dem Dorf irgendetwas gesucht, auch wenn sie selbst nicht genau wusste, was. Sie wollte herausfinden, warum dort so viel Schwarze Magie herrscht. Sie hat mir angeboten mitzukommen, da konnte ich natürlich nicht Nein sagen.«

»Hast du etwas von der Magie wahrgenommen? Von der Güte unseres Gottes? Hast du etwas gespürt?«

Sie zuckte mit den Achseln. »Ich bin mir nicht sicher. Mir ging es nicht sonderlich gut, aber das lag wahrscheinlich am Wetter.«

»Dann nicht«, sagte Damion und seufzte. »Wenn eine Verbindung entsteht, dann merkt man das. Schade. Aber hast du vielleicht etwas Interessantes gesehen?«

»Nur Ruinen, genau wie du damals. Passiert ist auch nichts, weder im Dorf noch im Wald.«

Seine kurzzeitige Euphorie wich der Enttäuschung. »Habe ich mir gedacht. Zweimal waren wir in diesem Dorf. Wir wissen, dass Zantul dort ist. Wir spüren es. Irgendwo. Aber was er dort getan hat oder noch vorhat … keine Ahnung.«

»Wenigstens eine Sache durfte ich noch erleben. Salya hat bei ihrer Suche Magie eingesetzt. Du wirst es nicht gerne hören, aber ich will es dir auch nicht vorenthalten. Es war wunderschön! Sie hat ein Licht erzeugt, hell und glitzernd, wie von einem Schwarm Glühwürmchen getragen. Und es war so schön warm …«

Damion runzelte die Stirn »Nur weil ihre magischen Kräfte hell leuchten, denken die Menschen, das sei etwas Wundervolles. Lass dich davon nicht täuschen. Die Götter und der Orden verschleiern so ihre wahre Natur. Hinter dem hellsten Licht verbirgt sich oft die dunkelste Magie. Wenn ich nur eine Sache in meinem Leben gelernt habe, dann diese.«

Hatte Salya Leanne tatsächlich getäuscht? Die magischen Fähigkeiten der Priesterin hatten sie umfangen, hatten sie vereinnahmt. Niemals wäre ihr in den Sinn gekommen, dass ein solch beeindruckender Zauber eine dunkle Seite besitzen könnte. Unmöglich! Doch war vielleicht gerade seine Schönheit die perfekte Tarnung? So gut, dass sogar Salya selbst nicht merkte, dass die Götter sie zu ihrer mächtigen Sklavin machten?

»Hat sie etwas gefunden?«, riss Damion sie aus ihren Gedanken.

»Ja, ein paar Gegenstände unter der Erde …«

»Was genau?«

»Alltagskram … Interessiert hat sie aber nur eine Schatulle, angeblich birgt sie große Mengen Schwarzer Magie.«

»Interessant …«, murmelte er. »Hmmm.«

»Weißt du, was es damit auf sich haben könnte?«

Er schüttelte den Kopf und nahm ihre Hand. »Nein, überhaupt nicht. Vermutlich werden sich die Gegenstände ohnehin als unbedeutend herausstellen. Das ist immer so. Der Orden neigt zur Übertreibung. Aber lass uns jetzt nicht weiter darüber sprechen. Es gibt Wichtigeres. Du bist wieder da, wieder bei mir. Und diesen Moment sollten wir in Ehren halten. Der Rest des Tages gehört nur uns beiden.«

KAPITEL 14

Kaum angekommen, war Leanne wieder im Alltagsleben der *Zwölf Boten* integriert. Wäschewaschen, Wasserholen, Pilzesammeln, Kartoffelschälen … Wenn es nötig war, übernahm sie auch die Kinderbetreuung oder spielte mit den Hunden Stöckchen. Einmal probierte sie sich sogar am Schärfen von Schwertklingen, was ihr erstaunlich gut gefiel, da die Bewegungen und das metallische Schaben auf eine gewisse Weise beruhigend wirkten.

Auch an diesem Morgen war sie bereits fleißig gewesen, bevor das Frühstück serviert wurde. Dieses war wie immer sehr reichhaltig und schmackhaft, besser als in jedem Wirtshaus. Sogar das Rührei war – obwohl Lon es zubereitet hatte – fluffig und nicht angebrannt.

Was er hier alles lernt. So gut hat er das noch nie hinbekommen – wenn er es denn überhaupt mal versucht hat.

Die Leute im Lager waren so herzlich wie eh und je, auch wenn sie oftmals gehetzt wirkten. Zeit für einen Plausch und einen kleinen Scherz fanden sie zwischendurch jedoch immer, und so war die Arbeit angenehm und ging schnell vorbei. Für Leanne fühlte sich das Leben in dieser Gemeinschaft seltsam vertraut an – als hätte sie schon ewig hier gelebt.

Wie in einem Zuhause.

Dieses Gefühl hatte sie in den Wohnräumen der Universität nie verspürt, in den immer wechselnden Gaststätten während ihrer Expeditionen erst recht nicht.

Am Nachmittag sah sie sich im Lager um. Obwohl sie nur knapp über zwei Wochen weg gewesen war, tummelten sich hier schon wieder weitaus mehr Menschen als bei ihrer Abreise. Das Gewusel und die Rufe, die zwischen den Zelten hin und her gingen, erinnerten sie an die belebten Straßen Lylions. Seine ruhige Atmosphäre hatte das Lager jedenfalls verloren. Mehr Einwohner bedeuteten auch einen höheren Bedarf, und so trafen vermehrt Lieferungen mit Nahrung, Kleidung, Werkzeugen und Waffen ein. Es war wie in einer Hafenstadt.

Woher kommen all diese Güter bloß?

Leanne staunte immer wieder, wie gut organisiert diese Gemeinschaft war und wie viele Kontakte sie nach außen pflegte. Immerhin durfte keine Person, der sie nicht vertrauten, ihren Aufenthaltsort kennen.

Sie schlenderte weiter durchs Lager, als sie plötzlich abrupt stehen bleiben musste, um nicht gegen Fletch zu stoßen und an ihm abzuprallen wie an einem Baum. Er hatte sich so dicht vor ihr aufgebaut, dass sie den Kopf in den Nacken legen musste, um ihm in die Augen sehen zu können. Sein Blick war finster, sein Körper roch nach Schweiß.

»Du störst mich immer noch«, sagte er.

Innerlich stöhnte sie. Ihre Hoffnung, Fletch würde seine Skepsis ihr gegenüber mit der Zeit ablegen, schien sich nicht erfüllen zu wollen. Doch sie hatte nichts zu verbergen und wollte nicht länger die fiepsende Maus spielen, die sich Angst einjagen ließ. »Was soll das? Sag einfach, was du sagen willst!«

»Deine Geschichte ist faul. Ich glaube dir nicht, dass du einfach so zurückgekommen bist. Sie haben dich rekrutiert und dich zu uns zurückgeschickt.«

Am liebsten hätte sie laut aufgelacht, doch sie riss sich zusammen, blieb aufrecht stehen und begegnete seinem Blick. »Das ist doch albern! Ich habe mit eigenen Augen gesehen, was der Orden in dieser Ortschaft angerichtet hat: die Leichen, die verletzten und trauernden Menschen, die verwüsteten Häuser. Ich verabscheue diese Tat und genauso die Lügen, die die Priester anschließend verbreitet haben. Mit diesen Menschen will ich nichts mehr zu tun haben.«

Sie hoffte nur, Damion hatte ihm nichts von ihrer Reise mit Priesterin Salya erzählt.

Sein Kiefer mahlte und knackte. »Hast du schön auswendig gelernt, diese Worte. Und dein Schauspiel ist gut. Sieht so aus, als wärst du nach der Konferenz einfach zu uns zurückgekommen wie ein treudoofer Dackel. Mich aber täuschst du nicht. Ich habe längst kapiert, was du vorhast.«

»Aber wenn …«

»Ihr aus der Hauptstadt seid eine einzige Bande an miesen Ratten! Immer haltet ihr zusammen, wenn es gegen die Kleinen geht. Du hast ihnen erzählt, dass du bei uns wohnen darfst, also schicken sie dich zurück, um uns einen Dolch in den Rücken zu rammen!«

Leanne hob ihren Finger wie eine wütende Dozentin. »Denk doch mal nach! Hätte ich ihnen verraten, dass ich auch nur einen Fuß in euer Lager gesetzt habe, hätten sie mich nicht einmal ausreden lassen, sondern mich direkt in den Kerker geworfen. Und euch hätten sie schon längst überfallen.«

»Halt's Maul!«

»Alles in Ordnung bei euch?«, fragte ein Mann, der in der Nähe stand.

Fletch schaute zu dem Mann hinüber und machte ein Geräusch, das einem knurrenden Hund alle Ehre gemacht hätte. »Verzieh dich und kümmer dich um deine eigenen Probleme!« Dann wandte er sich wieder an Leanne. »Ich erzähle dir mal was: Ich bin stolz auf unsere Gemeinschaft. Hier steckt alles drin, was wir haben und woran wir glauben. Ihr aus Lloyandasburg könnt so etwas nicht verstehen, ihr werdet doch schon in einen Sack voll Gold hineingeboren. Aber dies ist unser Zuhause. Wir haben es zusammen aufgebaut, egal, wie dreckig es uns ging. In Kriegszeiten haben wir uns in Erdlöchern versteckt, im Winter haben wir gehungert und gefroren. Schon mehrfach mussten wir alles zurücklassen, weil der Orden uns gefunden und gejagt hat. Doch wir haben immer zusammengehalten. Diese Gemeinschaft ist meine Familie. Ich warne dich also nur ein einziges Mal. Mach mir das nicht kaputt, sonst werde ich dafür sorgen, dass du auch alles verlierst!«

Regungslos blieb Leanne stehen, während Fletch schnaubend hinfort ging. Sie wusste nicht, ob sie soeben einen Schlag ins Gesicht oder einen feuerspeienden Drachen abbekommen hatte. Ihre Knie waren so weich, dass sie befürchtete, jeden Moment zusammenzuklappen. Zwar würde sie ihm keinen Grund geben, seine Drohung wahrzumachen, doch auf sein Urteilsvermögen wollte sie sich lieber nicht verlassen.

Nun doch wieder eingeschüchtert vom ›groß gewachsenen Irren‹, wie sie ihn in Gedanken nannte, nahm sie ihre Umgebung wieder bewusster wahr. Vor allem nach Dogo hielt sie vermehrt Ausschau. Ohne Damion in der Nähe – die einzige Person, vor der Fletch Respekt zeigte –, war Dogos Schwert das Einzige, das sie vor Fletch und seinen unkontrollierten Wutausbrüchen schützen konnte.

Am Abend berief Damion eine Versammlung ein. Er stellte fünf Neuankömmlinge vor, die er in den frühen Morgenstunden bei einem seiner Streifzüge durch die Gegend aufgegriffen hatte. Die Menschen erzählten, dass sie mit über zwanzig Leuten unterwegs zu einem Marktplatz gewesen waren. Trotz ihrer großen Gruppe waren sie von Banditen überfallen worden. Ein blutiger Kampf war ausgebrochen und hatte starke Verluste auf beiden Seiten gefordert.

Während Damion mit ihnen redete, bewunderte Leanne seine Rhetorik. Erst jetzt fiel ihr auf, wie geschickt er vorging. Er ließ kein Wort darüber fallen, wer diese Gemeinschaft war oder wofür sie einstand. Zantul fand keine Erwähnung, ebenso wenig die wahren Götter, an die die fünf Besucher sicherlich glaubten. Doch in seinen Worten waren zahlreiche Hinweise versteckt. Außerdem deutete er Fragen an, ohne diese direkt auszusprechen. Mit der Zeit erkannte Leanne die Strategie dahinter: Die Menschen sollten sich diese Fragen selbst stellen, anstatt sie serviert zu bekommen.

Wer trägt die Schuld, wenn schlimme Dinge passieren? Wie kann man sich schützen? Wer ist bereit zu helfen?

Unter den Neuankömmlingen befanden sich zwei Mädchen, beide etwa in Lons Alter. Ihr Bruder bot ihnen nach der Versammlung seine Hilfe an, erklärte ihnen, wie das Lager organisiert war, wo sie Nahrung und Wasser fanden und an wen sie sich bei Fragen wenden konnten. Dabei benahm er sich wie eine jugendliche Kopie von Damion. Er imitierte ihn so gut es ging. Seine Stimme wurde kräftiger, seine Haltung aufrechter. Er gestikulierte viel mehr als früher und hatte Damions Argumente und seine Wortwahl erstaunlich schnell verinnerlicht.

Auch Leanne brachte sich in die Unterstützung der Neuen ein. Ihr selbst hatte es bei ihrer Ankunft viel bedeutet, so freundlich empfangen zu werden und Hilfe zu erhalten, und dieses Gefühl von Akzeptanz und Geborgenheit wollte sie weitergeben. Sie kümmerte sich um das Abendessen und half beim Aufstellen der Zelte. Und was noch viel wichtiger war: Sie bot ein offenes Ohr an. Eine Frau erzählte von ihrem schönen Leben, das sie vor Kurzem noch genossen hatte. Sie hatte eine Familie gehabt, ein erfolgreiches Töpfergeschäft geführt und genug Geld für ein schönes Zuhause besessen. Ihr Sohn wollte bald heiraten.

Doch dann hatte sie alles verloren.

Dennoch war sie nicht alleine. Sie befand sich jetzt bei den *Zwölf Boten.* Hier würde sie Arbeit, Sicherheit und Freunde finden und konnte weiterhin ein Leben in Würde verbringen.

Zum ersten Mal empfand Leanne tiefen Stolz darüber, ein Teil dieser Gemeinschaft zu sein.

Den nächsten Morgen verbrachten Leanne und Damion zusammen mit einem Dutzend anderer Menschen in Arwils Zelt. Der Medizinmeister hatte neues Shinosin gebraut.

»Wichtige Aufgaben stehen uns bevor«, erklärte Damion. »Wir sollten diese mit gestärktem Geist angehen. Wer hart arbeitet, darf und muss sich auch eine Pause gönnen.«

Immer wieder schaute Leanne zu ihm hinüber und stets begegnete er ihrem Blick und lächelte sie an, wie ein kleines Kind, das sich über Aufmerksamkeit freute. Je öfter sie in seine blauen, mit dunklen Flecken gesprenkelten Augen blickte, desto größer wurde ihre Faszination für dieses Muster.

Auch wenn in der Runde ein Witz gemacht wurde, suchten die beiden den Blickkontakt des anderen, und entweder lachten sie dann gemeinsam oder verdrehten gleichzeitig die Augen. Mittlerweile waren sie so eingespielt, dass sie sich bereits über Mimik und einige Gesten verständigen konnten – so, wie Leanne es mit Maya perfektioniert hatte.

Schließlich war sie mit dem Shinosin an der Reihe. Ein angenehmes Kribbeln breitete sich aus, als es ihren Körper durchströmte wie funkensprühendes Feuer. Ihr war, als schmiegten sich Flammen von innen an ihre Haut. Während sie das wohlige Gefühl genoss und ihre Sorgen zu Asche zerfielen, beobachtete sie die anderen und lauschte den Gesprächen.

Irgendwann baten sie Arwil um eine Demonstration seiner neu erlernten Fähigkeit.

»Was meinen sie?«, flüsterte sie Damion zu. »Eine neue Medizin?«

Er schüttelte den Kopf. »Er beherrscht noch ganz andere Fähigkeiten. Die Heilkunst ist nicht einmal seine Spezialität. Pass auf, du wirst es gleich erleben.«

Alle schauten gespannt zum Hexenmeister, der im Schneidersitz auf dem Boden saß, hochkonzentriert. Wie üblich schaute er grimmig. Seine Mundwinkel hingen nach unten, die Augen hatte er geschlossen. Laut schnaufte er durch die Nase, er wirkte wie ein schlafender Bär. In diesem Moment, in dem alle erwartungsvoll auf seine Kunst warteten, war es das einzige Geräusch, das im Zelt zu vernehmen war.

Er zitterte. Ein schwarzer Schleier legte sich um ihn, in seiner unmittelbaren Nähe wurde es so finster wie die Nacht. Wie ein schwarzes Glühen, das das Licht um ihn herum einsog. Obwohl das Zelt geschlossen war, spürte Leanne eine Brise, die in seine Richtung wehte. Es wurde deutlich kühler, Gänsehaut legte sich über ihre Arme.

Plötzlich löste sich eine zweite Gestalt von seinem Körper, ein blasses, beinahe durchsichtiges Ebenbild von ihm. Für einen Augenblick glaubte Leanne zu schielen und alles doppelt zu sehen. Sie blinzelte ein paarmal, doch die Erscheinung blieb. Die Umrisse seines zweiten Ichs schwebten wie ein Geist durch die Luft, bis sie schließlich zwei Schritte entfernt von ihm anhielten. Dann löste Arwil sich plötzlich in Luft auf und tauchte an der Stelle, an der sich sein Ebenbild befand, wieder auf.

Was zum …?

Leanne starrte ihn mit offenen Mund an, während um sie herum alle laut klatschten und den Medizinmeister überschwänglich lobten.

Er hat sich bewegt … ohne sich zu bewegen. Er war plötzlich weg und … dann wieder da … nur woanders.

Niemals konnte sie die richtigen Worte dafür finden, was sie gerade gesehen hatte. Arwil hatte eine Kunst weit außerhalb ihrer Vorstellungskraft praktiziert – ähnlich wie Salya letztens im Wald. Allerdings beherrschte er eine ganz andere Form der Zauberkunst: Schwarze

Magie, die Waffe der Finsternis, und zwar in einer Form, die mächtig, gefährlich und unter den Gelehrten kaum erforscht war.

Der Hexenmeister wiederum gab sich bescheiden. »Leider kann ich mich noch nicht so weit entfernen, wie ich es gerne hätte. Und die Kontrolle über meine zweite Gestalt zu gewinnen, bleibt vermutlich nur ein ferner Traum. Ich frage mich, wie Königin Lloyanda das einst vollbracht hat.«

»Du solltest dich nicht mit der größten Magierin aller Zeiten messen«, sagte Damion. »Damit entwertest du nur deine eigenen Fähigkeiten. Du bist der begabteste Hexenmeister unserer Zeit, Arwil. Nur einmal alle hundert Jahre besitzt ein Mensch solche Kräfte wie du. Kein Priester kann es mit dir aufnehmen, nicht einmal der Oberste Priester. Ohne dich könnten die *Zwölf Boten* niemals so aufblühen wie in diesen Tagen.«

Fast wirkte es, als lächelte Arwil. »Danke für dein Lob. Immerhin kann ich diese Kunst schon recht schnell ausführen und brauche wenig Zeit, um meine Magie zu regenerieren. Ich zeige es euch.«

Wieder führte er seinen Trick aus, diesmal allerdings so schnell, dass Leanne keine zweite Gestalt sah, die sich aus seinem Körper herauslöste. Stattdessen verschwand er einfach und saß plötzlich wieder an der vorigen Stelle im Sitzkreis.

»Wahnsinn!« – »Unglaublich!« – »Du bist der Beste!« Die anderen jubilierten, klatschten und feierten ihn wie einen Sieger im Baumstammwerfen.

Damion wandte sich an Leanne. »Wie hat es dir gefallen?«

Sie blies ihre Backen auf. »Gefallen? Keine Ahnung.«

Weitere Worte fielen ihr nicht ein. Die anderen hatten es bereits treffend kommentiert. Sie suchte nach einer wissenschaftlichen Erklärung für Arwils Fähigkeiten, doch sie wusste, dass sie keine finden würde. Magische Künste konnten von den Gelehrten bislang nur zu einem begrenzten Maß erklärt werden, und auch nur von denjenigen, die sie schon ausgiebig studiert hatten. Am besten erforscht war – abgesehen von den Basisformen – die Magie des Lichts, die vor allem von den Priestern praktiziert wurde. Doch auch bei dieser Art der Zauberkunst tauchten immer wieder Anomalien auf: unerklärliche Phänomene, besonders begabte Menschen, magische Ausprägungen, die sie vorher nicht kannten und die sie weder verstanden noch einordnen konnten.

Für Kräfte, wie Arwil sie besaß, war jedoch ein außergewöhnliches Talent von Nöten, wie Leanne es nur aus Büchern oder Geschichten kannte. Und auch die Begabung allein machte aus einem Wunderknirps noch lange keinen mächtigen Hexenmeister. Arwil musste die Theorie dahinter studiert und sie jahrelang exzessiv geübt haben, was unheimlich viel Kraft, Disziplin und magische Regeneration erforderte. Außerdem musste er sich die ganze Zeit über erfolgreich vor dem Orden des Lichts versteckt haben, schließlich wurde die Anwendung Schwarzer Magie erbarmungslos verfolgt und mit schweren Strafen versehen. Irgendwann hätten die Priester ihn aufgrund der magischen Anomalien, die er hervorrief, aufspüren müssen, doch offenbar konnte er seine Künste gut kontrollieren. Und was den theoretischen Teil betraf: In diesem Königreich war nahezu keine Literatur mehr über die dunkle Kunst vorhanden, da die Priester alle Aufzeichnungen zerstörten, sobald sie welche in die Finger bekamen. Die *Zwölf Boten* jedoch schienen noch welche zu besitzen.

Damion lächelte. »Es ist beeindruckend, ich weiß. Das muss man erst mal verarbeiten. Aber es ist ein Segen, dass Arwil einer von uns ist. Ein größeres Geschenk hätte Zantul uns nicht machen können. Er und Fletch sind der Grund dafür, dass wir im Lager sicher sind.«

»Fletch?«, fragte sie in schrillem Ton.

Wieso ausgerechnet er? Fletch und Magie? Das klang wie Leanne und Schönschrift, wie Lon und Redseligkeit oder wie Maya und Schüchternheit – ein Widerspruch in sich.

»Allerdings. Ich zeige es dir, wenn er mit den anderen den Schwertkampf übt. Seine Fertigkeiten werden von magischen Kräften genährt und übersteigen das Menschenmögliche. Er und Arwil werden unsere kostbarsten Waffen sein.«

»Vergiss aber nicht dich selbst«, merkte Arwil an, der den beiden offenbar zugehört hatte. »Was nützen uns zwei mächtige Waffen, wenn niemand sie zu beherrschen vermag?« Er deutete auf Damion und sprach so laut, dass alle im Zelt verstummten und ihm zuhörten. »Ohne dich wären wir nur eine kleine, unorganisierte Ansammlung von Menschen, ohne erkennbares Ziel und ohne Motivation. Du bist der Kopf unserer Gemeinschaft. Du organisierst uns, du führst uns, du treibst uns an. Ohne dich wären wir nichts.«

Wie versprochen nahm Damion Leanne mit zum Übungsplatz. Jeden Tag hatte sie die Geräusche gehört, die dort von morgens bis abends erklangen. Ab und zu kämpften die Rekruten mit Holzschwertern, meistens jedoch mit stumpfen Schwertern aus Stahl. Das Klirren von Metall auf Metall war ein fester Bestandteil dieses Lagers, genauso wie das Geschrei, Gestöhne und Gegrunze der Kontrahenten.

Knapp vierzig Menschen hatten sich am Übungsplatz versammelt, darunter sowohl Männer als auch Frauen, sowohl Jung als auch Alt. Momentan kämpften zwei Frauen gegeneinander, während die Zuschauer das Duell kommentierten, Wetten abschlossen und die beiden anfeuerten, als befänden sie sich in einer Arena.

»*Du* hier?«, fragte Lon, als er seine Schwester sah.

Er saß mit seinen Freunden und Dogo unter den Zuschauern. Seinem hochroten Kopf und seinen verstaubten Klamotten entnahm sie, dass er heute schon einmal das Vergnügen mit dem Stahl gehabt hatte.

Beiläufig zuckte sie mit den Schultern. »Klar. Ich dachte mir, ich greife mal zum Zweihänder und lasse ein paar Köpfe rollen.«

Lauthals lachte er – eine Reaktion, die sie sonst nur bei Maya ausgelöst hatte. »Bist du das wirklich, große Schwester? Das war dein bester Witz seit siebzig Jahren!«

»Ich habe Witzemachen studiert, du Blödmann.«

Zusammen mit Damion setzte sie sich zu ihnen und schaute dem Spektakel zu. Sie fand es langweilig, ganz im Gegensatz zu Lon, der ständig etwas hineinrief, um die Kontrahenten anzutreiben oder ihnen vorzuschreiben, wie sie zu agieren hatten. Zwar gingen seine Rufe im allgemeinen Gebrüll unter, doch das schien ihn nicht zu stören.

Die Übungspartner wechselten sich laufend ab, jeder wollte es mit jedem aufnehmen. Bis schließlich Fletch in die Mitte trat.

»Endlich ist er dran«, jubilierte Lon. »Er wird seinen Gegner ausquetschen wie eine Zitrone!«

»Von ihm können wir noch einiges lernen«, meinte sein Freund Faeron, der auf den Übungsplatz starrte, wie ein Hund in Erwartung eines Knochens.

Auch Damion rieb sich die Hände. »Man muss kein Experte sein, um seine Fähigkeiten zu erkennen.«

Und er hatte recht. Selbst Leanne erkannte sie.

Trotz seiner Größe war Fletch flink auf den Beinen und bewegte seine Arme so schnell, dass sie es kaum mitbekam, wenn er ausholte. Eine ungeheure Kraft steckte hinter seinen Schlägen, schon beim dritten Hieb wurde sein Gegner von der schieren Wucht des Aufpralls so stark zurückgestoßen, dass er ins Straucheln geriet. Den vierten konnte er gerade noch parieren, der fünfte hätte ihm vermutlich alle Rippen gebrochen, hätte Fletch seinen Schwung nicht kurz vor dessen Körper abgefedert.

Der Kampf war schnell vorbei und Fletch schien sich nicht einmal angestrengt zu haben. Er blieb lässig stehen und wartete auf den nächsten Herausforderer, der in Form eines bulligen Mannes in die Mitte trat.

»James hat viele Jahre lang Lord Pallamor gedient«, erklärte Damion. »Er ist kampferprobt, hat an Turnieren teilgenommen und zahlreiche Schlachten geschlagen.«

Angespornt vom stärkeren Widersacher holte Fletch nun noch mehr aus sich heraus. Erbarmungslos drosch er auf seinen Gegner ein. Er drängte ihn zurück und ließ ihm keine Zeit zum Verschnaufen, geschweige denn, um einen eigenen Hieb anzusetzen. Immer wenn sein Schwert auf das des anderen niederging, klirrte das Metall, und bei jedem Hieb brüllte er aus voller Kehle.

Viel zu sehen gab es auch diesmal nicht. Mit einer schnellen Kombination von Bewegungen schlug Fletch seinem Kontrahenten das Übungsschwert aus der Hand. James grunzte, als hätte er einen Schlag in den Magen bekommen, presste die Zähne zusammen und hielt sich das Handgelenk.

»Fletch ist unbesiegbar«, rief Damion.

»Allerdings!«, pflichtete Lon ihm bei. »Einfach genial!«

Auch die anderen überhäuften Fletch mit Komplimenten der Superlative. Sie bejubelten ihn wie einen Ritter, der gerade vor den Augen des Königs ein Tjostturnier gewonnen hatte.

Jetzt wollte Leanne es wissen. Sie tippte Dogo, der bislang gemütlich zugesehen hatte, an der Schulter. »Wollt Ihr gegen ihn antreten?«

Der Leibwächter hob seine Augenbrauen. »Oh ja, und wie! Dogo liebt einen gepflegten Kampf, sogar noch mehr als ein saftiges Stück Braten.«

Voller Motivation, endlich mal wieder zum Schwert greifen zu dürfen, stand ihr Leibwächter auf und nahm gegenüber von Fletch Position ein. Die beiden gaben ein beeindruckendes Bild ab: Dogo war der Einzige im Lager, der mit Fletch auf Augenhöhe war, doch er war außerdem doppelt so breit. Ein Bär von einem Mann, der bereits im Alter von vierzehn Jahren als Söldner gedient hatte.

»Dogo macht ihn fertig«, flüsterte sie Lon zu.

Wie ein genervter Dozent, der einer Schülerin die einfachsten Dinge erklären musste, verdrehte dieser die Augen. »Ich bitte dich. Er wird Fletch nicht einmal kitzeln können.«

Zum ersten Mal in ihrem Leben freute sich Leanne auf einen Schwertkampf. *So* fühlte sich das also an. Heimlich feuerte sie Dogo an und konnte es kaum abwarten, dass die beiden endlich anfingen.

Zu Beginn schien sie in ihrer Einschätzung bestätigt zu werden. Dogo parierte gekonnt die ersten beiden Hiebe, und im Gegensatz zu Fletchs anderen Gegnern wurde er dabei nicht zurückgestoßen. Doch schon beim dritten Hieb bekam er Probleme. Fletch ließ sein Schwert unablässig auf ihn herabdonnern, begleitet von grässlich klingenden Schreien. Es war, als wollte er seinen Gegner nicht nur mit dem Schwert bezwingen, sondern ihn gleichzeitig niederbrüllen. Mit jedem Hieb schien er stärker zu werden und drängte Dogo immer weiter zurück. Mit der Geschwindigkeit konnte Leannes Leibwächter nicht mithalten, auch seine Kraft schwand allmählich. Der enormen Wucht hinter Fletchs Hieben war er einfach nicht gewachsen, und so wurde auch ihm nach kurzer Zeit das Schwert aus der Hand geschlagen.

Kaum war das Metall zu Boden gefallen, hielt ihm Fletch sein Schwert an die Kehle. Der Blondschopf reckte das Kinn, grinste und stieß einen Laut zwischen Knurren und Lachen aus.

Leanne schluckte.

Was soll das? Stumpfe Klinge hin oder her – das war doch nur ein Übungskampf!

Doch offenbar wollte Fletch bloß angeben. Er nahm das Schwert zurück und schmiss es auf den Boden. Dann spannte er seinen ganzen Körper an, hob die Arme, reckte sein Gesicht gen Himmel und schrie aus voller Kehle. Die Sehnen an seinem Hals traten hervor.

»Was ist mit ihm?«, fragte Leanne.

Damion grinste stolz, als betrachtete er seinen Sohn, der gerade zum Ritter geschlagen worden war. »Es steckt so viel Magie in ihm, er ist wie ein brodelnder Teekessel. Er kann sie kaum bändigen, sie muss aus ihm heraus.« Seine Augen funkelten vor Begeisterung. »Verstehst du jetzt, was ich meinte? Mit ihm und Arwil kann uns kein Schwert und kein Zauberspruch etwas anhaben. Der Orden wird sich hüten, seine Ritter auf uns zu hetzen, und sollte er es doch tun … nun, du kannst dir ja jetzt vorstellen, wie es ihnen dann ergehen würde.«

Und da erkannte Leanne, wie schutzlos sie die ganze Zeit über gewesen war. In Dogos Nähe hatte sie sich sicher gefühlt, doch das war bloß eine Illusion gewesen. Der Söldner konnte es mit Fletch nicht einmal ansatzweise aufnehmen. Sollte der aggressive Blondschopf einmal die Fassung verlieren und auf sie losgehen, würde ihr niemand helfen können.

KAPITEL 15

Noch leicht verschlafen schlurfte Leanne zum Brunnen, um sich das Gesicht zu waschen. Ihre erste Mission lautete: wach werden und den ganzen fröhlichen Guten-Morgen-Wünschen möglichst aus dem Weg gehen. Sehr erfolgreich war sie dabei allerdings nicht. Es war, als herrschte in diesem Lager eine andere Zeitrechnung als im Rest des Königreichs.

An der Universität konnte man die Menschen grob in zwei Gruppen aufteilen: Spät- und Frühaufsteher. Maya und sie gehörten zur zweiten Sorte, Lon zur ersten. Zwischen den beiden Gruppen wurden regelrechte Glaubenskriege ausgefochten. Beide hielten ihre Schlafrituale für den einzig richtigen Weg, um – überspitzt gesagt – als Gelehrte nicht tot umzufallen. Nicht selten musste richterlich entschieden werden, zu welchen Tageszeiten einzelne Dozenten ihre Kurse abhalten durften.

Bei den *Zwölf Boten* hingegen schien es ausnahmslos Kurzschläfer zu geben. Leanne, die an der Universität immer eine der Ersten an der Frühstückstafel gewesen war, musste sich erst daran gewöhnen, dass die Menschen im Lager bereits schufteten, während sie sich noch den Schlaf aus den Augen rieb. Lon dagegen, ausgewiesener Experte in Sachen Langschläferei, hatte sich hier binnen kürzester Zeit zu einem Kurzschläfer gewandelt.

Als hätte er eine Metamorphose hinter sich. Über dieses Phänomen sollte ich eine wissenschaftliche Abhandlung schreiben.

Und dann war da noch Damion, der früher aufstand, als andere sich hinlegten.

»Guten Morgen«, sagte er mit solch starkem Ausdruck in der Stimme, als wäre dies der beste Tag seines Lebens. »Gut geschlafen?«

»Geht so«, antwortete sie, die Lider noch immer schwer, ihr Gesicht nass vom Waschen. »Ich hatte das Gefühl, mitten auf einem Marktplatz in Lloyandasburg zu schlafen.«

»Eine Gruppe von Freunden ist spontan abgereist. Wir hatten viel zu tun und zu besprechen.« Er deutete auf eine Stelle am Rand des Lagers. »Lass uns hinsetzen. Ich möchte dir etwas erzählen.«

Was hatte das zu bedeuten? Damion war kein Freund von Ankündigungen. Entweder machte oder sagte er etwas oder er ließ es bleiben.

So kann man mich natürlich auch wecken.

Sie setzten sich an eine Stelle, an der es etwas leiser war und nicht ständig Menschen vorbeikamen.

Er holte tief Luft. »Leanne, wir lieben unser Leben. Hier im Lager können wir das tun, was wir für richtig halten. Es ist aber nicht unser Anspruch, uns für immer zu verstecken und nur denjenigen zu helfen, die sich zufällig in unserer Nähe aufhalten. Die *Zwölf Boten* haben eine Vision. Wir wollen die Menschen von der Tyrannei des Ordens befreien, in allen Teilen des Königreichs. Wir wollen ein Reich des Friedens aufbauen.«

Ungeduldig nickte sie ihm zu. Worauf wollte er hinaus?

»Nun … das ist nicht einfach nur die Träumerei eines naiven Jungen«, fuhr er fort. »Ich habe einen Plan ausgearbeitet, einen konkreten. Lange habe ich daran gefeilt, alles akribisch vorbereitet. Und nun ist er vollendet. Die Zeit ist reif, Leanne. Wir werden uns der Öffentlichkeit zeigen.«

Von wegen keine naiven Jungenträume – er ist größenwahnsinnig geworden!

»Warum solltet ihr dieses Risiko eingehen?«, fragte sie. »Wenn ihr das tut, wird die Armee des Ordens sofort hier einfallen und alle niedermetzeln! Vielleicht wird euch sogar der König zerschlagen wollen, der hält euch schließlich auch für eine kriminelle Sekte. Arwils und Fletchs Kräfte in allen Ehren, aber gegen ganze Armeen könnt ihr nichts ausrichten.« Sie sprach laut und schnell. Ihre Wörter überschlugen sich, die

Vokale verdrehten sich. Sie konnte sich nicht gegen den Ärger wehren, der in ihr aufwallte. Sie musste ihm diese wahnwitzige Idee ausreden!

Damions Körperhaltung blieb so entspannt, als plante er das Abendessen, sein Blick war ein weiterer Zeuge seiner Entschlossenheit. »Ich bin ein vorsichtiger Mensch. Ich würde diesen Plan niemals durchführen, wenn ich mir nicht absolut sicher wäre, dass wir nichts zu befürchten haben.«

»*Sicher?* Wie solltest du dir jemals sicher sein können? Sämtliche Augen des Königreichs wären für alle Zeiten auf dich gerichtet, ganz zu schweigen von den Speerspitzen und Schwertklingen.«

Die Lockerheit wich aus seinem Gesicht, jetzt schaute er wie ein verständnisvoller Vater. »Ich verstehe deine Bedenken. Es hört sich verrückt an, sich als kleine Gruppe lauthals in eine Welt voller Menschen zu drängen, die dich am Strick baumeln sehen wollen. Aber dir ist ja schon aufgefallen, dass unsere Gemeinschaft weitaus mehr Menschen umfasst, als in diesem Lager leben. Viele wohnen in den umliegenden Städten oder arbeiten auf Bauernhöfen. Selbst ich kann die Größe unserer Gemeinschaft nicht richtig einschätzen, obwohl ich zu allen in Kontakt stehe. Doch eines kann ich dir versichern: Wir sind viele. Verdammt viele. Und unsere Zeit ist gekommen.«

Leanne wunderte sich über ihre Gefühle. Natürlich war sie skeptisch, besorgt und ängstlich, doch vor allem hatte eine tiefe Verärgerung sie erfasst. Es war riskant, unnötig und dumm, alles aufs Spiel zu setzen, was sie in dieser wundervollen Gemeinschaft aufgebaut hatten. Sie sollten es besser wissen.

»Verdammt viele sind verdammt noch mal nicht genug!«, schimpfte sie. »Ich habe dir doch erzählt, dass die Armee des Lichts demnächst in Richtung Lylion aufbrechen wird. Vielleicht ist sie sogar schon unterwegs. Sie wird also bald in unserer Nähe sein, kampfbereit, mit ihrer gesamten militärischen Stärke. Wenn du auch nur ein einziges Wort in der Öffentlichkeit von dir gibst, wird sie geradewegs auf uns zumarschieren.«

»Das wird sie nicht wagen.« Er stand auf und klopfte sich den Dreck vom Hintern. »Dazu sind wir viel zu mächtig. Meine Eltern haben angefangen, unsere Auferstehung zu organisieren, und ich führe ihre Pläne fort. Allerdings denke ich in einem viel größeren Maßstab als sie. Ich war Tag für Tag unterwegs und habe Menschen vom wahren Glauben überzeugt. Ich habe Zantuls Lehren verbreitet und fast jede größere Stadt in der Umgebung infiltrieren lassen – ganz besonders die beiden großen.« Er zeigte in Richtung Osten. »Salemsburg befindet sich nahezu komplett auf unserer Seite. Große Teile der Armee von Lord Pallamor haben uns die Treue geschworen. Die Soldaten von Lord Hyde waren schwerer zu bekehren, doch auch im Herz von Watford halten sich Hunderte von ihnen bereit und warten auf unseren Ruf. Bis heute haben sie es geschafft, sich bedeckt zu halten, doch ihre Finger kribbeln vor Tatendrang.«

Eine Armee.

Leanne hielt den Atem an. Ausgebildete Soldaten standen hinter den *Zwölf Boten* und waren bereit, für ihre Sache kämpfen. Zahlreiche Gedanken jagten ihr durch den Kopf. Warum hatte sie nichts von diesem Plan, der ja immerhin von riesigem Ausmaß war, nichts mitbekommen? War sie dumm? Naiv?

Und außerdem: Wieso hatte der Idiot ihr all das verheimlicht?

»Du hast also eine Armee«, betonte sie. Sie stand nun ebenfalls auf und verschränkte ihre Arme. »Was willst du mit ihr machen? Das ganze Königreich herausfordern?«

»Unsere Soldaten werden zunächst nach Lylion aufbrechen. Wir befreien die Menschen in der Grünen Stadt und im Wald.«

»Du willst sie angreifen.«

»Nein«, sagte er mit Nachdruck. »Unsere Schwerter bleiben stecken. Wir sind nicht diejenigen, die Blut vergießen, um unsere Interessen durchzusetzen.«

»Sondern?«

»Sag mir: Warum traut sich niemand, offen gegen die wahren Götter zu sprechen?«

Mit einer Geste bedeutete sie ihm, fortzufahren. *Sag einfach, was du sagen willst, und halte dich nicht mit deinen Fragespielchen auf!*

»Weil sie Angst vor dem Orden haben«, fuhr er schließlich fort. »Ein falsches Wort, und die Diener des Lichts schlitzen dir die Kehle auf. Sie sind nicht die barmherzigen Friedensstifter, als die sie sich immer ausgeben, sondern kaltblütige Mörder. Die Menschen werden das erkennen. Außerdem werden wir ihnen zeigen, dass sie den Orden nicht länger fürchten müssen. Wir reiten nach Lylion, um ihnen die Freiheit zu schenken. Sie werden selbst entscheiden dürfen, auf welche Seite sie sich stellen. Wer sich uns anschließen will, ist herzlich eingeladen. Wer sich dagegen entscheidet, darf in Sicherheit weiterleben, ohne sich verantworten zu müssen.«

»Aber wieso glaubst du, euer Aufmarsch wird friedlich ablaufen, wenn sich die Armee des Lichts in der Nähe aufhält und ihre Schwerter schärft?«

»Die ist unsere geringste Sorge.« Sein ruhiger Ton strotzte vor Siegesgewissheit. »Wenige hundert Mann ohne Kriegserfahrung. Unsere Armee dagegen ist um ein Vielfaches größer und besser ausgebildet. Der Orden wird es nicht wagen, uns entgegenzutreten.«

»Damion, das ist doch naiv! Natürlich wird es zu Kämpfen kommen, wenn ihr Lylion angreift, ob mit der Armee des Lichts, der Stadtwache oder sonstigen Menschen, die ihre Stadt, ihre Familie oder ihren Glauben verteidigen wollen.«

Seine Stimme wurde nun schärfer. »Wir greifen Lylion nicht an. Wir geben uns bloß als die *Zwölf Boten* zu erkennen. Die Menschen sollen sehen, dass wir existieren, dass wir für sie da sind, dass wir nicht die Barbaren sind, als die wir dargestellt werden. Wir zeigen ihnen die Möglichkeit auf, ein neues Leben führen. Allein mit unserer Präsenz können wir die Menschen aus den geistigen Fesseln des Ordens befreien. Gekämpft wird nur, wenn jemand sein Schwert gegen uns erhebt.«

»Und das wird passieren!«

»Sicher werden uns vereinzelte Idioten angreifen, angetrieben von falscher Ehre und Blutdurst. Aber du wirst sehen, dass die Aggression einzig von den Anhängern der wahren Götter ausgehen wird. Wir werden friedlich bleiben, das kann ich dir versichern. Ein sehr guter Freund von mir ist Oberbefehlshaber unserer Armee. Ich vertraue ihm, er ist der geborene Anführer. Und er teilt meine Ansichten. Er hat seine Soldaten darauf getrimmt, nach den Grundsätzen der *Zwölf Boten* zu handeln. Friedlich.«

Es war nicht so, dass sie ihm nicht glaubte. Sie konnte sich gut vorstellen, dass die *Zwölf Boten* Unschuldige verschonen würden, solange sie von den richtigen Leuten angeführt wurden. Und wenn sie zahlenmäßig so überlegen waren, wie er behauptete, würde der Orden einer

Schlacht wohl tatsächlich aus dem Weg gehen. Allerdings – und das war ihre größte Sorge – nur vorübergehend.

»Langfristig kann es nur auf einen Krieg mit vielen Toten hinauslaufen«, sagte sie so eindringlich wie möglich. Sie starrte ihn an, in der Hoffnung, einen Funken von Zweifel in seiner Mimik zu erkennen. »Und den werdet ihr verlieren. Wenn ihr in Lylion einreitet, ist das nicht mehr nur eine Angelegenheit zwischen euch und dem Orden. Der König wird es als Angriff auf eine seiner Städte werten und seine Anhänger um sich scharen.«

»Ich weiß. Und du hast recht.«

»Wie bitte?« Mit dieser Antwort hatte sie nicht gerechnet. Sie musste sich kurz sammeln, bevor sie ihre Stimme wiederfand. »Du bist dir also bewusst, dass der König euch als Hochverräter brandmarken und angreifen wird? Wieso willst du mir dann weismachen, es würde keine Schlacht geben?« Sie nahm seine Hände in ihre. »Damion, bitte tu das nicht. Ein Krieg hilft niemandem, und gegen den König kannst du keine Überzahl mehr ins Feld schicken.«

»Du bist kritisch, du fragst nach – das mag ich an dir. Und deine Befürchtungen sind alle berechtigt.«

»Dann lass es sein!«

»Lass mich bitte erst ausreden.«

»Nein!«

Da musste er lachen. »Doch! Ich habe dir meinen Plan noch nicht einmal zu Ende erzählt.«

Leanne seufzte. Von all ihren Schwächen war Ungeduld schon immer die größte gewesen. Aber wie sollte sie bei diesem wahnwitzigen und lebensmüden Plan nicht einschreiten? »Also gut«, sagte sie, ihre innere Unruhe unterdrückend. »Wie geht es weiter?«

»Uns ist nur wichtig, die Bewohner der Gegend, insbesondere die des Waldes, einzusammeln. Die Stadt ist ein wichtiger Knotenpunkt, viele Straßen und Wege laufen hier zusammen. Wir können zahlreiche Menschen aus dem Zentrum des Königreichs aufgreifen.«

Er nahm ein paar Äste, zerbrach sie in kleine Teile und ließ damit eine Karte auf dem Boden entstehen. Es sah irgendwie niedlich aus, wie die Spielerei eines Kleinkindes, andererseits auch bedrohlich, immerhin handelte es sich um einen Schlachtplan.

Er zeigte auf Lylion, dargestellt durch ein paar Stöckchen, die er wie einen Baum angeordnet hatte. Außerdem markierte er zwei Punkte östlich davon. »Während die Soldaten in der Grünen Stadt übernachten, bleiben wir hier im Lager. Ich werde alles koordinieren. Wir kümmern uns um Nachschub und fangen mögliche Hinterhalte ab. Sollte uns jemand heimtückisch angreifen, werden wir sie abwehren. Die meisten Menschen, die jetzt hier sind, werden bleiben, darunter Arwil und Fletch. Das wird genügen. Sie alleine können es mit unzähligen Menschen aufnehmen.«

Er legte weitere Striche und Punkte aus. »Unsere größte Gefahr droht im Westen. Lloyandasburg liegt nicht fern. Unsere Armee wird daher nur zwei oder drei Tage in Lylion bleiben, sodass der König keine Zeit haben wird zu reagieren. Sie wird wieder aufbrechen, uns abholen, und gemeinsam ziehen wir in Richtung Osten. In den aufgemalten Städten werden wir uns verschanzen. Hohe, dicke Wände, Gräben, heißes Öl, Bogenschützen – alles ist vorbereitet. Niemand wird uns dort so schnell angreifen, und je mehr Zeit wir gewinnen, desto mehr Menschen werden sich uns anschließen. Und desto stärker werden wir. Was glaubst du, wie der König antworten wird? Die Priester werden ihm mit den Strafen der Götter drohen und alles tun, um ihm ein schlechtes Gewissen einzureden. Aber bis er sich entschieden hat, haben wir längst ein kleines Reich hinter hohen Mauern aufgebaut. Ein Reich, in dem Frieden und Freiheit herrschen. Ein Reich, in dem die ›wahren‹ Göttern nicht länger als solche angesehen werden. Ein Reich Zantuls.«

In Leannes Kopf nahmen Damions Visionen reale Züge an. Sie konnte sich bildlich vorstellen, wie er eine Stadt regierte und die Bevölkerung ihm zujubelte wie einem König. Er würde in einer großen Zeremonie den Verbotenen Ring als Wahrzeichen einführen, täglich über Zantul predigen und die Menschen zu seinem Glauben bekehren.

Hätte sie mit solch einem Plan rechnen müssen? Natürlich nicht. Trotzdem hätte sie besser wissen müssen, worauf sie sich einließ, als sie zu den *Zwölf Boten* zurückgekehrt war. Die Menschen dieser Gemeinschaft strebten nach Größerem. Sie wollten nicht für immer in Einsamkeit ausharren, verachtet, gehasst, gejagt. Ihre Bedürfnisse waren dieselben wie die aller anderen Menschen. Sie wollten in Sicherheit leben, sich entfalten, ihren eigenen Glauben ausüben.

Und um das zu erreichen, mussten sie rebellieren.

Leannes Wissen um diese Gefahr war während ihrer Zeit im Lager geschmolzen wie Schnee in der Sonne. Doch jetzt war sie schmerzhaft daran erinnert worden, wie riskant es war, unter den *Zwölf Boten* zu leben. Und das würde es auch für immer bleiben.

War sie bereit, so ein Leben zu führen? Bald würde sie eine Entscheidung treffen müssen, und zwar die mit Abstand schwerwiegendste in ihrem Leben. Bleiben oder gehen? Entschied sie sich für letzteres, müsste sie sich schnellstmöglich mit neuen Ergebnissen bei der Universität melden, sonst würde sie dort auf verschlossene Türen stoßen.

Ein Leben bei den *Zwölf Boten* klang zwar weitaus verlockender, doch lief es ihr kalt den Rücken herunter, wenn sie an ihren zukünftigen Alltag dachte, im permanenten Kriegszustand, zwischen Ungewissheit und Angst, gebrandmarkt als Feinde der Krone und des Ordens. Schon in naher Zukunft würde es die perfekte Welt, die sie hier noch vorfand, nicht mehr geben. Und eine Rückkehr in ihr altes Leben wäre nie wieder möglich.

»Alles in Ordnung?«, fragte Damion. »Entschuldige bitte, ich habe dich regelrecht überfallen. Es ist früh am Morgen, ein Tag wie jeder andere, und dann erzähle ich dir plötzlich, dass sich das Leben im Königreich für immer verändern wird. Muss sich anfühlen wie eine Dusche mit eiskaltem Wasser.«

»Die Dusche wäre mir jetzt lieber«, gestand Leanne.

Er setzte wieder diesen Blick auf, den sie so an ihm liebte: besorgt und verständnisvoll, nicht gespielt, nicht überzogen – einfach ehrlich. »Ich kann gut verstehen, dass du das erst mal verdauen musst.«

Sie seufzte. »Verstehst du auch, dass ich mir nicht sicher bin, ob ich das unterstützen möchte? Ein Leben in ständigem Kriegszustand ist kein Leben, wie ich es mir vorstelle.«

»Natürlich, das ist ganz normal. Aber denk daran: Du wirst hier im Lager bleiben. Bei mir, bei der Gemeinschaft. Mit der Armee werden wir nichts zu tun haben. Sie agiert unabhängig von uns und steht unter dem Befehl meines Freundes.«

Zum ersten Mal heute passten Tonfall und Mimik nicht zu seinen Worten. Leanne konnte nicht sagen, woran sie das erkannte, es war ein reines Bauchgefühl. Doch wenn sie sich nicht täuschte, spürte sie plötzlich eine gewisse Unsicherheit bei ihm.

»Nimm dir für deine Entscheidung so viel Zeit, wie du brauchst«, fuhr er fort. »Welche Wahl du auch treffen wirst, ich werde dich unterstützen.« Er nahm ihre Hände in seine und blickte ihr tief in die Augen. »Auch wenn ich natürlich hoffe, du bleibst bei uns.«

Nach dem Gespräch mit Damion suchte sie nach Lon. Eine Entscheidung musste her, und zwar so schnell wie möglich. Doch ausgerechnet jetzt konnte sie ihren Bruder nicht finden, weder bei den Schwertkämpfern noch bei den Bogenschützen. Auch von den Holzfällern, Köchen, Schmieden und Handwerkern wusste niemand, wo er steckte. Ratlos blickte sie über das Lager hinweg, bis sie schließlich Dogos Kopf hinter einem Zelt hervorragen sah. Sofort lief sie zu ihm hinüber.

Und da sah sie Lon.

Er lag rücklings auf einer Liege und stöhnte vor Schmerzen. Kaylim, die Tätowiererin, beugte sich über ihn, eine Nadel auf seiner Haut.

Das darf nicht wahr sein!

»Hallo«, presste er zwischen den Zähnen hervor und versuchte dabei, so lässig wie möglich zu wirken.

»Hallo«, erwiderte sie ohne Kraft in der Stimme.

Die Tätowierung auf seinem rechten Oberarm war schon fast fertig, das Motiv unverkennbar: *Xantho*, der Verbotene Ring. Apathisch schaute Leanne Kaylim dabei zu, wie sie die Konturen mit größter Sorgfalt nachzog. Die Tätowierung sah erschreckend gut aus, war detailreich ausgearbeitet, mit realistisch wirkenden Schattierungen. Zantul am unteren Ende des Ringes war in seiner üblichen Form dargestellt, ähnlich eines Wassertropfens, mit großen Augen ohne Pupillen.

»Wie findest du sie?«, fragte Lon zwischen zwei Schmerzenslauten.

Sie legte eine Hand auf den Mund und starrte ihn an. Gleichzeitig wich sie einen Schritt zurück, als hätte sie einen Geist gesehen. Ihr Kopf war leer, abgesehen von diesem einen Gedanken, der sie überkam.

Lon ist zu den Zwölf Boten übergelaufen!

Längst hatte er sich mit ihnen identifiziert, inzwischen teilte er sogar ihren Glauben. Er würde bei den *Zwölf Boten* bleiben. Definitiv. Für immer. Und da sie ihn niemals alleine lassen würde, galt das auch für sie. Eine Entscheidung hatte sie nicht mehr zu treffen. Das hatte er bereits für sie übernommen.

»Gut«, nuschelte sie als Antwort auf seine Frage, unfähig, andere Worte zu finden.

»Ich bin so gespannt, wie es aussehen wird, wenn es fertig ist. Und weißt du was? Damion hat mir angeboten, den *Zwölf Boten* beizutreten. Ist das nicht toll?«

KAPITEL 16

Es war tatsächlich ihre Stimme, die aus dem Licht kam. Obwohl sie verzerrt war und echote, als käme sie aus einer Höhle, erkannte Sir Caster sie zweifellos. Nun wusste er, wer das Licht entfacht hatte, auch wenn er kaum glauben konnte, dass diese Person solch starke Kräfte entwickelt hatte.

Sie rief nach ihm, eindeutig. Wann hatte er das letzte Mal seinen richtigen Namen gehört? Er schloss die Augen und öffnete sie wieder, doch dies war kein Traum, aus dem er soeben erwacht war. Er fand sich nicht wie sonst in seiner Höhle wieder, das Gesicht im Moos. Nein, dieses Licht war real. Sie war tatsächlich eine mächtige Hexenmeisterin geworden, die ihn mit Magie aufgespürt hatte und jetzt zu ihm sprach.

Sie bat um Hilfe.

Aber warum sollte er ihrer Bitte nachkommen? Ja, sie klang verzweifelt, und wenn er nur einer Person in diesem Wald helfen würde, dann ihr. Doch wieso sollte eine Person mit solchen magischen Kräften ihn brauchen? Er war bloß dazu ausgebildet, anderen Menschen die Klinge ins Fleisch zu bohren.

Das Licht bewegte sich langsam fort und mit ihm ihre Stimme. Der kalte, nasse und dunkle Wald wirkte dank der Magie so wunderschön, die Farben so warm, und allein deshalb war er verleitet, ihr zu folgen.

»Kommt mit«, sagte sie, ihre Stimme immer noch vom Echo verzerrt, gleichwohl so betörend wie die einer Märchenprinzessin.

Schließlich übermannte ihn die Neugier. Was hatte er schon zu verlieren? Er schwang sich auf Königsblut und ritt langsam los. Anfangs schwirrte das Licht noch vor ihm her, doch mit der Zeit verblasste es, bis es schließlich ganz erlosch. Am liebsten wäre er sofort umgekehrt, weil er befürchtete, sich alles eingebildet zu haben oder das Opfer eines Streiches geworden zu sein. Doch vielleicht hatte das Licht ihm nur den Weg gewiesen, also ritt er weiter in die Richtung, in die es ihn geführt hatte, und hoffte, nicht als dämlicher Esel irgendwo in den Tiefen des Waldes zu enden, weil er einer Halluzination gefolgt war. Nicht selten fragte er sich, ob er den Verstand verloren hatte, aber er setzte seine Reise fort, denn ob er nun einen Tag, eine Woche oder fünf Jahre verschwenden würde, war ohnehin gleich.

Nach einer Tagesreise erreichte er endlich eine kleine Stadt.

Und dort wartete sie bereits auf ihn.

Es war weder ein Traum noch eine Falle, noch war er verrückt. Wahrhaftig stand Salya vor ihm. Das letzte Mal hatte er sie vor vielen Jahren gesehen, damals noch in ihrem gemeinsamen Wohnort Schwarzbach. Sie hatte sich über die Jahre verändert. Aus dem Mädchen war eine Frau geworden, hübsch, wenngleich sich eine lange Narbe über ihr Gesicht zog. Sie trug ein weißes Gewand, das an einigen Stellen verschmutzt war, außerdem eine Halskette, an der ein goldener Schöpferring hing – das Wahrzeichen der wahren Götter. Hinter ihr standen zwei Ritter des Lichts, beides ehemalige Jungen aus ihrem Heimatdorf.

Die Kleidung war eindeutig und Sir Caster überkam bei der Erkenntnis, welche Entwicklung sie genommen hatte, ein Gefühl von Stolz. Offenbar hatte man sie trotz ihres jungen Alters zur Priesterin erkoren.

Salya kniff die Augen zusammen. Anscheinend war sie sich nicht sicher, ob er wirklich der war, den sie gerufen hatte. Erst als er direkt vor ihr stand, stahl sich ein Lächeln auf ihr Gesicht. »Ihr seid tatsächlich gekommen«, sagte sie. Kaum vom Pferd gesprungen, schloss sie ihn in die Arme. »Wie schön, Euch endlich wiederzusehen!«

Danach nahm sie sich Königsblut vor, fiel ihm um den Hals und drückte ihm einen dicken Kuss auf auf die Nase. Das Pferd zog eine lange Oberlippe, ließ es mit Wohlwollen über sich ergehen.

Offenbar hast du sie vermisst, mein Junge.

»Ich hätte nicht gedacht, dass wir uns noch einmal wiedersehen«, meinte der Ritter. »Es ist schon so lange her. Ich kann die Zeit nicht mehr einordnen.«

»Sechs Jahre, um genau zu sein.«

Dann haben wir jetzt das Jahr 185. Gut zu wissen.

Salya stieß einen freudigen Seufzer aus. »Tagein, tagaus wollte ich Euch kontaktieren, doch nie habe ich mich getraut. Ich hatte Angst, ihr würdet mich abweisen.«

»Berechtigterweise.« Ihm lag nichts daran, ihr etwas vorzugaukeln. Er war ein ehrlicher Mann und sprach aus, was er dachte. »Ich wüsste nicht, warum ich noch irgendjemanden sehen sollte. Ich lasse die Menschen in Ruhe und will dafür auch von ihnen in Ruhe gelassen werden. So lebt es sich gut. Aber zugegeben – dein Auftritt mit dem Licht, als spräche Yanus persönlich zu mir, hat mich neugierig gemacht.«

Sie grinste. »Trotzdem hatte ich befürchtet, Ihr würdet nicht reagieren. Ich war mir nicht einmal sicher, ob meine Kräfte ausreichen, Euch den Weg zu weisen. Es hat ja schon ewig gedauert, Euch überhaupt aufzuspüren.« Sie wagte einen verstohlenen, verschämten Blick. »Was ich übrigens schon vor längerer Zeit getan hatte. Ich wollte schließlich wissen, ob Ihr noch lebt, wo Ihr seid, ob es Euch gut geht … Nun ja, jedenfalls freue ich mich, dass Ihr meinem Ruf gefolgt seid. Ihr glaubt nicht, was für eine Erleichterung das ist.«

Sir Caster schenkte ihr ein Lächeln. »Ich habe nicht die geringste Ahnung, wieso du mich ausgerechnet jetzt gerufen hast. Aber du wirst es mir sicher gleich verraten.«

Sie schlenderten durch das kleine Städtchen, das Sir Caster bis dahin völlig unbekannt gewesen war. Die Ortschaft war verträumt, die Häuser schön hergerichtet, stabil und mit Verzierungen in Form von Pflanzen und eingeritzten Mustern. Wenige Leute waren unterwegs, vereinzelt waren Hunde und Kühe zu hören. Eine Familie werkelte am Dach ihres Hauses. Es nieselte.

Sir Caster wusste, dass Salya sensibel war und nicht gerne redete, und so sprach er sie nicht auf ihre Narbe im Gesicht an. Er ahnte aber, wer ihr diese zugefügt hatte – sie selbst. Sie war vom Schicksal verdammt, einen Schatten in ihrer Seele zu tragen. Und wenn dieser übermächtig wurde, wusste sie sich nicht anders zu helfen, als sich zu verletzen.

Auf der anderen Seite fragte Salya nicht, was er all die Jahre getrieben hatte und warum er inzwischen wie ein heruntergekommener Vagabund aussah. Bei seinem wuchernden Vollbart, den müden Augen und seinen zerlumpten Klamotten war es kein Wunder gewesen, dass sie ihn zuerst nicht erkannt hatte.

»Ich werde den Wald evakuieren«, sagte sie plötzlich, ohne jede Vorankündigung.

Evakuieren. War das wirklich nötig? Sir Caster hatte in den letzten Jahren nichts Gefährliches zu Gesicht bekommen, erst recht keine Zeichen Schwarzer Magie. Die meiste Zeit über hatte er sich mitten im Wald versteckt, abseits der Ortschaften und Wege, wo sich niemand mehr hintraute. Aber bei seinen Besuchen in den Ortschaften hatte er die Ängste der Waldbewohner und ihre vielen unheimlich klingenden Geschichten mitbekommen.

»Alles Hirngespinste«, hatte er mal zu Königsblut gesagt. Doch der wusste genauso gut wie er, dass er das nicht ernst gemeint hatte. Seit Schwarzbach wusste er schließlich, dass der dunkle Gott in diesem Wald mächtig geworden war, und zu viele Menschen berichteten unabhängig voneinander von magischen Phänomenen, als dass er diese noch als Einbildung, Lügen oder Spinnerei abtun konnte. Vermutlich hatte er einfach nur Glück gehabt, in all den Jahren nichts von der dunklen Kunst mitbekommen zu haben. Wenn inzwischen aber sogar Salya – gesegnet mit der Kraft des Lichtes – zu solch einer Maßnahme griff, musste etwas Schwerwiegendes vorgefallen sein.

»Warum ausgerechnet jetzt?«, fragte er.

Der Regen wurde stärker. Trotzdem blieben sie draußen, um spazieren zu gehen. Die Bewohner der Ortschaft räumten hektisch ihre Sachen in die Häuser, einer fluchte lauthals über das ›unselige Dreckswetter in diesem elendigen Dreckswald‹.

»Vor Kurzem war ich in Schwarzbach«, erzählte Salya. »Ich habe nach Hinweisen gesucht: Warum dort? Warum ist Zantul ausgerechnet in diesem winzigen, isolierten Dorf so mächtig geworden? Ich habe alles abgesucht und dabei einige Gegenstände entdeckt, darunter eine

Schatulle. Sie birgt so viel Schwarze Magie in sich, dass ich mich kaum traue, sie zu berühren.«

Er musste sich stark konzentrieren, um sie zu verstehen. Ihre ohnehin leise Stimme verlor sich fast im Regen.

»Ich habe keine Ahnung, worum es sich handelt und woher diese Gegenstände kommen«, fuhr sie fort. »Experten des Ordens sind unterwegs, um sie zu untersuchen. Ich glaube aber, sie sind Jahrtausende alt. An diesem Ort muss etwas gewesen sein, lange bevor Schwarzbach gegründet wurde.«

»Was meinst du mit ›etwas‹?«

Sie zuckte mit den Schultern, schüttelte den Kopf. »Ich kann nur raten. Vielleicht hat auf dieser Lichtung jemand oder etwas gelebt. Vielleicht wurde dort etwas erbaut, verehrt, verflucht, getötet. Ich weiß es nicht. Eines kann ich jedoch mit Gewissheit sagen: Diese Schatulle ist gefährlich. Sie zu öffnen, könnte verheerende Folgen haben. Aber sie könnte uns auch viel über Zantul verraten.«

Der Boden weichte langsam auf, ein Bächlein hatte sich bereits gebildet. Das weiße Gewand der Priesterin war zu den Füßen hin stark verschmutzt. Vom Saum ihrer Kapuze tropfte es. »Der dunkle Gott wird immer stärker. Niemand kann einschätzen, was passieren wird, aber wir müssen mit allem rechnen. Er kann die Kontrolle von Menschen übernehmen, das wissen wir besser als alle anderen. Doch er ist noch zu viel mehr fähig. Die Bewohner des Waldes sind in großer Gefahr. Wir müssen sie in Sicherheit bringen, bevor es zu spät ist«

Klitschnass saßen die beiden in der Wohnstube von Salyas Haus und wärmten sich am Feuer. Die Priesterin hatte Tee aufgekocht und dem Ritter etwas Brot und Käse serviert. Ihr Haus war so groß, wie man es von einer Priesterin ihres Ranges erwarten konnte. Doch es war nur spärlich eingerichtet. In dem Raum, in dem sie saßen, standen zwei Stühle, ein Schrank und eine Kommode. Alltagsgegenstände fehlten. Für eine wohnliche Atmosphäre sorgten nur die Gemälde an den Wänden, die Landschaften außerhalb des Waldes zeigten.

Im Nachbarzimmer – vermutlich die Schlafstube – sah Sir Caster ein kleines Regal, das bis oben hin mit Büchern und Schriftrollen gefüllt war.

Schön, welche Möglichkeiten ihr das Leben geboten hat.

Vor sechs Jahren hatte sie in einer kleinen Hütte in einem abgelegenen Dorf gelebt und konnte nicht einmal ihren eigenen Namen schreiben. Nun war sie eine Priesterin mit verantwortungsvollen Aufgaben, die inzwischen offenbar auch die Kunst der Schrift erlernt hatte – von ihren magischen Kräften ganz zu schweigen.

Er nippte an seinem Tee. »Darf ich die Schatulle sehen?«

Sie nahm sie aus dem Schrank und stellte sie auf die Kommode. »Ihr werdet nichts Besonderes erkennen. Sie wirkt vollkommen unscheinbar.«

Die Schatulle war klein und aus Holz, ohne jegliche Verzierung. Splitter ragten heraus. An einigen Stellen war sie morsch, machte dennoch einen robusten Eindruck. Sie war weder schön noch wies sie irgendeine Besonderheit auf. Doch als Sir Caster den Blick wieder abwandte, meinte er, aus dem Augenwinkel zu sehen, wie sie vibrierte und sich ein schwacher, schwarzer Schleier um sie legte. Außerdem spürte er einen kalten Hauch in seinem Nacken. Sofort drehte er den Kopf, doch alles sah genauso aus wie vorher.

Alles Einbildung, du Narr! Der Wald spielt dir Streiche.

Er konzentrierte sich wieder auf Salya und das Gespräch über die Evakuierung. »So ängstlich die Waldbewohner auch sein mögen – viele werden ihre Heimat nicht verlassen wollen.«

Die Priesterin senkte den Blick und fuhr mit einem Finger die Narbe in ihrem Gesicht entlang. Ihren Tee rührte sie nicht an. »Wir können natürlich niemanden zwingen, seine Heimat aufzugeben. Aber wenn wir den Menschen glaubhaft vermitteln können, wie ernst die Lage ist, werden sie sich vielleicht überwinden. Die Gruppe, mit der ich durch den Wald ziehen werde, muss daher überzeugend sein … und schlagkräftig.«

»Du willst also, dass wir die Städte abklappern und den Bewohnern einschärfen, doch bitte aus dem Wald fortzuziehen«, fasste er zusammen.

Sie nickte.

»Und wohin sollen sie gehen?«

»Erst mal nach Lylion. Mir ist klar, dass Statthalter Frodeon damit nicht einverstanden sein wird. Doch die Armee des Lichts ist ebenfalls auf dem Weg in die Grüne Stadt, und wenn diese eingetroffen ist, werden wir die Menschen schon irgendwie versorgen können.«

»Und das alles wegen der Schatulle?«, fragte er und wagte wieder einen Blick zur Seite. Er sah sie nur verschwommen, als hätte er etwas im Auge, und sie flimmerte, als brannte ein Feuer vor ihr, das seine Sicht verzerrte.

»Alles ihretwegen«, bestätigte Salya. »Die Idee zur Evakuierung trage ich schon seit Monaten mit mir herum, doch erst jetzt bin ich überzeugt davon, sie umzusetzen.«

»Ich kann dir aber nicht dabei helfen, die Waldbewohner zu überzeugen. Solange ich mein Schwert nicht zücke, wird mein Geschwätz sie nicht interessieren. Und wieso sollte ich sie mit Klinge an der Kehle dazu auffordern, ihre Heimat zu verlassen?«

»Ihr braucht nicht zu reden, das übernehmen die Priester – auch wenn mir nicht allzu viele meiner Kollegen helfen werden.«

Er lehnte sich nach vorne und presste die Augenbrauen zusammen. »Wieso ausgerechnet ich? Ein einziger Mann macht nicht viel aus, zumal ich kein weißes Gewand trage, um Eindruck zu schinden.«

Sie holte tief Luft und atmete laut wieder aus. »Meine größte Sorge liegt nicht bei den Bewohnern, sondern bei den Priestern selbst. Die meisten von ihnen werden mich nicht unterstützen und mir schon aus Prinzip widersprechen. Diese Schlangen werden niemals Anweisungen von einer Frau entgegennehmen, die ihrer Meinung nach zu Unrecht auf dieser Position ist. Außerdem denken sie, man müsste Zantul auf andere Weise bekämpfen: einfach von morgens bis abends im Gebetshaus verharren und die Hände falten. Was für ein Blödsinn!« Sie stand auf und ging im Zimmer auf und ab. »Der dunkle Gott ist schon viel zu mächtig, als dass wir ihn mit gut gemeinten Worten bekämpfen könnten. Ich lösche doch auch keinen Großbrand, indem ich in die Flammen spucke!« Sie stöhnte, rollte mit den Augen und ließ sich wieder in den Stuhl fallen. »Jedenfalls werden sie mir ihre Hilfe nicht nur verweigern, sondern mir offen entgegentreten. Und das werden sie auch von ihren Leibwachen einfordern.«

Da grinste der Ritter. »Jetzt verstehe ich.«

Hektisch und nicht gerade zimperlich knibbelte sie an ihren Fingerkuppen herum und kaute auf ihrer Unterlippe. Ihr Blick ähnelte dem eines hungrigen Welpen. »Also … helft Ihr mir?«

Sir Caster nahm sich für seine Antwort viel Zeit. Salya ahnte vermutlich gar nicht, was dieses Vorhaben für ihn bedeutete. Für ihn käme dies einem Eintritt in eine neue Welt gleich. Seit so vielen Jahren hatte er sich vor den Menschen versteckt. Er konnte sich kaum vorstellen, länger als einen Nachmittag unter ihnen zu verbringen. Bei Salyas Vorhaben jedoch würde er besonders viele Menschen zu Gesicht bekommen, mit ihnen reden, diskutieren, vielleicht sogar mit ihnen kämpfen müssen.

Irgendwann würde mich jemand erkennen. Spätestens ein älterer Priester, der schon viel herumgekommen ist.

Zehn Jahre war der Krieg nun her und seit zehn Jahren sollte niemand mehr etwas von Sir Caster gehört haben. Doch auch nach dieser langen Zeit würde König Zalamo ohne zu zögern tausend Soldaten nach ihm aussenden, sollte er seinen Namen auch nur einziges Mal vernehmen.

Was Königsblut wohl davon halten würde? Leider war sein geliebtes Pferd gerade im Stall und daher nicht in Reichweite, doch eigentlich kannte er die Antwort bereits. Er würde es lieben, wieder unterwegs zu sein, Menschen, Tiere und Städte zu sehen. Er mochte den Ausritt, das Abenteuer, den Trubel.

Und auch ihn selbst reizte die Aussicht auf Abwechslung von seinem öden Alltag. Viel wichtiger war aber diese Schatulle mit ihrer bedrohlichen Aura. Sie bereitete ihm Kopfschmerzen, verströmte Kälte, verursachte ihm Gänsehaut. Ständig verleitete sie ihn dazu, hinzuschauen, sie sich zu krallen, sie mitzunehmen oder zu zerstören. Sie war gleichermaßen faszinierend wie abschreckend.

Und daher so gefährlich.

»Ich helfe dir«, sagte er schließlich.

Und er fühlte sich gut dabei.

»Yanus sei Dank!«, jubilierte Salya, sprang von ihrem Stuhl auf und umarmte ihn schwungvoll. »Ihr glaubt nicht, wie sehr Ihr mir damit helft. Also los, wir dürfen keine Zeit verlieren. Ihr müsst Euch waschen und rasieren. Außerdem müssen wir Euch dringend neu einkleiden. Ihr seht furchtbar aus.«

Er lachte. »In Ordnung. Aber tu mir bitte einen Gefallen: Pack die Schatulle wieder weg.«

KAPITEL 17

Letzte Warnung!

Der Brief der Universität war unmissverständlich. Eine Nachfrage, ob alles in Ordnung sei, hielten die Gelehrten nicht für angemessen. Stattdessen setzten sie Lon und Leanne ein Ultimatum.

In spätestens sieben Tagen erwarten wir neue Ergebnisse!

Leanne würde ihnen bald antworten. Was genau sie schreiben würde, musste sie sich allerdings noch überlegen.

Zunächst ging sie wie gewohnt ihren Arbeiten nach. Sie wusch Geschirr ab, reinigte Nachttöpfe und brachte einige Nahrungsmittel aus dem Vorratszelt zu Viviana, die heute mit Kochen dran war. Ein Tag wie jeder andere. Die Leute schufteten, tratschten, lachten und übten erste Gehversuche mit den Kleinsten.

Und bereiteten gleichzeitig die Ankunft einer Armee vor, um in den Krieg zu ziehen.

Jetzt, da Leanne von Damions Plan wusste, erkannte sie plötzlich all die Hinweise, die schon die ganze Zeit um sie herum präsent gewesen waren, die sie aber nie richtig hatte deuten können. Dabei waren sie so offensichtlich. Das Lager war immer größer geworden. Die Hektik, die Waffen, all die Besprechungen – ein Umbruch stand bevor. Und leider hatte Damion recht: einer von historischem Ausmaß. Wie auch immer sein Plan enden mochte, in die Geschichtsbücher der Universität würde er es allemal schaffen.

Ob Lon von diesem Plan wusste? Vielleicht hatte man ihm nichts gesagt, aber das bezweifelte sie. Vielmehr vermutete sie, dass er sogar schon lange vor ihr eingeweiht worden war. Wundern würde sie das nicht, ging doch offenbar vieles in diesem Lager an ihr vorbei. Dass er sich dazu entschieden hatte, offiziell den *Zwölf Boten* beizutreten, hatte sie auch nur durch Zufall erfahren.

Damion hätte mir ruhig davon erzählen können.

Nachdem sie eine Nacht darüber geschlafen und sich den ganzen Morgen Gedanken gemacht hatte, stand für sie fest: Lon und sie mussten das Lager verlassen. Sie würde ihren Bruder in einem ruhigen Moment sprechen und versuchen, ihn zum Aufbruch zu überreden. So aussichtslos das auch schien.

Er hatte sich noch viel besser in die Gemeinschaft eingefunden, als sie anfangs befürchtet hatte. Er liebte es hier und blühte auf, als wäre er ein komplett neuer Mensch geworden. Und wie sie ihn kannte, würde ihn nicht einmal der drohende Krieg entmutigen – im Gegenteil, er würde sich sogar darauf freuen, weil er dann endlich als Ritter in die Schlacht ziehen konnte.

Aber sie musste es zumindest versuchen.

Und wenn das getan war, würde sie – je nachdem, wie erfolgreich sie war – den Brief der Universität beantworten.

Sonst sehen wir uns gezwungen, Euch Euren Status als Gelehrte abzuerkennen. Die entsprechenden Verwaltungsgebühren würden Euch in Rechnung gestellt.

Eine Weile später kam Damion zu ihr.

»Besprechung vorbei?«, fragte sie.

Er schüttelte den Kopf. »Die wird so schnell nicht enden, jedenfalls nicht in den nächsten Tagen. Aber ich habe mir eine Auszeit genommen. Viele Themen können sie auch ohne mich diskutieren.« Er deutete mit dem Kopf in Richtung ihres Zeltes. »Wollen wir uns verkriechen? Ich möchte mit dir reden.«

»Natürlich.«

Schweigend gingen sie zwischen den Zelten entlang und an den umherwuselnden Menschen vorbei. Fast jeder, an dem sie vorbeikamen, wollte etwas von Damion, doch der blockte alle ab. Geradewegs liefen sie auf ihr Zelt zu, verschwanden darin und schlossen die Öffnung. Anschließend setzten sie sich auf einer von Leanne ausgebreiteten Decke im Schneidersitz gegenüber.

»Du zweifelst an unserem Plan«, fing Damion ohne Umschweife an. »Ich verstehe das. Er klingt wahnsinnig und er ist noch viel mehr als das. Er läutet eine Revolution ein. Doch er ist gut durchdacht. Wir sind auf alle Eventualitäten eingestellt. Unsere Rebellion wird erfolgreich sein.«

Leanne holte tief Luft. »Das mag sein. Vielleicht ist er perfekt, alles klappt reibungslos und du erschaffst dir das Reich, das du dir vorstellst. Von mir aus herrschst du über die ganze Welt. Doch darum geht es mir nicht. Ich möchte so ein Leben nicht führen. Eure Offenbarung, eure Armeen, euer Aufmarsch in Lylion … Es wird Krieg geben, so oder so. Wenn du das abstreitest, lügst du oder machst dir etwas vor.«

»Nenn es gerne Krieg, aber dann wäre dies ein einseitig geführter. Keinerlei Aggression wird von uns ausgehen. Wir verschanzen uns hinter unseren Verteidigungsanlagen.«

»Dicke Mauern schützen euch nicht euer Leben lang.«

»Sollte jemand wirklich dumm genug sein, gegen unsere Festung anzurennen, so antworten wir mit unserer eigenen Armee. Mit Arwil. Mit Fletch. Und vergiss nicht das Wesentliche: Zantul steht uns bei. Er spendet uns Kraft, er führt uns zum Sieg. Der Orden wird an uns zerschellen.«

Leanne runzelte die Stirn. »Und der König?«

»Du hattest recht, als du sagtest, er könnte unseren Aufmarsch in Lylion als Angriff werten. Aber er wird schnell einsehen, dass dies ein friedlicher Akt gewesen ist, genauso wie wir friedlich hinter unseren Mauern leben werden. Außerdem sind wir nicht seine Feinde. Er kann weiterhin seine Städte verwalten, wir zahlen regulär unsere Steuern. Gerne knien wir auch vor ihm nieder und schwören ihm die Treue, wenn er das von uns verlangt. Für uns ist das kein Problem. Diese Rebellion gilt nicht der Krone, sondern dem Orden. Er kann und wird daher nicht seine Armee riskieren, nur weil der Oberste Priester ihm ein schlechtes Gewissen einredet.«

Was auch immer er sagte und wie auch immer er es ausdrückte, durch Leannes Kopf hallte nur der Begriff ›Krieg‹. Er klang hart und hässlich, angemessen für den entsetzlichen Zustand, den er beschrieb.

Damion allerdings benutzte ihn nicht. Er war der Meinung, ihn nicht zu brauchen, sprach aber gleichzeitig über Armeebewegungen, Schlachtpläne und Treuebekenntnisse.

»Unser Leben wird normal weitergehen«, fuhr er fort. »Allerdings mit einer entscheidenden Änderung: Wir müssen die Existenz unserer Gemeinschaft nicht länger leugnen. Für andere mag das nicht wichtig erscheinen, für uns bedeutet es alles, was wir uns je erträumt haben. Außerdem geben wir anderen Menschen die Gelegenheit, sich uns anzuschließen.«

Sie rückte näher an ihn heran. Sie wollte sich in ihn hineinversetzen, ihn verstehen, gleichzeitig auf ihn einreden und dieser Zwickmühle, in der sie sich befand, entfliehen. In ihrem Inneren keimte noch eine verschwindend geringe Hoffnung, ihn mit ihren Worten irgendwie erreichen zu können.

»Was heißt für dich ›normal‹?«, fragte sie. »Gehasst und gejagt zu werden? Das klingt für mich alles andere als normal. Vor allem, da ich mich an die Friedenszeit gewöhnt habe, immerhin ist der Krieg zwischen den Paytons und den Liandras inzwischen zehn Jahre her.« Verzweiflung packte sie, während sie sich selbst zuhörte. Sich Gedanken über ihre Situation zu machen und sie wieder zu verdrängen war *eine* Sache, doch sie auszusprechen noch mal eine andere. Ihre Stimme wurde schrill. »Wir würden hinter Mauern ausharren, uns hinter gepanzerten Soldaten verstecken, uns ständig umschauen, ob jemand ein Messer in den Händen hält.«

»Dass sich Lebensumstände immer wieder ändern, ist für uns nichts Neues. Damit müssen wir leben und das können wir auch sehr gut. Veränderung muss nichts Schlechtes bedeuten, Leanne.«

»Es ist nur …« Langsam gingen ihr die Worte aus. Bisher hatte Damion für alles Verständnis gezeigt, doch in dieser Situation konnte er nicht nachempfinden, was in ihr vorging. »Ich weiß nicht …«

Er legte eine Hand auf ihre Schulter. »Nimm dir Zeit, denk nach. Ich werde dieses Zelt nicht verlassen, ehe du dich nicht ausgesprochen hast.«

Sie senkte ihren Blick. »Es hat sich in letzter Zeit so viel verändert.« Ihre Stimme wurde leiser, zitterte, drohte, jeden Moment zu versagen. »Mein Leben lang habe ich in Lloyandasburg gelebt. Ich habe an der Universität studiert oder war auf Expeditionen, um für sie zu forschen. Ich habe Tiere beobachtet und dafür Geld bekommen. Das war mein

Leben. Und plötzlich ist alles anders. Nun lebe ich bei euch, muss mich aber entscheiden, ob ich das wirklich will. Noch könnte ich zur Universität zurückkehren und so tun, als wäre nie etwas geschehen. Aber das müsste ich bald tun, sonst nehmen sie mich nicht mehr auf. Als Alternative kann ich bei euch bleiben, aber das würde bedeuten, dass ich mich mein Leben lang verstecken müsste. Wenn mich jemand bei euch sieht – als ehemalige Gelehrte der Universität, als Überläuferin –, droht mir der Galgen, verdammt noch mal!«

Damion hörte aufmerksam zu und bedeutete ihr weiterzureden.

»Andererseits scheine ich diese Wahl nicht einmal mehr zu haben. Lon hat sich längst entschieden und ohne ihn würde ich niemals fortgehen.« Ihre Hände verkrampften sich, während sie an ihrem Armreif herumspielte. Tränen stiegen ihr in die Augen. »Ich habe das Gefühl, ihn an euch verloren zu haben. Sein altes Leben interessiert ihn nicht mehr, ihm geht es nur noch um die *Zwölf Boten*. Maya habe ich schon verloren und jetzt …« Sie schluchzte.

»Die Umstände mögen sich ändern«, sagte er beinahe flüsternd. »Da will ich dir nichts vormachen. Vielleicht achtest du mehr auf ungewohnte Geräusche und schaust dich einmal öfter um, wenn du in die nächste Stadt reitest. Doch das spielt keine Rolle. Es geht nicht darum, welche Ereignisse um einen herum passieren, sondern darum, mit wem man sie erlebt. Du lebst doch gerne bei uns, oder?«

»Natürlich, Damion. Ich liebe es hier. Das weißt du.«

»Wieso solltest du dieses Leben dann aufgeben? Wenn du hier bleibst, hast du deinen Bruder weiterhin an deiner Seite. Außerdem bist du bei mir, bei Viviana und all den anderen Mitgliedern unserer Gemeinschaft. Du kannst jeden Tag mit ihnen reden, essen, arbeiten und feiern. Wieso solltest du das aufgeben? Es gibt keinen Preis der Welt, mit dem du das aufwiegen könntest. Was ist so viel wert wie die Zeit mit deinen Liebsten? Geld? Ansehen?«

»Sicherheit?«, entgegnete sie brüsk.

»Dafür werden unsere Soldaten sorgen. Für uns jedoch ändert sich fast nichts. Wir haben unsere eigenen Aufgaben. Und um die zu bewältigen, müssen wir ohnehin im Verborgenen bleiben. Was glaubst du, werde ich tun? Eine große Burg bauen, selbstverliebt und übermütig? Fahnen hissen und vom Balkon aus predigen?«

Sie zuckte mit den Schultern. *Um ehrlich zu sein, ja.*

»Natürlich nicht! So jemand bin ich nicht. Erstens bin ich kein Anführer und zweitens wäre ich niemals so naiv. Ich weiß, dass uns niemand sehen darf, und dafür werde ich sorgen. Wir werden Arwil versteckt halten, damit er weiterhin ungestört an seinen Künsten feilen kann. Wir werden mich versteckt halten, weil ich alle Gruppen untereinander koordiniere. Und dasselbe gilt für dich und alle anderen aus der Gemeinschaft, die nicht kämpfen, sondern auf andere Weise helfen. Für den Rest der Welt werden wir unscheinbar bleiben, namenlose Personen, unbedeutende Bürger. Niemand wird uns zuordnen können. Unser Leben wird genauso weitergehen wie bisher – nur eben an einem anderen Ort.«

Zu gut klangen seine Ausführungen, wie die perfekte Welt in einem Märchen. Ständig hatte er eine Antwort parat, ständig konnte er sie an dem zweifeln lassen, wovon sie fest überzeugt war. Irgendwo musste der Haken sein. Sie schnäuzte sich die Nase. Ob er wirklich recht hatte, konnte sie in dieser Situation schwer beurteilen. Doch er hatte genau das gesagt, was sie hören wollte. Seine Worte hatten ihr zumindest wieder Hoffnung gespendet, und das genügte ihr, um nicht direkt zu Lon zu rennen, ihn mit ihren wirren Gedanken zu überwältigen und alles kaputtzumachen.

Sie lehnte den Kopf an seine Schulter. Er legte seinen Arm um sie und zog sie sanft an sich, mit dem freien Arm griff er nach ihrer Hand. Ihr Geist leerte sich, ihre Sorgen verflogen. Sie schloss die Augen und gab sich der Behaglichkeit, die seine Nähe bot, vollständig hin. Sie genoss seine Wärme und die zärtliche Berührung, nahm den Geruch von Ruß wahr, der sich in seinen Haaren festgesetzt hatte. Sie schwiegen und lauschten dem Trubel außerhalb des Zeltes. Die Geräusche wirkten so fern, als kämen sie aus einer anderen Welt.

Sie wandten sich einander zu, versanken in den Augen des anderen. Ihre Nasenspitzen berührten sich. Vorsichtig näherten sie sich mit ihren Lippen an. Kurz vor der Berührung hielt Leanne inne, schloss die Augen, ließ ihn das letzte bisschen Abstand zwischen ihnen überwinden. Sie hörte ihn atmen, spürte ihren Herzschlag. Er kam langsam näher, immer näher, bis sich ihre Lippen sanft aufeinanderlegten, begleitet von einer wohligen Wärme, die durch ihren Körper strömte.

KAPITEL 18

Leanne blickte in die Ferne. Die Sonne verschwand allmählich hinter den Hügeln, verschiedene Rottöne flossen am Horizont ineinander. Es sah aus, als glühten die Wolken, ehe sich das Dunkel der Nacht ausbreiten würde.

Südwestlich des Lagers lag Lylion, die schönste Stadt, die Leanne je gesehen hatte. Weiter im Westen befand sich Lloyandasburg, die Hauptstadt des Königreichs und Sitz des amtierenden Königs Zalamo Liandra. Im Sommer war seine Burg mit violett strahlenden Pflanzen überzogen. Die Farbe hatte er in Anlehnung an das Wappen seines Hauses ausgewählt. Nahe dieser mächtigen Steinfestung stand die Kathedrale des Ordens. In dem angeblich teuersten Gebäude aller Zeiten lenkten der Oberste Priester und sein Rat die Geschicke dieser Jahrtausende alten Institution. Die Armee des Lichts war von dort aus in Richtung Lylion losmarschiert, dauerhaft überwacht von den Spionen der *Zwölf Boten*.

Leanne drehte sich in die entgegengesetzte Himmelsrichtung. Im Osten lagen die großen Städte Salemsburg und Herz von Watford, dazu viele kleinere Städte aus dem Herrschaftsgebiet von Lord Hyde. In dieser Region hatte Damion – wie seine Eltern zuvor – viele Jahre lang missioniert. Und dabei war er offenbar sehr erfolgreich gewesen, stand ihm doch, trotz seines gefährlichen Vorhabens, eine ganze Armee zur Verfügung. Die Soldaten hielten sich schon bereit, die Kettenhemden am Körper, die Messer geschärft. Auch sie würden demnächst aufbrechen – irgendwann in der Nacht, um ein paar Stunden Vorsprung zu gewinnen, bevor jemand Alarm schlug.

In Lylion könnten Damions Soldaten und die Armee des Lichts aufeinandertreffen. Die Folge wären entweder eine blutige Schlacht und eine brennende Stadt oder – falls Damion recht behalten sollte – ein Rückzug der Gotteskrieger aufgrund ihrer zahlenmäßigen Unterlegenheit.

Und die Einwohner Lylions?

Leanne bezweifelte, dass die Menschen den Aufmarsch der *Zwölf Boten* wirklich als Befreiung ansehen und aus Glaubensgründen zu ihnen überlaufen würden. Vielleicht würden sie sich einfach dem Stärkeren anschließen, das wäre in dem Fall Damions Gemeinschaft – ob aus Zweckmäßigkeit oder aus Angst, sei dahingestellt.

Als es dunkel war, begann die Zeremonie zur Aufnahme neuer Mitglieder. Obwohl Lon erst elf Jahre alt war, machte er das gesamte Ritual mit. Und das bedeutete auch, dass er den eisernen Ring in Arwils Gebräu legen und sich anschließend an die Brust halten musste, und zwar für die gesamte Zeit, während Damion eine Rede hielt. Von den Schreien der vergangenen Zeremonien wusste Leanne: Das war äußerst schmerzhaft. Sie entfernte sich daher für eine Weile von den Festlichkeiten. Zwar hatte sie schon einiges erlebt und war wahrlich keine zimperliche Person, doch alles musste sie sich auch nicht antun.

Erst als das Aufnahmeritual beendet war, kehrte sie zurück. Lon strahlte voller Stolz, während die anderen ihn in die Arme schlossen. Er hatte es überstanden. Von nun an durfte er sich offiziell als Mitglied der *Zwölf Boten* bezeichnen.

Und es war so schnell gegangen. Leanne hatte nicht einmal die Gelegenheit gehabt, mit ihm darüber zu reden. Die Aussprache mit Damion und die Medizin hatten ihr jedoch geholfen, etwas Entscheidendes einzusehen: Lon war noch nie so glücklich gewesen wie in diesen Tagen. Und auch ihr war es noch nie so gut ergangen wie jetzt. Sie würden hierbleiben und untertauchen, genau wie Damion es erklärt hatte. Und falls der drohende Krieg doch wüten und einen unzumutbaren Alltag in Angst einfordern würde, konnten sie immer noch fliehen.

Ihren Eltern würde sie bald schreiben, dass es ihnen gut ging und sie sich keine Sorgen zu machen brauchten – mehr allerdings nicht.

Seit Mayas Tod verspürte sie nicht das Bedürfnis, den Kontakt zu ihren Eltern zu pflegen, und auch Lon schien momentan nicht daran interessiert zu sein.

Wie üblich folgte ein üppiges Festmahl. Danach stand *Infernale* auf dem Programm, ein Spiel rund um das Feuer. Der Name sorgte bei Leanne aufgrund seiner Ähnlichkeit zum ›Inferno‹ für Gänsehaut, doch sie kannte dieses Spiel bestens. Es war das beliebteste im ganzen Königreich, ob im Norden oder im Süden, ob bei Jung oder Alt.

Leanne liebte es. Ihre Duelle mit Maya waren immer besonders umkämpft gewesen, denn wenn es gegen die eine Schwester ging, war ein Sieg Pflicht. Nicht selten hatten sie sich Beleidigungen an den Kopf geworfen und Tränen vergossen, doch Spaß hatten sie bei dem Spiel immer gehabt. Und je älter sie wurden, desto seltener spielten sie gegen-, sondern lieber miteinander. Und wehe den anderen Mannschaften, wenn sie als eingespieltes Duo auftraten – dann zeigten sie ihnen, wie man ordentlich den Feuerstab schwang.

Bei *Infernale* ging es darum, Kunstwerke aus Feuer zu formen. Man bekam ein Motiv vorgegeben und musste dieses so exakt wie möglich in den Himmel zaubern. Mit speziellen Steinen konnte man die Flammen färben, mit magischen Feuerstäben ließen sie sich bewegen. Je begabter der Hexenmeister, der den Stab hergestellt hatte, desto mächtiger das Instrument und desto eher gehorchten einem die Flammen. Eine hochwertige Verarbeitung war aber keine Garantie für gelungene Feuerbilder. Wer die Technik nicht beherrschte, konnte auch mit einem meisterhaften Stab nichts anfangen. Umgekehrt konnten wahre Experten ihre Motive mit jedem Stab formen, solange er mit der erforderlichen Magie erschaffen worden war. Als drittes und letztes Werkzeug stand den Spielern Glitzerwasser zur Verfügung, mit dem sie besondere Effekte erzeugen konnten, Löcher im Feuer oder Drehungen der Flammen.

Bei der am häufigsten gespielten Variante musste die eigene Mannschaft erraten, was ihr Spieler mit den Flammen darstellen wollte. Das war mitunter nicht einfach, denn wenn es darum ging, sich komplizierte Motive für die Gegner auszudenken, waren Menschen äußerst einfallsreich (und gemein). Bei erfahreneren Spielern, die die Grundlagen schon gemeistert hatten, ging es weniger um das Erraten als vielmehr um die Art der Darstellung. Man bekam das Motiv grob vorgegeben und musste dieses dann so kunstvoll wie möglich präsentieren. Die beiden maßgeblichen Kriterien zur Bewertung waren die ›handwerkliche Qualität‹, wie Experten zu sagen pflegten, also wie detailgetreu das Bild erschaffen wurde, und die Kreativität, mit der man es interpretierte.

Die Bewohner des Lagers teilten sich in mehrere kleine Gruppen auf und spielten parallel. Leanne und Damion schauten zu, während sich die anderen beim Zaubern, Raten und Anfeuern austobten.

Saleb formte das Gesicht eines Wolfes, der den Mond anheulte. Das Tier war gut zu erkennen, doch als er noch schnell den Mond hinzufügen wollte, reichte eine falsche Bewegung, und es sah aus, als wüchse dem Wolf eine Pfote aus dem Auge. Schnell versprühte er ein wenig Glitzerwasser, doch in der Hektik zielte er nicht sauber und verpasste dem Wolf ein Loch in den Nacken. Besser gelang es Viviana, die mit einem Pferd zwar nur ein ›Ein-Bild-Motiv‹ wählte, dieses aber mit beeindruckender Präzision erschuf. Außerdem gelang es ihr, dem Pferd einen Schweif zu zaubern, der aussah, als wehte er im Wind.

Lon spielte natürlich auch mit. Gleich zu Beginn musste er ein unruhiges Gewässer darstellen – durchaus anspruchsvoll für die erste Runde.

»Kürzere Bewegungen«, rief Leanne ihm zu. »Und sanfter schwingen! Du willst Wellen formen – keine Dreizacke.«

Genervt drehte er sich um. »Ich weiß! Ich kann das selbst!«

Oje, ertappt! Jetzt habe ich genau das getan, was mich an anderen immer so stört: Besserwisserische Kommentare reingerufen, während ich selbst nur zuschaue und keinen Finger rühre.

»Tut mir leid, du machst das gut«, rief sie. Es war als Wiedergutmachung gemeint, aber vielleicht hätte sie lieber den Mund halten sollen.

Das Wasser bekam Lon schließlich gut hin, doch dann wollte er ein Segelschiff ergänzen und übernahm sich damit gründlich. Leanne hatte schon befürchtet, dass die Konturen eines Schiffes zu schwer nachzubilden waren, wenn man gleichzeitig noch Wasser zu bewegen hatte, doch bis dahin kam er gar nicht erst. Er löste den Teil der Flammen, aus denen er das Schiff formen wollte, und versuchte, ihn über das Wasser zu hieven. Dabei verlor er jedoch die Kontrolle über das Feuer und die beiden Gebilde vermischten sich.

»Ist mir ausgerutscht«, lamentierte Lon. »Der Stab ist schlecht!«

Leanne schmunzelte, verkniff sich aber einen Kommentar.

»Ihm fehlt nur die Übung«, sagte Damion zu ihr. »Noch ein paar Versuche und er bekommt es hin.«

Leanne nickte. »Er hat schon immer gerne gespielt, aber in letzter Zeit sind wir kaum dazu gekommen, weil wir ständig unterwegs waren und uns die Mitspieler fehlten.«

Anschließend spielten Livia und Rieka.

»Unsere beiden besten«, kündigte Damion an.

Er hatte nicht zu viel versprochen. Rieka formte einen Mann, Livia eine Frau. Sie ließen sie aufeinander zugehen, sogar miteinander tanzen. Damion begleitete sie mit der Gitarre, Leanne klatschte und jubelte. Das tanzende Paar bewegte sich langsam vor und zurück und vollführte eine gelungene Drehung. Darstellung, Technik, Effekte – hier stimmte einfach alles. Doch was noch beeindruckender war: Sämtliche Bewegungen waren aufeinander abgestimmt.

»Die beiden haben schon an Wettbewerben in Lloyandasburg teilgenommen«, erklärte Damion. »Ihre Eltern waren Gelehrte und Alchemisten, daher besitzen sie ganz spezielle Feuerstäbe. Ich wüsste zu gerne, wie sie hergestellt wurden, aber das verraten sie nicht.«

»Weiß Arwil das nicht?«

»Nein, das ist nicht sein Gebiet. Er braucht auch keinen Feuerstab, um *Infernale* zu spielen. Er beherrscht die Flammen mit seiner eigenen Magie. Seine Kräfte sind so gewaltig, er kann ganze Flammenwände aus dem Boden heraus beschwören. Ein tanzendes Paar jedoch kann er nicht darstellen. Dafür fehlt ihm das gewisse Feingefühl, das man für dieses Spiel braucht.«

Leanne lachte. »Man muss ja nicht alles können.«

»Genau das sage ich ihm auch immer, doch er widerspricht mir wie ein stures Kind. Er will immer stärker werden, studiert jeden Tag alte Schriftrollen. Sein Wissensdurst ist kaum zu stillen. Doch alles hat seine Grenzen. Man muss sich auch Pausen gönnen und wertschätzen, was man bereits erreicht hat, sonst wird man niemals glücklich. Aber davon will er nichts hören. Wenn andere hoch hinaus wollen, will er eine zweite Sonne erschaffen.«

Arwil war eine faszinierende Person. Immer wenn sich die Gelegenheit ergab, beobachtete und analysierte Leanne ihn. Sie wusste durchaus einiges über Magie, hatte sie doch Freunde am entsprechenden Institut. Doch Arwil verfügte über Fähigkeiten, die kaum ein Gelehrter erklären konnte. Die dunkle Kunst war im gesamten Königreich und somit auch an der Universität verboten, das Wissen daher sehr begrenzt. Früher waren speziell ausgewählte Gelehrte berechtigt gewesen, sie zu studieren. Sie wollten sie verstehen lernen, um sie besser bekämpfen zu können. Doch je mehr sie diese Kunst praktiziert hatten, desto stärker hatte der Orden dagegen protestiert, bis er irgendwann die Krone davon überzeugt hatte, ein Verbot auszusprechen.

»Besitzt Arwil diese Kräfte, weil er so viel lernt oder ist das eine natürliche Begabung?«, fragte Leanne. Zwar kannte sie die Antwort auf diese Frage, die einen der Grundpfeiler in der Lehre für Magie darstellte, wollte aber auch Damions Meinung zu der essentiellen Frage ›Talent oder Fleiß?‹ hören.

»Ausschlaggebend sind die Fähigkeiten, die einem bei der Geburt geschenkt wurden«, erklärte er. »Ich könnte jahrelang Dokumente studieren und würde nicht im Ansatz jene Magie beherrschen, die Arwil im Schlaf praktiziert. Ich könnte tausend Schwertkämpfe üben und Fletch würde mich trotzdem mit zwei Hieben niederstrecken, als wäre ich ein blutiger Anfänger.«

Leanne nickte. Im Endeffekt stellte er es genauso dar, wie sie es in ihrer Ausbildung gelernt hatte. Auch wenn die Menschen hier im Lager, allen voran Arwil, ganz andere Formen von Magie praktizierten als Gelehrte oder Priester – die grundsätzliche Theorie dahinter, wie sie funktionierte und wie man sie erlernte, schien die gleiche zu sein wie an der Universität.

»Es ist also eine Kombination aus Talent und Arbeit, die seine Künste ausmachen, nur dass das Talent wichtiger ist«, fasste sie zusammen.

»Du hast die dritte Quelle vergessen – jene, die von außen kommt. Arwil und Fletch waren nicht immer mit diesen Begabungen gesegnet, sie haben sich in den letzten Jahren erst entwickelt. Zantul hat die beiden auserkoren. Er lässt sie an seiner Macht teilhaben und überträgt ihnen einen Teil seiner Kräfte.«

Sie neigte den Kopf. »Und mit welchen magischen Fähigkeiten bist *du* ausgestattet?«

»Wenn du so fragst, gehst du davon aus, dass jeder Mensch welche in sich trägt. Sind die Gelehrten davon überzeugt?«

Sie grinste. »Ich habe zuerst gefragt.«

»Ich bin bloß ein einfacher Mensch. Zantul hat mich mit keiner besonderen Eigenschaft gesegnet, doch das bedauere ich nicht.«

»Du besitzt aber Fähigkeiten, von denen andere nur träumen können. Wie du mit Leuten redest, wie du mit ihnen umgehst … Nicht umsonst bist du der …« Sie hielt inne. ›Anführer der *Zwölf Boten*‹ hatte sie sagen wollen, doch das würde er bloß abstreiten. »Wer sonst außer dir könnte so viele Menschen um sich scharen und sie gemeinsam ein Ziel verfolgen lassen?«, fragte sie stattdessen.

»Überschätz mich nicht. Es gibt immer jemanden, der einen ersetzen kann. Oft agieren Menschen unbemerkt im Schatten, doch kaum scheint das Licht auf sie, entfalten sie ungeahnte Fähigkeiten.«

»Doch im Moment scheint das Licht auf dich. Die Menschen folgen *dir*, Damion.«

»Nein, nicht mir. Sie folgen Zantul. Ich weise ihnen nur den Weg.«

»Und das kannst du wie kein anderer.«

»Trotzdem ist dabei keine Magie im Spiel. Wie gesagt, ich bin vollkommen gewöhnlich.« Kurz mussten sie sich eine Hand vor die Augen halten. Offenbar hatte sich jemand beim Spielen gründlich verschätzt und die Flammen grell verfärbt. »Jetzt du«, sagte er schließlich.

»Ich bin ganz deiner Meinung. Ich hatte die Frage nur provokant gestellt. Magische Fähigkeiten besitzen nur die wenigsten Menschen, hauptsächlich Priester. Allerdings bedeutet eine ausgeprägte Begabung noch nicht, dass sie von einem Gott gegeben worden ist. Das kommt auf die Art der Magie an. Daher würde ich zumindest nicht ausschließen, dass du welche in dir trägst, auch wenn ich es nicht glaube.«

»Magisch hin oder her. Es ist nicht nur das Talent, das einen Menschen definiert, sondern auch der Geist. Ich weiß, was ich kann und was ich will. *Das* macht mich stark.«

Als auch die letzten drei verbissenen *Infernale*-Spieler erschöpft, aber zufrieden ins Bett gingen, saßen nur noch Leanne und Damion am Festplatz. Das Feuer prasselte, im Hintergrund unterhielten sich zwei Wachen. Leanne schaute den letzten Flammen dabei zu, wie sie über die Glut tanzten, zwischendurch fielen ihr immer wieder die Augen zu. Mit beiden Händen umfasste sie ihren Krug, der mit gesüßtem Brombeerwein gefüllt war.

Irgendwann bemerkte sie, dass Damions Blick auf ihr ruhte. Doch als sie ihren Kopf zu ihm drehte, sah er schnell wieder weg.

Damion und nervös?

Nein, das passt nicht zu ihm.

Sie rückte an ihn heran und hakte sich bei ihm ein. Woran er wohl dachte? Bestimmt plante er schon den nächsten Tag, die nächsten Wochen. Er hatte so viel zu koordinieren, es war kein Wunder, dass er so wenig schlief.

»Ich möchte dir etwas zeigen«, sagte er auf einmal und riss sie damit aus ihren Gedanken. Er löste sich von ihr und fasste in einen Beutel, in dem sich Spielausrüstung für *Infernale* befand. »Am besten jetzt … noch bevor es losgeht.«

»Bevor *was* losgeht?«, fragte sie verdutzt. Was konnte er aus diesem Beutel bloß holen? Da waren doch nur Feuerstäbe drin.

»Moment, ich habe es gleich.« Er kramte kurz, dann holte er ein kleines Kästchen hervor. Es war aus Holz gefertigt, an den Ecken ramponiert, mit einigen Kratzern versehen. »Ein altes Familienerbstück«, erklärte er.

Behutsam öffnete er es und holte eine silberne Kette mit Anhänger hervor. Der Anhänger war rund und bestand aus milchigem Glas. Darin war ein Muster eingearbeitet: ein schwarzer Baum mit grünen Blättern, dazu die Silhouetten zweier Mädchen. Die eine saß auf einer Schaukel, die an einem Ast angebracht war, die andere schubste sie an.

»Wunderschön«, schwärmte Leanne. »Darf ich?« Sie nahm den Anhänger in die Hände und betrachtete ihn von allen Seiten. Ein bezauberndes Motiv, liebevoll und detailreich ausgearbeitet.

»Sie hat meiner Mutter, meiner Großmutter und vielen Generationen vor ihnen gehört«, erklärte er.

Er nahm ihr die Kette wieder ab und öffnete den Verschluss, um sie Leanne um den Hals zu legen.

»Du willst sie mir doch nicht etwa schenken?«, fragte sie und hielt schützend ihre Hände vor sich, als zeigte er mit einer Waffe auf sie. »Das kann ich nicht annehmen.«

Gerade wollte er etwas erwidern, doch das ließ sie nicht zu. Sie lächelte und hoffte, einen Tonfall zu treffen, der bestimmend und gleichzeitig versöhnlich war. »Das ist sehr lieb von dir. Und ich fühle mich geehrt. Wirklich! Aber diese Kette steht mir nicht zu.«

»Ich bestehe darauf«, erwiderte er und versuchte es noch mal.

Wieder hielt sie ihre Hände vor den Hals, auch wenn ihr das unheimlich schwerfiel. »Nein, nein, nein. So geschmeichelt ich mich auch fühle und so gern ich sie tragen würde, aber sie ist ein Erbstück. Du darfst sie nicht hergeben.«

»Aber sie …« Er räusperte sich. »Sie muss in der Familie bleiben.«

»Hm? Das macht keinen Sinn, ich …«

»Das ist Tradition bei uns.«

Sie verengte ihre Augen. »Worauf … Ich verstehe nicht.«

»Willst du meine Frau werden?«

Sie legte eine Hand auf den Mund und die zweite obendrauf. Sie hätte erwartet, dass er sie bat, für immer hierzubleiben. Dass sie den *Zwölf Boten* beitreten sollte, genau wie Lon.

Aber nicht diese Frage.

Seine Frau sollte sie werden. Seine Frau …

Ich kenne ihn doch noch kaum. Wir haben uns erst vor wenigen Wochen kennengelernt …

Und ihre Eltern? Die würden ihr das niemals erlauben. Die wollten sie noch immer am liebsten mit diesem kauzigen Mann aus der Universität verheiraten, der zehn Jahre älter als sie war und obendrein so arrogant wie ein unerzogener Prinz.

Das ist meine Entscheidung!, ermahnte sie sich.

Trotzdem zögerte sie. Ans Heiraten hatte sie bislang keinen Gedanken verschwendet, sie hatte mit ganz anderen Problemen zu kämpfen gehabt.

Außerdem war es noch zu früh … oder?

Es ist in diesem Königreich üblich, schon nach kurzer Zeit zu heiraten. Viele Paare lernen sich sogar erst am Tag ihrer Hochzeit kennen.

»Jetzt wäre der perfekte Zeitpunkt«, fuhr Damion fort, für den ihr Schweigen unerträglich sein musste. »Noch bevor unsere Armee eintrifft. Ganz in Ruhe und nicht mit tausend Schwertern um uns herum. Ich möchte, dass du mich begleitest, wenn ich die wichtigste Aufgabe meines Lebens angehe. Als Frau an meiner Seite.«

Tu es!, hörte sie Maya in ihr Ohr flüstern. *Du willst es doch! Ich bin zwar tot, kann dich aber trotzdem noch wachrütteln.*

Sie schaute ihm in die Augen, während er sehnsüchtig auf ihre Antwort wartete. Ihm war anzusehen, dass er diesmal nicht so optimistisch war wie sonst. Doch es lag auch viel Hoffnung in seinem Blick. Er meinte es ernst. So, wie er alles ernst meinte.

»Bald werden wir vielleicht keine Gelegenheit mehr finden«, fügte er hinzu. »Wir werden viel unterwegs sein, werden ständig etwas zu tun haben … Doch hier und jetzt sind wir beide für uns, können uns ganz aufeinander einlassen. Wir …«

»Ja«, sagte sie. »Ja!«

Sie hatte es tatsächlich gesagt. Gleich zweimal. Ihre eigene Antwort schockierte sie selbst. Und machte sie gleichzeitig unglaublich glücklich.

Ihr Herz hämmerte. Sie schlang die Arme um ihn und küsste ihn. Seine Haut war vom Lagerfeuer aufgeheizt. Er roch nach Rauch, vermischt mit dem herb-süßen Geruch der Feuersteine. Sie drückte ihn noch fester an sich, als wollte sie ihn nie wieder loslassen. Tränen der Freude bildeten sich in ihren Augen, bis sie schließlich über die Wange hinweg in Richtung Kinn kullerten.

KAPITEL 19

Sir Caster und Königsblut betraten die erste von vielen Städten auf ihrer langen Route durch den Wald. Regen tröpfelte auf die glatt rasierten Wangen des Ritters, der Wind fuhr sanft durch sein frisch geschnittenes Haar. Ein neues Kettenhemd schützte seinen Oberkörper, darüber trug er ein feines Oberteil aus Leder, das ihm Salya noch schnell hatte besorgen lassen. Die Schultern nahm er nach hinten, das Kinn reckte er in die Höhe. Sein Rücken schien sich von alleine zu straffen. Das Schwert an seiner Seite trug er stolz wie eh und je.

Ehrfürchtig traten die Menschen einen Schritt zurück, als er an ihnen vorbeiritt. Ein Kind versteckte sich hinter dem Rücken seiner Mutter.

Wie in den guten alten Tagen, dachte er und grinste. Er fühlte sich zwanzig Jahre jünger.

Hinter ihm folgten Salya und ihre Helfer, etwa vierzig bis fünfzig Männer und Frauen, größtenteils Leibwächter, Köche und Handwerker, die für den Orden arbeiteten. Die meisten von ihnen waren weiß gekleidet, darunter zwei Priester, die sich ihr angeschlossen hatten.

Lediglich zwei.

Zwar hatte Salya von Anfang an mit wenig Unterstützung gerechnet, aber dass ihr sogar nur diese beiden Priester halfen, hatte sie während ihrer Reise mehrfach fluchen lassen.

Spätestens als die Bewohner die große Gruppe hinter dem Ritter sahen, verstummten alle Gespräche. Der in grün gekleidete junge

Mann, der sich mit seiner Gitarre an eine Hauswand gelehnt und gesungen hatte, brach mitten in der Strophe ab und legte eine Hand auf die Saiten. Ein Handwerker fiel beinahe von der Leiter, als er sich zu ihnen umdrehte.

Ohne Umschweife ließ Salya die Bewohner des Ortes sich um sie versammeln. »Der Orden des Lichts weist Euch an, den Wald umgehen zu verlassen«, sprach sie. »Zantul wird immer stärker. Seine Schwarze Magie breitet sich im ganzen Wald aus und derzeit können wir ihn noch nicht bekämpfen. Flieht, bevor er seine dunklen Diener aussendet und Euch der Tod ereilt.«

»Wir können nicht fortgehen«, wimmerte eine Frau. »In der Welt der weiten Wiesen würden wir Waldbewohner uns doch gar nicht zurechtfinden.«

Sir Caster lachte. »Glaubt mir, werte Dame, verbringt nur einen Tag dort draußen und ihr wollt nie wieder an diesen Ort voller Schatten zurück.«

»Ich werde hierbleiben und meine Kinder ebenfalls«, schimpfte ein anderer Bewohner. »Schon die Großmutter meiner Großmutter lebte hier. Niemals würden wir unsere Heimat aufgeben, nicht einmal, wenn der dunkle Gott vor unserer Haustür steht und klopft.«

Ewig diskutierte Salya mit ihm, während Sir Caster das Gespräch verfolgte. Im Grunde wusste er schon nach wenigen Minuten, was Salya erst nach zwei Stunden einsah: Sie vergeudete ihre Zeit. Der Dorfbewohner würde sein Haus unter keinen Umständen aufgeben.

»Ihr wollt diese Stadt zu einem gottlosen Ort machen?«, polterte ein älterer Priester, seine Stimme laut und grollend. »Wenn die Menschen gehen, verlieren die wahren Götter hier jegliche Macht. Damit würden wir Zantul jede Pforte öffnen. Das werde ich nicht zulassen!«

»Er ist ohnehin schon zu stark«, erwiderte Salya. »Uns bleibt keine Wahl. Wir müssen die Menschen in Sicherheit bringen.«

Der Priester hob einen Zeigefinger. »Unsinn! Wir müssen sie strenger erziehen, ihnen mehr Gottesfurcht einschärfen. Nur so können wir uns dem dunklen Gott stellen.«

»Dafür ist es zu spät.«

»Ist das überhaupt mit dem Rat des Lichts abgesprochen?«

Salya zögerte – eine eindeutige Reaktion.

Der Priester drehte sich um und gab seinem Leibwächter durch ein Nicken einen unverkennbaren Befehl. Der Ritter in Weiß trat hervor und zückte sein Schwert. Salyas Wachen führten dieselbe Bewegung durch.

Na endlich!

Nun sprang auch Sir Caster von Königsblut herunter und zog seine Klinge aus der Scheide an seinem Gürtel. In freudiger Erwartung auf ein Gefecht musterte er seinen Kontrahenten. Doch der schien seinen Enthusiasmus nicht zu teilen. Im Gegenteil, er wich dem Blick des Ritters aus.

»Ihr überschreitet Eure Befugnis nicht zum ersten Mal«, giftete der Priester in Richtung Salya. »Der Rat wird davon erfahren!«

»Das ist mir bewusst«, gab diese mit einem Seufzen zurück.

»Was auch immer die Verräterin vorhat, Ihr haltet sie davon ab«, bellte er seiner Wache zu.

Sir Caster lachte.

»Was ist daran so lustig?«, fragte der Priester.

Da ließ der Ritter das Schwert demonstrativ sinken. »Lassen wir doch die Albernheiten. Euer Leibwächter wird überhaupt nichts tun. Dazu ist er entweder zu feige oder zu klug. Sucht Euch was davon aus.«

»Und wer seid Ihr, dass Ihr es wagt, so zu reden?«

»Ich bin derjenige mit der Klinge in der Hand.« Drohend schaute er nacheinander dem Priester und seinem zitternden Leibwächter in die Augen. »Und der, der damit umzugehen weiß.«

Einen Augenblick später senkte die Wache ebenfalls ihr Schwert – eine Reaktion, mit der Sir Caster gerechnet hatte, auch wenn er sie scharf verurteilte. *Was für ein lausiger Ritter, feige und unehrenhaft.*

Der Priester brüllte und fluchte und sowohl die Wache als auch Salya bekamen eine große Ladung an hasserfüllten Worten voller Drohungen ab. Doch so viel Lärm er auch machte, er prallte an Salya und ihren Plänen zur Evakuierung ab, als flüsterte er Worte gegen eine steinerne Wand.

Anschließend nahm Sir Caster die Priesterin kurz zur Seite. »Wieso hast du ihm nicht die Schatulle gezeigt?«

»Die hätte ihn in seiner Ansicht nur bestärkt.«

»Darf ich vielleicht …«, begann er, doch als Salya ihn erwartungsvoll anschaute, riss er sich zusammen. »Nein, vergiss es.«

Wie gerne hätte er die Schatulle in die Hand genommen, sie betastet, sie geschüttelt. Oder sie aufgebrochen und endlich die Frage beantwortet, was bei den Göttern dort drin aufbewahrt wurde. Aber vielleicht verbarg sich darin auch ein Werkzeug des dunklen Gottes – und Salya hätte sie niemals ausgraben dürfen.

Nachdem sie die Ortschaft verlassen hatten, spalteten sich Salya und ihre Helfer in mehrere kleine Gruppen auf, um möglichst viele Orte in kurzer Zeit abklappern zu können. Die Gruppe um Salya und Sir Caster nahm die größeren Städte im westlichen Teil des Waldes in Angriff, außerdem alle Ortschaften, die mehr oder weniger auf dem Weg lagen. Das Waldgebiet erstreckte sich über mehrere Tagesreisen, und so waren sie drei Wochen lang unterwegs. Viele der Bewohner hatten ihre Sachen schon längst gepackt und offenbar nur darauf gewartet, dass ihnen jemand den entscheidenden Tritt in den Hintern gab, den Wald endlich zu verlassen. Andere würden lieber sterben, als ihre Heimat aufzugeben.

Ein besonderer Moment für den Ritter und die Priesterin war der Besuch in der Stadt Wallisan. Hierher waren die alten Bewohner Schwarzbachs vor sechs Jahren geflüchtet und Salya hatte dort gelebt, bis der Orden des Lichts sie rekrutiert hatte.

»Sir Caster!«

Der Ruf kam von Jack, dem hiesigen Wirt, einem kleinen, dicken Mann mit kahlem Kopf. Was ihm oben fehlte, spross in seinem Gesicht dafür umso prächtiger: ein voller Schnauzbart, den er an den Seiten hochgezwirbelt hatte. Über die Jahre hatte sich das ein oder andere graue Haar hineingemogelt. »Welch Freude, Euch zu sehen!«

Der Ritter grinste. Jack war ein angenehmer Geselle, mit dem man viel Spaß haben konnte. »Seid gegrüßt. Ich hoffe, Ihr seid bereit für die Reise.«

Der Wirt spielte an seinem Bart herum und fuhr sich anschließend über den Schädel. »Hätte nicht gedacht, dass ich auf meine alten Tage nochmal das ferne Königreich sehen werde.«

»So fern ist es nun auch wieder nicht. Mit guten Pferden dauert es keine Woche, bis Ihr den Waldrand erreicht.«

»Für mich ist es das andere Ende der Welt. Dort leben Sonnenanbeter und Schnapstrinker.«

Sir Caster hob seine Augenbrauen. »Seid Ihr nicht ebenfalls von diesem Schlag?«

»Har, wenn ich mich recht entsinne, ja. Früher habe ich es genossen, in der Sonne zu liegen und mir den Bauch zu reiben. Und auf den Geschmack von Schnaps bin ich mittlerweile auch gekommen.«

»Dann werdet Ihr Euch dort wohlfühlen.«

»Mag sein. Trotzdem ist mir übel, wenn ich daran denke, eine Welt zu betreten, die ich nur aus Erzählungen kenne. Ich gehöre in diesen Wald, sonst nirgendwo hin. Andererseits: Wenn Salya sagt, wir sollen abhauen, dann packen wir unsere Sachen lieber heute als morgen.«

Sir Caster nickte. »Das sehe ich ebenso.«

»Dann habe ich wohl keine Wahl.« Er seufzte. »Herrje, aller Abschied fällt schwer. Ich muss meine große Liebe verlassen: mein Wirtshaus. Ich habe es vor drei Jahren übernommen, als der alte Besitzer wegen Zuhälterei festgenommen worden ist. Für mich war das war ein Festtag, wie Ihr Euch vorstellen könnt. Mein eigenes Wirtshaus! Was für Euch der Ritterschlag ist, ist für mich der Wirtsschlag.«

Der Ritter lachte. »Freut mich zu hören, dass Ihr Euch Euren Kindheitstraum erfüllen konntet.«

»Jedenfalls muss ich meinem Wirtshaus noch seine letzte Ehre erweisen. Kommt doch auf ein Bier vorbei, ich schmeiße eine Runde … oder auch drei oder vier, har!«

Wallisan war die letzte Stadt, die sie evakuierten. Salya wäre am liebsten noch zu den Ortschaften im Norden des Waldes geritten, doch sie hatte den Auftrag erhalten, zurück nach Lylion zu reisen. Die Armee des Lichts war inzwischen dort eingetroffen, außerdem die Experten des Ordens, die sie für die Untersuchung der Schatulle angefordert hatte. Insgesamt schien sie aber mit den letzten drei Wochen zufrieden zu sein. Eine Vielzahl an Menschen war ihrer Bitte nachgekommen und hatte sich auf den riskanten Weg ins Ungewisse gemacht.

Sir Caster begleitete sie auf ihrem Weg zurück in Richtung Süden. Lange hatte er darüber nicht nachdenken müssen. Die Zeit war schlicht und einfach gekommen. Wenn er jetzt nicht die Gelegenheit ergriff, diesen düsteren, traurigen Ort zu verlassen, würde er sein Dasein auf ewig als nutzlose Kreatur im Wald fristen, im Boden verwurzeln und von den Schatten der Bäume verschlungen werden.

Der Großteil ihrer Reise war ein normaler Ritt ohne besondere Vorkommnisse. Doch je näher sie dem Waldrand kamen, desto unruhiger wurde er, wie ein Kind vor seinem Geburtstag, wie ein Junge an seinem ersten Tag als Knappe, wie ein Ritter in Vorfreude auf seine erste Schlacht. Die ganze Zeit saß er aufrecht im Sattel und schaute ständig auf die Karte, um abzuschätzen, wie lange sie noch brauchten. Seine Hände krallten sich an den Zügeln fest und er redete weit mehr als gewöhnlich. Königsblut lief immer schneller, irgendwann hatten sie einen großen Vorsprung zum Rest der Gruppe.

Und dann war es endlich so weit.

Sie erreichten den Rand des Waldes. Seine Aufregung schlug in einen Zustand der Ekstase um. Auf den letzten Schritten fühlte es sich an, als tauchte er in eine neue Welt ein, wärmer, heller, lebendiger. Der Himmel war fast wolkenlos und strahlte in intensivem Blau, der Wind strich sanft durch die Grashalme. Die Sonne blendete ihn, er hatte schon fast vergessen, wie hell sie strahlen konnte. Endlich konnte er wieder in die Ferne blicken, weite Landschaften, Bauernhöfe, Hügel … kein einengendes Holz zu allen Seiten. Und heiß war es – barbarisch heiß. Bereits zwischen den letzten Bäumen hatte er die Hitze gespürt, doch nun schlug sie ihm entgegen wie eine unsichtbare Wand.

Er erinnerte sich. So fühlte sich der Sommer an. Wie hatte er bloß all die Jahre in dem düsteren Wald verharren können, ohne den Verstand zu verlieren? Dort war es selbst im Sommer kühl, fast ununterbrochen regnete es und die Sonne war schon seit Jahren nicht mehr hervorgekommen.

Ich hatte mich aufgegeben. Meine Angst und meine Vorsicht haben mich erdrückt, mich bezwungen, mich zu meinem eigenen Zellenwächter gemacht. Schau, Königsblut, was wir all die Jahre verpasst haben! Es gibt doch nichts Schöneres, als im Sommer gemeinsam durch die Landschaft zu streifen.

Der Rest der Reise war ein Genuss, jeder Schritt mit seinem Pferd eine Wohltat für seine Sinne. Endlich fühlte er sich nicht mehr wie ein Fremdkörper in seiner Umgebung, endlich war er wieder ein Teil der großen, weiten Welt.

Hier gehörte er hin.

Als sie am darauffolgenden Tag in Lylion ankamen, überlegte er, ob er sich von Salya trennen und seinen eigenen Weg beschreiten sollte, doch alte, längst vergessene Eigenschaften blühten in ihm auf: Ehrgeiz, Pflichtgefühl. Er würde abwarten, was Salya mit den anderen Priestern besprechen würde. Vielleicht würden sie das Geheimnis der Schatulle lüften, und eine wichtige und ehrenvolle Aufgabe könnte auf ihn zukommen. Er war bereit.

Schon aus der Ferne sah er das Lager der Armee des Lichts, ein strahlend weißer Fleck inmitten der weiten Landschaft. Östlich davon ragten die Bisonbäume Lylions in den Himmel. An die Grüne Stadt erinnerte er sich noch gut. Dort war es im Sommer so schwül, dass man keine Rüstung tragen konnte, sonst hatte man innerhalb kurzer Zeit das Gefühl zu verdampfen. Es gab Pflanzen, die nach Menschenfingern schnappten, Blumen, die giftigen Schleim versprühten, und Affen, sie sich über Silbermünzen hermachten. Doch in dieser wundersamen Stadt fand man auch die leckersten Früchte des Königreichs, außerdem einen unverschämt köstlichen Kartoffelbrei.

Das Lager der Armee bestand aus hunderten von symmetrisch angeordneten Zelten. Sie waren alle weiß, genau wie die Kleidung der Ritter. Der helle Stoff war ein Graus für das Auge. Es war, als blickte man direkt in die Sonne. Neben den Zelten schlugen die Ritter mit Schwertern und Lanzen aufeinander ein oder schossen Pfeile auf eine Reihe aufgebauter Zielscheiben. Andere liefen um das Lager herum, machten Liegestütze, Kniebeugen oder schleppten Holz herbei. Am Rand des Lagers machte sich eine Gruppe zum Aufbruch bereit, ihr Anführer erteilte letzte Instruktionen anhand einer Karte.

Sir Caster schätzte die Armee, abzüglich all der Helfer, auf etwa siebenhundert Mann. Unwillkürlich senkte er den Kopf, als sie das Lager betraten und die Hauptgasse entlang ritten. Zwar hatte er sich vorgenommen, sich nicht länger zu verstecken, doch bei der großen Ansammlung an Menschen machte er das instinktiv. Dennoch blieb er wahrlich nicht unbemerkt. Zwischen all den weiß gekleideten Soldaten, weißen Zelten und weißen Pferden fiel er auf wie ein einsamer Wolf im Schneegestöber. Auch Königsblut stach heraus. Sein Fell hatte eine dunkelbraune Farbe und er war größer und muskulöser als seine Artgenossen.

Im Zentrum des Lagers stand ein großer Pavillon, verziert mit goldenen Ornamenten. Ein Dutzend Soldaten bewachte den Eingang. Als die Gruppe um Sir Caster dort ankam und von ihren Pferden absprang, eilten sogleich mehrere Angestellte des Ordens herbei und kümmerten sich um die Tiere.

»Absatteln, bürsten, füttern!«, befahl einer der Männer.

Ein Junge, höchstens vierzehn Jahre alt, trat an Sir Caster heran. Er wollte sich gerade um Königsblut kümmern, als er den Blick des Ritters bemerkte und mitten in der Bewegung innehielt. Der Ritter nutzte die Situation und fixierte ihn so streng, als wollte er ihn mit seinem bloßen Blick in die Knie zwingen. Je mehr Respekt er ihm einflößte, desto besser würde er Königsblut behandeln.

Der Junge spielte nervös mit seinen Fingern, schaute hinter sich, zum Pferd und wieder zum Ritter. »Darf ich, Sir? Wenn es Euch nichts ausmacht?«

»Er braucht viel Platz«, raunte Sir Caster.

»Jawohl, Sir. Viel Platz.«

»Und er hat großen Hunger.«

»Großen Hunger. Sehr wohl, Sir.«

Nachdem er sein Pferd abgegeben hatte, bemerkte er, wie blass Salya im Gesicht war. »Alles in Ordnung?«, fragte er die Priesterin, die schon seit längerer Zeit kein Wort mehr von sich gegeben hatte.

Sie hob die Mundwinkel, ein gestelltes und frustriertes Lächeln. »Nein. Ganz und gar nicht. Er wird mich anschreien, vielleicht sogar bestrafen. Im schlimmsten Fall verbannt er mich.«

»Wen meinst du?«

Sie blickte in Richtung des Pavillons. »Priester Yentis. Er hat hier den Vorsitz. Denkt daran, ich habe die Evakuierung eigenständig und gegen den Willen der meisten Priester durchgeführt.«

»Wenn er von der weichen Sorte ist, wird er bloß schimpfen, mehr nicht. Ich habe schon viele solcher Priester erlebt.«

»Weich ist er sicher nicht – ganz im Gegenteil. Aber vielleicht habe ich Glück. Er gehört zum Rat und somit zu den vier Personen, die mich für das Amt der Hohen Priesterin des Waldes ausgewählt haben. Er sollte mir also vertrauen … Sollte.«

Kurz darauf trat ein Ritter des Lichts aus dem Pavillon, etwa in Sir Casters Alter. Offenbar war er von hohem Rang. Edelsteine verzierten seinen Ledergürtel, sein Gewand war neu und strahlend weiß – nicht so abgenutzt, verblasst und verschmutzt wie die der einfachen Ritter.

Und nun stand er vor ihnen. Natürlich wollte er Priesterin Salya begrüßen, doch sein Blick galt einzig und allein Sir Caster, den er von oben bis unten eindringlich musterte.

KAPITEL 20

Wenn du magst, nähe ich dir für die Hochzeit ein schönes Kleid«, schlug Viviana vor. »Mit ein paar Helfern brauche ich nur wenige Tage.«

»Das musst du nicht.« Leanne legte ihr eine Hand auf die Schulter. »Ihr habt genug zu tun.«

»Ich mache das gerne und bin gar nicht mal schlecht«, gab sie lächelnd zurück. »Wir können aber auch nach Tamerion reiten, dort wohnt eine exzellente Schneiderin. Der Ort liegt nur eine Tagesreise entfernt.«

Leanne machte ein Geräusch ähnlich dem Summen einer Biene. »Verlockend klingt es ja schon.«

»Überleg es dir. Ein paar Tage bleiben uns noch.« Sie fuhr mit den Händen durch Leannes Haare. »Wenn ich bloß deine Haare hätte, sie sind so schön lang und dick. Man kann viel mit ihnen machen. Ich glaube, ich werde dir mehrere Zöpfe flechten und sie am Hinterkopf feststecken. Du wirst uns alle entzücken.«

»Wer wird die Trauung durchführen?«

»Normalerweise übernimmt das Damion. Er sagt aber auch, dass andere das genauso gut können. Er sei dafür weder auserkoren noch ausgebildet.«

Leanne nickte. Eine unverkennbare Damion-Antwort.

»Ich denke, Arwil wird euch trauen«, meinte Viviana schließlich, zeigte danach aber auf sich. »Doch falls nicht … *Ich* würde jedenfalls nicht Nein sagen. Ich wollte schon immer mal zwei Liebende trauen!«

Leanne lachte. »Dann musst du vorher aber üben.«

Da strahlte sie übers ganze Gesicht. »Du kannst Kompass und Nadel darauf verwetten, dass ich das tun würde.« Sie legte ihren Kopf in den Nacken und drehte sich einmal im Kreis – eine Bewegung, die Maya ebenfalls gerne gemacht hatte. »Das Wetter ist so schön! Wollen wir ein Stück gehen?«

Noch bevor Leanne antworten konnte, hakte Viviana sich bei ihr ein und zog sie mit sich. Sie hätte ohnehin zugestimmt. Heute war es etwas milder als die Tage zuvor. Wolken hatten sich vor die Sonne geschoben und schützten sie vor der erbarmungslosen Sommersonne. Eine Brise ließ die Blätter eines Baumes rascheln, ein Eichhörnchen kletterte den Stamm hinauf und hielt auf halber Strecke inne, als hätte es die Orientierung verloren.

»Wie lange bist du schon bei den *Zwölf Boten*?«, fragte Leanne.

Viviana schaute sie wie immer verträumt an, als befände sich ihr Geist in einer anderen, offenbar sehr angenehmen Welt. »Seit neun Jahren. Aber nicht offiziell. Das Aufnahmeritual habe ich nie mitgemacht, dafür bin ich zu hasenfüßig. Es muss schmerzhaft sein. Sie sagen aber auch, dass man sich befreit fühlt, sobald man es hinter sich hat.«

»Und wie bist du in die Gemeinschaft gekommen?«

»Meine Mutter hat mich kurz nach meiner Geburt ausgesetzt. Zum Glück hat mich jemand gefunden und zu einer Familie gebracht, die elternlose Kinder großzieht. Es war das reinste Chaos. Ich teilte mir mit dreißig anderen Mädchen und Jungen aller Altersklassen ein großes Schlafzimmer. Doch das war nicht schlimm, immerhin hatten wir ein Dach über dem Kopf und die Familie sorgte für uns. Irgendwann jedoch stritten sich die Jugendlichen untereinander. Zwei der Jungs wollten die Herrschaft über das Haus an sich reißen, für sie war es wie ein kleines Dorf, das regiert werden musste. Sie spalteten uns in zwei Lager und verschanzten sich in jeweils einer Ecke des Hauses, getrennt durch einen langen Flur.«

»Haben deine Pflegeeltern nicht eingegriffen?«

»Nein, sie konnten das Haus nicht mehr betreten. Die Kinder hatten draußen Waffen gefunden und setzten sie im Haus ein. Es war wie ein Miniaturkrieg, ein von Kindern gespielter Kampf nach Vorbild der Erwachsenen. Nur dass es kein Spiel war.

Zusammen mit einigen anderen konnte ich fliehen. Wir sind hilflos durch die Gegend gewandert, auf der Suche nach einer neuen Heimat. Bis Damion uns gefunden hat. Er hatte von dem Vorfall gehört und sich sofort auf die Suche gemacht. Er wusste, dass sich in dieser Gegend obdachlose Kinder und Jugendliche aufhielten, die seine Hilfe brauchten.«

Leanne hatte aufmerksam zugehört, Vivianas Erzählung war aufregender als die meisten Geschichten in Büchern. »Es ist so spannend zu hören, wie die einzelnen Menschen hierher gefunden haben. Jeder hat seine eigene Geschichte und ich möchte sie alle erfahren. Mich wundert aber, dass bei dem zusammengemischten Haufen so wenig Streit entsteht.«

Viviana pflückte eine Blume vom Boden, hielt sie sich dicht vor die Nase und nahm einen tiefen Zug. Sie stieß einen genüsslichen Seufzer aus und steckte sich die Blume ins Haar. Dann sprach sie wieder zu Leanne und lächelte. »Streit gibt es immer, auch unter uns. Vielleicht hast du bislang noch nicht so viel mitbekommen. Aber grundsätzlich hast du recht. Wir kommen gut miteinander klar. Damion vereint uns, unser gemeinsame Glaube vereint uns. Wir verfolgen dasselbe Ziel, deswegen halten wir zusammen.«

»Welches Ziel verfolgen wir denn?«

»Welch Zufall, dass du mich das fragst. Darüber habe ich letztens erst nachgedacht. Ich glaube, wir verfolgen das Ziel, kein Ziel mehr verfolgen zu müssen. Wenn wir nicht länger die wahren Götter und den Orden fürchten müssen, können wir so leben, wie es uns beliebt. Wir bräuchten nicht mehr zu träumen, schließlich wäre die Welt dann so, wie sie ist, bereits perfekt.«

»Hat dir Damion direkt von Zantul erzählt, als du damals ins Lager gekommen bist?«

»Nein, erst nach einigen Monaten. Zu der Zeit ahnte ich nicht einmal, dass die Menschen hier an einen anderen Gott glauben könnten. Sie haben es gut vor mir verborgen.«

Unwillkürlich blieb Leanne stehen. »Aber mich …«

»Dich hat er sofort eingeweiht?«

»Ja. Warum hat er das getan?«

Viviana lächelte. »Offenbar vertraut er dir. Doch denke nicht, das wäre ein Versehen oder unüberlegt von ihm gewesen. Zwar wirkt es manchmal, als handelte er aus einer Laune heraus, doch das ist niemals der Fall. Er weiß genau, was er tut. Niemand kann Menschen besser einschätzen als er.«

»Das glaube ich.«

Viviana bedachte sie mit einem fürsorglichen, beinahe liebevollen Blick. »Mach dir nicht so viele Gedanken, meine Liebe. Er mag dich. Ihr werdet ein wundervolles Paar abgeben.«

»Das ist lieb von dir.«

Leanne genoss Vivianas Gesellschaft von Tag zu Tag mehr. Sie war inzwischen eine gute Freundin geworden, mit ihr konnte sie sich ewig unterhalten. Vom Typ her war sie das Gegenteil von Maya, leise, bedächtig und verträumt. Maya hingegen war laut, aufgedreht und impulsiv gewesen. Doch wie Leannes Schwester trug Viviana eine herzensgute Seele in sich, und das bewunderte Leanne an ihr.

»Wir sind schon weit gelaufen«, bemerkte Viviana, als sie sich umblickte. »Es wird Zeit für mich, zurückzukehren. Kommst du mit?«

»Geh ruhig schon vor. Ich möchte noch eine Weile spazieren gehen.«

Leanne erfreute sich so sehr am Wetter und an der idyllischen Ruhe, dass sie am liebsten durch das gesamte Königreich gewandert wäre. Qython war groß, aber vielleicht würde sie dieses Abenteuer eines Tages angehen. Angefangen an der Eisküste im Nordwesten, an den Kristallbergen vorbei, über die Brücke aus Eis. Die Weststraße entlang Richtung Osten, vielleicht mit Abstechern zum See der Glückseligkeit oder den Vespinischen Städten. Im Zentrum des Königreichs könnte sie eine Rast einlegen, entweder nahe des großen Hafens zu Qombor oder in Lloyandasburg. Anschließend würde sie ihren Weg weiter in Richtung Osten fortsetzen und in die Gegend kommen, in der sie sich momentan befand. Sie könnte südlich des Waldes entlang wandern, an Lylion und am Lager der *Zwölf Boten* vorbei und danach in Richtung Süden, in das Hoheitsgebiet der Varelas. Hier erstreckte sich die Rote Wüste, außerdem ein Dschungel mit vielen unerforschten Gebieten. Wie gerne würde sie dort einmal hinreisen, am liebsten gemeinsam mit Damion.

Tief in Gedanken versunken war sie noch ein ganzes Stück gelaufen. Es war an der Zeit umzukehren, zumal sie sich mitten im Nirgendwo befand. Wobei … alleine war sie nicht. In der Ferne erblickte sie eine Gruppe von Reitern, die aus Richtung des Lagers kam. Kurzerhand zückte Leanne ihr Fernrohr und schaute sich die Personen näher an. Fletch und Maks ritten voran. Die beiden hatte sie schon öfters in dieser Gegend gesehen. Drei Männer, die sie nur vom Sehen kannte, begleiteten sie. Wohin sie auch ritten, Leanne wollte nicht von ihnen entdeckt werden, so ganz alleine und weit weg vom Lager. Zwar würde Fletch ihr nichts vorwerfen können, doch bei seiner blühenden Fantasie wusste man nie, welche absurden Vorwürfe ihm in den Sinn kamen. Sie schlug daher einen Umweg ein und beeilte sich, zurück ins Lager zu kommen.

Sogleich suchte sie Damion auf. Er war ausnahmsweise nicht in einer Besprechung, sondern hielt sich in seinem Zelt auf – was er tagsüber eigentlich nie tat.

Sie trat ein und fand ihn in einer Haltung vor, in der sie ihn schon einmal erlebt hatte: Mit gesenktem Kopf kauerte er vor dem Feuer, wie ein Häufchen Elend, das seinen Lebenswillen verloren hatte.

»Hallo, Leanne«, sagte er, ohne aufzuschauen. Kein Lächeln, kein liebevolles Zwinkern – als hätte seine Seele den Körper verlassen.

Sie setzte sich neben ihn. »Warum hast du dein Zelt geschlossen und eine Fackel entzündet? Es ist warm und helllichter Tag.«

»Ich liebe die Flammen«, antwortete er leise, flüsterte beinahe. Jegliche Kraft war aus seiner Stimme gewichen.

»Was gefällt dir an ihnen?«

»Sie sind einfach schön. So geheimnisvoll. So magisch.«

»Das stimmt.«

Normalerweise war Damion eine der wenigen Personen, bei der sie es genoss, einfach nur neben ihm zu sitzen und zu schweigen.

Doch nicht, wenn er so war wie jetzt.

Sie konnte nicht damit umgehen, wenn es ihm schlecht ging. Er war die fröhlichste, eifrigste und stolzeste Person, die sie kannte. Was war in diesen Momenten anders?

Und vor allem: Wie konnte sie ihm helfen?

Sie wartete eine Weile, bis sie sich schließlich überwand, Einlass in seine Gefühlswelt zu erbitten. »Was betrübt dich?«

Sprach er sonst immer mit klangvoller Stimme und ausdrucksstarker Mimik und Gestik, so redete er jetzt leise und monoton. Abgesehen von den zaghaften Bewegungen seiner Lippen rührte er sich nicht. »Ich weiß nicht, ob das alles richtig ist. Ob es Sinn ergibt.«

»Ob *was* Sinn ergibt?« Sie versuchte, ihre Stimme so sanft wie möglich klingen zu lassen.

»Meine Ideen, meine Pläne … Was denke ich mir bloß dabei? Ich fürchte, ich bin einfach nur ein Träumer, ein Phantast, der größenwahnsinnig geworden ist.«

Sie fuhr mit den Fingerknöcheln zärtlich über seine Wange. »Dein Plan ist gut, du hast ihn jahrelang ausgearbeitet. Dass du zwischendurch zweifelst, ist normal. Jeder hinterfragt sich manchmal.«

Niemals hätte sie gedacht, dass sie ihn einmal in seinem Plan bestärken würde, schließlich wollte sie gar nicht erst, dass er ihn umsetzte. Andererseits fiel es ihr unglaublich schwer, mitanzusehen, wie er in seinem Kummer versank.

»Will ich das überhaupt?« Sein Blick blieb auf den Boden gerichtet. »Warum sollte ich dieses Risiko eingehen? Momentan können wir friedlich und ohne die unterdrückenden Gesetze des Ordens leben. Warum alles ruinieren, was wir uns hier aufgebaut haben?«

»Du weißt, dass du dafür brennst.«

Er schüttelte den Kopf. »Nur gelegentlich. Wenn ich übereifrig bin, klammere ich mich an meine wahnwitzigen Ideen … Nicht jedoch, wenn ich besonnen über all das nachdenke.«

Sie nahm ihn in den Arm. »Es ist genau andersherum. Du arbeitest akribisch, denkst alles durch, handelst mit großer Vorsicht. Nur deshalb stehen du und alle anderen Menschen in diesem Lager voller Überzeugung hinter deinem Vorhaben. Deine Zweifel kommen nur auf, wenn es dir nicht gut geht.«

»Vielleicht hast du recht.« Er schloss die Augen und atmete tief durch. »Es ist nur wieder eine dieser Phasen. Manchmal überkommen sie mich. Ich weiß nicht, wieso.«

Sie gab ihm einen Kuss auf die Wange. »Du arbeitest von früh bis spät und trägst große Verantwortung. Du brauchst einfach Zeit für dich, Zeit zum Ausruhen.«

»Daran liegt es nicht.«

»Sondern?«

Resignierт zuckte er mit den Schultern. »Ich weiß es nicht. Ich muss diese Phase bloß überstehen. In einigen Stunden denke ich wieder anders … hoffentlich.«

»Natürlich wirst du das. Und du wirst die Kraft finden, deine Pläne umzusetzen. Alles wird gut, das weiß ich.«

KAPITEL 21

Der Abend war angebrochen und ein anderer Damion redete mit Leanne. Er war wieder der, den sie kannte und den sie so schätzte. Das Häufchen Elend, das vor wenigen Stunden vor dem Feuer gehockt und alles infrage gestellt hatte, war nur noch eine Erinnerung, die allmählich verblasste. Jetzt wirkte er, als wäre er gewachsen und spräche mit einer anderen, festeren Stimme. »Ein Rabe ist eingetroffen«, erzählte er. »Mit einer Botschaft meines treuen Freundes Pattock, dem Anführer unserer Armee. ›Ein Tiger schleckt sich das Maul wie eine Katze‹, schreibt er.«

»So? Das mit dem Tiger ist mir neu«, spöttelte Leanne.

»Es ist eine verschlüsselte Botschaft. Es bedeutet, sie sind unterwegs. Alles hat geklappt.« Er blickte in die Ferne, in Richtung Osten. »Sie haben viele Pferde mitgenommen, sind teilweise aber auch zu Fuß unterwegs. In ein bis zwei Wochen sind sie hier.«

»Zieht ihr sofort weiter nach Lylion, sobald sie eingetroffen sind?«

»So früh wie möglich, ja. Dass ein ganzes Heer durch die Landschaft marschiert, lässt sich nicht lange verbergen. Aber wir haben einen gewissen Vorsprung und die anfängliche Verwirrung der Menschen ist unser Vorteil. Niemand wird ahnen, dass diese abtrünnigen Soldaten, die scheinbar in Richtung Wald unterwegs sind, in Wahrheit ein Lager der *Zwölf Boten* und anschließend Lylion aufsuchen werden. Vermutlich wird man sie für Deserteure halten und Zeit damit vergeuden, über sie zu schimpfen. Doch irgendwann wird ein Späher uns entlarven, oder ein Eingeweihter plaudert unser Geheimnis aus, im Tausch gegen ein paar Silbermünzen.«

Und derjenige wird auch herausfinden, wer der Anführer dieser Rebellion ist – nämlich du. Du stellst dir vor, ewig im Verborgenen agieren zu können, doch das wird dir nicht gelingen. Vielmehr wirst du der meistgesuchte Mann des Königreichs sein.

Und als die Frau an seiner Seite würde auch sie zweifelhafte Berühmtheit erlangen. Sie fühlte sich wie eine angehende Königin und zugleich wie die Komplizin eines Schurken.

Plötzlich entdeckte sie etwas am Himmel. »Nicht bewegen!«

Ein Tier flog auf sie zu.

»Halt still!«, betonte sie noch einmal.

Damion erstarrte. Sein ängstlicher Blick flehte um Erklärung, doch er brauchte sich nicht zu fürchten. Es war nur ein harmloses Tierchen, das auf seiner Schulter landete.

Ein Liyu.

Vorsichtig drehte Damion den Kopf, um das Tier aus dem Augenwinkel heraus zu betrachten. »Was in Zantuls Namen … Ein Babydrache?«

Leanne kicherte. »Nein.«

»Ein riesiger Schmetterling?«

»Nein. Ein Liyu. So putzig!«

»Das Wesen, das ihr am Waldrand beobachtet habt? Ich dachte, die halten sich nur dort auf.«

»Davon war ich bis eben auch überzeugt. Seltsam, warum hat es sein Habitat verlassen? Und warum ist es so zutraulich? Eigentlich sind Liyus äußerst scheu.«

Die rot-violetten Flügel des Tieres flatterten in kurzen Abständen, als würde es gleich wieder abheben, und mit seinem Mäulchen formte es ein ›Oh‹, als wollte es Damion küssen.

»Die Farben sind wirklich schön«, sagte er und verrenkte den Hals, so gut es ging. »Sofern ich das beurteilen kann.«

»Oh ja, das sind sie. Nichts auf der Welt hat so eine schöne türkise Farbe wie der Körper eines Liyus, und … Oh nein, es fliegt davon!«

Das Tierchen stieß sich von Damions Schulter ab und flog zu seinen Artgenossen hinauf, die über den Köpfen der Menschen schwirrten. Gemeinsam setzten sie ihre Reise fort.

»Endlich hast du auch mal eines gesehen!«, rief Leanne voller Freude.

Damion hielt sich eine Hand über die Augen und blickte dem Schwarm noch eine Weile hinterher. »Wo auch immer sie hinfliegen – die dort vorsitzende Familie sollte ein Liyu auf ihr Wappen setzen.«

»Eine tolle Idee! Der König könnte diesen Antrag niemals ablehnen.«

Als die Tiere außer Sichtweite waren, seufzte Damion und gab ihr einen Kuss auf die Wange. »Ich muss los. Wir haben noch viel vorzubereiten. Bitte verzeih mir, dass ich so wenig Zeit für dich habe.«

»Schon gut. Plan ruhig weiter deine Weltherrschaft.«

Perplex zog er die Augenbrauen zusammen. Er wollte gerade protestieren, doch Leanne kam seinen Worten zuvor. »Ein Witz! Das war ein sogenannter Witz«, versicherte sie ihm.

Er grinste. »Entschuldige, ich bin etwas angespannt.«

Er gab ihr einen weiteren Kuss, dieses Mal auf den Mund. Und wo er schon dabei war, gleich noch einige mehr. »Unsere Hochzeit wird stattfinden, bevor das Heer eintrifft. Und was auch immer passiert – dieser Tag gehört uns, Leanne. Nichts und niemand wird ihn uns nehmen.«

Sie schenkte ihm ein Lächeln. Ja, das würde ihr Tag werden.

Zum ersten Mal seit Ewigkeiten verspürte Leanne ein Gefühl, das sie beinahe schon vergessen geglaubt hatte: Langeweile. Der Großteil des Lagers war ihr von Viviana verboten worden, da sie von den Vorbereitungen für die Hochzeit nichts mitbekommen sollte.

»Du darfst nicht einmal hingucken«, hatte ihre Freundin erklärt und dabei gelacht. »Am besten hältst du dich zwei Tage lang komplett fern.«

»Ich kann doch nicht die ganze Zeit in meinem Zelt hocken und die Hände stillhalten«, klagte Leanne.

»Natürlich kannst du das. Entspann dich, mach dir einen schönen Tag. Jag Tierchen!«

Sie lachte. »Wir *jagen* sie doch nicht.«

Aber Viviana hatte recht. Auch wenn Leanne nicht mehr für die Universität arbeiten wollte, hatte sie durchaus wieder Lust, Tiere zu beobachten – dem zutraulichen Liyu, das neulich auf Damions Schulter gesessen hatte, sei Dank.

Plötzlich kreuzte Fletch ihren Weg und hielt sofort an, als er sie sah.

»Leanne«, presste er zwischen den Zähnen hervor.

»Fletch«, gab sie trocken zurück.

Er grinste, was bei ihm grundsätzlich aggressiv aussah, doch wirkte er diesmal ausnahmsweise gut gelaunt – jedenfalls auf seine eigene Art. »Scheiße, verdammt. Du machst es mir echt schwer, weißt du das?«

»Dann habe ich ja endlich erreicht, was ich wollte. Ich arbeite Tag und Nacht daran, dir das Leben zu vermiesen.«

»Hähä. Kannst ja sogar lustig sein. Weißt du überhaupt, wovon ich spreche?«

»Nein.«

»Du heiratest Damion, verdammt! Als er mir davon erzählt hat, meinte ich zu ihm: ›Dümmer geht's nicht! Die Spionin auch noch in dein Bett holen.‹ Doch er hat recht. Du gibst deine Heimat auf und schmeißt deine Gelehrtenkarriere hin, um ihn zu heiraten. Das kann keine Spionageaktion von dir sein. So weit würdest du nicht gehen. Ich traue dir nicht zu, dass du so mutig und skrupellos bist.«

Sie verschränkte die Arme. »Das klang nicht nach einem Kompliment.«

»Das letzte Kompliment habe ich als Kind verteilt, als mein Bruder so einer Göre die Nase gebrochen hat. Das hat gekracht, sag ich dir! Aber sei's drum. Vielleicht bist du ja doch irgendwie nett. Damion wird schon seine Gründe haben.«

Damit verschwand er auch schon wieder. Er hatte es offenbar eilig. Leanne sah ihm nach, verdutzt, aber auch froh, endlich ein Zeichen von Anerkennung und Respekt von ihm erhalten zu haben. Eigentlich sollte ihr egal sein, was einzelne Menschen von ihr dachten, vor allem, wenn sie solch dämliche Vorurteile hegten wie Fletch. Aber vielleicht konnte sie sich jetzt endlich sicher fühlen. Fletch würde es nicht wagen, das Schwert gegen Damions Ehefrau zu erheben, also konnte sie Dogo endlich aus dem Dienst entlassen. Die Universität würde ihr ohnehin bald keine Münzen mehr schicken.

Sie beobachte Fletch, der seinen Kumpan Maks und zwei weitere Personen aufsuchte. Die vier sattelten auf und ritten aus dem Lager, nahmen denselben Weg wie Fletch und Maks gestern. Was machten sie dort ständig? Dort war nichts zu finden. Die Gegend war unbewohnt, für Häuser viel zu hügelig. Für Dogo mochte diese einsame Landschaft ein interessanter Platz zum Dösen sein, aber Fletch und Maks kamen ihr nicht gerade wie Naturgenießer vor.

Sie versuchte, ihre Gedanken zu bändigen, doch die Neugier nagte an ihr wie ein Eichhörnchen an seiner Walnuss. So regelmäßig, wie die beiden in diese Gegend ritten, verbarg sich dort etwas. Hielt sich jemand dort versteckt? Ein Spion, ein Späher, eine Splittergruppe? Freund oder Feind? Ging es schon wieder um ein Geheimnis, von dem jeder im Lager wusste, nur sie nicht? Falls ja, würde sie das nicht auf sich sitzen lassen. Obwohl sie dieses dämliche Aufnahmeritual niemals mitmachen würde, sah sie sich inzwischen als fester Teil der *Zwölf Boten*, unabhängig davon, dass sie Damions Verlobte war. Sie lebte nun schon seit einigen Wochen hier, brachte sich ein, hatte Freundschaften geschlossen. Sie fühlte sich als vollwertiges Mitglied, und so wollte sie auch behandelt werden.

Ich habe ein Recht darauf zu erfahren, was hier vor sich geht.

Kurzerhand schnappte sie sich ein Pferd und ritt ihnen in sicherem Abstand hinterher. Als sie die hügelige Gegend erreichte, suchte sie nach einem geeigneten Versteck, um darauf zu warten, dass die vier wieder zurückkehrten. Es war zu gefährlich ihnen weiter zu folgen, die Sicht war zu stark eingeschränkt und sie könnte jederzeit in die vier hineinlaufen. Schließlich fand sie eine einsame Steinformation mitten in der Landschaft – irgendein Relikt früherer Tage, das aussah wie eine ehemalige Opferstelle. Für sie und ihr Pferd boten die Steine das optimale Versteck. Einer der Felsblöcke, die auf dem Boden lagen, diente ihr als Sitzgelegenheit, einige andere, die aufgetürmt waren, als Sichtschutz.

Sie nahm ihr Fernrohr zur Hand und hielt Ausschau. Anfangs fühlte sie sich wie eine Spionin, die bedeutende Aktivitäten des Feindes beobachtete. Aufregend! Doch schnell verflog dieses Gefühl, denn nichts passierte, außer dass sie irgendwann austreten musste. Als sie in der Ferne dann endlich die erste Bewegung wahrnahm, zuckte sie zusammen und verkrampfte sich.

Nur ein Vogelschwarm. Beruhige dich, du ängstliche Nuss!

Statt wie auf gefährlicher Mission zu agieren, fühlte sie sich inzwischen vielmehr wie eine Idiotin, die ihre Zeit mit Nichtstun verschwendete, weil sie ihrer Neugier nachgegeben hatte wie ein kleines Kind.

Als ihr Magen anfing zu knurren und sie realisierte, dass sie in ihrer Hektik nichts zu Essen eingepackt hatte, fluchte sie leise vor sich hin. Doch sie hielt ihre Stellung, denn Zurückreiten kam auch nicht infrage.

Zu ihrer Erleichterung dauerte es nicht lange, bis sie endlich eine Staubwolke sah. Selbst mit Fernrohr konnte sie bei der Entfernung nicht erkennen, wer die Reiter waren, doch sie kamen aus der hügeligen Gegend und bewegten sich in Richtung des Lagers. Es mussten die Mitglieder der *Zwölf Boten* sein. Gestern hatten sie denselben Weg eingeschlagen. Leanne wartete, bis die Gruppe an ihr vorbei und schließlich aus ihrem Sichtfeld verschwunden war, und machte sich auf.

Jetzt oder nie!

Die Gegend machte ihrem Ruf alle Ehre und war mit zahlreichen Erhebungen übersät. Einige Hügel waren klein, mit flachem Anstieg, andere hoch. Menschen schienen sich hier kaum aufzuhalten. Leanne hörte nichts, sah nichts, diese Gegend war so leer wie eine Wüste.

Aber irgendwer oder irgendetwas muss hier sein.

Sie band ihr Pferd an einen Baum und ging zu Fuß weiter. Auf einem der Hügel war eine Flagge gehisst, jedoch keine offizielle, sondern eine von Kindern gebastelte. Hier und da entdeckte sie die Überreste eines Lagerfeuers oder einen zerlumpten Schuh – Fundstücke, die davon zeugten, dass sich durchaus Menschen hierher verirrten und die Hügel als Sichtschutz für die Nacht benutzten.

Irgendwann stieß sie auf eine Erhebung, die höher ragte als die anderen.

Das perfekte Versteck!

Und genauso der perfekte Hinterhalt.

Was befand sich dahinter? Leute, die bereits auf sie gelauert hatten? Wenn ja, würden sie gleich auf sie zustürmen und sie hätte keine Fluchtmöglichkeit, keine Helfer, keine Zeugen.

Hier war sie auf sich allein gestellt.

Trotzdem überwog die Neugier. Wenn sie sich jetzt nicht vergewisserte, was hinter diesem Hügel lag, war alles umsonst gewesen. Behutsam schlich sie um ihn herum, bis sie endlich die Sicht auf das bekam, was sich dahinter versteckte.

Nichts.

Leere.

Waren die vier vielleicht woanders hingeritten? Leanne entdeckte keine Pferdespuren, doch die vier Personen konnten dieses Gebiet auch von zahlreichen anderen Stellen aus betreten und andere Pfade eingeschlagen haben.

Ein moderig-fauler Geruch stieg ihr plötzlich in die Nase. Mit jedem ihrer Schritte wurde er intensiver, verstärkte sich zu einem üblen Gestank. Sie folgte der Richtung, aus der er kam, und fand auf diese Weise schließlich die gesuchten Pferdespuren, einige davon frisch. Sie ging ihnen nach. Der Gestank wurde immer beißender, immer durchdringender, und kurz darauf erreichte sie eine größere Fläche aufgelockerten Bodens.

Frisch aufgewühlt. Und bestimmt nicht von Maulwürfen.

Sie hielt sich die Nase zu, blickte sich um.

Niemand hier.

Dann kniete sie sich hin und buddelte im Erdreich. Es dauerte nicht lange, bis sie etwas fand. Etwas war dort vergraben worden. Sie schaufelte die Erde weg, zog an dem Ding und brachte es an die Oberfläche.

Eine menschliche Hand!

Schlagartig zog sie ihre Finger weg, als hätte sie glühende Kohle angefasst. Gleichzeitig trat sie einen Schritt zurück, stolperte, fiel rückwärts auf den Hintern. Mit einem Satz sprang sie wieder auf, wischte sich hektisch die Hände ab und klopfte sich die Erde von der Kleidung. Sie fühlte sich wie mit Gift überschüttet.

Grab weiter, du blöde Kuh!

Eigentlich wollte sie nicht wissen, wer hier vergraben lag, und erst recht nicht, aus welchem Grund. Sie fürchtete sich vor den Antworten, konnten sie doch unmöglich etwas Gutes verheißen. Doch dies würde vielleicht die einzige Gelegenheit bleiben, dem Geheimnis von Fletch und Maks auf die Spur zu kommen. Sie grub weiter und legte den zugehörigen Arm frei, danach weitere Teile des Körpers. Eine Frau lag dort. Sie sah noch erschreckend lebendig aus.

Und sie war sogar noch warm.

Der Hals – aufgeschlitzt. Das Gesicht … Zwar kannte Leanne sie nicht gut, doch war sie eindeutig eine der beiden Personen, die vorhin mit Fletch und Maks losgeritten waren. Und dieser ›Ausflug‹ hatte definitiv nicht gezwungen ausgesehen, sondern freiwillig.

Sie haben sie hierher gelockt, um sie hinzurichten.

Wieder sah sich Leanne um. Ihr Herz raste. Ihr war, als schiene die Sonne doppelt so grell wie sonst, jedes Vogelpiepsen wirkte so laut und unangenehm wie das Kreischen eines ausgewachsenen Tikadus. Schweiß rann ihre Stirn hinunter, mit ihren dreckigen Händen wischte sie sich das Gesicht ab.

Atmete tief durch.

Weiter geht's!

Obwohl sie es schon vermutet hatte, überkam sie ein Gefühl der Ohnmacht, als sie beim Graben auf die nächste Leiche stieß. Ihre Knie waren weich wie Butter, ihre Hände zitterten wie im tiefsten Winter. Auch diese Leiche lag noch nicht lange hier. Leanne widerstand dem inneren Drang, schreiend wegzurennen, und legte das Gesicht der vergrabenen Person frei.

Wie erwartet.

Es handelte sich um den vierten Mann der Gruppe. Auch ihm hatten sie die Kehle aufgeschlitzt. Wilsher war sein Name. Schafshirte. Zwar war er schon länger im Lager gewesen als Leanne, doch galt er innerhalb der Gruppe immer noch als Neuankömmling. Er war mürrisch, half ungern bei der Arbeit und hatte sich nie richtig integriert.

Sie stieg über die beiden Leichen hinweg und ging ein Stück über den aufgelockerten Boden. Jeder Schritt war ein Akt der Überwindung, ihr war, als watete sie durch einen giftigen Sumpf. Der Gestank wurde penetranter, schlug ihr ins Gesicht. Ein flaues Gefühl drückte ihr auf den Magen, im Mund bildete sich Speichel, schlimmer als auf hoher See. Beinahe musste sie sich übergeben, doch sie drehte sich weg, zog ihr Oberteil über das halbe Gesicht und presste die Nase so stark zusammen, bis es schmerzte.

Atmen. Tief durch den Mund atmen.

Sie grub immer weiter, mal hier, mal dort. Ihre Arme schmerzten, ihre Hände verkrampften sich. Sie stöhnte vor Anstrengung.

Überall fand sie etwas. Und immer waren es Leichen. Eine nach der anderen.

Sie stand in einem Massengrab.

KAPITEL 22

Wir müssen fliehen, solange wir noch können!

Doch es ging nicht nur um ihre eigene Flucht. Die Verantwortung, mit der sich Leanne plötzlich konfrontiert sah, wirkte so gewaltig wie der Drache für das Schaf. Sie musste Lylion warnen und den Orden des Lichts informieren. Auch dem König war sie eine Nachricht schuldig. Es galt, einen Krieg zu verhindern und Menschenleben zu retten.

Die *Zwölf Boten* gingen genau so vor, wie man es ihnen überall im Königreich vorwarf. Sie waren Mörder. Ihnen lag nichts daran, Menschen zu helfen und ihnen ein friedliches Leben zu ermöglichen. Sie wollten bloß rekrutieren, und wer sich ihnen nicht anschloss, fand seinen Platz unter der Erde wieder.

Wie konnte ich mich nur so täuschen lassen?

Erst einmal musste sie weg von diesem schrecklichen Ort. Sie hastete zwischen den Hügeln hindurch, doch in der Hektik glich die Gegend einem Labyrinth. Alles sah gleich aus. Sie irrte umher, erkannte nichts wieder. Wo war sie hergekommen?

Panik kroch in ihr hoch.

Sie atmete tief durch, orientierte sich am Stand der Sonne, erklomm einen besonders hohen Hügel.

Da war ihr Pferd!

Sie rannte zu ihm, sprang auf und ritt im Galopp los. Auf halber Strecke wurde ihr klar, dass sie einen Umweg nehmen musste, sonst würde jeder wissen, woher sie kam. Außerdem waren ihre Kleider, ihre Hände und ihr Gesicht schmutzig. Sie stieg vom Pferd, holte ihre Wasserflasche hervor und wusch sich den Dreck ab, so gut es ging. Doch das Wasser reichte nicht. Zwar bekam sie ihre Arme und Hände einigermaßen sauber, doch hatte sich Einiges in ihren Haaren verfangen und im Gesicht klebten auch noch Reste. Gegen den Schmutz an ihrer Kleidung konnte sie ohnehin nichts ausrichten.

Ich hätte es wissen müssen. Natürlich stechen sie jeden ab, der sich ihnen nicht anschließt. Sonst hätte sie doch schon längst jemand verraten!

In ihrem Kopf drängten sich schreckliche Bilder auf: Fletch zieht sein Schwert. Brüllt. Erledigt seine Arbeit. Grinst.

Und Damion? Hatte er den Befehl zu diesem heimtückischen Mord gegeben?

Nein, das ist nicht möglich. Nicht mein Damion. Er ist ein wundervoller Mensch, niemals kann er diese Gräueltaten befürworten.

Oder?

Sie erinnerte sich an seine Worte: *Hinter jedem lieblichen Gesicht …* Sie waren eine Warnung gewesen, sich nicht vom Äußeren täuschen zu lassen. Trafen sie etwa auf ihn selbst zu?

Sie würde mit ihm reden müssen.

Und alles würde sich regeln.

Vielleicht weiß er nicht über alles, was im Lager vor sich geht, Bescheid. Er würde niemals den Mord an so vielen unschuldigen Menschen in Auftrag geben. Fletch und Maks könnten auf eigene Faust gehandelt haben.

Andererseits: Dass Damion von einer solchen Sache nichts mitbekam, war schwer zu glauben. Er war der Kopf dieser Gemeinschaft. Jeder hier himmelte ihn an, fragte ihn um Rat und sehnte sich nach seiner Anerkennung. Niemand traf eine Entscheidung, ohne sie nicht vorher von ihm abgesegnet zu haben.

Wie würde er reagieren, wenn sie ihn auf den Leichenfund ansprach? Sie hoffte inständig, er würde entsetzt sein und Fletch und Maks zur Rechenschaft ziehen. Doch war das realistisch? Viel wahrscheinlicher war – und vor dieser Reaktion hatte sie große Angst –, dass er alles zugeben und es sogar rechtfertigen würde. Und spätestens dann würde sie als Risiko auf zwei Beinen gelten. Er würde sie unter Beobachtung stellen und sie würde keine Warnung mehr an Lylion, den Orden und den König aussprechen können.

Sie konnte das Risiko, ihn zu konfrontieren, nicht eingehen. Zu viel stand auf dem Spiel.

Sie wischte sich die Tränen, die sich unbemerkt gebildet hatten, aus dem Gesicht und machte sich auf den Weg. Immer wieder stellte sie sich vor, dass sie Damion nach ihrer Ankunft um den Hals fallen, ihm einen Kuss auf die Wange drücken und den grässlichen Fund verschweigen würde. Doch der Schrecken über das, was er vermutlich zu verantworten hatte, ließ sich nicht mit hoffnungsvollen Gedanken verdrängen.

Damion, wie kannst du nur …?

Sie ritt eine ganze Weile lang in eine andere Richtung, dann erst zurück zum Lager. Es würde so aussehen, als wäre sie aus Tamerion gekommen. Sie hatte dort etwas für die Hochzeit kaufen wollen, würde sie sagen.

Bloß was soll dieses Etwas sein? Außerdem ist die Stadt viel zu weit weg für diese Ausrede!

Egal. Dafür hatte sie jetzt nicht den Kopf.

Einfach ins Lager reiten und tun, was getan werden muss.

Am Ziel angekommen, brachte sie das Pferd in den Stall, darauf bedacht, ihre Bewegungen so ruhig wie möglich auszuführen.

Kaeylim kam auf sie zu. Was wollte sie von ihr, wieso schaute sie so grimmig? »Kann ich dir helfen?«, fragte sie.

Leanne zwang sich zu einem Lächeln – das vermutlich verkrampfteste Lächeln aller Zeiten. »Danke, nein. Alles gut.«

Im Lager herrschte so viel Trubel wie eh und je. Die Menschen schufteten, zwei Männer plauderten lautstark, eine Frau sang bei der Arbeit. Im Hintergrund ertönte schallendes Gelächter. Dieser Frohsinn, diese Leichtigkeit, diese liebenswerte Art gegenüber anderen Menschen – alles kam Leanne plötzlich so schrecklich falsch vor. Hinter den Masken dieser Personen versteckten sich kaltblütige Mörder, die alles taten, was für den Erhalt ihrer Sekte nötig war.

Und was war mit den Geschichten, die sie über Zantul, die wahren Götter und den Orden verbreiteten? Alles Lügen?

Vermutlich.

Die Gelehrten für Geschichte und jene für Götter und Magie hatten Zantul über Jahrtausende hinweg ausgiebig studiert. Immer hatte er für Schrecken und Tod gesorgt, seine Anhänger setzten Gewalt und Schwarze Magie ein. Das war unzählige Male bewiesen worden, die Geschichtsbücher waren sich einig.

Wie hatte sie bloß jemals infrage stellen können, was sie von Kindheit an gelernt hatte?

Sie erblickte Viviana, die gerade dabei war, die Hunde zu füttern. Diese liebevolle, empathische Frau. Wie konnte sie nur …?

Oder verurteile ich zu schnell? Könnte es nicht sein, dass Viviana genauso ahnungslos gehalten wird wie ich?

Wie viele Menschen in diesem Lager kannten überhaupt die Wahrheit? Vielleicht war nur eine ausgewählte Gruppe an Menschen eingeweiht, während der Rest getäuscht wurde und sein Leben einer scheinbar harmlosen Gemeinschaft opferte.

Genug jetzt!

So oder so musste sie mit Lon reden und von hier fliehen. Nur über diesen Weg konnte sie die Chance wahren, einen schrecklichen Krieg zu verhindern. Sie fand ihn am Übungsplatz für den Schwertkampf. Gemeinsam mit seinen Kumpanen lag er entspannt auf der Wiese. Einer seiner Freunde sah Leanne schon von Weitem und blickte skeptisch zu ihr herüber. Nervige große Geschwister waren nie gerne gesehen.

Sie ignorierte den Blick und berührte Lon an der Schulter. »Kommst du bitte kurz?«

Umringt von seinen Freunden, während sie Späße machten und sich auf das nächste Duell freuten, zeigte er sich alles andere als erfreut. »Nicht jetzt.«

»Ich brauche deine Meinung. Es wird schnell gehen.«

Er schaute nicht einmal zu ihr hoch, sondern starrte gebannt auf die sich vorbereitenden Kämpfer. »Hat das nicht Zeit bis später?«

Zum Glück wusste sie genau, wie sie an ihren kleinen Bruder herankam. »Es ist wichtig für die Hochzeit. Diese Entscheidung kann nur ein Familienmitglied treffen.«

Das richtige Stichwort war gefallen, und geehrt von diesem Privileg, sprang er auf und folgte Leanne, bis sie genug Abstand zu den anderen zwischen sich gebracht hatten.

»Lon, ich …«, stammelte sie. Sie hatte sich keine Gedanken darüber gemacht, wie sie ihm beibringen sollte, was sie entdeckt hatte, und plötzlich merkte sie, wie schwer es ihr fiel, die richtigen Worte zu finden. »Ich habe etwas Schreckliches gesehen … Leichen. So viele Tote. Sie locken die Menschen in einen Hinterhalt und ermorden sie!«

Lon zog die Augenbrauen zusammen. »Was faselst du da für einen Unsinn?«

Mit dieser Reaktion hätte sie rechnen können. Sie war nur allzu verständlich, immerhin klangen Leannes Aussagen so hart, so extrem, so unwirklich und … einfach absurd. Doch so schlecht die Vorzeichen, ihm die Wahrheit glaubhaft zu vermitteln, auch standen – es musste ihr einfach gelingen. Und zwar jetzt! Jede verlorene Minute könnte eine zu viel sein. »Die *Zwölf Boten* … sie sind falsch. Alles an ihnen. Sie wollen den Leuten nicht helfen, das geben sie bloß vor. In Wirklichkeit suchen sie bloß neue Mitglieder, und wer sich ihnen nicht anschließt, kriegt eine Klinge an die Kehle gehalten.«

Entschieden schüttelte er den Kopf. »Wäre das wahr, würde ich davon wissen.«

»Glaub mir, ich habe die Leichen mit eigenen Augen gesehen.« Sie merkte, wie sich ihre Stimme zu einem hysterischen Flüstern aufgebaut hatte, und zwang sich dazu, leiser zu sprechen. »Sie vergraben sie in der hügeligen Gegend nördlich von hier.«

»Das kann jeder gewesen sein.«

»Ich habe ihre Gesichter gesehen. Diese Menschen haben bis vor Kurzem noch bei uns gelebt.«

Lon ließ sich nichts anmerken. Keine Zuckung. Sein Gesicht blieb starr und ausdruckslos.

Bitte glaub mir doch!

Im Hintergrund klirrte Metall auf Metall, dazu schallten die Anfeuerungsrufe der Zuschauer durch die Gegend. Jedes Mal, wenn es besonders laut wurde, nutzte Leanne die Gelegenheit, weiter auf Lon einzureden. »Es ist eine große Lüge, dass jeder beliebige Besucher das Lager verlassen darf. Ist doch auch logisch! Wieso sollten sie das Risiko eingehen, dass sie jemand verrät?«

Er hob seine Augenbrauen. »Und was ist mit uns? Uns haben sie auch nach Lylion gehen lassen, obwohl sie uns schon eingeweiht hatten.«

»Aber … stimmt … so war es.« Sein Einwand brachte sie aus dem Konzept. Er hatte recht und das passte nicht zu ihrer Theorie.

Andererseits hatte sie die Leichen ja gesehen. »Vielleicht hatten wir Glück«, mutmaßte sie. »Sie wussten, wir würden sie nicht verraten, also haben sie uns ziehen lassen. Andere hatten dieses Glück nicht und wurden aufgeschlitzt und vergraben. Denkst du etwa, ich spinne mir das zurecht?«

Demonstrativ zuckte er mit den Schultern. Ihrem Blick wich er aus. »Manchmal ist das eben nötig.«

»*Was* ist nötig?«

»Bestimmt hatten diese Menschen vor, uns einen Dolch in den Rücken zu rammen. So muss es gewesen sein. Die Gemeinschaft würde niemanden töten, wenn es nicht unbedingt notwendig ist.«

Ständig blickte sie sich nach allen Seiten um. Niemand durfte sich ihnen nähern und ein Wort dieses Gesprächs mitbekommen. »Es ist *niemals* unbedingt notwendig, jemanden umzubringen, nur weil er nicht an denselben Gott glauben will!«

»Wir müssen an das Königreich denken! Bald werden wieder Freiheit und Frieden herrschen und Zantul wird als einziger Gott über uns wachen. Das dürfen wir uns von einzelnen Verrätern nicht kaputtmachen lassen!«

Diese Worte … kaltblütig, berechnend und grausam … Sie kamen ausgerechnet aus dem Mund ihres kleinen Bruders. Sie klangen wie mitgehört, auswendig gelernt und nachgesprochen, hätten genauso gut von Damion stammen können. Es ging nur um die *Zwölf Boten*. Um nichts anderes.

Leanne starrte ihn an, wollte ihn am liebsten an den Schultern packen, durchrütteln, anschreien. Doch sie durfte ihn nicht verschrecken, sonst würde sie ihn verlieren. »Ich gebe zu, das habe ich auch geglaubt. Die Menschen hier sind geschickt darin, andere zu täuschen. Aber glaubst du wirklich, sie töten nur im Notfall? Sie werden mit einer Armee angreifen, einen Krieg entfachen. Warum sollten sie dabei schonungslos vorgehen? Jeder, der sich ihnen nicht anschließt oder sogar flieht, ist ein potentieller Feind, der sie verraten könnte. Menschen werden ihre Heimat verlieren und sich dafür rächen wollen. Das ist den *Zwölf Boten* bewusst und das werden sie schon im Vorhinein zu verhindern wissen – mit dem Schwert!«

»Du übertreibst.«

»Nein, tue ich nicht. Ich denke mir doch keine Geschichten aus. Ich stand in einem Massengrab, verdammt noch mal!«

Trotz des Spektakels auf dem Übungsplatz hatten inzwischen nun doch die ersten Zuschauer den Wortwechsel zwischen den Geschwistern bemerkt. Auch Lons Freunde schauten herüber, woraufhin er ihnen mit einer Handgeste zu verstehen gab, dass er sich gleich wieder zu ihnen setzen würde.

Das darf er nicht! Nicht jetzt!

Alles schien in diesem Moment zu zerbröckeln: ihr Verhältnis zu Lon, ihre Verantwortung als große Schwester. Ihr gesamtes Leben.

Rede mit ihm, überzeuge ihn! Du darfst ihn jetzt nicht loslassen!

»Was auch immer die *Zwölf Boten* uns erzählen – es wird Krieg geben.« Sie glaubte nicht mehr an die Wirkung ihrer Worte, doch ihr blieb nichts anderes übrig, als es weiter zu versuchen. Vielleicht konnte sie ihn irgendwie zermürben, oder ihr fiel noch ein schlagkräftiges Argument ein, an das sie vorher nicht gedacht hatte. »Kriege sind immer schrecklich. Das hat uns die Geschichte schon so oft gelehrt. Ich war einfältig und habe Damion alles geglaubt. Aber seine Geschichten waren zu schön, um wahr zu sein. Ich hätte es besser wissen müssen.«

»Was willst du jetzt tun?«, fragte er.

»Fliehen! Weg von hier! Jetzt haben wir noch die Gelegenheit, abzuhauen, ohne Verdacht zu erregen. Außerdem können wir den Statthalter Lylions warnen, immerhin steht ein gewaltiger Angriff bevor.«

»Ich will aber nicht weg von hier.«

»Du kannst nicht weiter bei dieser Sekte bleiben! Sie werden dich in den Krieg schicken, dich als Soldat einsetzen.«

Er verschränkte die Arme, reckte sein Kinn. »Ja, das werden sie, und darauf bin ich stolz! Endlich respektiert mich jemand, so wie ich bin. Endlich hört mir jemand zu, wenn ich meine Meinung sage. Außerdem kämpfen wir für eine gute Sache, und dafür nehme ich das Schwert mit großer Ehre in die Hand.«

Du bist noch ein Kind!, hätte sie am liebsten gebrüllt, doch das hätte ihn nur noch trotziger gemacht. Etwas Besseres fiel ihr jedoch auch nicht ein. Sie konnte keinen klaren Gedanken mehr fassen, wusste einfach nicht mehr weiter.

»Bitte komm mit mir!«, flehte sie ihn an. Die Worte, getränkt mit Frust und Verzweiflung, sprudelten nur so aus ihr heraus. »Ich lasse dich auch machen, was du willst. Von mir aus kannst du einer Armee beitreten, als Knappe anheuern, eine Ausbildung zum Ritter machen. Ich werde mich bei unseren Eltern dafür einsetzen, dass du die Universität verlassen darfst. Du musst nie wieder ein einziges Tier beobachten, wenn du das nicht willst. Das verspreche ich dir. Von ganzem Herzen. Lebe deinen Traum, wo auch immer du willst – nur bitte nicht hier!«

Er antwortete mit einem entschiedenen Kopfschütteln.

»Du kommst mit!«

»Nein!«

»Doch!« Soeben hatte sie zum ersten Mal die Kontrolle über ihre Stimme verloren. »Hör auf, so trotzig zu sein! Das ist nicht der richtige Zeitpunkt für deinen Dickschädel. Ich bin deine ältere Schwester, du hast mir zu gehorchen! Ich gebe dir eine Stunde Zeit, um deine Sachen zu packen, dann reiten wir los.«

Seine Augen füllten sich mit Tränen. Er wischte sich mit dem Handrücken die Nase ab. »Leanne?«

»Ja?«

»Bitte bleib bei mir.«

Sie nahm ihren Kopf zurück und runzelte die Stirn. Damit hatte sie nicht gerechnet. »Ich … bei dir?«

»Ich werde bei den *Zwölf Boten* bleiben, egal, was du sagst.« Er schniefte, zog die Nase hoch. »Und ich will, dass du auch bleibst. Bei mir, bei Viviana … und du wirst Damion heiraten. Du magst ihn doch. Bitte gib uns nicht auf.«

Nun kamen auch ihr die Tränen. In der Brust verspürte sie ein beklemmendes Gefühl, ihr war, als bekäme sie keine Luft mehr. »Mach es mir doch nicht so schwer«, gab sie mit zitternder Stimme zurück.

»Du machst es dir selbst schwer. Bleib bei uns. Es wird alles gut.«

»Nein, wird es nicht …«

»Doch, wird es. Du steigerst dich in deine Sorgen hinein. Das tust du immer.« Er wischte sich die Augen trocken, damit niemand sah, dass er geweint hatte. Dann ging er zurück zu den anderen.

Sie hatte versagt. Schon wieder. Was war sie nur für eine große Schwester? Lon würde bei den *Zwölf Boten* bleiben.

Und sie?

Sie natürlich auch. Denn ohne ihn würde sie niemals gehen.

KAPITEL 23

Leanne betrat ihr Zelt, schloss die Öffnung hinter sich und setzte sich auf den Boden. Sogleich sprang sie wieder auf und lief hektisch auf und ab, wie ein ausgehungerter Löwe in seinem Käfig. Sie fuhr sich durch die Haare, kaute auf ihren Lippen, spielte an ihrem Armreif.

Bleib ruhig, Leanne! Geh noch einmal alle Möglichkeiten durch – irgendetwas wird dir schon einfallen!

Doch sie war viel zu aufgewühlt, um ruhig und logisch über ihre Situation nachzudenken. Ihre wirre Gedanken wollten sich nicht zu brauchbaren Lösungen formen. Es war, als blockierte etwas ihren Geist. Stattdessen schoben sich andere Sorgen in den Vordergrund.

Damion.

Erst hatte sie sich eingeredet, ihn keinesfalls noch mal sehen zu wollen. Er war der Anführer dieser grausamen Sekte und somit verantwortlich für die schrecklichen Taten, die hier verübt wurden. Er diente dem Bösen. Wie sollte sie ihm jetzt noch in die Augen schauen oder ein normales Wort mit ihm wechseln können?

Dann jedoch gestand sie sich ein, dass sie sich etwas vormachte. So groß ihr Schrecken und ihre Verachtung auch waren, sie sehnte sich weiterhin nach ihrem Verlobten, wollte ihn sehen, mit ihm sprechen, ihn anfassen.

Sie hasste sich für diesen Zwiespalt.

Gab es eine andere Möglichkeit, mit der Außenwelt Kontakt aufzunehmen, als eine Flucht? Sie dachte an einen Tikadu, doch verwarf diesen Gedanken sogleich wieder. Vielleicht stand sie bereits unter Beobachtung und die Gemeinschaft fing ihre Nachrichten ab. Für Pfeile war dieser Vogel viel zu schnell, aber entkam er auch der Schwarzen Magie? Sie dachte an Fletch und wie er sie dabei erwischte. Würde er sie ebenfalls in die hügelige Gegend zerren und ihr die Kehle aufschlitzen oder sie gleich vor Ort mit den bloßen Händen erwürgen?

Dasselbe Schicksal erwartete sie, wenn man sie bei einer Flucht aus dem Lager ertappte. Doch diese Möglichkeit war sowieso hinfällig, denn ohne Lon konnte sie nicht von hier fortgehen. Sie trug Verantwortung für ihn. Nach Mayas Tod konnte sie nicht auch noch ihren Bruder verlieren. Es war ausgeschlossen, ihn alleine bei dieser gesetzlosen Mörderbande zurückzulassen.

Ist es das wirklich? Könnte ich nicht auch alleine aufbrechen, das Königreich warnen und Lon später befreien?

Dieser Gedanke war ihr gerade zum ersten Mal gekommen. Im Gegensatz zu seiner verräterischen Schwester war Lon loyal und hatte bei den *Zwölf Boten* nichts zu befürchten. Sie könnte ihn ruhigen Gewissens alleine zurücklassen und ihn zu einem anderen Zeitpunkt aus dem Lager holen. Irgendwie würde sie das schon hinkriegen, irgendjemand würde ihr bestimmt helfen.

Oder?

Plötzlich dachte sie an das Shinosin.

Die Medizin. Ich brauche sie. Sofort!

Sie war am Ende ihrer geistigen Kräfte, stand am Rande der Verzweiflung, und dieses Gebräu hatte ihr bislang immer geholfen – also warum nicht auch jetzt? Sie musste Abstand gewinnen und alles noch einmal aus einem anderen Blickwinkel betrachten. Vielleicht hatte Lon ja recht und sie hatte vorschnell geurteilt. Es könnte für das, was sie gesehen hatte, einfache Erklärungen geben.

Die Medizin wird mir helfen.

Erst jetzt merkte sie, dass ihre Hände zitterten und ihr Mund trocken war. Sie fror – ungewöhnlich bei diesen Temperaturen – und ihr war, als drückte sich ihre Lunge zusammen. Mit kurzen, schnellen Atemzügen schnappte sie nach Luft, voller Angst, sie könnte ersticken.

Kurzerhand verließ sie das Zelt. Die Sonne stand bereits tief, sie musste sich beeilen. Arwils Zelt konnte sie aufgrund der Besprechung nicht betreten, aber vielleicht würde sie auch woanders etwas Shinosin finden. Sie ging in Damions Zelt und durchsuchte dort alle Kisten und Regale.

Verdammt!

Herzrasen. Trockener Mund.

Das Verlangen wurde immer stärker. Sie verließ das Zelt, sah sich um. Wo könnte noch ein Fläschchen Shinosin versteckt sein? Niemand schaute zu ihr herüber, also huschte sie schnell ins Nachbarzelt und durchsuchte auch dieses.

Wieder nichts.

Ab ins nächste Zelt!

Sie wusste zwar nicht einmal, wem es gehörte, aber sie würde ja nur kurz schauen.

Ohne Erfolg.

Ihre Knie zitterten inzwischen ebenso heftig wie ihre Hände. Sie hechelte beinahe wie ein Hund. Hastig eilte sie von Zelt zu Zelt. Irgendwo musste sie doch etwas finden! In einer der Behausungen öffnete sie die vorderste Truhe. Sie schob die weißen Gewänder, die dort hineingestopft waren, zur Seite und wühlte tiefer.

Doch dann hielt sie inne.

Diese Kleidungsstücke … auf einem davon war ein Schöpferring aufgestickt – das Wahrzeichen der wahren Götter –, daneben ein Symbol von Othos, dem Gott des Krieges. Es zeigte einen Mann, der ein Schwert in die Luft reckte.

Diese Gewänder gehörten eindeutig Rittern des Lichts.

Oder hatten gehört.

Warum bewahrten die *Zwölf Boten* sie auf? Eigentlich verbrannten sie alles, was mit den wahren Göttern zu tun hatte, und dabei gingen sie rigoros vor. Die Truhe stand ganz vorne, sodass man sie sofort öffnen konnte, und die Klamotten rochen alles andere als alt und moderig. Dass sie irgendwann einfach vergessen worden waren, konnte also nicht die Erklärung sein. Entweder waren sie erst vor Kurzem erbeutet worden – aber warum hatte man sie überhaupt aufbewahrt? – oder sie wurden ab und zu benutzt.

Doch zu welchem Zweck?

Ein schrecklicher Gedanke überkam sie. All die Angriffe auf wehrlose Dörfer – waren dafür wirklich die Ritter des Lichts verantwortlich? Oder waren die Übeltäter bloß als solche getarnt? Hatten die *Zwölf Boten* das Dorf, das Damion ihr gezeigt hatte, angegriffen, um sie und die Einwohner gegen den Orden aufzubringen? Zwar wollte sie daran nicht glauben, konnte sich aber auch nicht gegen die Erkenntnis wehren, dass dieser Verdacht durchaus begründet war. Immerhin war so ein Angriff die perfekte Gelegenheit, als Retter und Wohltäter aufzutreten und die Betroffenen auf seine Seite zu ziehen.

Kalt war Leanne schon lange nicht mehr. Inzwischen schwitzte sie, ihr Puls raste. Ihr war, als wäre sie soeben aus einem Traum erwacht. Sie hatte die Zelte von Fremden durchwühlt! Was hatte sie sich dabei bloß gedacht? Hatte sie den Verstand verloren?

Nein, hast du nicht! Dieses abscheuliche Zeug ist voller Schwarzer Magie. Es manipuliert deinen Verstand!

Mit jedem Schluck war das Verlangen nach dem Shinosin gestiegen, immer häufiger hatte es die Kontrolle über ihren Geist erlangt. Offenbar legte es den Menschen einen Schleier um ihre Sinne und machte sie abhängig. Es war eine Waffe der Sekte, um die Menschen an sich zu binden.

War Damion womöglich besessen? Er verabreichte seinem Körper schon seit Jahren Schwarze Magie. Das konnte ihn unberechenbar machen, wenn es um die Sicherheit seiner Gemeinschaft ging.

Wie viel war die eigene Verlobte wert, wenn man von der dunklen Kunst besessen war?

Damion war gefährlich – für sie, für den Orden, für das Königreich. Sie musste das endlich einsehen, so schwer es ihr auch fiel.

Ich muss hier weg! Und zwar jetzt!

Sie hastete aus dem Zelt. Doch wohin? Fliehen? Unmöglich! Zu dieser späten Stunde könnte sie ihre Flucht nicht mehr als Ausflug tarnen.

Noch mal mit Lon reden!

Doch wie? Ihr Bruder war gerade beim Abendessen, umringt von vielen anderen Menschen. Just in dem Moment ging auch die Besprechung in Arwils Zelt zu Ende. Ausgerechnet jetzt! Damion kam heraus und ließ seinen Blick durch das Lager schweifen. Er entdeckte sie, lächelte sie an.

Und kam auf sie zu.

Sie wollte wegrennen und ihm gleichzeitig um den Hals fallen. Eine Wahl blieb ihr ohnehin nicht. An eine Flucht war bis zur Nacht nicht zu denken, und bis dahin würden ihre kaum vorhandenen Schauspielkünste gefragt sein.

Alles sollte normal aussehen.

Jetzt war sie wieder Damions Verlobte.

Glücklich und naiv.

Damion verbrachte die Nacht bei Leanne im Zelt. Er lag auf der Seite, das Gesicht ihr zugewandt. Während er bereits zu schlummern schien, war sie so aufgedreht wie ein verspielter Hund bei Schneefall. Sie fühlte sich, als könnte sie hintereinander rennen, reiten und schwimmen, ohne aus der Puste zu kommen. Sie war bereit, es hinter es sich zu bringen. Ihre Ungeduld drohte, ihr den Kopf zu zerdrücken. Am liebsten würde sie sich sofort aus dem Zelt stehlen, Lon packen, ihn zum Stall zerren und sich ein Pferd krallen.

Doch sie hielt sich zurück.

Damion hatte einen leichten Schlaf, also musste sie den richtigen Moment abpassen und sich so leise bewegen wie ein Wolf auf der Lauer. Schon seit einer ganzen Weile stellte sie sich schlafend und beobachtete ihn mit schwach geöffneten Augen. Irgendwann wurden seine Atemzüge länger und die Bewegungen seiner Brust flacher. Sie konnte nicht aufhören, ihn anzustarren. Wenn er schlief, sah er so friedlich und unschuldig aus wie ein kleines Kind. Seine strubbeligen Haare faszinierten sie wie eh und je und sein Gesicht war so hübsch, dass sie es am liebsten ständig mit ihren Fingern berühren wollte.

Sie unterdrückte ein Schluchzen. Der Gedanke, ihn nie wiederzusehen, schmerzte in ihrer Seele. Jetzt, wo sie neben ihm lag, kurz vor ihrem stillen Abschied, wurde ihr das erst so richtig bewusst. Was er wohl denken würde, wenn er aufwachen und sie nicht mehr im Lager vorfinden würde? Wenn er stattdessen nur das von ihr zurückgelassene Erbstück seiner Familie finden würde, das er ihr zur Verlobung geschenkt hatte?

Doch diese Gedanken hielten sie nur auf. Je mehr Zeit sie mit ihnen verbrachte, desto schwieriger würde es ihr fallen, ihre Entscheidung auch wirklich umzusetzen.

Sie fing an herunterzuzählen.

Bei Null stehe ich auf.

Zehn … neun …

Bei Vier legte sie los. Sie zog die Decke behutsam beiseite, darauf bedacht, so wenige Bewegungen wie möglich zu machen. Sie richtete den Oberkörper auf, während sie Damions Gesicht fest im Blick behielt.

Keine Regung.

Nun kam die gefährlichste Bewegung. Sie stützte sich auf ihre Hände und verlagerte ihr Gewicht langsam auf den rechten Fuß, bis sie sich schließlich erheben konnte. Dann griff sie nach ihren Schuhen und ihrem bereits gepackten Beutel und schlich barfuß aus dem Zelt.

Im Lager war es still. Nur wenige, im Boden befestigte Fackeln spendeten Licht. Am Rande patrouillierten vereinzelt Wachen, eine Katze huschte zwischen den Zelten hindurch.

Um nicht aufzufallen, verzichtete Leanne auf eine Lampe, und so fiel es ihr trotz der Fackeln im Boden schwer, sich zu orientieren. Doch sie wusste, in welchen Zelten sie schauen musste, um Lon zu finden. Die Mädchen und Jungs in seinem Alter teilten sich immer dieselben drei Zelte, und in einem davon entdeckte sie ihn schließlich. Die Öffnung war breit genug, um einen Blick hinein zu werfen, und die Lampe im Zelt leuchtete hell genug, um ihren Bruder auszumachen. Er lag in der Mitte zwischen seinen Freunden, zusammengerollt wie ein Baby.

Er sah niedlich aus.

Und glücklich.

Ich kann gut verstehen, warum du so gerne hier bist.

Leider stand für sie spätestens jetzt fest: Sie musste ohne ihn gehen. An ihn heranzukommen war unmöglich, im psychischen wie im physischen Sinne. Zwar konnte sie ihren Plan abbrechen und es morgen noch mal versuchen, doch es wäre dumm, einen weiteren Tag zu verschwenden, wenn sie ohnehin nicht daran glaubte, ihn umstimmen zu können. Morgen würde er ebenso unerreichbar sein wie heute, außerdem bestand die Gefahr, dass er sie irgendwann verriet. Er war den *Zwölf Boten* loyal untergeben, vielleicht hatten sie auch ihn mit Schwarzer Magie manipuliert.

Vorhin noch hatte sie sich geschworen, ihn keinesfalls zurückzulassen. Nun sah sie sich in der Pflicht, genau dies zu tun.

Ich werde alles – wirklich alles – dafür tun, dich hier rauszuholen, Lon. Ich weiß noch nicht, wie, aber ich werde es schaffen. Wenn du dich auf eine Sache verlassen kannst, dann darauf.

Kurz dachte sie daran, Dogo mitzunehmen, doch das schlug sie sich gleich wieder aus dem Kopf. Sie hatte keine Ahnung, was die *Zwölf Boten* in der Zwischenzeit mit ihm gemacht hatten. Vielleicht hatten sie ihn auch schon rekrutiert, vielleicht war er sogar derjenige, der Leanne ausspionieren sollte.

Alles erschien ihr plötzlich möglich.

Sie schlich zum Stall und öffnete vorsichtig die knarrende Tür. Dann schnappte sie sich Zolon, einen außerordentlich schnellen Hengst, den sie schon geritten hatte, und führte ihn hinaus.

»Leanne.«

Sie zuckte zusammen und drehte sich blitzartig um. Damion. Er trug eine Fackel in der Hand, die Flamme zeichnete bizarre Muster auf sein Gesicht. Voll Unverständnis und Enttäuschung blickte er sie an. »Wohin willst du?«

Sie schaute sich um. Noch hatte sie niemand außer ihm gesehen und offenbar hatte er keinen Alarm geschlagen. »Ich will gehen.«

»Warum?«

Sie seufzte. Sie war erwischt worden, jetzt konnte sie es nicht mehr leugnen. »Ich kenne euer Geheimnis. Ich war in den Hügeln nördlich von hier und habe den Schrecken mit eigenen Augen gesehen … Wie könnt ihr nur?«

Er machte einen Schritt auf sie zu und zog die Brauen zusammen. »Was meinst du?«

»Tu nicht so, als wüsstest du das nicht!«

»Ich weiß wirklich nicht, wovon du sprichst. Sag es mir bitte. Das bist du mir schuldig.«

»Das Massengrab … All die Leute, die ihr hinrichtet, nur weil sie nicht zu euch gehören wollen. Ihr täuscht sie mit eurer Hilfsbereitschaft, dabei wollt ihr sie nur rekrutieren.« Sie gab Acht, nicht zu laut zu reden, doch das fiel ihr mit jedem Wort schwerer. Die Hoffnung, dieses Lager jemals lebendig zu verlassen, hatte sie soeben ohnehin aufgegeben, und seine gespielte Unwissenheit verärgerte sie. »Ich habe den Zusammenhalt in eurer Gruppe immer bewundert, aber offenbar gilt er nur für diejenigen, die sich dem dunklen Gott bedingungslos unterwerfen. Die anderen sind in euren Augen nichts wert, nur eine Gefahr, die beseitigt werden muss.«

»Das ist nicht wahr.«

»Natürlich ist es das! Ich …«

»Hier wird niemand zu irgendetwas gezwungen!« Er ging einen weiteren Schritt nach vorn, stand nun bedrohlich nahe vor ihr. »Das habe ich dir doch schon so oft erklärt. Ich würde alles aufgeben, woran ich glaube, bräche ich diesen einen Grundsatz unseres Zusammenlebens.«

Sie rührte sich nicht vom Fleck, biss sich auf die Unterlippe.

»Ich weiß nichts von Hinrichtungen«, fuhr er fort, seine Stimme so ruhig, so klar. Er sprach voller Überzeugung. »So etwas würde ich niemals dulden. Das ist gegen meine Überzeugung. Zantul ist der Gott der Güte und dafür stehen auch meine Gemeinschaft und ich. Die Leichen, die du gefunden hast, sind nicht von uns.«

»Lüg mich nicht an! Damion, ich bitte dich! Ich hasse es, wenn man mich anlügt, und dann auch noch so dreist! Ich habe Fletch und Maks dabei beobachtet, wie sie die Menschen dort hingebracht haben und ohne sie zurückgekehrt sind. Und jetzt rate mal, wen ich danach in der Erde und mit durchtrennter Kehle gefunden habe!«

»Ich bin nicht ihr Anführer. Sie handeln eigenmächtig und müssen sich nicht vor mir verantworten, auch wenn ich solch schreckliche Taten natürlich niemals dulden würde.«

»Willst du das etwa auf die beiden abwälzen?«

Sein Blick war wieder so scharf, als wollte er sie damit durchbohren. Die meisten Menschen schauten kurz weg, wenn sie nachdachten, doch *er* ließ sie keine Sekunde aus den Augen. »Du kennst mich doch inzwischen. Traust du mir das wirklich zu? Nach all der wundervollen Zeit, die wir miteinander verbracht haben? Nach all dem, was du mit unserer Gemeinschaft erlebt hast? Du hast mit eigenen Augen gesehen, wie wir alles dafür tun, um ein ruhiges Leben zu führen und anderen

Menschen zu helfen. Und jetzt wirfst du mir so etwas vor? Ich weiß nicht, was ich dazu sagen soll.«

»Ich …«

Plötzlich wurde er lauter. »Wir sind eine friedliche Gemeinschaft! Wir leben, kochen und singen zusammen, jeder ist bei uns willkommen. Wir ziehen unsere Kinder groß und lehren sie, wie sie in dieser grausamen Welt ihren Frieden bewahren können. Doch auch wir müssen uns im Notfall schützen. Denk nur daran, was ein Verrat für uns bedeuten würde. Armeen würden uns aufsuchen, abschlachten und foltern. Der Orden nimmt keine Rücksicht auf wehrlose Menschen.«

Leanne schnaubte. »Also gibst du es zu!«

»Wenn wir keine andere Wahl haben, müssen wir uns verteidigen. Es geht dabei schließlich um unser aller Leben. Sollten Fletch und Maks in dieser Situation entschieden haben, dass es sich um einen Notfall handelte, dann, um viele andere Leben zu schützen.«

»Immer stellst du euch als Opfer dar. Aber was ist mit dem Krieg, den ihr entfacht? Oder euren getarnten Angriffen?«

Voller Unverständnis verzog er das Gesicht. »Bitte? Was für getarnte Angriffe?«

»Ich habe die weißen Gewänder entdeckt. Ihr verkleidet euch als Ritter des Lichts und überfallt Dörfer.«

»Unsinn! Sind das die Lügen, die der Orden erzählt? Schau doch, wie tief sie in dir stecken, wie mit dem Messer eingeritzt, als du noch ein Kind warst – Narben der Erinnerung. Nein, diese Angriffe sind echt, sie finden ja nicht nur in unserer Nähe statt, sondern überall im Königreich.«

»Aber …«

»Aber was? Für so ein Monster hältst du mich?« Er strich ihr mit der Hand über die Wange. »Ich ertrage es nicht, wenn du so über mich denkst. Du hältst mich für genau das, was ich selbst so sehr verabscheue.«

Gleichermaßen genoss und verabscheute sie den Körperkontakt. Aus Angst, ihn noch wütender zu machen und den Zorn weiterer Sektenmitglieder auf sich zu ziehen, wagte sie es nicht, ihren Kopf zurückzuziehen. Damion … dieser Löwe mit dem Fell eines Schafes. Im Umgang mit ihr war er ein herzensguter und verständnisvoller

Mensch, im Umgang mit Abtrünnigen ein skrupelloser Anhänger des dunklen Gottes. Oder galt sie mittlerweile ebenfalls als Abtrünnige?

Offenbar hatte er nicht vor, sie zu bestrafen, doch das beruhigte sie nicht im Geringsten, denn gehen lassen würde er sie auch nicht. Spätestens jetzt würde sie eine streng bewachte Gefangene dieses Lagers sein – und beim ersten falschen Wort vermutlich sterben.

Und da eröffnete sich ihr eine wundervolle Aussicht: Shinosin. Jetzt musste sie nicht mehr heimlich fremde Zelte durchsuchen. Sie musste ihn nur fragen, dann konnten sie sich gemeinsam zurückziehen und die Medizin in aller Ruhe einnehmen.

Und alles würde wieder gut werden.

Plötzlich biss sie so fest auf ihre Unterlippe, dass sie vor Schmerz zusammenzuckte und Blut schmeckte.

Ich darf mich nicht wieder von dieser Schwarzen Magie einlullen lassen!

»Trotzdem, Damion«, flüsterte sie, »wenn ich könnte, würde ich jetzt gehen. Ich will kein Leben in eurer Gemeinschaft führen. Egal, ob du von den Hinrichtungen weißt, und egal, ob du sie für notwendig erachtest oder nicht. Menschen sind gestorben, die nicht weniger wert waren als du oder ich.«

Zum ersten Mal senkte er seinen Blick. »Glaube mir, ich würde alles dafür tun, damit du bei mir bleibst. Ich will dich heiraten und mein gesamtes Leben mit dir verbringen. Schlaf noch eine Nacht bei uns, dann reden wir morgen in aller Ruhe weiter. Ich werde sehen, was ich tun kann, werde mir all die Zeit nehmen, die wir beide zusammen brauchen. Für dich lasse ich sämtliche Besprechungen ausfallen.«

»Hör auf. Du wirst mich nicht überreden.«

»Nur eine Nacht …«

»Lass es!«

Tränen bildeten sich in seinen Augen. »Aber …«

»Nein! Nimm mich von mir aus gefangen, bestraf mich, lass Fletch deinen Henker spielen. Aber hör mit deinen Spielchen auf! Ich habe meine Entscheidung getroffen.«

»*Das* denkst du also von mir? Kennst du mich so schlecht? «

Sie seufzte. »Entschuldige bitte. Ich weiß, du wirst mir nichts tun. Aber das ändert nichts an der Situation. Sag mir einfach, was ich jetzt tun soll.«

»Das habe ich gerade bereits. Aber du hast deinen eigenen Willen.«

»Willen ja, aber nicht die Freiheit, ihn auszuüben. Hätte ich die, säße ich schon längst auf dem Pferd.«

»Natürlich hast du die. Es tut mir unendlich weh, doch wenn dies deine Entscheidung ist, dann werde ich sie akzeptieren.«

Sie glaubte, sich verhört zu haben. »Du lässt mich … Nein, das würdest du nicht tun. Damit würdest du deine Gemeinschaft verraten.«

»Mir ist bewusst, dass du unserer Gemeinschaft einen Dolch in den Rücken rammen und dem Orden des Lichts – der größten Schurkenbande des Königreichs – helfen würdest. Und doch lasse ich dich gehen. Die *Zwölf Boten* gewähren den Menschen ihren freien Willen. Nur das Pferd darfst du nicht nehmen. Ich kann nicht zulassen, dass du den Orden schnell erreichst.«

Sie starrte ihn an. »Du lässt mich wirklich abhauen?«

»Ich würde jeden an deiner Stelle gehen lassen. So funktioniert unsere Gemeinschaft nun mal. Auch wenn ich zugeben muss, dass ich bei dir vorsichtiger hätte sein sollen. Du warst mir von Anfang an so sympathisch, dass ich sorglos und naiv war. Viel zu schnell habe ich dir vertraut und dich in unsere Geheimnisse eingeweiht. Das sah mir überhaupt nicht ähnlich. Fletch hat das erkannt und mich darauf hingewiesen. Er hatte von Anfang an recht. Trotzdem habe ich nicht auf ihn gehört, denn ich wusste bei unserer ersten Begegnung, dass du ein guter Mensch bist. Ich war mir sicher, du passt zu uns und würdest irgendwann an unserer Seite für Gerechtigkeit kämpfen. Für mich warst du seit unserer ersten Begegnung etwas Besonderes. Und ich habe mich in dich verliebt.«

Leanne blickte in die Ferne. Wenn sie gehen wollte, dann musste sie es jetzt tun – bevor die anderen aufwachten und sie entdeckten. Bevor sie über ihre Entscheidung nachdenken und anfangen würde, daran zu zweifeln.

Sie atmete tief durch. »Vielleicht wirst du meine Entscheidung irgendwann verstehen. Ich hoffe sehr, dass du es wirst. Es war nie meine Absicht, dich zu verletzen. Schließlich habe auch ich mich in dich verliebt. Mit ganzem Herzen. Es kommt mir falsch vor, diese Gefühle für dich zu hegen, aber sie sind da, und ich kann mich nicht gegen sie wehren. Trotzdem kann ich nicht anders. Ich muss gehen.«

Er nahm ihre Hand. »Bleib bei mir, Leanne. Bitte!«

Ihre Lippen zitterten, Tränen liefen die Wangen hinab. Ihr war übel, ihr Körper schrie nach dem Shinosin. Doch sie hielt dagegen. Die Stimme der Vernunft setzte sich gegen all die anderen Stimmen durch. »Es tut mir leid.«

Sie wischte sich Augen und Nase ab, dann blickte sie ein letztes Mal zu ihrem Verlobten. »Leb wohl, Damion.«

KAPITEL 24

Immer noch starrte der Mann im weißen Gewand Sir Caster an. Nachdem er ihn von oben bis unten taxiert hatte, blickte er ihm nun tief in die Augen. Hatte er ihn erkannt? Oder überlegte er, ob er ihn schon einmal gesehen hatte? Der Ritter jedenfalls hielt sich bereit. Beim kleinsten Anzeichen von Feindseligkeit würde er sein Schwert ziehen und es ihm an die Kehle halten.

Letztendlich drehte sich sein Gegenüber jedoch zu Salya und verbeugte sich. »Herzlich willkommen, Priesterin Salya. Ich bin Selendor, Oberster Kommandant der Armee des Lichts und Beschützer des Friedens.«

»Danke, Kommandant«, antwortete sie und deutete auf Sir Caster. »Das ist … Sir Billo. Ein enger Vertrauter. Er darf mit hinein.«

Ein dämlicherer Name ist dir nicht eingefallen?

Der Kommandant führte die beiden in den prunkvollen, weißen Pavillon. Innen war es warm und stickig, es roch nach Zimt und Vanille. Der Pavillon war größer als so manches Haus. An der hinteren Wand steckte ein Stab im Boden, an dem ein eiserner Schöpferring befestigt war, beinahe so groß wie ein Mensch. Auf einem Beistelltisch standen Schalen mit Obst und Nüssen, ein Diener schenkte Rotwein aus einer Karaffe in die Gläser der Gottesvertreter ein.

In der Mitte befand sich ein länglicher Tisch, an dessen Ende ein älterer Priester saß – vermutlich Priester Yentis, den Salya bereits ehrfürchtig erwähnt hatte. Die Größe des Pavillons, die Verzierungen an seinem Gewand und die Anzahl der Diener, die um ihn herumwuselten, machten seinen hohen Rang deutlich. Hinter ihm standen drei Leibwächter, am Tisch saßen drei weitere Priester und andere Mitarbeiter des Ordens.

»Wir legen sofort los«, raunte der Mann Salya zu. »Ihr habt genug getrödelt.«

»Priester Yentis«, gab diese zurück und verbeugte sich. »Möge das Licht Euch Frieden bringen.«

Er deutete auf einen Stuhl. »Ja ja, so auch Euch. Setzt Euch endlich.«

Sir Caster verbeugte sich ebenfalls und blieb dann zusammen mit Salyas beiden Wachen hinter der Priesterin stehen. Rittern war es nicht gestattet, sich mit Priestern an einen Tisch zu setzen, lediglich der Kommandant durfte Platz nehmen. Kolosan, eine der beiden Wachen Salyas, erklärte ihm, dass Yentis der Vorsitzende des Rates war und somit das zweithöchste Amt innerhalb des Ordens innehatte und in der Hierarchie zwei Stufen über Salya stand. Über ihm stand nur noch der Oberste Priester, der als Stellvertreter Yanus' auf Erden und Wächter der Großen Zitadelle in Lloyandasburg galt. Sein Rang erklärte, warum er so arrogant auftrat und den Ritter nicht einmal eines Blickes würdigte. Und warum alle um ihn herum so angespannt wirkten.

»Zantuls Einfluss darf sich nicht über den Wald hinaus ausbreiten«, fing Yentis an. »Priesterin Salya, Eure Evakuierung war eine erbärmliche Idee, aber wenigstens seid Ihr dabei viel herumgekommen und könnt mir berichten, was Ihr dabei beobachtet habt. Allen Berichten zufolge scheint sich der Einflussbereich des dunklen Gottes radial auszubreiten, allerdings mit der größten Tendenz in Richtung Süden. Da es innerhalb des Waldes zu gefährlich geworden ist, um einzugreifen, werden wir uns auf den südlichen Rand des Waldes konzentrieren und dort Posten aufstellen. Unsere Armee wird alle Schergen Zantuls, die aus dem Wald treten, zurück in die Unterwelt befördern, wo sie von mir aus verrecken können.«

Salya presste die Lippen zusammen und lehnte sich mit gestrecktem Rücken nach vorn. Offenbar wollte sie etwas sagen, wagte es aber nicht, den Vorsitzenden des Rates zu unterbrechen.

»Aber damit ist es nicht getan«, fuhr Yentis fort. »Zantul kann nicht allein durch scharfe Klingen besiegt werden, auch wenn diese mit der Kraft des Lichts ausgestattet sind. Wir müssen vor allem die Macht der wahren Götter stärken, denn nur sie können seine Schwarze Magie bekämpfen. Und das muss direkt an den Grenzen des Waldes geschehen. Die Gebetshäuser müssen endlich wieder mit Leben gefüllt werden, dem Schöpferring soll endlich wieder gebührend gehuldigt werden. Fehlende Gottesfürchtigkeit und Sündhaftigkeit werden ab sofort streng betraft, notfalls mit dem Henkersbeil. Ich werde weitere Priester einberufen, um dies umzusetzen. Die Präsenz unserer Armee wird ihr Übriges tun.«

»Werter Priester Yentis?«, fragte Salya kleinlaut.

»Ja, was denn?«

»Im Wald leben immer noch viele Menschen. Wir konnten einige evakuieren, aber noch längst nicht alle. Jetzt, da die Armee hier stationiert ist, könnten wir ein paar Ritter losschicken und weitere Menschen befreien.«

»Mit dem Schwachsinn habt Ihr Eure Zeit lange genug vergeudet! Den paar verirrten Seelen, die dort immer noch ihr Dasein fristen, können wir auch nicht mehr helfen.«

Sir Caster unterdrückte ein Gähnen. Uninteressant war die Diskussion nicht, doch er fühlte sich fehl am Platz. Er hatte Salya bei der Evakuierung geholfen und somit seine Aufgabe erledigt. Jetzt sollte er seine wiedergewonnene Freiheit genießen und durch die Gefilde des Königreichs streifen. Das klang weitaus verlockender, als dem Gefasel des alten Mannes zuzuhören. Nach der Besprechung würde er sich von Salya verabschieden.

Nach einer Weile war Salya an der Reihe, Priester Yentis ausführlich Bericht zu erstatten. Doch kaum hatte sie das Wort ergriffen, wurde sie unterbrochen – ein Ritter des Lichts betrat den Pavillon.

»Was soll das, verdammt noch mal?«, fragte Yentis. Einfachen Untergebenen war es untersagt, Besprechungen zu stören.

»Werter Priester«, krächzte der junge Mann in hoher Tonlage. »Eine Frau ist soeben in unserem Lager angekommen. Sie will Priesterin Salya sprechen.«

»Das wollen viele. Weist sie gefälligst ab!«

»Aber …«

»Aber was?«, brüllte der Priester, dessen Geduld der eines verzogenen Bengels kurz vor dem Nachtisch glich.

»Sie behauptet, sie wisse etwas von einem bevorstehenden Angriff der *Zwölf Boten.*«

Plötzlich sprang der Priester von seinem Stuhl auf, für sein Alter erstaunlich schnell. »Diese Sekte? Ein Angriff? Das ist doch ein schlechter Witz!« Er winkte mit einer Hand in seine Richtung. »Bringt sie herein!«

Eine junge Frau betrat den Pavillon, schlank, braune Haare, grüne Augen. Sie hatte ein hübsches Gesicht mit weichen Zügen. Wachsame Augen. Der feine Stoff ihrer Kleidung verriet, dass sie von höherem Stand war. Sie sah müde und mitgenommen aus, war völlig verschwitzt. Ihr Blick sprang im Zelt hin und her, offenbar versuchte sie zu begreifen, mit wem sie es hier zu tun hatte.

»Leanne«, sagte Salya erstaunt.

»Ihr kennt sie?«, fragte Yentis.

Salya nickte. »Sie ist eine Gelehrte. Wir haben uns vor einigen Wochen kennengelernt.«

Yentis wandte sich an die Frau. »Sprecht! Auf welchem Gebiet arbeitet Ihr?«

»Ich bin Gelehrte für Tierforschung.«

»Tiere? Ihr seid einer dieser Leute, die sich wochenlang in den Dreck legen, um den Viechern bei der Paarung zuzusehen und die dann dem Orden die Magie der Götter erklären wollen. Pah!« Sir Caster konnte nicht einordnen, ob Yentis amüsiert oder sauer war – vielleicht beides. »Sei es drum. Warum wollt ausgerechnet Ihr etwas über diese Sekte wissen?«

»Ich habe bei ihnen gelebt, werter Priester.«

»Du hast was?«, rief Salya. »Hast du den Verstand verloren?«

»Ruhe!«, rief Yentis genervt, bevor er das Wort wieder an Leanne richtete. »Ihr wisst, dass Ihr Euch damit in hohem Maße strafbar gemacht habt? Aber nun gut. Jetzt seid Ihr hier, um Eure Schuld zu gestehen, und ich gebe euch die Möglichkeit, Euch zu rehabilitieren. Wie soll dieser Angriff aussehen? Diese Sekte ist eine kleine, zersplitterte Gruppe, unorganisiert und primitiv ausgestattet. Sie sind nicht dazu imstande, mehr als kleine Dörfer zu überfallen.«

»Leider stimmt das nicht«, entgegnete Leanne. »Sie haben eine Armee.«

Und so erzählte sie alles, was sie in den letzten Wochen erlebt und von dem Plan der *Zwölf Boten* erfahren hatte. Es hörte sich ernst an. Nach den Angaben der Frau schätzte Sir Caster die Stärke der Armee auf mindestens zweitausend Mann – für die Armee des Lichts jedenfalls zu viele, um Lylion zu halten. In der kurzen Zeit konnten sie weder die Verteidigung der Stadt ausbauen noch rechtzeitig Verstärkung rufen.

Nach dem Angriff würden sich die *Zwölf Boten* wieder entfernen, noch bevor der Orden oder der König zu einem Gegenschlag ausholen könnten. Sie würden sich in Gebiete zurückziehen, die gut zu verteidigen waren, und sich dort verschanzen. Unorganisiert erschien dem Ritter diese Sekte wahrlich nicht. Ihre Strategie klang gut durchdacht und versprach Erfolg.

»Dieses gottlose Pack!«, brüllte der Priester und schlug mit der Faust auf den Tisch. »Seit Generationen terrorisieren uns diese Knechte des dunklen Gottes. Normalerweise pissen sie uns nur ans Bein, doch jetzt sollen sie eine ganze Armee aufgebaut haben? Wie haben sie es überhaupt angestellt, heimlich so viele Soldaten um sich zu scharen?« Er hatte diese Frage nicht Leanne gestellt, sondern in die Runde geworfen. Auf eine Antwort wartete er allerdings nicht. »Lord Hyde und Lord Pallamor werden sich vor dem Orden verantworten müssen. Wie kann es sein, dass sich in ihren Reihen so viele Ketzer und Verräter befinden? Warum hat niemand gemerkt, dass all die Soldaten das Licht verraten und sich dem Gott der Finsternis zugewandt haben?«

Diesmal wartete er länger auf eine Antwort, doch niemand wagte es, die Stimme zu erheben.

»Salya«, zischte Yentis, »gibt es einen Zusammenhang zwischen diesem Skandal und den Geschehnissen im Wald?«

Vorsichtig hob sie die Schultern. »Ich weiß genauso wenig über die Sekte wie Ihr.«

Er wandte sich an einen seiner Mitarbeiter. »Informiert sofort den Obersten Priester und den Rat. Schickt außerdem eine Nachricht an den Statthalter Lylions, er soll die Stadt sichern. Es ist ein außerordentliches Pech für diese Sekte, dass die Armee des Lichts zufälligerweise schon vor Ort ist. Wir werden alle Schwerter, die wir haben, gegen sie aufbieten, und ihnen die Finsternis aus der Seele treiben. Das Licht wird einmal mehr siegreich sein.«

Nun war der Zeitpunkt gekommen, an dem Sir Caster das Geschwafel des Priesters nicht länger ertrug. »Sie sind Euch zahlenmäßig weit überlegen, wenn ich die Erzählungen der Gelehrten richtig deute«, erklärte er. »Ihr solltet einem Kampf vorerst aus dem Weg gehen.«

Der Priester winkte genervt ab. »Wie bereits deutlich gesagt, haben wir das Licht auf unserer Seite. Oder zweifelt Ihr etwa an der Macht der wahren Götter?«

»Nicht im Geringsten«, antwortete Sir Caster mit leichter Ironie in der Stimme.

»Außerdem – und das solltet Ihr als Ritter eigentlich besser wissen – haben wir den Vorteil der Verteidigung auf unserer Seite«, führte der Priester in lehrerhaftem Ton aus, als spräche er mit einem Kind.

Sir Caster musste sich zurückhalten, nicht laut loszulachen. »Lylion ist kein Ort, der sich zum Verteidigen eignet. Er besitzt weder Außenmauern noch andere Verteidigungsanlagen. Ihr könnt von den Baumhäusern aus Pfeile regnen lassen, gut und schön. Aber diese Stadt besteht aus Pflanzen und Bäumen. Wenn Ihr ein riesiges Lagerfeuer bestaunen wollt, seid Ihr hier richtig.«

Der Priester schnaubte. »Wer seid Ihr überhaupt, dass Ihr es wagt, mir gegenüber ein solch freches Mundwerk an den Tag zu legen?«

Panisch starrte Salya ihn an und schüttelte vehement den Kopf, um dem Ritter anzudeuten, von nun an besser zu schweigen. Doch der blieb unbeeindruckt. Nach allem, was er schon erlebt hatte, flößte ihm ein alter, schlechtgelaunter Mann keine Angst mehr ein. »Ich bin jemand, der mehr Schlachten geschlagen hat als jeder sonst in diesem Zelt. Und ich sage Euch, dass Lylion der mit Abstand schlechteste Ort des Königreichs ist, um einen Angriff abzuwehren. Auf freiem Feld stünden Eure Erfolgsaussichten besser, aber auch dort wäre es Irrsinn, die Schwerter zu erheben, so stark, wie Ihr in Unterzahl seid.«

»Was sagt Ihr dazu?«, fragte Yentis den Kommandanten seiner Streitkräfte.

Selendor blickte zu Sir Caster und wieder zurück zum Priester. »Er hat recht. Wir sollten einen Kampf vermeiden.«

Yentis fluchte und knurrte. »Was wäre das für eine Schande, wenn wir tatenlos dabei zusehen, wie die *Zwölf Boten* eine wichtige Stadt einnehmen, obwohl wir mit unserer gesamten Armee vor Ort sind? Das gesamte Königreich würde uns verspotten, jeder Bauernjunge seine Achtung vor uns verlieren.«

»Wir sollten den König und die umliegenden Städte um Verstärkung bitten«, warf der Kommandant ein. »Wenn wir uns in Geduld üben und unsere Kräfte vereinen, können wir sie bezwingen.«

Der Priester stöhnte. »Den König um Hilfe anflehen? Das würde man uns als fatale Schwäche auslegen! Außerdem würde das unsere Position ihm gegenüber schwächen und uns erpressbar machen – nicht zu vergessen der Verlust unseres Ansehens.«

Gebannt starrten alle Anwesenden auf den Ratsvorsitzenden und warteten auf seine Befehle. Dieser hatte den Kopf in den Nacken gelegt und den Blick nach oben gerichtet. Sir Caster konnte ihm beinahe ansehen, wie er sich verschiedene Szenarien durch den Kopf gehen ließ. »In Unterzahl kämpfen oder feige den Kopf einziehen und sich zum Gespött machen«, konstatierte er schließlich. »Eine andere Möglichkeit scheint es nicht zu geben.«

»Doch, die gibt es«, unterbrach ihn Sir Caster.

Yentis runzelte die Stirn und stöhnte. »Schon wieder unterbrecht Ihr mich. Ich warne Euch: Wenn Ihr mir jetzt keinen guten Vorschlag macht, lasse ich Euch aus dem Lager werfen und Euch des Amtes entheben – welches auch immer das sein mag. Und Ihr, Priesterin Salya, solltet lernen, Eure Wachen besser im Griff zu haben.«

Innerlich amüsierte sich der Ritter über die Drohung. Wovor sollte er noch Angst haben? Vor dem alten Mann sicher nicht. Aber er wollte ja gar nicht provozieren, sondern tatsächlich helfen. »Ihr Anführer Damion scheint für mich die Schlüsselfigur dieser Bewegung zu sein«, erklärte er. »Er manipuliert die Menschen, stachelt sie an, macht sie zu seinen treudummen, fanatischen Anhängern. Ich kenne diese Art von Gruppierungen mit Anführern dieser Art, bei denen ist alles von einer Person abhängig. Wenn wir Damion töten, ersticken wir die Rebellion im Keim. Ohne Anführer verlieren sie ihre Ordnung und ihre Moral. Chaos entsteht und jeder wird seine eigene Vorstellung davon haben, wie es weitergehen soll. Sie werden sich zerstreiten und auseinanderfallen.«

»Und wie sollen wir das anstellen?«, fragte Yentis.

Der Ritter wandte sich an die junge Frau. »Leanne, Ihr habt gesagt, dass er während des Angriffs in seinem Lager zurückbleibt, um die nachrückenden Kräfte zu koordinieren.«

Sie nickte. »Er ist kein Kämpfer.«

»Dann können wir einen Konterangriff starten.« Er sagte absichtlich ›wir‹ statt ›Ihr‹, um zu signalisieren, dass er sich für dieses Vorhaben zur Verfügung stellen würde. »Wir reiten um Lylion herum, während dort der Angriff tobt, und fallen hinterrücks in das Lager der Sekte ein. Dort stoßen wir Damion ein Schwert in den Leib und verschwinden wieder. Damit dürfte die Sache erledigt sein.«

»Das wird Euch nicht gelingen«, gab Leanne trocken zurück. »Er hat Menschen mit gewaltigen Kräften an seiner Seite. Sie sind Meister der Schwarzen Magie.«

»Wie bitte?«, brüllte Yentis. »Das will ich genauer wissen. Was heißt ›gewaltig‹? Ihr seid Gelehrte, also solltet Ihr das etwas präziser formulieren können.«

»Kann ich aber nicht. Ihre Fähigkeiten sind kaum zu begreifen. Vor allem die ihres Medizinmeisters übersteigen alles, was ich bislang gesehen habe, um Längen – selbst jene von Priesterin Salya.«

Yentis kratzte sich am Kopf. »Diese verdammte Sekte! Offenbar überträgt Zantul ihnen seine Macht. Aber sei es drum. Das Licht wird sie vernichten. Wir werden mit der gesamten Armee in ihrem Lager einfallen.«

»Das Risiko wäre viel zu groß«, entgegnete Sir Caster. »Wir müssen eine kleine Gruppe bleiben, sonst schleichen wir wie Elefanten.«

»Dann werdet Ihr aber nicht an Damion herantreten können«, warf Leanne ein. »Ihr könnt seine Leute – wenn überhaupt – nur mit einer gnadenlosen Überzahl bezwingen.«

Der Ritter studierte ihre Mimik. Selten hatte er es als so schwierig empfunden, die Gefühle eines Menschen zu deuten. Sie trat kühl und rational auf, doch vermutlich war das nur gespielt, denn gleichzeitig wirkte sie unsicher und verletzt. Trauer lag in ihrem Blick, außerdem spielte sie permanent an ihrem Armreif herum.

»Wir könnten mitten in der Nacht einen Überraschungsangriff starten«, schlug der Ritter vor. »Hohes Risiko, hoher Ertrag. Stellen sie Wachen auf?«

»Mehrere. Doch alleine kann man sich an ihnen vorbeischleichen, das ist mir bei meiner Flucht ja auch gelungen.«

Sir Caster nickte. »Dachte ich mir. Zumal sie ihre Sicherheitsvorkehrungen sicher noch einmal erhöhen werden.«

»Wir müssen also eine einzelne Person schicken«, fasste Yentis zusammen. »Und ich weiß auch schon, wen … «

»*Ich* werde das übernehmen«, fiel ihm Leanne ins Wort.

»Ich höre wohl nicht recht?«

»Wenn einer in Damions Nähe gelangen kann, dann ich. Er vertraut mir. Er wird denken, ich kehre zu ihm zurück, und wird mit mir unter vier Augen reden wollen. Diese Gelegenheit sollten wir nutzen.«

»Ist das Euer Ernst?«

Leanne schaute dem Priester entschlossen in die Augen. »Ja, ist es. Wenn wir auf diese Weise einen Krieg verhindern können, dann bin ich bereit, ihn zu töten.«

Salya blickte Leanne an, als hätte sie den Verstand verloren. Doch die junge Frau nahm dies gar nicht wahr. Ihre Konzentration galt einzig und allein Priester Yentis, der laut schnaufend nachdachte.

»Die Idee ist gut«, warf Sir Caster in den Raum. »Eine bessere Möglichkeit haben wir nicht, wenn wir schnell handeln wollen.«

Auch der Kommandant nickte zustimmend, und so erteilte Yentis letztlich den Befehl, Sir Casters Plan in die Tat umzusetzen.

»Es ehrt mich, dass Ihr mir diese Aufgabe übertragen habt«, sagte Leanne. »Aber ich erledige sie nur unter einer Bedingung. Mein Bruder befindet sich noch in diesem Lager. Ich will, dass wir ihn da rausholen.«

KAPITEL 25

Die Sonne war bereits untergegangen, eine angenehm kühle Temperatur hatte sich über die Wiesen gelegt. Leanne und der mysteriöse Ritter, der sich Sir Billo nannte, saßen abseits des Lagers auf dem Boden und warteten auf Befehle von Priester Yentis. Dieser hatte sich allerdings zurückgezogen, ohne jemandem Bescheid zu geben. Weder wussten sie, wo er steckte, noch, was er dort ausheckte, und so warteten sie Stunde um Stunde auf ein Zeichen.

»Wieso dauert das so lange?«, fragte Leanne den bis dahin schweigsamen Ritter. »Damions Armee könnte schon längst eingetroffen sein. Uns läuft die Zeit davon!«

»Wüsste ich auch gerne. Vorhin hatte er es noch so eilig.«

Der Ritter hatte dunkelblonde Haare und ausgeprägte Lachfältchen im Gesicht. Sie schätzte ihn auf Ende dreißig. Im Pavillon des Ordens war er kühn aufgetreten und hatte ihr mit seiner selbstsicheren und ruhigen Ausstrahlung imponiert, wirkte allerdings auch ein wenig arrogant. Er schien sehr erfahren zu sein, auch im Umgang mit Autoritäten. Vermutlich hatte er schon hochrangigen Personen gedient.

»Ich halte es ohnehin für eine miese Idee, dass ausgerechnet Yentis die Soldaten auswählt«, fuhr er fort. »Für diese Mission brauchen wir die fähigsten, loyalsten und zuverlässigsten Leute. Sie müssen Kampferfahrung besitzen, tödlich mit dem Schwert sein und einen kühlen Kopf bewahren können. Selendor, der Kommandant der Armee, sollte diese Auswahl treffen, denn wenn einer die Ritter des Lichts kennt, dann

er. Kein alter Mann, der den ganzen Tag in der Zitadelle hockt und zum Himmel redet.«

Leanne befand das für nebensächlich. Die Mission hing ausschließlich davon ab, ob es ihr gelingen würde, heimlich zu Damion vorzudringen und ihn zu töten. Falls sie versagte, war es unerheblich, ob sie zu zehnt oder mit fünfzig Mann dort aufgetaucht waren und ob die Ritter, die sie begleiteten, talentiert waren oder nicht.

Meinen geliebten Damion töten …

Gift statt Kuss.

Schmerz statt Liebe.

Tod statt Ehe.

Ihre Gedanken waren so düster wie die Nacht und drohten, sich in ihrer Seele festzusetzen. Je mehr sie über ihre Mission grübelte, desto größer wurden ihre Ängste und Zweifel.

Und desto stärker das Verlangen nach Shinosin.

Verdammt sei dieses Zeug! Sie musste sich ablenken, bevor die Sucht wieder Besitz von ihr ergreifen konnte.

»Woher kommt Ihr?«, fragte sie den Ritter.

»Aus dem Wald.«

»Dient Ihr nur Priesterin Salya oder auch noch jemand anderem? Ihr seid kein Ritter des Lichts.«

»Ich diene niemandem. Die Zeiten sind lange vorbei.«

Seine Antworten waren äußerst spärlich und nicht sonderlich aussagekräftig. Ihr war, als unterhielte sie sich mit einem gelangweilten Lon. »Also auch kein Söldner«, schlussfolgerte sie. »Seid Ihr mit ihr verwandt?«

Er lächelte. »Nein.«

»Woher kennt Ihr sie dann?«

»Wir haben im selben Dorf gelebt.«

»Sagt bloß! Doch nicht etwa in Schwarzbach?«

»Doch, genau dort. Ich habe sie damals nach Salemsburg begleitet, als noch die Hoffnung bestand, unser schönes Dorf zu retten.«

»Deshalb vertraut sie Euch also. Ihr habt schon viel zusammen erlebt.«

Er lachte. »Nein, sie vertraut mir, weil ich kein Idiot bin und weiß, wie man Menschen tötet.«

Sie wusste nicht, wie sie darauf reagieren sollte, und zwang sich zu einem Lächeln. Der Ritter schien etwas eigenwillig zu sein, und sie war sich zunächst nicht sicher gewesen, ob sie ihn sympathisch fand. Doch mit der Zeit hatte sie sich mit seiner unkomplizierten Art angefreundet, und es gefiel ihr, dass er geradeheraus sagte, was er dachte.

Nach einer Weile kam ein Mitarbeiter des Ordens vorbei, ein hektisch agierender Mann mit zitternden Händen. Ständig kratzte er sich im Gesicht und verhaspelte sich beim Sprechen.

»Das ist das Gift«, erklärte er und übergab Leanne einen länglichen, gläsernen Behälter. Im Inneren war eine Spritze mit roter Flüssigkeit montiert, an der Öffnung befand sich ein Hebelmechanismus. »Hier müsst Ihr zudrücken, dann springt der Behälter auf und die Spritze kommt hervor. Ihr könnt damit schneller zustechen, als Ihr zwinkern könnt.«

Plötzlich ließ er den Behälter fallen. Mit einem Schrei sprang Leanne zurück, doch das Gefäß landete auf dem Boden, ohne dass etwas geschah.

»Verzeiht mir«, sagte der Mann und kicherte verlegen. »So schnell geht der nicht kaputt. Außerdem müsstet Ihr sehr fest drücken, damit sich der Verschluss öffnet. Aus Versehen sollte das nicht passieren.«

Er hatte die Betonung auf ›sollte‹ gelegt, was Leannes Vertrauen in diese Gerätschaft nicht gerade steigerte.

»Optimal wäre es, wenn Ihr das Herz trefft«, erklärte er weiter. »Doch auch wenn Ihr das Gift in seinen Arm injiziert, schnürt es ihm innerhalb von Sekunden die Kehle zu.«

Er holte die gleiche Konstruktion noch mal hervor, diesmal mit einer Spritze mit grüner Flüssigkeit. »Und die hier ist für Euren Bruder, sollte er der Schwarzen Magie erlegen sein und nicht freiwillig mit Euch kommen wollen. Ich nenne sie ›das Schlaflied‹. Ein Tropfen davon und sogar ein Mammut schläft ein.«

Sie traute sich kaum, die Behälter mit den Spritzen in die Hände zu nehmen, und noch weniger, sie in ihren Taschen zu verstauen. Doch als sie sie vorsichtig betastete, befand sie, dass sie ausreichend stabil waren.

Der Mann nickte hastig, dann lief er davon. Doch nach kurzer Zeit kam er wieder zurück, mit funkelnden Augen und hochgezogenen Schultern. »Könntet Ihr mir vielleicht etwas mitbringen? Ich meine … ähm … von der Schwarzen Magie? Selbstverständlich nur für das eigene Studium und nur im Rahmen der Gesetze. Irgendwelche magischen Gegenstände … Artefakte, Tinkturen, Heilpflanzen … Oder noch besser: Bücher, Manuskripte, Schriftrollen … Je nachdem, was Ihr auf die Schnelle auftreiben könnt. Ich würde frohlocken.«

»Ich werde sehen, was ich tun kann«, sicherte Leanne ihm zu, um ihn endlich loszuwerden. Offenbar wusste der Mann nicht, dass sie Gelehrte war, sonst hätte er sich sein Geschwafel über das Befolgen der Gesetze, das schlichtweg gelogen war, sicher gespart.

Wenig später kam Priesterin Salya vorbei. »Es ist ein Glücksfall für uns, dass du diese gefährliche Aufgabe übernimmst. Wirklich mutig von dir! Ich weiß das zu schätzen und möchte mich im Namen des Ordens bei dir bedanken.« Sie deutete auf Sir Billo. »Er ist geschickt mit dem Schwert, clever und verlässlich. Du wirst froh sein, ihn an deiner Seite zu haben.«

»Was ist mit dir?«, fragte sie die Priesterin. »Wir könnten dich und deine magischen Kräfte gut gebrauchen.«

»Die Gabe, die ich besitze, ist nicht für den Kampf geeignet. Sollte es dazu kommen, stünde ich euch nur im Weg.«

Schließlich war wieder Warten angesagt – für Leanne eine unerträgliche, nervenzehrende Zeit. Ihr stand die wichtigste Aufgabe ihres Lebens bevor, doch statt diese anzugehen, musste sie sich damit begnügen, Grashalme zu zählen.

Wenn mich wenigstens der Ritter ablenken würde. Doch der redet lieber mit seinem Pferd als mit mir, außerdem behandelt er sein Schwert, als wäre es ein Hundewelpe.

Plötzlich ertönte eine Stimme. Sie schreckten auf und drehten dich um, der Ritter legte eine Hand an sein Schwert. Vor ihnen standen vier Personen, zwei Frauen und zwei Männer. Obwohl Leanne hellwach war und die ganze Zeit ungeduldig Ausschau gehalten hatte, hatte sie nicht bemerkt, dass sie sich ihnen angenähert hatten. Den weißen Gewändern nach zu urteilen gehörten sie der Armee des Lichts an, doch sie kamen Leanne nicht wie normale Ordensritter vor. Eine besondere Aura umgab sie, mächtig und geheimnisvoll, zugleich aber bedrohlich. Leanne fühlte sich eingeengt, wich instinktiv einen Schritt zurück.

»Seid gegrüßt«, sagte eine der beiden Frauen und trat hervor. »Priester Yentis schickt uns.« Vielleicht war sie schwer krank, denn sie röchelte und sprach mit heiserer Stimme, als müsste sie jeden Moment einen Stein aus ihrem Rachen pressen. Ihr rechtes Bein war krumm, es schien mehrfach gebrochen und schief zusammengewachsen zu sein. Sie humpelte stark, schien sich aber schmerzfrei bewegen zu können. Um ihren Hals herum verlief eine durchgehende Narbe, als hätte jemand ihren Kopf auf den Körper genäht. Dagegen wirkte sogar Salyas Narbe unscheinbar.

»Wir sind die Spezialeinheit des Ordens«, fuhr sie fort. »Wir sind Gesandte des Lichts, Kinder des Yanus, Schützlinge des Othos und Beschützer des Friedens. Man nennt uns *Weiße Füchse*. Ich bin ihre Anführerin. Bis auf den Obersten Priester und den Rat des Ordens weiß niemand von unserer Existenz – nicht einmal die Ehrenpriester oder der Kommandant der Armee, der König schon gar nicht. Wir werden nur für besondere Missionen eingesetzt, und diese hier ist eine davon – vielleicht die wichtigste seit Jahrzehnten. Im Namen des Lichts und auf Geheiß von Priester Yentis stehen wir Euch zur Verfügung.«

Sie zog ein langes Schwert aus ihrem Gürtel und hielt es in die Luft. Obwohl die Nacht bereits hereingebrochen war, leuchtete die Klinge, als schiene die Sonne darauf. Der Griff war mit Gold überzogen und mit Edelsteinen geschmückt. Die Schneide sah so makellos aus, als wäre sie frisch geschmiedet worden.

»Schönes Schwert!«, betonte Sir Billo und bewunderte den Stahl wie ein Kind sein Lieblingsspielzeug.

»Ich danke Euch«, antwortete die mysteriöse Kriegerin. »Dies ist das heilige Schwert des Prinz Tiyones, Euch vielleicht bekannt als *Der Weiße Prinz*. Mithilfe seiner magischen Klinge bezwang er vor über achthundert Jahren die schwarzen Dämonen. Wenn dieses Schwert in die richtigen Hände gelangt, vermag es Außerordentliches für das Licht zu leisten. Inzwischen obliegt mir die große Ehre und gleichzeitig die große Bürde, das Erbe des Tiyones aufrechtzuerhalten. Mit seiner Waffe führe ich den Kampf gegen den dunklen Gott fort.«

»Und wie heißt Ihr?«, fragte Leanne.

»Wenn ein Krieger des Lichts den *Weißen Füchsen* beitritt, gibt er seinen Namen auf alle Zeiten ab. Möchtet Ihr uns ansprechen, so bezeichnet uns bitte als ›Gefährte‹.«

Die Anführerin der *Füchse* deutete auf den rothaarigen Mann mit den weit aufgerissenen Augen neben sich. »Dieser Gefährte versteckt mehr Wurfmesser unter seinem Gewand, als er Haare auf dem Kopf hat. Und er zielt so gut, dass er aus fünfzig Fuß Entfernung Eure Augen trifft.«

Das hättest du nicht so genau erklären müssen. Aber gut zu wissen, dass er offenbar nicht ungeschickt ist.

Mit einem geübten Handgriff holte der Mann ein kleines Messer unter seinem Gewand hervor und ließ es am Griff um den Zeigefinger kreisen, schnell und präzise. Währenddessen starrte er Leanne mit einem solch fanatischen Blick an, dass er sie an einen tollwütigen Hund erinnerte.

Als Nächstes stellte die Anführerin einen Mann vor, dessen Klamotten flackerten, als wehte der Wind aus dem Boden heraus in die Höhe. »Dieser Gefährte wird auch ›Wächter des Windes‹ genannt. Er hat seine Fähigkeit an der Eisküste im Norden erlernt. Der Wind gehorcht ihm und dient ihm als Waffe im Kampf gegen die Diener der Finsternis.«

Je länger Leanne ihn anblickte, desto stärker spürte sie eine Brise ihre Wangen entlangstreifen. Erst juckte es ein wenig, dann stach ihr der Wind plötzlich in die Haut, als drückte ihr jemand ein Messer auf. Im nächsten Moment war das unangenehme Gefühl verschwunden.

Als Letztes trat eine Frau mit kurzen schwarzen Haaren hervor. Sie war die größte Person unter den *Füchsen* und hielt einen Speer in der Hand. Als die Anführerin auf sie zeigte, stieß sie ihn in den Boden, woraufhin er zu glühen begann. »Dieser Speer wurde in den alten Höhlen der Roten Wüste gefertigt«, erklärte die groß gewachsene Kriegerin stolz. »Feuer schlummert in ihm. Nur ich kann es wecken, es entfachen und es nutzen. Ementos, der Gott des Feuers, nährt seine Kraft.«

Leanne blickte auf die vier Gestalten, die sie mit ihren magischen Fähigkeiten zwar beeindruckten, ihr jedoch auch Angst einflößten. Sie sprachen wenig und stellten eine derart aggressive Körpersprache und Mimik zur Schau, als wollten sie ihre Künste gleich an Ort und Stelle demonstrieren. Die Einzige von den vier *Füchsen*, die ihr annähernd sympathisch erschien, war ihre Anführerin. Doch auch sie wirkte mit ihrem krummen Bein, dem Röcheln und der riesigen Narbe am Hals äußerst befremdlich.

»Lasst uns keine Zeit verlieren«, verkündete die Anführerin und schnipste mit den Fingern. Daraufhin kamen sechs weiße Pferde hintereinander angetrabt, so einheitlich und diszipliniert wie eine gut ausgebildete Soldatentruppe. »Wir stellen Euch unsere Pferde zur Verfügung. Sucht Euch jeweils eines davon aus. Sie alle gehören zu unseren edelsten Geschöpfen.«

Sir Billo lehnte ab und deutete auf sein eigenes Pferd, einen großen, dunkelbraunen Hengst. »Danke, aber ich habe meinen eigenen Begleiter und ich gedenke nicht, ihn zurückzulassen.«

Verblüfft sah sie ihn an. »Unsere Pferde sind stark und schnell, gesegnet mit der Kraft des Lichts. Ich bin mir nicht sicher, ob Eures mithalten kann.«

Der Ritter jedoch lächelte bloß und klopfte seinem Tier auf den Hals. »Macht Euch da mal keine Sorgen.«

Die Pferde galoppierten über das Feld und trugen die Sechsergruppe in Richtung des Lagers der *Zwölf Boten*. Ein kräftiger Wind pfiff Leanne in den Ohren. Sie duckte sich so tief wie möglich hinter den Pferdehals und krallte sich an den Zügeln fest. Wie vorgewarnt, schlugen die Tiere ein rasantes Tempo an, doch auch der Ritter hatte nicht zu viel versprochen – sein Hengst hielt ohne Weiteres mit. Im Gegensatz zu Leanne genoss Sir Billo den schnellen Ritt und hob seinen Kopf wie eine Katze, die in der Luft schnuppert.

Geredet wurde kaum. Die Konzentration galt der Reise, der Mission, dem Fokus auf sich selbst. Der Wächter des Windes hielt seine Augen permanent geschlossen – schlief er etwa? –, die Speerträgerin ignorierte alles um sich herum. Einmal schaute Leanne zum Messerspezialisten, doch der starrte mit einem so fanatischen Blick zurück, dass sie erschrak und unweigerlich an eine Gruselgeschichte denken musste, in der ein Monster die Herzen der Menschen herausriss und verspeiste.

Als sie nördlich an Lylion vorbeiritten – es war mitten am Tag –, hielten sie kurz inne. Aus der Ferne sahen sie eine Rauchwolke aus der Stadt aufsteigen. Instinktiv zog Leanne den Kopf ein und verspürte den

Drang, ihn mit den Armen zu schützen. Die Rauchwolke erinnerte sie an jene aus dem feuerspeienden Berg, und plötzlich fühlte sie wieder die bedrückende Hitze, die dort geherrscht hatte, und roch die mit Schwefel vermischte Bergluft. Die Wolke hatte damals den Tod vieler Menschen verheißen und auch diesmal zeugte sie womöglich von großem Unheil. Leanne hoffte inständig, dass Damion recht hatte und beim Aufmarsch seiner Armee wenig Blut floss.

»Ihr Geheimnis ist nun keines mehr«, murmelte sie. »Die *Zwölf Boten* haben sich offiziell zu erkennen gegeben und setzen Damions Plan um. Die offene Rebellion gegen den Orden des Lichts hat begonnen.«

»Ich spüre keine Schwarze Magie aus Richtung der Stadt«, erklärte die Anführerin der Füchse. »Offenbar sind die Hexenmeister, von denen Ihr erzählt habt, tatsächlich in ihrem Lager geblieben.«

»Sind wir vielleicht zu weit weg, als dass Ihr sie spüren könnt?«

»Nein, das ist ausgeschlossen. Aus Richtung des Waldes spüre ich sie ja auch – und zwar in gewaltiger Menge.«

Am Abend des übernächsten Tages erreichten sie das Lager der *Zwölf Boten*. Sie hielten in sicherer Entfernung an, um nicht von den Patrouillen entdeckt zu werden, und beobachteten die Aktivitäten mit einem Fernglas.

Leanne zitterte vor Anspannung und bekam kaum Luft. Gegessen hatte sie in den letzten Tagen nur wenig, und das auch nur, wenn sie sich nach viel Überwindung dazu gezwungen hatte. Anfangs hatte sie gehofft, die Präsenz der *Weißen Füchse* würde sie beruhigen, immerhin waren sie mächtige Zauberer und für Missionen wie diese ausgebildet. Doch das Gegenteil war der Fall: Die Gefährten wirkten alle selbst nervös. Am schlimmsten war der Messerspezialist. Er spielte die ganze Zeit mit zwei Messern herum, warf sie von Hand zu Hand, schleuderte sie hoch und fing sie wieder auf. Jeder andere würde sich bei diesen schnellen Bewegungen früher oder später die Hände aufschlitzen, doch er führte sie fehlerfrei aus, ohne hinzuschauen. Der Wächter des Windes lief hektisch auf und ab und erzeugte dabei einen kleinen Wirbelsturm am Boden. Sogar die Anführerin, die bislang ruhig geblieben war, ballte ständig ihre Hände zu Fäusten und löste sie wieder.

Sir Billo hatte die meiste Zeit über entweder mit seinem Pferd gesprochen oder vor sich hin geträumt. Doch mittlerweile hatte sich die Hektik, die die *Füchse* verbreiteten, auch auf ihn übertragen. »Was ist mit ihnen?«, fragte er die Anführerin mit scharfem Unterton und wies mit dem Kopf auf die anderen Gefährten. »Langsam gehen sie mir auf die Nerven.«

»Sie spüren die Schwarze Magie, die hier herrscht«, erklärte sie. »Sie wollen die Finsternis bekämpfen und die Gerechtigkeit des Lichts walten lassen. Aber ich denke nicht, dass das klug ist. Ich habe die Macht Zantuls schon lange nicht mehr so stark gespürt wie hier. Und das, obwohl dies bloß ein kleines Zeltlager mit wenigen Menschen ist.«

»Wir sollten angreifen«, zischte die Speerträgerin. »Meine Sinne sind geschärft, meine Waffe ebenfalls. Ich bin bereit, das Blut der dunklen Diener zu kosten.«

»Und ich erst!«, fügte der Messerwerfer in schrillem Ton hinzu.

Doch die Anführerin musste sie enttäuschen. »Wir halten uns an Priester Yentis‘ Plan. Leanne schleicht sich hinein und vergiftet Damion in seinem Zelt. Danach gibt sie ihrem Bruder den Schlaftrunk und holt ihn aus dem Lager. Wir verschwinden und die *Zwölf Boten* werden niemals erfahren, dass wir hier waren. Eingegriffen wird wir nur im Notfall.«

Die anderen *Füchse* murrten, schnaubten und grunzten, akzeptierten aber ihren Befehl. Und so warteten sie bis in die tiefe Nacht. Während die Gefährten versuchten, sich von ihrem Blutdurst abzulenken, beobachtete Leanne das Lager. Die Bewohner saßen am Feuer, unterhielten sich, aßen und tranken. Einige gingen früh zu Bett, andere versüßten sich den Abend mit Spiel und Gesang. Überall tollten Kinder herum, bevor sie nach längerer Diskussion mit ihren Eltern in ihre Zelte geschickt wurden. Wenn hier nicht so viele Wachen patrouillieren würden, hätte man denken können, dies wäre bloß eine friedliche Gemeinschaft, die ihr Leben genoss und nichts mit der schrecklichen Welt außerhalb ihres Lagers zu tun haben wollte. Und vielleicht traf das ja auf die meisten Menschen dort zu, die getäuscht wurden und nichts von den dunklen Geheimnissen dieser Sekte ahnten.

Leanne hoffte es jedenfalls.

Als abgesehen von den Wachen alle Bewohner des Lagers schlafen gegangen waren, gab die Anführerin der *Füchse* endlich den entscheidenden Befehl. Und so betrat Leanne den finalen Weg ihrer Mission, an dessen Ende der Tod lauerte, entweder für Damion oder für sie.

Oder für sie beide.

KAPITEL 26

Nun lag es weder in den Händen eines Ritters noch in den magischen Fähigkeiten eines Hexenmeisters, Damion zu töten, die Sekte zu schwächen und einen Krieg zu verhindern.

Nun lag es alleine an Leanne.

Sie hielt so weit wie möglich Abstand zu den umherlaufenden Wachen und schlich langsam ins Lager hinein. Ein schwarzer Umhang mit weiter Kapuze hüllte sie vollständig ein und ließ sie mit der Dunkelheit verschmelzen. Leichter Nieselregen prasselte auf sie herab, der Wind zerrte an ihrem Umhang. Nochmals ließ sie ihre Hände in die Taschen des Umhangs gleiten, als müsste sie sich vergewissern, dass die Behälter mit den eingebauten Spritzen immer noch da waren.

Ihr Auftrag war klar, doch während des Ritts hatte sie sich entschieden, die Reihenfolge zu ändern: Erst würde sie Lon in Sicherheit bringen, dann Damion töten. Das war sie ihrem Bruder schuldig. Sie hatte schon zu viele schwere Fehler begangen: Maya nicht beschützt, die *Zwölf Boten* nicht verraten, Lon den Krallen dieser Sekte überlassen. Dieser Sommer war eine einzige Schande für sie gewesen. Doch wenigstens hatte sie nun die Gelegenheit, die letzten beiden Fehler wiedergutzumachen.

Nach einer Weile erreichte sie die ersten Zelte. In einer der Behausungen hustete jemand, in der anderen unterhielt man sich. Sie nahm einige Umwege, um den Stimmen aus dem Weg zu gehen. Mehrmals musste sie in der Bewegung verharren, weil sie glaubte, Schritte auf dem Rasen zu hören. Einige Male blickte sie sich erschrocken um, weil der Wind etwas flattern ließ.

Schließlich erreichte sie die drei Zelte, in einem derer sich vermutlich ihr Bruder aufhielt. Sie atmete tief durch. Jetzt musste es schnell gehen: ›Das Schlaflied‹ hervorholen, zustechen und Lon an den Füßen herauszerren. Letzteres würde wahnsinnig anstrengend werden, mit hohem Risiko, entdeckt zu werden.

Doch sie hatte keine Wahl.

Sie lugte gerade ins erste Zelt hinein, als jemand sie packte. Sie zuckte zusammen, wollte sich umdrehen, doch ihre Arme wurden schmerzhaft hinter dem Rücken zusammengedrückt.

»Dass du es wagst, hier noch einmal aufzutauchen«, zischte der Mann, der sie festhielt. Es war Maks.

»Ich komme doch nur zu euch zurück«, flüsterte sie. »Ich habe eingesehen, dass ich einen Fehler gemacht habe.«

»Mitten in der Nacht? Du miese Verräterin bist so verlogen, wir glauben dir kein Wort mehr. Ich bringe dich zu Damion. Der wird entscheiden, was wir mit dir machen. Bete zu deinen falschen Göttern, dass deine Strafe milde ausfallen wird. Du kannst von Glück reden, wenn wir dir bloß den Kopf abschlagen.«

Er schob sie vor sich her, ihre Arme auf den Rücken gedreht, und brachte sie ins Zelt seines Anführers. Damion war noch wach. Er stand mit dem Rücken zum Eingang und betrachtete eine Kerze vor ihm auf dem Tisch. »Lass uns allein, Maks«, sagte Damion. »Ich möchte unter vier Augen mit ihr sprechen.«

»Wieso schlitzen wir ihr nicht an Ort und Stelle die Kehle auf?«, fragte Maks. Er schob ihre Arme nach oben, woraufhin ein fürchterlicher Schmerz durch ihren Körper schoss.

»Sie wird ihre Strafe bekommen«, entgegnete Damion. »Doch zuerst rede ich mit ihr. Allein.«

Zu Leannes Erleichterung ließ Maks sie endlich los. Doch bevor er ging, stellte er ihr ein Bein und stieß ihr kräftig in den Rücken. »Genieß deinen letzten Plausch!« höhnte er, während sie unsanft auf den Boden prallte. »Mal sehen, was Fletch dazu sagen wird, dass du wieder hier bist.«

Sie stöhnte, schmeckte Blut. Mit stechendem Schmerz in Rücken und Armen rappelte sie sich langsam auf. Sie hatte versagt. Sie war entdeckt worden und bald würden Fletch und alle anderen Bewohner des Lagers erfahren, dass die Verräterin zurückgekehrt war.

Doch so schwer ihr Scheitern und so hoffnungslos ihre Situation auch schien – ein unerwarteter Glücksfall war eingetreten. Damion war so naiv gewesen, Maks wegzuschicken, und Maks so töricht, sie mit ihm allein zu lassen. Sie hatten ihr tatsächlich die Möglichkeit gegeben, Damion die Spritze in den Hals zu rammen.

Damion hatte sich inzwischen umgedreht. Mit seinen kleinen Augen und den großen Ringen darunter sah er müder aus als je zuvor. »Warum bist du zurückgekommen?«, fragte er. »Sie werden dich töten.«

»Ich wollte wieder zu dir«, antwortete sie.

Die Worte kamen ihr leicht über die Lippen, denn sie waren nicht gelogen. Sie freute sich, ihn wenigstens noch ein letztes Mal sehen und sprechen zu dürfen, bevor sie ihm gleich seine Seele nehmen und schließlich selbst von den Bewohnern des Lagers hingerichtet werden würde. Während sie also diesen finalen Moment genoss, legte sie die rechte Hand vorsichtig an den Verschluss des Behälters.

»Es ist so schön, dich zu sehen.« Seine Stimme war leise und zittrig, seine Körperhaltung träge. Es war eindeutig: Er hatte wieder eine dieser sonderbaren Phasen, ohne Willen, ohne Motivation, doch voller Zweifel.

Ausgerechnet jetzt!

»Dein Fortgang hat mir gezeigt, was mir wirklich wichtig ist«, fuhr er fort. »Schon immer war mein Leben vom Kampf für Gerechtigkeit beherrscht. Jedes Jahr, jeder Tag, jeder Minute. Doch wie viel Sinn macht es, mich von einem einzigen Ziel abhängig zu machen? Ich könnte scheitern, so wie es vielen anderen Menschen vor mir auch schon ergangen ist – weitaus klügeren und stärkeren Menschen. Und dann? Dann wäre alles umsonst gewesen, meine Arbeit, meine Pläne, meine Hoffnungen. Sollte ich mich nicht lieber verkriechen und meine Zeit in Frieden verbringen? Mit Menschen, die ich mag? Mit dir, Leanne?«

Um ihren Auftrag auszuführen, musste sie bloß einen Schritt auf ihn zugehen. Den Verschluss öffnen und zustechen. Doch die Art, wie er sprach, ließ sie zweifeln.

Er ist besessen, aber im Inneren ein guter Mensch.

Ihre Hand verkrampfte sich.

»Vielleicht hattest du recht und ich habe einige Mitglieder unserer Gemeinschaft falsch eingeschätzt«, sprach er weiter. »Ich hätte mir nicht einreden sollen, eine gute Menschenkenntnis zu besitzen. Das tue ich nicht. Ich war überheblich. Nur einer meiner vielen Fehler …«

»Ach, Damion.«

Sie wollte ihn aufmuntern, ihm gut zureden, ihn in die Arme nehmen. Doch dann ermahnte sie sich.

Nein, willst du nicht! Diese Sekte ist böse. Bring es hinter dich!

Sie blickte ihm in die Augen. Er wirkte verletzlich, ja sogar ängstlich.

Das ist nur eine seiner Phasen. Morgen wird er wieder der Alte sein und seinen Krieg fortführen.

Ihr Blick wanderte zu seinem Hals.

Stich zu! Die anderen kommen gleich.

Sie setzte mit dem Finger an, den Verschluss der Flasche zu öffnen.

Töte ihn!

Sie drückte auf den Hebel.

Jetzt!

Plötzlich stürzte Fletch ins Zelt. In der einen Hand hielt er sein Schwert, mit der anderen zeigte er auf Leanne. »Dreckige Verräterin!«, brüllte er. »Wir hätten dir schon am ersten Tag den Stahl in den Bauch stoßen sollen!«

Leanne trat einen Schritt zurück, nahm die Hände aus den Taschen und hielt sie schützend vor den Körper.

»Dass du es wagst, hier noch einmal aufzutauchen!« Fletchs Gesicht war rot angelaufen und verzerrt vor Hass. Er spuckte beim Brüllen. »Komm mit nach draußen! Alle sollen sehen, wie wir dich hinrichten!«

»Lass das!«, sagte Damion.

Doch diesmal zeigten seine Worte keine Wirkung. »*Du* wirst mir gar nichts mehr befehlen!«, schimpfte Fletch. »Du hast uns diese Scheiße doch eingebrockt, hast diese heimtückische Hure in Schutz genommen.«

»Wir finden eine andere Lösung.«

Da hob Fletch das Schwert und hielt es Damion an die Kehle. »Nein, finden wir nicht. Halt dein Maul, oder willst du dich auch als Verräter entlarven?«

Leanne wagte nicht, sich zu rühren. Der Zwischenfall hatte sie in eine schlechte Position gebracht. Ihre Hände waren nicht mehr in den Taschen und sowohl Damion als auch Fletch standen für einen überraschenden Angriff zu weit entfernt.

»Diesmal machen wir es auf meine Weise«, zischte Fletch.

»Ich habe einen Fehler gemacht«, gab Damion zu. Verzweiflung schwang in seiner Stimme mit. »Aber wir erreichen nichts, wenn wir sie hinrichten.«

»Schnauze! Für mich sieht das nicht nach einem dummen Fehler aus, sondern nach Absicht. Dir ist unsere Gemeinschaft doch völlig egal, seit dieses Drecksweib um dich herumspringt und dir schöne Augen macht.« Er drückte die Klinge noch fester an seinen Hals. Blut trat aus dem Schnitt, rann den Hals entlang und über die Klinge. »Sag mir, auf welcher Seite stehst du eigentlich?«

»Ich …«

»Sag schon! Auf ihrer oder auf unserer?«

Und da veränderten sich Damions Gesichtszüge. Eben noch angespannt und ängstlich, trat er nun wieder auf wie ein Anführer, der wusste, was er zu tun hatte. Der hängende Kopf ging nach oben, die Schultern nach hinten. Der Blick wurde klar und fest. Mit seiner für ihn typischen Stimme, die vor Kraft und Gewissheit strotzte, verkündete er: »Ich gehöre zu den *Zwölf Boten*. Ich wurde als einer von euch geboren und werde als einer von euch sterben. Gemeinsam werden wir den Orden stürzen und das Königreich zu einem Reich Zantuls machen.« Er bedachte Leanne mit einem eisigen Blick, während er weiter zu Fletch sprach. »Und was sie betrifft, hast du recht. Sie wollte uns von hinten erdolchen. Es wird Zeit für ihre Strafe.«

Seine plötzliche Kaltblütigkeit schockierte sie. Ihr wurde schwindelig und leicht schwarz vor Augen, als würde sie jeden Moment kollabieren. Der letzte Rest Hoffnung, den sie noch in sich getragen hatte, war soeben zerplatzt wie Glas auf Stein.

Fletch lachte und nahm sein Schwert herunter. »*Das* ist der Damion, den ich kenne. Und der, den wir brauchen. Du bist unser Anführer, verdammt noch mal!«

Er packte Leanne am Arm und zerrte sie in Richtung Ausgang. Doch plötzlich nahm Damion die Vase vom Tisch und schlug sie mit voller Wucht gegen Fletchs Hinterkopf. Die Vase zerschellte, und Fletch sackte zusammen. Er blieb reglos liegen, mit offenstehendem Mund. Aus einer Platzwunde am Kopf floss Blut. Noch ehe Maks begriff, dass soeben ausgerechnet Damion – ihr Anführer – ein wichtiges Mitglied seiner Gemeinschaft, das obendrein seit vielen Jahren sein bester Freund war, niedergeschlagen hatte, stürzte dieser sich auf ihn und riss ihn zu Boden. »Lauf!«, rief Damion Leanne zu, während die beiden am Boden miteinander rangen. »Bring dich in Sicherheit!«

Leanne ergriff die Möglichkeit zur Flucht und rannte um die beiden Männer herum. Eine Hand griff nach ihr und packte sie am Fuß, doch mit einem kräftigen Tritt nach hinten befreite sie sich und stürmte aus dem Zelt.

Lichter brannten, Stimmen überschlugen sich.

Das Lager war aufgewacht.

Obwohl sie keine Zeit verlieren durfte, blieb sie stehen. Auf einmal realisierte sie, dass sie inmitten von Hektik und Todesangst ihren Auftrag vergessen hatte.

Jetzt habe ich noch die Möglichkeit, die Mission abzuschließen. Einfach zurückgehen und ihm die Nadel in den Hals stechen. Mich selbst opfern.

Doch war das noch nötig? Damion hatte sich soeben für sie eingesetzt und die *Zwölf Boten* somit hintergangen. Sie würden ihn nicht mehr als ihren Anführer anerkennen und Fletch ihn gewiss als Verräter hinrichten lassen.

Die ersten Menschen kamen aus ihren Zelten, schauten sich irritiert um und brüllten einander Fragen und Anweisungen zu. Und da vergaß Leanne alle guten Absichten. Der Wunsch, diesen Tag irgendwie zu überleben, übermannte sie.

Sie rannte los. Einfach nur noch weg von hier.

»Bleibt stehen!«, rief jemand hinter ihr.

Sie wagte einen Blick über die Schulter. Damion rannte ihr hinterher, außerdem Maks, der ihm dicht auf den Fersen war. Ein Pfeil schlug neben ihr in den Boden, ein weiterer zischte an ihrem Ohr vorbei. Eine Frau verließ genau vor ihr das Zelt und Leanne konnte nicht anders, als sie umzuschubsen. Von der Seite kam eine Wache auf sie zu und zog ihr Schwert, zuckte allerdings plötzlich und hielt in der Bewegung inne.

Ein Messer steckte in ihrem Hals.

Blut spritzte aus der Wunde, und die Frau sackte zu Boden – das Werk der *Weißen Füchse.* Leanne rannte zu ihnen und stieg aufs Pferd. Damion geriet ebenfalls unter Beschuss, doch der Wächter des Windes hob seine Arme und lenkte die Pfeile mit einem kräftigen Windstoß ab.

Wieso helfen sie ihm? … Natürlich! Sie wissen nicht, dass er Damion ist. Sie halten ihn für Lon.

Damion sprang zu Leanne aufs Pferd und sogleich stiegen auch die anderen Gefährten auf, um die Flucht anzutreten. Doch kaum ritten sie los, schoss vor ihnen eine weitläufige Wand aus Feuer aus der Erde. Die Flammen zuckten und rauschten, Leanne spürte die Hitze auf ihrer Haut. Die Pferde scheuten, wieherten, richteten sich auf. Es kostete einige Mühe, sie wieder zu beruhigen, doch dazu mussten sie sich vom Feuer entfernen und sich wieder dem Lager nähern.

Wo Arwil bereits auf sie wartete.

Wer sonst vermochte solche Magie zu beherrschen? Mit seiner dunklen Kunst nährte er die Flammen. Sie peitschten hin und her und züngelten bedrohlich nahe in Richtung der Eindringlinge. Die gesamte Umgebung wurde erhellt und erst jetzt zeigten sich die vielen Menschen, die mittlerweile aus ihren Zelten gekommen waren. Bewaffnet mit Schwertern, Lanzen, Äxten und Bögen näherten sie sich den Angreifern. Für Leanne und ihre Gruppe gab es keinen Fluchtweg, das Feuer schnitt ihnen den Weg ab.

Sie mussten sich dem Kampf stellen.

KAPITEL 27

Die *Weißen Füchse* und Sir Billo sprangen von ihren Pferden und zogen ihre Waffen. Sie mussten sich zu fünft gegen Arwil behaupten und außerdem gegen alle Bewohner des Lagers, die sich zum Kämpfen bereit machten. Die Anführerin der *Füchse* erteilte zwei knappe Befehle und die Gruppe teilte sich auf: Die beiden Frauen nahmen sich Arwil vor, während sich die zwei Fernkämpfer und Sir Billo um die anderen Sektenmitglieder kümmerten, um den Medizinmeister von ihnen zu isolieren.

Dreimal stieß die groß gewachsene Gefährtin mit den kurzen Haaren ihren Speer auf den Boden, um sein inneres Leben zu entfachen. Daraufhin glühte die heilige Waffe so stark wie eine Schwertklinge, die aus der Glut gezogen wird – bereit, die Diener der Finsternis zu bekämpfen. Sofort stürzte sich die Gefährtin auf Arwil, duckte sich unter einem seiner Zauber hinweg und stach mit vollem Schwung zu. Dieser vollführte jedoch seinen neu gelernten Trick, dessen Wurzeln tief in der dunklen Kunst steckten: Er löste sich in Luft auf und tauchte an anderer Stelle wieder auf. Der Speer ging ins Leere und sprühte dabei weiträumig Funken, die langsam zu Boden rieselten. Arwil ging nun zum Gegenangriff über. Er ballte seine Faust und reckte sie in die Luft, woraufhin sich ein schwarzer Schleier um den Speer der Gefährtin legte und sein Feuer löschte. Als jedoch die Anführerin der *Füchse* auf ihn zustürmte, musste er den Angriff abbrechen. Trotz ihres krummen Beines bewegte sie sich erstaunlich schnell. Ihr heiliges Schwert strahlte ein gleißendes Licht aus, so hell, dass es Leanne blendete.

Aus dem Lager eilten mehrere Sektenmitglieder heran. Der Wächter des Windes stellte sich ihnen entgegen und ließ einen kräftigen Luftstoß über sie hinwegfegen, womit er die meisten von ihnen erfasste und zurückdrängte. Einen Mann erwischte er mit voller Wucht. Er wurde zurückgeschleudert und rollte einige Meter über den Boden. Derweil warf der andere Gefährte seine Messer, um die übrigen Angreifer im Zaum zu halten. Dank der großen Entfernung hatten die Menschen genug Zeit zu reagieren und konnten sich rechtzeitig ducken oder – sofern vorhanden – ihre Schilde hochreißen. Doch die Attacken genügten, um die Lagerbewohner vorerst auf Abstand zu halten. Einzig ein älterer Mann, der von der Seite kam und von niemandem so recht als Bedrohung erkannt worden war, brach hindurch.

»Mehlan …«, flüsterte Damion.

Leanne hätte sich am liebsten weggedreht. Sie kannte Mehlan. Er las den Kindern im Lager gerne Geschichten vor und schwärmte von seinen Enkeln, die geheiratet und tolle Berufe erlernt hatten. Er war ein liebenswerter Mann, hilfsbereit, immer gut gelaunt. Doch jetzt zeigte er sich von einer anderen Seite, bereit, seine Heimat, seine Familie und seine Freunde zu verteidigen. Brüllend und mit einer Axt bewaffnet rannte er auf Sir Billo los, doch es war, als spränge er mit dem Kopf voran in eine Schlucht. Der Ritter war ihm hoffnungslos überlegen, musste nur einmal parieren und zuschlagen, um den alten Mann niederzustrecken.

Damions Augen waren weit aufgerissen, während er hilflos mitansah, wie seine geliebten Menschen in eine Schlacht gegen übermächtige Gegner verwickelt wurden. »Meine Gemeinschaft!«, rief er voller Entsetzen, voller Angst. »Was habe ich getan?«

Auch Leanne blickte bestürzt in die Menge der Lagerbewohner, die stetig wuchs, weil immer noch Menschen aus ihren Zelten kamen. In den letzten Monaten hatte sie mit ihnen zusammengelebt, sie mitunter schätzen gelernt und liebgewonnen. Die meisten von ihnen waren aufrichtige und harmlose Menschen, die niemals eine Waffe in der Hand gehalten hatten.

Und die nun angegriffen wurden.

Frauen, Männer und Kinder hatten sich versammelt, der Großteil als Beobachter, einige aber auch als kampfbereite Verteidiger, die sich nach den ersten Angriffen der *Weißen Füchse* erst einmal neu sortieren mussten. Gefecht oder Flucht – das war die Entscheidung, die jeder Einzelne von ihnen treffen musste.

Dazu hätte es nicht kommen dürfen!

Auch Lon entdeckte sie unter den Menschen. Bislang schaute er nur zu und diskutierte gestenreich mit seinen Freunden. Vermutlich berieten sie darüber, was sie tun sollten.

Bitte greif nicht ein! Du würdest das nicht überleben!

Es schien, als hielte sich Lon erst mal zurück, woraufhin Leanne ihren Blick wieder auf Arwil richtete. Die Feuerwand, die er beschworen hatte, brannte immer noch, und obwohl sie viel Licht spendete, war der Medizinmeister nur als Umriss zu erkennen. Eine Aura düsterer Nacht umgab ihn, ein finsterer Funke, der das Licht um ihn herum absorbierte.

Nach wie vor nahm er es mit zwei *Füchsen* gleichzeitig auf. Er reckte seine Faust, bündelte seine Energie und schoss eine dünne, schwarze Nebelschwade auf die Anführerin, die sich mit ihrem Schwert gegen den Zauber stemmte. Die Schwarze Magie des dunklen Gottes und die Macht des Lichts, manifestiert in der heiligen Klinge des Prinz Tiyones, trafen aufeinander und maßen ihre Macht. Es war ein Schauspiel unglaublicher Schönheit – so dramatisch die Situation auch war. Licht und Finsternis sprangen umher und entluden sich in kleinen Blitzen. Schatten tanzten über den Boden.

Die Speerführerin nutzte die Gelegenheit, als Arwil abgelenkt war, und stürmte auf ihn zu. Sie holte weit aus, um den Speer mit voller Wucht auf den Medizinmeister zu werfen. Der jedoch drehte sich rechtzeitig um und lenkte die Nebelschwade auf die Kriegerin. Im letzten Moment riss sie ihren Speer herunter, um sich gegen den Angriff zu verteidigen.

Funken sprühten durch die Luft, die sogleich von der Finsternis der Schwade eingesogen wurden. Für kurze Zeit gelang es der Gefährtin, sich gegen die dunkle Energie zu stemmen, doch ihre magischen Kräfte hatten Arwils Übermacht nur wenig entgegenzusetzen. Schnell klangen sie ab, bis sie schließlich versagten und die heilige Waffe erlosch.

Der Nebel griff nach der Gefährtin, packte sie, schlängelte sich um sie herum und sog ihr die Seele aus dem Körper.

Mit einem erstickten Schrei sackte die Speerführerin der *Weißen Füchse* zusammen.

Der Messerwerfer verließ seinen Posten, um der Anführerin im Kampf gegen Arwil beizustehen. Doch was sollte ausgerechnet er ausrichten können? Staunend beobachtete Leanne, wie Arwil seine Kräfte gänzlich entfaltete und sich als weithin überlegener Gegner offenbarte. Magie kostete Kraft, und je stärker der angewendeten Zauber, desto mehr Zeit brauchte ein Mensch zur Regeneration. Ein fähiger Gelehrter hätte für weitaus schwächere Künste längst einen Tag Pause benötigt. Doch Arwil erholte sich so schnell, als schnipste er nur mit den Fingern. Und seine Reserven schienen unendlich.

Lon und seine Freunde befanden sich immer noch außerhalb des Schlachtfeldes, wo es mittlerweile äußerst hektisch zuging. Die *Zwölf Boten* rannten hin und her, tauschten Befehle aus, suchten Waffen, versorgten Verletzte. Der Wächter des Windes hielt sie – auch wenn seine Kraft langsam schwand – auf Abstand, außerdem schienen die *Weißen Füchse* einen großen Eindruck zu schinden, sodass die meisten Lagerbewohner sich weiterhin zurückhielten.

Anders als Viviana.

Die junge Frau, die so nett und liebevoll war, die während Leannes Zeit im Lager ihre beste Freundin geworden war – ausgerechnet sie griff zur Waffe. Was taten Menschen nicht alles, wenn es darum ging, ihr Zuhause zu schützen? Es war schrecklich mitanzusehen, wie sie tapfer und töricht in ihr Verderben rannte. Sie schwang ihr Schwert, das eigentlich viel zu groß für sie war, und zielte auf Sir Billo. Jeder Anfänger hätte erkannt, dass sie vorher noch nie eines in der Hand gehabt hatte, und so wehrte der Ritter ihren Hieb mit Leichtigkeit ab und stach ihr sogleich mit einer flinken Bewegung in den Bauch. Für ihn war sie bloß ein gesichtsloser Feind wie jeder andere in diesem Lager.

Nicht so wie für Leanne.

Für sie war Viviana eine wundervolle Person, empathisch und hilfsbereit, die im Lager der *Zwölf Boten* ein schönes Leben geführt hatte, wenn auch ein trügerisches, dem dunklen Gott gewidmet. Bis eben noch hätte sie fliehen können, doch sie war ein pflichtbewusster

Mensch und der Manipulation der Sekte so stark verfallen, dass sie Verantwortung übernommen und als traurige Folge ihren Tod gefunden hatte – abrupt, unerwartet und unberechtigt.

Leanne schrie, als der Körper ihrer Freundin schlaff zu Boden ging.

Sie lag dort neben … Das war Dogo! Auch er hatte für die *Zwölf Boten* gekämpft und sein Leben gelassen. Er war etwas eigenwillig, aber ein sympathischer Geselle, der seine Aufgaben gewissenhaft erledigte. Er hatte Lon und sie wochenlang begleitet und dafür gesorgt, dass sie sich auf Reisen sicher fühlen konnten. Diesen Tod – im Kampf für eine skrupellose Sekte – hatte er nicht verdient.

Dieses Gefecht muss aufhören!

Egal wie nutzlos sie auf dem Schlachtfeld sein würde – lieber wollte sie sterben, als weiterhin tatenlos dem sinnlosen Abschlachten zuzusehen. Immerhin führte sie ein tödliches Gift mit sich. Sie kämpfte ihre Angst nieder und betrat – den Behälter fest umklammernd – das Schlachtfeld. Arwil war ihr Ziel. Einerseits erschien es ihr unmöglich, an ihn heranzutreten, wechselte er doch ständig seine Position. Andererseits konnte sie sich frei bewegen, da offenbar niemand sie als Bedrohung erkannte.

Sie versuchte, sich ihm von hinten anzunähern, doch immer wieder musste sie sich umdrehen, einige Schritte seitlich laufen oder innehalten, um nicht in sein Blickfeld zu geraten. Außerdem sollte er nicht erkennen, dass sie einen Plan verfolgte, sondern sie weiterhin als harmlose Zuschauerin betrachten.

Damion schien ihr beistehen zu wollen und las den Speer der getöteten Gefährtin vom Boden auf. Allerdings glühte die Waffe in seinem Besitz nicht, sondern wirkte kalt und unscheinbar – wie ein gewöhnlicher Speer von durchschnittlicher Qualität. Außerdem konnte jeder sofort erkennen, dass er eine solche Waffe noch nie benutzt hatte. Doch es reichte, um die Konzentration des Hexenmeisters auf sich zu lenken.

»Jetzt verteidigst du sie auch noch!«, zischte Arwil. »Das Lager war dein Zuhause und wir deine Familie. Wie konntest du uns für dieses Weib nur in den Dreck schmeißen?«

Noch bevor Arwil Damion angreifen konnte, gingen die *Weißen Füchse* auf ihn los. Das leuchtende Schwert der Anführerin wurde von der Macht des Lichts genährt und zog mit jedem Schwung einen hellen Schweif hinter sich her. Doch Arwil streckte die Hand aus und wehrte die Hiebe mit bloßer magischer Kraft ab. Es sah aus, als träfe das Schwert auf einen magnetischen Stein, an dem es vorbeiglitt, ohne ihn zu berühren. Auch die Wurfgeschosse des Messerwerfers verpufften in Arwils Aura der Finsternis.

Die Hoffnung auf ein baldiges Ende ohne weiteres Blutvergießen schwand. Zu zweit konnten die *Füchse* Arwil nicht bezwingen, und der Hexenmeister führte schon wieder eine mächtige Attacke aus – eine, mit der keiner gerechnet hatte. Sie galt dem Wächter des Windes, der mit dem Rücken zu ihm stand und sich immer noch um die Angreifer aus dem Lager kümmerte. Arwil beschwor eine Säule aus Feuer aus dem Boden und fesselte den Gefährten im Herz der Flammen. Sein Opfer zappelte, trat aus, schlug um sich und schrie, doch unkontrollierte Windstöße fegten um ihn herum und fachten das Feuer weiter an. Die Flammen labten sich an seinem Körper und rauschten bei jedem Windzug.

Bis er zu Boden sackte.

Ein weiterer *Weißer Fuchs* hatte sein Leben verloren, und bevor die anderen seinen Tod rächen konnten, löste Arwil sich wieder auf und kam woanders zum Vorschein.

Wenige Schritte von Leanne entfernt.

Er stand mit dem Rücken zu ihr, offenbar hatte er sich verschätzt oder sie einfach nicht bemerkt. Sofort rannte sie auf ihn zu und griff zu der Flasche mit dem tödlichen Gift. Sie setzte den Daumen an den Hebel, öffnete den Verschluss, zog die Spritze hervor.

Und stieß sie ihm in den Hals.

Eine Schockwelle erfasste sie. Sie wurde durchgeschüttelt und von einer glühenden Hitze durchströmt, gefolgt von einer Eiseskälte, die ihr den Atem raubte. Ein abscheulicher, nicht menschlicher Schrei entfuhr Arwil. Er kämpfte mit dem Gift, wand sich, verkrampfte sich. Hechelnd sackte er auf die Knie. Seine magischen Kräfte schien er nicht mehr kontrollieren zu können, das Licht der Flammenwand durchdrang langsam seine düstere Aura. Mit einer Hand hielt er sich den Hals, mit der anderen den Magen, bevor er schließlich zu Boden fiel, zuckend und würgend. Schwarze Nebelschwaden entwichen seinem Körper und verflüchtigten sich.

Ehrfürchtig beobachten die Umstehenden das schreckliche Schauspiel. So gewaltig seine magischen Kräfte auch waren – es war ein gewöhnliches Gift, ohne jegliche Magie, gewonnen aus dem Sekret einer Wüstenschlange, das dem mächtigen Hexenmeister das Leben aushauchte.

Leanne atmete auf. Sie hatten es geschafft! Zwei der *Weißen Füchse* hatten den Tod gefunden, doch ihre Opfer waren nicht umsonst gewesen. Der mächtige Diener des dunklen Gottes war bezwungen.

»Die Schwarze Magie ist aus seinem Körper gewichen!«, rief die Anführerin voller Erleichterung. »Dies ist ein historischer Sieg für das Licht!«

Nicht nur für das Licht, dachte sich Leanne.

Womöglich hatten sie soeben einen Krieg verhindert. Die *Zwölf Boten* waren besiegt. Damion hatte sie verraten und Arwils finstere Seele wurde zu Zantul in die Unterwelt verbannt. Die letzten Mutigen der Gemeinschaft mussten sich dem Messerwerfer und Sir Billo geschlagen geben, der Rest rannte panisch vor den *Weißen Füchsen* davon. Einige holten noch schnell einen Beutel aus ihrem Zelt, andere flohen ohne jegliches Gepäck. Eine Frau, die Leanne während ihrer Zeit im Lager sehr gemocht hatte, nahm ihr weinendes Kind auf den Arm und rannte davon. Ein Mann, den Leanne für seine Weisheit und seine Freude, anderen Menschen etwas beizubringen, bewunderte, lag verletzt am Boden, bis seine Freunde ihn forttrugen.

Letztendlich wurde für ihre Mission ein hoher Preis bezahlt – viele unschuldige Menschen hatte ihre Heimat oder ihr Leben verloren.

Hoffentlich war es das wert gewesen.

Leanne blickte zu Damion. Wie würde es jetzt weitergehen? Vor allem mit ihm?

Doch ihre Gedanken wurden jäh unterbrochen.

Ein hasserfüllter Laut donnerte aus dem Lager und fegte über das Schlachtfeld hinweg. Jemand schrie. Leanne erkannte die Stimme und zuckte zusammen.

Sie gehörte Fletch.

Er kam angerannt, fluchte und trat mit voller Wucht gegen einen Helm, der ihm im Weg lag. »Elende, dreckige Verräter!«, schrie er und zeigte mit dem Finger auf Damion und Leanne. Aus einer Platzwunde an seinem Kopf war viel Blut ausgetreten, das den Hals heruntergelaufen war und sich in seinen Klamotten festgesetzt hatte. Sein Gesicht war voller Zorn, seine Körpergröße wirkte schon aus der Ferne einschüchternd. »Wie könnt ihr es wagen, ihr hinterhältigen Ratten? Ich schlitze euch die Kehlen auf und spucke auf eure Gräber!«

Der Messerspezialist bäumte sich vor ihm auf, zog eines seiner Messer hervor und schleuderte es auf den heranstürmenden Angreifer. Das Geschoss zischte durch die Luft, mit dem Auge kaum wahrzunehmen. Fletch jedoch wich blitzschnell zur Seite aus. Unbeeindruckt rannte er weiter auf den Gefährten zu und konnte sich trotz der geringen Entfernung auch vor dem nächsten Messer rechtzeitig ducken. Dann holte er mit seinem Schwert aus und schlug von oben auf seinen Widersacher ein. Dieser zog ein Kurzschwert hervor und versuchte, den Hieb abzuwehren.

Es blieb jedoch beim Versuch.

Fletchs Klinge schnitt durch seine hindurch wie durch ein Stück Butter und traf ihn mit voller Wucht. Der Gefährte sackte zu Boden.

Sogleich wandte Fletch sich Damion und Leanne zu. Er schnaubte. Sein Blick, glühend und fanatisch, galt nur ihnen. Offenbar war er besessen von den beiden, sann auf tödliche Vergeltung. Erst im letzten Moment bemerkte er, wie die Anführerin der *Weißen Füchse* auf ihn zustürmte. Er riss sein Schwert zur Verteidigung hoch, die Klingen schmetterten gegeneinander. Das Schwert der Anführerin klirrte in einem solch schrillen Ton, dass er Leanne in den Ohren schmerzte. Zwei weitere Hiebe parierte Fletch, dann ging er zum Angriff über. Er stöhnte, fluchte und brüllte mit jedem Schlag. All die Kraft, die in ihm aufwallte, entlud sich wie ein Gewitter. Die Gefährtin wehrte seine Angriffe ab, wurde aber immer weiter nach hinten gedrängt.

»Stirb!«, brüllte er.

Die Gefährtin beschwor eine Aura des Lichts. Um Fletch wiederum legte sich ein Schleier der Finsternis, der das Licht in seiner unmittelbaren Nähe einsog. Bei jeder Erschütterung von Stahl auf Stahl entluden sich die Energien. Funken sprühten, Lichter flackerten, Schatten zuckten. Druckwellen schossen durch die Luft, die sogar bei Leanne in einiger Entfernung ankamen. Fletchs Augen färbten sich schwarz. Seine Stimme, tief und voller Hass, jagte wiederholt über das Schlachtfeld.

Die Anführerin wehrte einige Schläge ab, konnte mit seiner schieren Stärke jedoch nicht lange mithalten. Bei einem Hieb, der besonders gut saß, brachte sie nicht mehr genug Kraft hinter das Schwert, wurde zurückgestoßen und geriet ins Straucheln. Der nächste Angriff kam von der Seite und schlug ihr das Schwert aus den Händen. Scheppernd fiel es zu Boden und das helle Licht, das es eben noch ausgestrahlt hatte, erlosch.

Fletch zögerte nicht. Er rammte der Anführerin der *Weißen Füchse*, Kind des Yanus, Ritterin des Ordens und Trägerin des heiligen Schwertes von Prinz Tiyones, die Klinge in den Bauch.

Erfüllt von Siegesfreude und Hass brüllte Fletch gen Himmel. Dann senkte er den Kopf, richtete seine Konzentration wieder auf Damion und Leanne und ging auf die beiden zu.

Plötzlich kam Lon von hinten angerannt und hängte sich an seinen Schwertarm. »Lass sie in Ruhe!«, brüllte er.

Leanne entfuhr ein Schrei. *Bist du verrückt geworden?*

Zu ihrer Erleichterung beließ es Fletch dabei, sich von ihm loszureißen und ihn wegzustoßen, sodass er mit dem Rücken auf den Boden prallte. Für Fletch war er nur eine lästige Fliege, die es abzuschütteln galt. Sein Blutdurst galt einzig Damion und ihr, die dem Diener des dunklen Gottes nun ohne Schutz und ohne Fluchtmöglichkeit ausgeliefert waren.

»Ihr habt alles kaputtgemacht!«, schrie er. »Unsere gemeinsamen Pläne, unser Zuhause, unsere Freundschaft! Warum nur, Damion? Alles für diese elende Hure?« Schritt für Schritt kam er näher. »Dafür werdet ihr büßen. Jetzt seid ihr fällig!«

KAPITEL 28

Sir Caster hielt sein Schwert in die Höhe, betrachtete die Klinge und wischte das Blut ab, das an ihr haftete. Sein letzter Gegner war nicht der Rede wert gewesen. Mit einem einzigen Hieb hatte er ihn erledigt, so wie alle Sektenkämpfer, die bis zu ihm durchgedrungen waren – bemitleidenswerte Menschen, die nicht für den Kampf geschaffen waren. Von einem ehrenhaften Gefecht konnte der Ritter daher wahrlich nicht sprechen. Die *Weißen Füchse* hatten ihm die meiste Arbeit abgenommen, und er wurde weder von ihnen noch vom Hexenmeister großartig beachtet.

Inzwischen waren alle Kämpfer der Sekte, die nicht die Flucht angetreten hatten, tot – alle, bis auf einen: dieser Schreihals, der dem Ritter mit seinen unkontrollierten Ausbrüchen mächtig auf die Nerven ging. Wer war dieser groß gewachsene Kerl, der in seiner rasenden Wut solch einen Lärm machte? Die *Weißen Füchse* waren alle gefallen, die Anführerin durch seine Klinge. Die Finsternis in diesem Mann musste besonders mächtig sein, sonst hätte er die heilige Kriegerin des Lichts niemals bezwingen können. Seine Augen waren schwarz, genau wie die des dunklen Gottes Zantuls. An seinem Hinterkopf klaffte eine Wunde, das Blut war in großen Mengen sein Gesicht heruntergelaufen, über den Hals, bis auf sein Hemd.

»Jetzt seid ihr fällig!«, schrie er in Richtung Leanne und des jungen Mannes, der vermutlich ihr Bruder war.

»Nicht so schnell«, entgegnete der Ritter. Seine Stimme war klar und fest. Angst verspürte er keine. Wenn sein Leben von einem Diener

Zantuls beendet werden würde, dann sollte es so sein. Zwar würde er den Tod in einem gerechten Duell bevorzugen, doch wenigstens würde er mit Schwert in der Hand sterben.

Der Mann drehte sich zu ihm, blickte abschätzig auf ihn herab. Vermutlich betrachtete er ihn wie ein nerviges Übel, das er noch schnell aus dem Weg räumen musste.

Doch so leicht würde der Ritter es ihm nicht machen.

Fletch – so wurde er von einem zuschauenden Sektenmitglied gerufen – stürmte auf ihn zu. Ohne Deckung und mit vollem Risiko ließ er sein Schwert auf Sir Caster herabdonnern, schnell und hart. Der Ritter parierte, doch eine heftige Erschütterung jagte durch ihn hindurch. Mit einer solchen Wucht hatte er nicht gerechnet, dabei hatte er schon gegen weitaus besser ausgebildete Krieger gekämpft, die aufgrund ihrer massigen Statur mit Bären verglichen worden waren.

Fletch ließ weitere Hiebe folgen, ein jeder begleitet von einem Schrei, als litte er gewaltige Schmerzen. Der Ritter musste flink und geschickt agieren. Schritt für Schritt wich er nach hinten aus, achtete hochkonzentriert auf die Bewegungen seines Gegners und verlagerte permanent sein Gewicht. Mit einem so kräftigen und schnellen Gegner hatte er es noch nie zu tun gehabt.

Und genau das freute ihn.

Er konnte sich ein Grinsen nicht verkneifen. Wie schön es war, endlich wieder einem würdigen Gegner im Schwertkampf gegenüberzustehen.

»Was gibt es da zu lachen?«, brüllte Fletch.

Sir Caster tänzelte hin und her, wehrte alles ab, was auf ihn einprasselte. Es war wie früher. Sein Arm und seine Klinge waren eins, seine Bewegungen so flüssig und elegant wie die eines Tänzers – das Resultat jahrelangen exzessiven Übens. Auf diese Technik war er jedoch auch angewiesen, denn anders konnte er gegen diesen mächtigen Gegner nicht bestehen. Ein einziger Fehler und dessen schiere Kraft würde ausreichen, ihm die Klinge aus den Händen zu schlagen.

Fletch brüllte immer lauter, seine Gesichtsmuskeln verzerrten sich. Er strotzte vor Hass, aber auch vor Ungeduld. Vermutlich hatte auch er noch nie gegen einen so guten Gegner gekämpft und war Duelle, die nicht nach drei Hieben beendet waren, nicht gewohnt.

»Zugegeben, Ihr seid verdammt stark«, sagte der Ritter, während der nächste Hieb gegen seine Klinge donnerte und ihn beinahe umstieß.

»Halt's Maul!«, gab Fletch zurück. Er brüllte, knurrte und schnaubte wie ein tollwütiges Raubtier.

»Und Ihr seid schnell«, ergänzte der Ritter, dem Fletch mit seinen blitzartigen Bewegungen keine Verschnaufpause ließ. Doch mit jedem Angriff hatte er Gelegenheit, den Stil seines Gegners zu studieren, und besonders trickreich war dieser nicht. Mit der richtigen Technik und seiner Intuition konnte Sir Caster alle Hiebe abwehren – ganz gleich, wie viel Kraft dahinter steckte. »Doch Ihr könnt nicht kämpfen«, höhnte er schließlich.

Offenbar verwirrt von diesen Worten hielt Fletch inne und starrte den Ritter an, als hätte er sich verhört.

Sir Caster nutzte die Gelegenheit, um nachzutreten. »Was nutzt Euch Eure Schwarze Magie, wenn ihr nicht mit dem Schwert umgehen könnt?«

Da hämmerte Fletch wieder auf ihn ein, unerbittlich und von wütenden Schreien begleitet. Metall klirrte auf Metall. Wieder parierte der Ritter alle Schläge, die auf ihn einprasselten. Jede seiner Bewegungen saß immer noch so präzise wie mit einem Rechenseil gemessen, und sein Instinkt diente ihm so treu wie eh und je.

Doch langsam schwanden seine Kräfte.

Sein Schwert schien an Gewicht zu gewinnen, sein Griff um das Heft lockerte sich, seine Muskeln begannen zu brennen. Vermehrt wich er den Hieben seines Gegners nach hinten oder zur Seite hin aus, statt diesen mit seiner Klinge zu begegnen. Fletch hingegen schien nicht müde zu werden. Offenbar auserkoren vom dunklen Gott trug er große Mengen an Schwarzer Magie in sich, die ihm zu übermenschlichen Kräften verhalfen. Lange würde Sir Caster das nicht mehr durchhalten. Er musste den Kampf schnellstens beenden, doch er drang mit seiner Klinge kaum zu ihm durch, fand keine Schwachstelle. Fletch war zu schnell, zu kräftig, zu ausdauernd. Zwar hatte er viel Blut aus der Wunde am Hinterkopf verloren, doch diesen Schwachpunkt konnte der Ritter nicht ausnutzen. Das Einzige, das in irgendeiner Weise Wirkung zeigte, waren seine Worte. Vielleicht konnte er ihn ja mit seiner frechen Zunge noch einmal aus dem Konzept bringen.

»Wir sind hier beim Schwertkampf und nicht beim Holzhacken!«

Fletch stöhnte. »Was faselst du denn jetzt schon wieder? Du bist das nervigste Stück Scheiße, das mir jemals untergekommen ist!«

»Ihr habt schon richtig gehört. Ihr fuchtelt mit dem Schwert herum wie ein Kind mit dem Stock – ohne jegliches Feingefühl, ohne Präzision. Eure Technik ist miserabel, Eure Beinarbeit eine Beleidigung.«

Fletch schnaubte. »Du …«

»Ihr haltet ja nicht einmal das Schwert richtig.«

»Du bist tot!«, brüllte Fletch.

Ein heftiger Schlag folgte und Sir Caster musste all seine Kraft hinter das Schwert legen, um nicht umzufallen. »Ohne Schwarze Magie wärt Ihr nur ein jämmerlicher Landstreicher ohne Talent«, warf er Fletch zwischen zwei Atemzügen entgegen. »Eine Witzfigur, die sich aufspielt.«

»Du dreckiger …« Irgendetwas wollte Fletch noch sagen, doch plötzlich schrie er nur noch unkontrolliert herum. Er schlug wieder und wieder von rechts oben auf seinen Kontrahenten ein, machte sich nicht einmal mehr die Mühe, seine Hiebe zu variieren. Sir Caster wehrte weiterhin ab, doch mit jedem Schlag verlor er an Kraft. Die Muskeln in seinem Körper verkrampften sich, der Schmerz in Armen und Händen wuchs. Irgendwann schlug Fletchs Klinge mit solcher Wucht gegen seine, dass ihm das Schwert aus den Händen fiel.

Da grinste sein Kontrahent und lachte spöttisch. »Endlich!«

Und schlug erneut zu.

Der Ritter antizipierte jedoch seine Bewegung, duckte sich und las sein Schwert mit einer geschickten Bewegung wieder auf. Rechtzeitig riss er es hoch, um den nächsten Hieb zu parieren, doch wieder wurde er zu Boden gestoßen und verlor seine Waffe.

»Stirb endlich!«, schrie Fletch. »Stirb!«

Die Klinge schwebte bedrohlich über Sir Casters Kopf und Fletch wollte sie gerade wie beim Schafott auf ihn herabschießen lassen, als Leanne plötzlich auf ihn zu rannte. Sofort schwang der Krieger Zantuls sein Schwert zur Seite und schlitzte ihr die Kleidung im Bauchbereich auf. »Bleibt mir vom Leib, ihr dreckigen Hunde!«, brüllte er. »Ich töte euch alle!«

Sir Caster nutzte die Ablenkung. Er las eines der Wurfmesser vom Boden auf und warf es von hinten auf Fletch. Das Messer zischte durch die Luft und bohrte sich in seinen Rücken. Auch der junge Mann, der bei Leanne stand, schnappte sich zwei Messer und warf sie auf den Diener der Finsternis. Eines verfehlte ihn, das andere traf seinen linken Arm.

Fletch schrie auf vor Schmerz. Er zog sich die beiden Messer aus dem Fleisch und warf sie mit solcher Wucht zu Boden, als wollte er die Klingen bis zum Heft im Boden versinken lassen. Blut floss aus den Wunden und durchtränkte seine Kleidung. Er hielt sich den Arm, merkte jedoch, dass er die Blutung nicht stoppen konnte. Es schien ihm aber auch egal zu sein. Seine Konzentration galt wieder voll und ganz Sir Caster.

Mit rasender Wut stürmte er auf ihn zu.

Der Ritter verteidigte sich mit letzter Kraft. »Ohne Schwarze Magie …« Er keuchte. »… wärt Ihr nichts als ein armseliger Wicht.«

Die gegnerischen Schläge waren weiterhin von ungeheurer Kraft, doch inzwischen auch unpräzise und ohne Kontrolle.

Die Wunden setzen ihm zu.

Sein Zorn blendet ihn.

Sir Casters Lunge brannte, der Schmerz in seinen Händen pulsierte. »Niemand würde Euch respektieren.«

Fletch wurde nachlässiger, führte nur noch ein- und dieselbe Bewegung immer wieder durch. Wäre er nicht so schnell, hätte Sir Caster ihn längst ausgekontert und ihm seine Klinge in den Bauch gerammt. Stattdessen hechelte er, kratzte seine letzten Reserven zusammen. »Hat Euch Euer Vater denn nichts beigebracht?«

Offenbar hatte er mit dieser Aussage einen weiteren Nerv getroffen, denn Fletch vergaß jegliche Vorsicht. Von Hass getrieben holte er mit seinem Schwert weit aus, wollte den Ritter mit purer Zorneskraft zerschmettern. Sir Caster jedoch wich dem Hieb aus, verlagerte gleichzeitig sein Gewicht nach vorne und zielte auf den Bauch seines Gegners.

Fletch riss sein Schwert wieder hoch. Allerdings versuchte er nicht, Sir Casters Hieb zu parieren, denn auf dessen Bewegungen achtete er schon lange nicht mehr. Für ihn zählte nur noch die Attacke, nur noch der tödliche Schlag. Und so ließ er sein Schwert erneut auf den Ritter hinab zischen.

Und traf.

Seine Klinge bohrte sich in die linke Schulter des Ritters. Kurz zuvor hatte dieser ihn jedoch in den Bauch getroffen. Ein schrecklicher Schmerz schoss durch Sir Casters Körper, doch trotz der Qualen legte er all seine Kraft in sein Schwert und drehte die Klinge.

Fletch riss die Augen auf und röchelte. Blut trat aus seinem Mund. Sein Körper erschlaffte, sein Schwert fiel zu Boden. Sir Caster spürte Fletchs Gewicht auf seine Klinge übergehen und zog sie wieder heraus. Die Stärke, der Wahn, der Hass – all das verflüchtigte sich, verlor sich in Bedeutungslosigkeit, als Fletch vornüber zu Boden stürzte und seine Seele in die Niederungen der Finsternis entschwand.

Behutsam legte Sir Caster sein Schwert beiseite. Dann riss er sich einen Streifen Stoff vom Ärmel und band es sich um die klaffende Wunde an der Schulter. Leanne eilte herbei und half ihm.

»Wer seid Ihr?«, fragte sie in schrillem Ton. »Ihr habt ihn tatsächlich … Unglaublich!«

»Wer soll ich schon sein?«, entgegnete er, nach jedem Satz tief nach Luft schnappend. »Ich bin bloß ein einfacher Mann, der gelernt hat, mit der Klinge umzugehen.«

Leanne glotzte ihn an, als wäre er ein fremdes Wesen aus einer anderen Welt. Doch ihm war gleich, was sie dachte. Für ihn zählte nur eins: Er hatte seine Mission erfolgreich zu Ende gebracht und Salya und dem Orden geholfen. Außerdem war er wieder zum Leben erwacht. Nun war er wieder ein Ritter, der seine Aufgaben mit dem Schwert erledigte, würdevoll und stolz.

Die Schmerzen in der Schulter peinigten ihn. Bewegte er den Arm, schossen sie so heftig durch seinen Körper, als hätte ihn ein Blitz getroffen. Trotzdem nahm er sein Schwert vom Boden auf und wischte es fein säuberlich ab. Die Klinge zu pflegen war wichtig. Für den nächsten Kampf würde sie schließlich wieder glänzen müssen.

»Gute Arbeit!«, rief plötzlich eine Person mit röchelnder Stimme hinter ihm – sie gehörte der Anführerin der *Weißen Füchse.* »Um ehrlich zu sein, hatte ich nicht für möglich gehalten, dass wir es noch schaffen.«

Mit zusammengekniffenen Augen starrte der Ritter sie an. War sie ein Geist, ein Phantom, eine Kreatur aus einer anderen Welt?

Sie ist doch tot!

Das weiße Gewand der Anführerin war mit Blut getränkt, das aus der Einstichwunde am Bauch gedrungen war. »Jetzt bin ich schon das dritte Mal innerhalb der letzten zweihundert Jahre gestorben«, scherzte sie.

Zwar war momentan niemandem zum Lachen zumute, doch immerhin erklärte diese Aussage ihre Wiederauferstehung. Irgendwie zumindest.

Der Ritter konnte darüber nur verächtlich den Kopf schütteln. Diese Frau – oder dieses Wesen – beherrschte die Macht des Lichts und besaß eine legendäre magische Waffe, konnte damit aber nicht einmal richtig umgehen. *Er* war es gewesen, der den dunklen Diener niedergestreckt hatte – und zwar ohne jegliche Magie.

Er beachtete die Gefährtin nicht weiter und ging zu Königsblut hinüber. Die Fütterung war längst überfällig, das Pferd lechzte nach frischen Äpfeln.

Mir ist klar, dass du großen Hunger hast, rechtfertigte sich der Ritter vor seinem Begleiter. *Aber du hast doch gesehen, dass ich beschäftigt war.*

Ein Junge, der vielleicht elf oder zwölf Jahre alt war, lief auf Leanne zu und fiel ihr in die Arme. »Es tut mir leid, dass ich dir nicht geglaubt habe, große Schwester.«

»Schwester?«, fragte die Gefährtin? »*Er* ist Euer Bruder?«

Leanne nickte zaghaft.

Die Anführerin der *Füchse* zeigte auf den jungen Mann, den sie für Leannes Bruder gehalten hatten. »Wer ist dann er?«

Der Mann trat einen Schritt nach vorne und reckte sein Kinn. »Mein Name ist Damion Datista Dalyrion und ich gehöre zu den *Zwölf Boten*«, gab dieser sich zu erkennen. In seiner Stimme schwang Stolz mit, er zeigte keine Angst gegenüber der Gotteskriegerin. »Ich bin der, nach dem Ihr sucht.«

Sir Caster zog die Augenbrauen hoch, auch die Gefährtin konnte ihre Überraschung nicht verbergen.

»Nun denn«, sagte diese und ging auf Damion zu. »Ihr seid das Oberhaupt dieser ketzerischen Sekte. Im Namen der wahren Götter und des Ordens des Lichts nehme ich Euch fest.«

»Lasst ihn gehen!«, fuhr Leanne sie in einem Tonfall an, als wäre sie eine schlechtgelaunte Königin und die Gefährtin bloß ihre Vasallin. »Er hat uns geholfen.«

Diese schüttelte jedoch unbeeindruckt den Kopf. »Von seinen zahlreichen Verbrechen befreit ihn das nicht. Er ist ein auserkorener Diener Zantuls, der eine Rebellion gegen die wahren Götter angeführt hat. Ihn gefangen zu nehmen ist ein Glücksfall für den Orden.«

»Aber er hat ihnen den Rücken gekehrt und sich auf unsere Seite gestellt!«

»Das glaubt Ihr doch wohl selbst nicht. Zwar beherrscht er keine Schwarze Magie, doch die Finsternis ist trotzdem mächtig in ihm. Jetzt, da ich weiß, wer er ist, kann ich sie deutlich spüren. Vielleicht können wir sie ihm austreiben, aber das bleibt abzuwarten.«

Leanne wandte sich an Sir Caster. »Sagt *Ihr* doch bitte etwas dazu!«

Ihm konnte sie damit jedoch nur ein müdes Lächeln abringen. »Was mit ihm passiert, ist nicht meine Entscheidung. Und ehrlich gesagt ist es mir auch gleich.«

Sie wandte sich wieder an die Anführerin der *Füchse*. »Was werdet Ihr mit ihm machen?«

»Ich bringe ihn zu Priester Yentis, der ihn wiederum dem Obersten Priester in Lloyandasburg übergeben wird. Dieser wird dann – auserkoren von Yanus, gesegnet mit der Macht des Lichts und unter den Augen von Youlina, Göttin der Gerechtigkeit – über den Diener der Finsternis richten und ihm seine gerechte Strafe zukommen lassen.«

KAPITEL 29

Wenige Tage nach ihrer Mission bei den *Zwölf Boten* war die Gruppe um Leanne wieder im Lager des Ordens angekommen. Damion war sofort an Priester Yentis übergeben worden, doch Leanne konnte sich nicht daran erinnern, wer diese Übergabe vollzogen hatte. Überhaupt war ihre Erinnerung an die vergangenen Tage voller Lücken. Nur noch vereinzelte Bilder schwebten ihr durch den Kopf, zusammenhanglos wie in einem Traum. Und da es Sir Billo genauso erging wie ihr, schlussfolgerte sie, dass man ihr Gedächtnis mit einem Zauber manipuliert hatte. Immerhin erinnerte sie sich an die Schlüsselereignisse: Damion hatte sie vor Fletch und Maks gerettet, sie hatte Arwil das Gift in den Körper gespritzt und der mysteriöse Ritter hatte Fletch im Duell bezwungen. Außerdem hatte Lon sie auf dem Weg zurück begleitet.

Aber das können wir nicht alleine geschafft haben. Jemand muss uns dabei geholfen haben.

Zwischen diesen Ereignissen klafften ihre Gedächtnislücken, außerdem wusste sie nichts mehr von Hin- und Rückreise. Erst an das Gespräch mit Salya, in dem die Priesterin ihr vom Aufmarsch von Damions Armee in Lylion berichtet hatte, konnte sie sich wieder vollständig erinnern. So hatte der Orden des Lichts die Stadt – wie abgesprochen – kampflos den *Zwölf Boten* überlassen. Was genau dort vorgefallen war, ließ sich allerdings schwer rekonstruieren, da sich die Erzählungen der Menschen, die vor Ort gewesen waren, deutlich voneinander unterschieden. Das lag daran, dass die *Zwölf Boten* nicht einheitlich vorgegangen waren. Viele Splittergruppen hatten sich von der Armee losgelöst, um ihre eigenen Interessen zu verfolgen. Sie waren durch die Straßen gezogen, hatten die Einwohner überfallen und ihre Behausungen geplündert. Als Folge waren überall in der Stadt kleinere Kämpfe ausgebrochen, in die sich sogar Pflanzen eingemischt haben sollten. So gab es Gerüchte um strangulierende Wurzeln, giftsprühende Blumen und Menschen verschlingende Erdlöcher.

Insgesamt jedoch fasste Salya die vielen Berichte als ›mehr oder weniger friedlich‹ zusammen, und Leanne merkte ihr an, wie sehr sie diese Erkenntnis überraschte. Offenbar hatten sich große Teile der Armee an Damions Vorgaben gehalten und die Einwohner Lylions wie Freunde behandelt. Sie hatten sie über die *Zwölf Boten* und ihre Pläne aufgeklärt und ihnen die Wahl gelassen, sich ihnen anzuschließen. Wie viele es letztendlich getan hatten, konnte nur grob geschätzt werden. Spionen zufolge waren die Oberhäupter von Damions Armee durchaus zufrieden mit dem Aufmarsch.

Mehrere Brände waren ausgebrochen, doch die Schutzmechanismen der Stadt waren um ein Vielfaches ausgereifter als von Priester Yentis oder Sir Billo angenommen. Die Brunnen waren durch ein ausgeklügeltes Netz miteinander verbunden und sorgten für die Wasserversorgung der Stadt. In den Wipfeln der Bisonbäume waren Wassertanks angebracht, die durch Leitungen angezapft werden konnten. Außerdem dünsteten die Bäume große Mengen an Wasser aus (in Lylion sagte man dazu ›schwitzen‹). Dieser Prozess sorgte dafür, dass ihre Stämme nässten und sie es über ihre Blätter regnen ließen.

Die Armee des Lichts hatte sich allerdings nicht vollständig zurückgehalten. Einige Spione hatten sich in der Stadt aufgehalten und beobachtet, dass der Aufmarsch der *Zwölf Boten* chaotischer verlaufen war als gedacht und sich einige Soldaten überall in der Stadt verteilt aufgehalten hatten. Daraufhin war der Orden mit kleineren Truppen angerückt, um den feindlichen Kämpfern aufzulauern und sie entweder zu töten oder – noch besser – gefangenzunehmen.

Diese Gefangenen wurden nun in ihrem Lager verhört. Zu diesem Zweck hatten sie innerhalb einiger Zelte Eisenstangen in den Boden gerammt, um sie daran festzuketten. Sie bezeichneten die umfunktionierten Zelte als ›Kerker‹, und was in diesen Kerkern passierte, war zu Leannes Leidwesen nicht zu überhören. Schmerzensschreie und Flehrufe drangen hinaus, außerdem höhnische Bemerkungen und Gelächter. Leanne konnte den Geräuschen nicht entkommen. Sie waren überall im Lager zu vernehmen, verfolgten sie wie böse Geister in einem Albtraum.

Direkt neben den Kerkern betranken sich die Ritter des Lichts und prahlten über die Gefangennahme einzelner Soldaten. Einer der Ritter präsentierte seinen Kameraden voller Stolz seine Ausbeute: einen Schild, zwei Messer und eine Halskette. »Die Kette habe ich einer alten Frau vom Hals gerissen«, prahlte er und grinste. »Die verscherbele ich und hau das Geld im nächsten Bordell auf den Kopf.«

Ein weiterer Gefangener wurde von vier Rittern in einen der Kerker gebracht. »Ich wusste nicht, worauf ich mich eingelassen habe!«, schrie er und zappelte vergeblich. »Ich brauche das Geld, muss meine Familie ernähren! Ich verabscheue diese Sekte … So glaubt mir doch!«

Die Worte waren vergebens, und so drangen kurz darauf auch aus diesem Zelt dieselben Geräusche wie aus den anderen Kerkern. Leanne versuchte, sie zu ignorieren, doch wie sollte sie Augen und Ohren verschließen, wenn hier Menschen gefoltert und gedemütigt wurden?

Kann ich mir wirklich einreden, ich hätte der richtigen Seite geholfen? Der guten Seite?

Und wen hatte sie dafür verraten? Mütter, die mit Kleinkind unterm Arm geflüchtet waren, Kinder, die noch nicht begriffen, warum sie angegriffen worden waren, und viele unschuldige Menschen wie Viviana und Dogo.

Nach einer Weile suchte Priesterin Salya sie nochmals auf. Mit gesenktem Kopf, unter der Kapuze versteckt, kam sie angeschlichen. Anfangs hatte Leanne gedacht, sie wolle auf diese Weise ihre Narbe verbergen, doch inzwischen vermutete sie, dass sie einfach nur nicht angesprochen werden wollte.

»Erinnerst du dich noch an die Schatulle, die ich in Schwarzbach gefunden habe?«, fragte die Priesterin.

»Natürlich. Du warst davon überzeugt, dass sie eine große Bedeutung hat.«

Sie nickte. »Wir haben ihre Schwarze Magie endlich eindämmen und sie untersuchen können. Sie ist ein Relikt von vor vielen Tausenden Jahren. Sie hat den *Zwölf Boten* gehört.«

»So alt ist die Gemeinschaft schon?«, fragte Leanne.

»Die *Sekte*«, korrigierte Salya sie scharf. »Ja, ist sie. Diese Schatulle hat niemand Geringerem als den Gründern persönlich gehört: zwölf Diener Zantuls, eine Gruppe aus Menschen, Dämonen, Ghuls und anderen Kreaturen der Finsternis. Sie sind damals, nachdem es Zantul gelungen war, eine Pforte zwischen den Welten zu errichten, aus der Unterwelt emporgestiegen. Sie sind durchs Königreich gezogen und haben Zantuls Lehren mit dem Schwert und ihren Reißzähnen verbreitet, aber auch mit ihren Schwarzen Flüchen, die den Menschen ihren Verstand und ihre Seele entrissen haben.

Für ihre Opfergaben haben die *Zwölf Boten* einen Tempel errichtet. Der Ort dieser Stätte war uns bislang nicht bekannt gewesen, doch das hat sich mit meinem Fund geändert: In der Schatulle befand sich nämlich der zugehörige Schlüssel. Offenbar stand der Tempel dort, wo mehrere Zeitalter später Schwarzbach errichtet wurde. Schlüssel und Schatulle haben wir inzwischen zerstört. Doch es ist gut möglich, dass sich neben der Schatulle noch andere Artefakte im Wald befinden, vielleicht sogar noch Überreste des Gebäudes. Das würde auch erklären, warum Zantul an diesem Ort so mächtig geworden ist, und wir müssen davon ausgehen, dass er weitere Kräfte entfalten wird. Es war richtig, den Wald zu evakuieren. Sogar die meisten Priester geben das inzwischen zu.«

Leanne hörte ihr gar nicht mehr richtig zu, ihr Interesse war bloß geheuchelt. Am liebsten hätte sie demonstrativ gegähnt oder verächtlich geschnaubt, denn ähnliche Geschichten mit mordenden Banden, die durch das Königreich gezogen waren, hatte sie auch bei den *Zwölf Boten* gehört. Die Inhalte waren fast identisch, nur dass ein anderer Gott als Feindbild dargestellt wurde. Einzelne Wörter hätte man beliebig austauschen können, dann hatte man dieselbe Geschichte erzählt, nur anders verpackt.

Leanne würde ihnen keine Beachtung mehr schenken.

Ob Orden oder *Zwölf Boten* – ihr war inzwischen egal, welche Namen sich diese Gruppierungen gaben, und sie empfand es auch nicht mehr als wichtig, welchen Gott sie verehrten. Im Endeffekt lief alles nur darauf hinaus, der Stärkere zu sein und seine Macht auszunutzen.

Sie erinnerte sich an die Worte einer berühmten Gelehrten aus dem letzten Zeitalter: *Ein Feuer trotzt der Finsternis und spendet Licht, gewiss, doch das tut es auch, wenn es das Fleisch eines Menschen verzehrt.*

»... warte, ich hole ihn«, beendete Salya einen Satz und riss Leanne damit aus ihren Gedanken.

Kurz darauf kam sie mit Sir Billo an ihrer Seite zurück. Dieser tapfere Ritter, der Fletch im Zweikampf bezwungen hatte – Leanne wollte unbedingt wissen, wer er war, doch das gab er nicht preis. Er wirkte unnahbar, lebte mit seinem Pferd in seiner eigenen Welt und redete nur, wenn ihm danach war – dann jedoch immer mit einem Lächeln auf den Lippen. Die Verletzung an seiner Schulter schien noch zu schmerzen, doch offenbar ging es ihm den Umständen entsprechend gut.

»Diese Nachricht dürfte euch beide interessieren«, erklärte Salya. »Einige Aufständische im Südosten haben den Angriff der *Zwölf Boten* als Ablenkungsmanöver genutzt und eine Rebellion gegen den König ausgerufen.«

»Wer?«, fragte der Ritter, der plötzlich so aufmerksam war, als hätte man ihn mit Eiswasser überschüttet.

»Die Rebellen folgen dem jungen Haik Payton, Sohn des gestürzten Königs Horace.«

Leanne hatte den Ritter als die Ruhe in Person kennengelernt. Doch dieser eine Satz hatte etwas in ihm ausgelöst, hatte alte Sehnsüchte wieder zum Leben erweckt. Er starrte Salya an, gleichermaßen verwundert wie begeistert. Sein Mund stand offen, er schien mit der Information beinahe überfordert zu sein. »Du scherzt«, sagte er.

»Seit wann bin ich ein lustiger Mensch?«, gab Salya zurück.

Er packte sie an den Schultern. »Haik ... Das kann nicht sein!«

»Ich würde Euch niemals anlügen, was das betrifft. Ich weiß, wie wichtig Euch das ist.«

»Natürlich nicht«, murmelte der Ritter. »Es ist nur ... Du weißt, was ich zu tun habe.«

Da lächelte sie, auch wenn sich gleichzeitig deutliche Anzeichen von Trauer auf ihrem Gesicht zeigten. »Sagt Bescheid, wenn Ihr abreist, damit ich Euch verabschieden kann.«

Und so verschwand er, in einem Tempo, mit dem nicht einmal Maya mit der Aussicht auf Kirschtorte mitgehalten hätte.

»Ich will zu Damion«, sagte Leanne, kaum war der Ritter weg.

»Warum?« Der Ton in Salyas Stimme war so abwertend, als hätte Leanne gefragt, ob sie sich Dreck in den Mund stopfen solle. »Was willst du von ihm? Er gehört vor das Tribunal und dort gerichtet.«

»Nur ganz kurz. Bitte.«

Die Priesterin schüttelte den Kopf. »Das wäre zu gefährlich. Er hat dich schon einmal manipuliert. Du weißt, wie gut er darin ist. Und das hat er nicht nur bei dir geschafft, sondern bei Hunderten anderen Menschen auch. Lass dich nicht wieder auf diese Kreatur der Finsternis ein. Worte sind seine mächtigste Waffe.«

Leanne unterdrückte ihren Ärger mit einem tiefen Atemzug. »Nur kurz!«, wiederholte sie mit bissigem Unterton. »Es steht mir zu. Ich bin schließlich diejenige, die ihn hergebracht hat.«

Salya wich ihrem Blick aus und Leanne konnte sich gut vorstellen, wie sie ihre Augen verdrehte. Doch schließlich seufzte sie und willigte ein.

Damion war mit Rücken und Armen an drei massive Eisenstangen gefesselt, die in den Boden gerammt worden waren. Auch seine Beine waren zusammengebunden, um dreifach sicherzugehen, dass er sich nicht vom Fleck rührte. Vor ihm standen ein halbvolles Glas Wasser und ein Teller mit einer Scheibe trockenem Brot. An beides kam er im gefesselten Zustand nicht heran – er konnte sich ja nicht einmal am Kopf kratzen.

Er sah so müde aus wie eh und je, doch war er außerdem dünner geworden. Ein großer blauer Fleck prangte unter dem linken Auge, getrocknetes Blut klebte an seinen Lippen. Seine Haut war von Schrammen überzogen. Im Zelt stank es nach Urin.

»Du siehst furchtbar aus«, sagte Leanne, als sie den improvisierten Kerker betrat.

»Mir geht es gut, keine Sorge.« Trotz der widrigen Umstände zeigte er sich wie gewohnt selbstbewusst und sprach, als ginge es um das Wetter. »Trotzdem würde ich bevorzugen, wenn die Priester es endlich zu Ende bringen würden. Worauf warten sie? Purren sie etwa?«

Unwillkürlich lachte sie. »Du hast dir den Ausdruck tatsächlich gemerkt – ich bin beeindruckt!«

Er zuckte mit den Schultern. »Ich mache das Beste aus meiner Situation, und da kann ein Lächeln in deinem Gesicht Wunder wirken.«

»Du bist lieb.« Sie seufzte. »Jedenfalls haben sie Kontakt zum Obersten Priester aufgenommen. *Er* wird das endgültige Urteil fällen, was bedeutet, dass sie dich nach Lloyandasburg bringen.«

Er schwieg einen Moment, dann sagte er schließlich: »Du hattest den Auftrag, mich zu töten.«

Stille.

Sie senkte den Blick.

»Haben sie dich dazu gezwungen?«, fragte er.

»Es war es ein Fehler«, antwortete sie, um der Frage auszuweichen.

Weder Enttäuschung noch Wut zeichneten sich auf seinem Gesicht ab, obwohl sie fest mit einer der beiden Emotionen gerechnet hatte. Er lächelte sogar versöhnlich. »Ich verurteile dein Vorhaben nicht. Vielmehr bewundere ich dich für deine Entschlossenheit. Du hattest gute Gründe für diese Tat.«

»Hatte ich die?«, hakte sie nach, unsicher, was er meinte.

»Wenn du sagst, dass einige Mitglieder der Gemeinschaft für Massenhinrichtungen und simulierte Überfälle von Ordensrittern auf wehrlose Dörfer verantwortlich waren, dann glaube ich dir. Es fällt mir unendlich schwer, das zu akzeptieren, doch wenn unsere Gemeinschaft solche Gräueltaten zu verantworten hat, dann kann ich deine Entscheidung nachvollziehen. Hätte ich davon gewusst, hätte ich alles dafür getan, die Verantwortlichen aus der Gemeinschaft zu verbannen.«

»Es könnte richtig gewesen sein, euch den Rücken zu kehren, und trotzdem falsch, dem Orden zu helfen. Denn leider hattest du recht: Der Orden des Lichts ist verlogen. Er handelt egoistisch, brutal und rücksichtslos.«

»Jetzt weißt du, weshalb wir Zantuls Lehren verbreiten wollen.«

»Von deinen Anhängern sind einige genauso grausam«, entgegnete sie.

»Dennoch glaube ich grundsätzlich an das Gute in ihnen. Solange sie Zantul folgen, sind sie auf dem richtigen Weg. Und ich bin mir sicher, die *Zwölf Boten* werden meinen Plan auch ohne mich vollenden.«

»Ohne dich, Arwil und Fletch, meinst du. Und niemandem, der Shinosin brauen kann.«

»Das macht nichts.« Er klang so überzeugt wie eh und je. »Andere werden an unsere Stellen treten. Die *Zwölf Boten* werden ihre Arbeit fortsetzen.«

»Du weißt nicht, was sie tun, wenn sie erfahren, dass du gefangen genommen worden bist.«

»Wie gesagt: Die Gemeinschaft wird weiterleben. Immer.«

»Mit dir fehlt ihnen sowohl ihr Kopf als auch ihr Herz.«

»Selbst wenn es mir irgendwie gelingen sollte, in Freiheit zu gelangen – ich könnte ohnehin nicht mehr zu ihnen zurückkehren, müsste für ewig im Exil bleiben. Dein Leben war mir kostbarer als die Loyalität zur Gemeinschaft. Ich habe meine Familie verraten.«

»Das stimmt nicht. Du hast sie nicht hintergangen, sondern mein Leben gerettet.«

»Das spielt keine Rolle. Meine Tat wird sich längst herumgesprochen haben. Und sie werden sie als Verrat einstufen, sie mir niemals verzeihen ... Sie werden mich hassen.«

Damion als Geächteter seiner eigenen Gemeinschaft – kaum vorstellbar. Doch seine Worte zeigten ihr einen neuen Blick auf die Dinge. Auch wenn er von seiner Ideologie noch immer restlos überzeugt war – ohne Unterstützung und ohne Schwarze Magie würde er Zantul nie wieder in einem solchen Ausmaß dienen können. Seine Zeit als Anführer einer Sekte, die den dunklen Gott verehrte, war vorbei.

Und so traf sie eine Entscheidung.

In diesem Moment betraten die beiden Wachen das Zelt. »Zeit ist um!« Einer von ihnen grinste hämisch in Damions Richtung. »So schnell wirst du keinen Besuch mehr bekommen. Diese Stinkhöhle kann man niemandem zumuten.« Er wies auf das Brot, das für Damion unerreichbar zu seinen Füßen lag. »Keinen Hunger? Macht nichts. Ich lasse dir den Schmaus stehen. Kannst du später in aller Ruhe verputzen, hähä.«

Leanne empfand nichts als tiefe Verachtung für die dreckig lachenden Wärter. Doch das spielte keine Rolle mehr. Sie hatte ihre Entscheidung getroffen.

Es war mitten in der Nacht, als Leanne aus ihrem Zelt trat. Heftiger Regen hatte Pfützen gebildet, dazu ein kleines Bächlein, das sich durch das Lager schlängelte. Ab und zu heulte der Wind auf und peitschte Leanne die Tropfen ins Gesicht.

Die Wachen vor Damions Zelt waren so durchnässt, als wären sie in einen See gesprungen. Mit grimmigen Mienen blickten sie Leanne entgegen, als diese mit Lampe in der Hand auf sie zugelaufen kam. »Ihr dürft nicht wieder rein«, raunte einer von ihnen. »Nicht ohne die Erlaubnis eines Priesters.«

»Schaut mal, wen ich mitgebracht habe«, sagte sie und deutete hinter sich.

Der kurze Moment der Verwirrung reichte aus. Mit wenigen Bewegungen, die sie vorher geübt hatte, zückte sie den Schlaftrunk, den sie vom Orden bekommen hatte, und verpasste beiden Männern knapp hintereinander einen kräftigen Stoß mit der Spritze. Der erste taumelte, bevor er vornüber fiel, der andere versuchte etwas zu rufen, brachte aber nur ein ächzendes Geräusch hervor. Dann sackte auch er zu Boden.

Leanne schnappte sich die Schlüssel und eines der Schwerter. Sie huschte ins Zelt, schnitt mit der Klinge alle Seile um Damions Hände und Beine durch und öffnete das Schloss, das seine Ketten zusammenhielt.

»Tu das nicht!«, flüsterte er. »Mach dir meinetwegen nicht dein Leben kaputt.«

Sie ignorierte seine Worte. »Los, komm!«, befahl sie und zerrte ihn hoch. »Jetzt oder nie.«

Kaum hatten sie das Zelt verlassen, blieb Damion stehen und blickte verwirrt auf die am Boden liegenden Wachen. Leanne packte ihn und zog ihn hinter sich her. »Die schlafen nur. Los jetzt – nicht trödeln!«

Niemand sah die beiden, niemand hörte sie. Erfolgstrunken und überheblich, wie die Ritter des Ordens waren, glaubten sie offenbar nicht daran, dass ihnen jemand in der Zeit ihres großen Triumphes, zu dem sie selbst nichts beigetragen hatten, etwas anhaben könnte. Und so schlichen Leanne und Damion durch das Lager, ohne entdeckt zu werden.

Es war viel zu einfach.

Der Regen und die schlechte Sicht waren noch das größte Hindernis. Leannes Klamotten weichten durch, in ihren Schuhen sammelte sich Wasser. Sie zog den Kragen hoch, um sich gegen den Wind zu schützen.

Lon wartete bereits auf sie. Er hatte drei Pferde gesattelt und das Nötigste an Verpflegung eingepackt. Für Damion hielt er einen Umhang bereit, den dieser sich schnell überzog. Danach stiegen sie auf und ritten Richtung Süden.

Mit unbekanntem Ziel.

KAPITEL 30

Als der Regen aufhörte, kämpften sich die ersten Sonnenstrahlen durch die Wolken. Sir Caster und Königsblut hielten an, um das Licht und die Wärme zu genießen.

»Aber nur kurz«, sagte der Ritter zu seinem Gefährten. »Ich kann es kaum erwarten. Wir reiten nach Hause, mein Junge. Nach Hause! Ich weiß zwar nicht, wo unsere neue Heimat liegt, aber das werden wir schon noch herausfinden.«

Die Euphorie trieb ihn an, er fühlte sich zwanzig Jahre jünger. Haik, der Sohn seines alten Königs Horace, war tatsächlich noch am Leben und hatte endlich die Rebellion ausgerufen, auf die er so lange gewartet hatte. Nur um diesen Moment zu erleben, hatte er vor zehn Jahren seine Identität aufgegeben, hatte alles außer Pferd und Schwert zurückgelassen und sich am trostlosesten Ort des Königreichs versteckt.

Mit der Zeit hatte er die Hoffnung, dass der ersehnte Moment kommen würde, aufgegeben und sich mit seinem armseligen Dasein abgefunden. Welch eine Schande! Wie hatte er nur jemals an den Paytons zweifeln können? Sie waren die rechtmäßigen Besitzer des Throns. Bald würden sie ihn zurückerobern und er, Sir Caster, würde ihnen dabei helfen.

Es kam ihm vor, als kehrte er endlich wieder in sein richtiges Leben zurück, nachdem er zehn Jahre lang das Leben eines anderen geführt hatte. Endlich würde er wieder Übungskämpfe gegen die besten Ritter der Welt ausfechten, Knappen ausbilden und mit Königsblut durch den königlichen Garten spazieren. Vielleicht würde er Armeen in die Schlacht führen oder in der Leibgarde des neuen Königs dienen.

Wenn da nicht seine Schulter wäre …

Sie schmerzte.

Anfangs hatte er es ignoriert, immerhin hatte er die Wunde im Lager des Ordens reinigen und behandeln lassen, und der Heiler hatte sich über den Heilungsprozess optimistisch geäußert. Doch die Wunde war tief und die Behandlung offenbar nicht gründlich genug gewesen. Jede Bewegung mit dem Arm war eine Tortur, doch mit der Zeit peinigte ihn der Schmerz auch dann, wenn er den Arm ruhig hielt.

»Langsamer, mein Junge«, sagte er zu Königsblut und fasste die Zügel etwas kürzer.

Das Pferd hob und senkte seinen Kopf.

»Nein, keine Sorge, in dieser Gegend suche ich keinen Heiler auf. Hier gibt es sicher nur Stümper und Hochstapler.«

Königsblut erwiderte die Aussage mit einem Schnauben.

»Ich halte schon noch durch. Denk aber daran, dass wir einen Bogen um die Armee der *Zwölf Boten* machen müssen – wo auch immer die sich gerade aufhält.«

Die Nacht verbrachten sie unter freiem Himmel. Sir Caster lag die ganze Zeit wach. Ganz gleich, wie er sich hinlegte oder setzte, der Schmerz pochte so stark, dass an Schlaf nicht zu denken war. Am nächsten Tag fielen ihm immer wieder die Augen zu, doch jedes Mal, wenn er gerade eingedöst war, stach es in seiner Schulter so heftig, dass er die Augen wieder aufriss und die Zähne zusammenpresste.

Irgendwann entfuhr ihm ein Schmerzensschrei. Er wischte sich den Schweiß von der Stirn und trank einen Wasserbehälter in einem Zug leer. Kurz darauf übergab er sich.

Am Nachmittag gönnte er sich eine Rast und legte sich völlig erschöpft auf den Rasen. Immerhin schaffte er es diesmal, ein wenig zu schlafen, auch wenn er zwischendrin ständig aufschreckte, um sich zu vergewissern, dass Königsblut und er in Sicherheit waren. Erst als die Sonne unterging, fühlte er sich bereit, wieder aufzubrechen. Doch weil das zu dieser Stunde keinen Sinn mehr ergab, verbrachte er die Nacht an gleicher Stelle, teils dösend, teils wach, stets begleitet von einem unnachgiebigen Stechen in der Schulter und einem rasenden Herz.

Am nächsten Morgen begutachtete er seine Verletzung. Die Wunde nässte, war eitrig und mit roten Schwellungen überzogen. Seine Haut glühte.

»Verdammt!«, entfuhr es ihm.

Als er aufstand, wurde ihm schwindelig und kurzzeitig schwarz vor Augen. Er ließ sich zurück auf den Boden fallen, musste sich erst einmal sammeln. Dann rappelte er sich auf und kletterte unter großer Anstrengung aufs Pferd. Trotz des Bedürfnisses, den Körper einfach auf Königsblut abzulegen und sich schlafend durch die Landschaft tragen zu lassen, zwang er sich dazu, aufrecht zu sitzen. Niemand sollte ihm seine Schwäche schon aus der Ferne ansehen können, außerdem musste er seine Umgebung im Auge behalten.

Nach einer Weile kam er an einem Dorf vorbei. Er kaufte Futter für Königsblut und füllte seine Wasservorräte auf. Der Mann, mit dem er sprach, musterte ihn eindringlich. Natürlich sah er dem Ritter an, dass er entkräftet war, und da blieb auch der raffgierige Blick auf Königsblut nicht aus, den Sir Caster nur zu gut kannte.

Wenn ich mich ihm anvertraue, bin ich mein Pferd los, mein Schwert ebenfalls und womöglich auch mein Leben.

Das konnte er nicht riskieren. Hilfe würde er erst in Anspruch nehmen, wenn er sein Ziel erreicht hatte.

Wieder war der Aufstieg aufs Pferd mühsam, und er hoffte, dass die Einwohner ihm bei seinen kläglichen Versuchen nicht zusahen. Das wäre nicht nur peinlich, sondern auch gefährlich. Mit aller Mühe gelang es ihm letztlich und er konnte seine Reise in Richtung Osten fortsetzen.

Er schwitzte, ihm war heiß, gleichzeitig überkamen ihn Phasen, in denen er vor Kälte zitterte. Sein Herz und seine Atmung rasten, sein Kopf hing die meiste Zeit über schlaff nach unten. Die Welt um ihn herum schien unablässig zu schwanken.

Und die Schulter schmerzte barbarisch.

Irgendwann stürzte er vom Pferd. Er bemerkte es erst, als er schon fiel, und konnte sich nicht rechtzeitig abfangen. Sein Körper knallte mit voller Wucht auf den Boden. Schmerzensschreie entfuhren ihm.

Hoffentlich hat mich niemand gehört.

Er versuchte, wieder auf die Beine zu kommen, doch er zitterte am ganzen Körper, die Knie gaben unter seinem Gewicht nach. Irgendwann kam er wieder zu sich. Wo befand er sich? In seiner Höhle? Im Wald? Nein, hier war er nicht zwischen Bäumen gefangen, sondern irgendwo auf freiem Feld. Doch wo genau?

Königsblut senkte den Kopf und gab ihm einen Stupser.

»Ja, du hast recht«, stöhnte Sir Caster. »Ich bin ein jämmerlicher, kranker Mann.«

Er wollte seinen Gefährten berühren, doch der hatte sich schon wieder zu weit weg bewegt. Und aufstehen … das war momentan nicht möglich.

Ich brauche nur etwas Ruhe, dann geht es mir wieder besser.

Schnell dämmerte er weg und als er wieder aufwachte, wusste er nicht, ob er nur wenige Minuten oder mehrere Stunden geschlafen hatte. Wieder wollte er Königsblut berühren, doch wieder versagten seine Kräfte.

Schlaf wird mir auch nicht mehr helfen.

Ich werde sterben.

Jemand anders würde sich Königsblut bald annehmen, und zwar derjenige, der die beiden hier zuerst fand. Er würde den Ritter verhöhnen, sich sein geliebtes Pferd schnappen, es entführen und sich mit einem widerlichen Grinsen im Gesicht überlegen, was er mit diesem kostbaren Schatz tun würde.

Und da realisierte Sir Caster, was ihm wirklich wichtig war.

Den Paytons zu dienen, war es nicht. Sein ganzes Leben hatte er das getan, doch plötzlich erschien ihm diese Berufung belanglos, ja geradezu lächerlich. Wie konnte er auch nur einen einzigen Gedanken daran verschwenden? Für ihn gab es eine viel wichtigere Aufgabe zu erfüllen.

Er musste sich um Königsblut kümmern.

Sein bester Freund, sein treuer Gefährte. Sein ganzer Stolz. Er war der beste Begleiter, den sich ein Mann wünschen konnte. Er durfte nicht in die Hände von irgendwelchen Gesetzlosen, Pferdehändlern oder sonstigen Halunken gelangen, und es war die Aufgabe seines Besitzers, ihn davor zu schützen. Bis zu den Paytons würde Sir Caster in dieser Verfassung nicht mehr reiten können – nicht einmal im Ansatz. Schon lange vorher würde er vom Pferd fallen, irgendwo hilflos im Dreck verrecken und Königsblut seinem Schicksal überlassen.

Das konnte er nicht zulassen.

Es gab nur eine Person, der er Königsblut anvertrauen würde: Salya. Er musste zurückreiten und ihr seinen Gefährten übergeben, bevor der Tod ihn heimsuchen würde.

Dies war seine letzte Pflicht als Ritter.

Vom Ritt zurück in Richtung Westen bekam Sir Caster nicht mehr viel mit. Vom Fieber geplagt, konnte er nicht mehr zwischen Realität und Traum unterscheiden. Einmal glaubte er kurz, in Payton Grat angekommen zu sein, obwohl er doch eigentlich die Richtung gewechselt hatte. Ein anderes Mal meinte er, durch Lloyandasburg zu reiten und der bezaubernden Frau zu begegnen, die er einst hatte heiraten wollen.

»Geht es Euch gut? «, fragte sie ihn. »Kann ich Euch helfen?«

Ob und was er geantwortet hatte, wusste er nicht mehr. Doch ihm wurde klar, dass die Reisende nicht die Frau aus seiner Jugend gewesen sein konnte, und die Enttäuschung über diese Erkenntnis wog schwer.

Nach einer Weile konnte er nicht mehr gegen sein Körpergewicht ankämpfen. Er fiel nach vorne auf den Bauch und schlief ein, während Königsblut ihn weiter durch die Gefilde trug.

Irgendwann jagte ein heftiger Schmerz durch seine Schulter, noch viel schlimmer als die Tage zuvor. Er krümmte sich und schrie aus voller Lunge.

Wo bin ich? Was ist passiert?

Er öffnete die Augen, blickte sich um. Erst nach einer Weile realisierte er, dass er schon wieder vom Pferd gefallen war, mitten in der Landschaft. Mehrmals versuchte er aufzustehen, doch er kam nicht einmal auf die eigenen Beine.

Sein Körper versagte.

Er verharrte auf dem Rücken, über ihm erstreckte sich das weite Blau des Himmels. Plötzlich vernahm er fremde Gesichter. Zwei junge Männer beugten sich über ihn und blickten dem Elend in die Augen.

Nun ist es so weit. Mein Schicksal liegt in fremden Händen.

Sie konnten ihm alles abnehmen, was er besaß, und ihm die Kehle aufschlitzen – und er, der stolze Ritter, würde sich nicht dagegen wehren können. Doch inzwischen hatte er ohnehin keine Wahl mehr. Allein würde er es nicht mehr zu Salya schaffen. Er musste sich jemandem anvertrauen, und die beiden Jungspunde waren seine letzte Hoffnung.

»Ihr könnt …«, stöhnte er. In seinem Zustand aus Schmerz und Delirium war jedes Wort eine Überwindung. »Geld verdienen … viel.«

Was sie antworteten, verstand er nicht, und ihre Mimik konnte er nicht im Ansatz deuten, sah er doch nur verschwommene Gesichter. Doch anhand ihres Tonfalls erkannte er, dass sie interessiert waren.

»Bringt uns … Priesterin Salya … Belohnung.«

Seine Kleidung und sein Schwert sprachen dafür, dass er Einfluss und Geld hatte. Und Königsblut war ein solch großes und kräftiges Tier, dass jeder Idiot sehen konnte, dass er einer reichen Familie mit großartigem Zuchtmeister entsprungen war. Das war sein Glück. Die Jungs hatten das erkannt und waren clever genug, ihm zuzuhören, anstatt ihn gleich auszurauben. Und so – mit der Aussicht auf eine saftige Belohnung – halfen sie ihm hoch und hievten ihn auf Königsblut. Anschließend traten sie gemeinsam den Weg in Richtung des Lagers des Ordens an.

Die meiste Zeit über schlief Sir Caster. Ab und an wachte er auf und hatte klare Momente, in denen er mitbekam, dass die Sonne schien, es regnete oder dass die beiden jungen Männer sich unterhielten. Außerdem hatte er irgendwann festgestellt, dass sie ihn an Pferd und Sattel gebunden hatten, damit er nicht herunterfallen konnte.

»Zurück …«, murmelte er, als er der Meinung war, Königsblut hätte ihn gefragt, wohin sie ritten. »… zu Salya … kennst du doch … magst sie …«

Plötzlich vernahm er ein Lied, das er als Kind gerne gehört hatte. Zuerst dachte er, die Jungs würden es singen, dabei spielte es sich in seinem Kopf ab, immer und immer wieder. Wie lange war es her gewesen, dass er diese Melodie zum letzten Mal gehört hatte? Sie war so wunderschön, so harmonisch, jeder einzelne Ton ein Genuss für die Seele. Wieso erinnerte er sich ausgerechnet jetzt an dieses Lied? Es weckte Bilder in seinem Bewusstsein, so klar, als spielten sie sich vor seinen Augen ab. Wie er sich als kleines Kind mit seinem Vater duellierte, mit Stöcken bewaffnet, auf einem matschigen Feld voller Pferdemist. Am Abend lag er entkräftet im Bett und ärgerte sich darüber, dass er ständig verloren hatte. Doch seine Mutter sang dieses Lied und alles war gut.

Die Bilder aus seiner Erinnerung zeigten, wie er als Knappe anheuerte. In der Kaserne gab es einen talentierten Musiker, der das Lied gerne auf dem Glockenspiel erklingen ließ. Egal wie es Sir Caster ging, euphorisch, wütend, traurig – die Melodie vermochte stets, ihn zu beruhigen. Später trat er der Armee des Königs bei und danach ging alles so schnell, dass er kaum begriff, wie ihm geschah. Er sah seinen alten König vor sich, wie er ihn zu seiner Leibgarde berief – der stolzeste Tag in seinem Leben. Der König vertraute ihm sein Leben an und ließ ihn hinter sich wachen, während er im Thronsaal Gesetze erließ, die das gesamte Königreich veränderten.

Schließlich tauchte vor seinen Augen das Fohlen auf, das man ihm versprochen hatte. Königsblut hatte man ihn getauft, nach seiner Mutter, der geliebten Stute des damaligen Königs Horace Payton. Er war ein kleiner, quirliger Frechdachs gewesen, doch er wuchs zu einem der prächtigsten Tiere des Königreichs heran. Gemeinsam übten die beiden im Hofgarten, bezwangen andere Ritter beim Tjost und sammelten Preise bei verschiedenen Turnieren. Sie verteidigten den König, wenn er die gefährlichen Straßen Lloyandasburgs betrat, und schlugen Schlachten gegen Feinde aus allen Ecken des Königreichs. Schon bald erarbeiteten sich die beiden einen exzellenten Ruf, wurden geliebt wie gefürchtet. Und auch nachdem der große Krieg gegen die Liandras verloren gegangen war und sie in den Wald flüchten und sich dort verstecken mussten, blieben sie ein unzertrennliches Duo.

»Gleich geschafft«, versicherte er Königsblut, auch wenn er keine Ahnung hatte, wo sie sich befanden. Kurz darauf wusste er auch nicht mehr, ob er tatsächlich gesprochen oder sich das bloß eingebildet hatte. Aber solange er mitbekam, dass Königsblut weiterhin munter durch die Landschaft lief, wusste er, dass es seinem treuen Kumpan gut ging, und das war das Einzige, was wichtig war.

Irgendwann hielt jemand seinen Kopf fest und flößte ihm Wasser ein. Er vernahm Stimmen, konnte sie jedoch nicht zuordnen. Er war nur noch ein Gespenst, gefangen in einem leblosen Körper.

Es ist vorbei.

Zwar spürte er kaum noch ein Körperteil, doch er bemerkte, dass sich etwas lockerte. Offenbar wurde er abgebunden. Jemand sprach zu ihm, laut und eindringlich. Die Stimme kannte er von irgendwoher. Er nahm alle Kraft zusammen und öffnete seine Augen zu Schlitzen. Eine schimmernde Gestalt stand vor ihm. Erblickte er Yanus, den Gott des Lichts? Musste er sich nun vor den Göttern verantworten?

Die weiße Gestalt näherte sich, schwebte wie ein Geist über dem Boden und spendete Licht. Erst als sie unmittelbar vor ihm stand und hysterisch auf ihn einredete, erkannte er Konturen. Sie nahm ihre Kapuze herunter. Ein Gesicht kam zum Vorschein, die linke Wange von einer langen Narbe durchschnitten.

Salya.

Er hatte es tatsächlich geschafft. Königsblut würde in guten Händen sein und er, Sir Caster aus dem Hause Hayley, war nun von seinen Pflichten entbunden und konnte endlich in Frieden Abschied nehmen.

EPILOG

Zwei Jahre später.

Die ersten Boote hatten abgelegt, um auf Fang zu gehen, die Marktschreier erweckten das Fischerdorf zum Leben. Wellen schlugen sanft gegen das Haus und holten Leanne aus ihren Träumen. Sie ging zum Fenster, blickte auf das Meer und sog mit einem tiefen Atemzug die salzige Luft ein. Da erblickte sie Damion, der vermutlich schon wieder vor Sonnenaufgang aufgestanden war. Er saß in einem Boot und unterhielt sich angeregt mit einem anderen Fischer. Was sich die beiden am frühen Morgen wohl schon wieder zu erzählen hatten?

Lächelnd betrachtete sie Damion, der beim Sprechen wie üblich wild gestikulierte. Sein Anblick erfüllte sie mit Liebe, doch immer wieder fühlte sie einen Stich im Herzen. Sie war bereit gewesen, ihn zu töten. Ihren Verlobten, den Mann, den sie liebte. Auch wenn er anfangs vorgegeben hatte, ihre Entscheidung nachvollziehen zu können, hatte es lange gedauert und viele ehrliche Gespräche gebraucht, bis sie einander wieder voll und ganz vertrauten. Das schlechte Gewissen verschwand dadurch zwar nicht, aber das war in Ordnung. Sie hatte ihn an ihrer Seite. Und das war alles, was zählte. Bis heute beteuerte er, dass er von den Gräueltaten der Gemeinschaft nichts gewusst hatte, und meistens glaubte sie ihm. Doch ab und an nagten noch immer Zweifel an ihr.

Sie kochte einen Tee auf und bereitete sich gedanklich den heutigen Tag vor. Tagein, tagaus Meerestiere zu studieren war zwar eintönig, aber Damion hatte ihr exotische Fische aus den Katama-Buchten organisiert und sie freute sich schon darauf, diese seltenen Tiere zu untersuchen.

Dank ihrer privaten Forschung hatten Damion und sie den anderen Fischern Einiges voraus, was Quantität, Qualität und Einzigartigkeit ihrer Waren anging, weshalb sie auf dem Markt stets viel verkauften und hohe Preise verlangen konnten. Damions exzellente Kontakte zu anderen Händlern, die inzwischen weit über das Dorf hinausgingen, trugen ihr Übriges dazu bei. Leanne konnte bloß darüber staunen, wie er es in nur zwei Jahren geschafft hatte, so viele Beziehungen innerhalb und außerhalb der Gegend aufzubauen, und zwar nicht nur zu Fischern und Händlern, sondern zu Personen aus allen Schichten, sei es der Bauer aus der Nachbarschaft oder der Schatzmeister des hiesigen Lords. Und alle mochten ihn, redeten gerne mit ihm und vertrauten ihm das eine oder andere Geheimnis an.

»Wir kriegen Besuch!«, rief plötzlich jemand auf der Straße. Der Tonfall verriet, dass dies eine Warnung für das gesamte Dorf war.

Leanne eilte zum Fenster auf der anderen Seite des Hauses. Ihr Herz raste, als sie die beiden in weiß gekleideten Ritter das Dorf betreten sah.

Sie suchen immer noch nach uns – so weit von Lloyandasburg entfernt.

Mit einem einstudierten Handzeichen gab sie Damion Bescheid, der daraufhin sofort in Richtung ihres Hauses paddelte und zu ihr eilte. Gemeinsam beobachteten sie die Ritter des Lichts, die jedes Haus abgingen, den Bewohnern einen Zettel zeigten und ihnen Fragen stellten. Leanne biss sich auf die Unterlippe und blickte sich um, um sicherzugehen, dass die gepackten Notfalltaschen für eine Flucht bereitstanden.

»Wir müssen hier weg!«, flüsterte sie.

»Nicht nötig«, entgegnete Damion. »Niemand wird uns verraten.«

»Wie kannst du dir da so sicher sein? Wenn sich nur einer verplappert, sind wir aufgeflogen.«

Er schüttelte entschieden den Kopf. »Warum glaubst du, konnten wir uns in diesem Dorf so lange aufhalten? Ich habe dafür gesorgt, dass der Orden hier den Ruf genießt, den er verdient. Außerdem sind wir inzwischen viel zu wichtig für dieses Dorf.«

Und in der Tat zuckten die befragten Bewohner bloß mit den Schultern, als sie den Zettel sahen, woraufhin die Ritter des Lichts schnell aufgaben und wieder verschwanden.

Noch bevor sie außer Sichtweise waren, schienen Damions Gedanken schon wieder um ganz andere Dinge zu kreisen. »Mein Freund Zacco hat mich besucht und war in bester Plauderlaune. Er hat ausgezeichnete Kontakte, auch am königlichen Hof. Jedenfalls weiß ich dank ihm jetzt endlich die Wahrheit darüber, was damals mit unserer Armee passiert ist. Schon wenige Tage, nachdem sie in Lylion aufmarschiert ist, hat sie sich in viele kleine Gruppen aufgespaltet. Einige der Soldaten haben sich der Rebellion von Haik Payton angeschlossen, andere haben beim König um Gnade gebettelt oder unter falschen Namen bei verschiedenen Lords angeheuert. Wieder anderen hat die Aussicht, schwer bewaffnet und ohne Anführer durch das Königreich zu ziehen, gefallen, also haben sie sich zu gesetzlosen Banden zusammengeschlossen und Dörfer geplündert. Einige von ihnen konnten sich bis heute dem Henkersbeil des Königs entziehen, da er aufgrund von Haiks Rebellion ganz andere Sorgen hat.

Ein Teil der Soldaten ist den *Zwölf Boten* jedoch treu geblieben. Zwar mussten sie wieder untertauchen, doch die Gemeinschaft lebt noch, atmet noch, soll sogar weiterhin aktiv sein. Dass der Orden sie voll und ganz zerschlagen hätte, war also gelogen, aber das war zu erwarten. Die *Zwölf Boten* sind nicht zu bezwingen. Die treuen und aufrichtigen Menschen in dieser Gemeinschaft werden ihren Weg finden und wieder erstarken. Da bin ich sicher.«

Leanne seufzte. Auch wenn Damion machtlos in einem Fischerdorf lebte und den *Zwölf Boten* nie wieder helfen können würde – sein Glaube und seine Ideologie dominierten noch immer seine Gedanken. Vermutlich würde das auch bis zum Ende seiner Tage so bleiben.

»Die Priester kämpfen momentan mit weitaus größeren Problemen, als sie zugeben wollen« fuhr er fort. »Angeblich haben sie rund um den Wald alles im Griff, aber auch das ist natürlich gelogen, damit die Menschen im Königreich nicht erkennen, wie unfähig sie sind. Einige Ritter haben sie schon verloren, ohne dass sie sich erklären können, wie und weshalb. Stattdessen reden sie sich und den Menschen einfach ein, dass Zantul dafür verantwortlich sei.« Er grinste. »Übrigens: Sie haben Priester Yentis degradiert.«

»Ernsthaft? Wieso das?«

»Es ist direkt nach unserer Flucht passiert, der Orden hat es allerdings geheim gehalten. Der Verlust von mir als Geisel hat so schwer gewogen, dass der Oberste Priester in Lloyandasburg und die anderen Ratsmitglieder beschlossen haben, Yentis als Strafe aus dem Rat zu verbannen. Und nicht nur das, sie haben ihm gleich den niedrigsten Posten gegeben, den es im Orden gibt. Er putzt jetzt Nachttöpfe.«

Schadenfreude war nicht Leannes liebste Freude, doch im Falle des Priesters kam sie nicht umhin zu schmunzeln.

»Ich habe auch Neuigkeiten über deine alten Kollegen aus der Universität erfahren«, ergänzte er. »Mittlerweile haben sie herausgefunden, dass das Feuer unter dem Sansurio viel tiefer liegt als zunächst angenommen. Sie behaupten jedoch, dass es sich dabei nicht um Feuer handelt, sondern um geschmolzenes Gestein. Der Orden hält die Theorie für Schwachsinn und gibt weiterhin Zantul die Schuld für das Inferno. Doch die Gelehrten haben angeblich keine Magie in dieser Gegend lokalisiert.«

»Ich wusste es!«, rief Leanne und hob einen Zeigefinger. »Hab ich doch von Anfang an gesagt! Es war kein magisches Ereignis. Das heißt also, dass weder Zantul noch Ementos dafür verantwortlich waren. Ich kann mir gut vorstellen, wie sich Gelehrte und Priester gegenseitig an die Gurgel gesprungen sind, nachdem die Universität diese Ergebnisse verkündet hat. Aber wieso schmilzt das Gestein unter der Erde? Und wie gelangt es an die Oberfläche?«

Damion lächelte. »So viel hat er mir nun auch nicht berichtet.«

»Aber sicher hat er noch etwas über den Aufstand erzählt?«

»Waffenstillstand, für den Moment jedenfalls«, antwortete er knapp. »Die Paytons herrschen weiterhin über einige Gebiete im Osten und im Süden. Lange wird der Stillstand aber nicht andauern. Da sind sich alle einig. Prinz Joaquin soll mit seiner Armee bereits auf dem Vormarsch sein.«

»Ausgerechnet der Krieg, der das Geschehen und die Gespräche überall im Königreich diktiert, scheint dich kaum zu interessieren«, merkte sie an.

Er zuckte mit den Schultern. »Rot oder Lila, Paytons oder Liandras – es ist eine sinnlose Fehde, die sich ewig im Kreis dreht. Nur Zantul könnte sie beenden. Würde er über uns wachen, gäbe es keine Kriege mehr und dieses Hinterherrennen hinter einer Fahne wäre überflüssig.«

Plötzlich klopfte es an der Tür. Besuch? Vermutlich war es wieder irgendein obskurer Händler, der mit Damion Geschäfte machen wollte. Doch zu Leannes Überraschung war es Lon, der übermütig ins Haus gestürmt kam.

»Was machst du hier?«, fragte sie ihn.

»Dir auch ein freundliches Hallo, liebe Schwester«, antwortete er neckisch. Seine Stimme war tiefer geworden, außerdem war er inzwischen größer als sie. »Lord Meldrion ruft alle kampffähigen Männer aus dem Gebiet zusammen. Er unterstützt den König gegen Haiks Rebellion.«

»Oh …« Mehr fiel Leanne dazu nicht ein. »Von wegen Waffenstillstand.«

Da war er nun also: Der Tag, an dem ihr Bruder einberufen wurde. Insgeheim hatte sie gehofft, er würde nie eintreten, obwohl ihr natürlich klar war, dass es auf lange Sicht unvermeidbar war.

»Du ziehst also in deine erste Schlacht aus Stahl und Blut«, resümierte sie auf so dramatische Weise wie möglich. Es sollte brutal klingen, um ihn abzuschrecken, doch vermutlich fachte das seine Kampfeslust bloß weiter an.

»Abwarten, wann und wo ich eingesetzt werde«, erwiderte er. »Und selbst wenn – ich bin doch nur als Knappe dabei.«

»Nur? Du wirst mitten in einen Kampf geraten! Da interessiert es deinen Gegner nicht, ob du Ritter oder Knappe bist.«

»Trotzdem!«

Offenbar lag ihm nichts an einer Diskussion mit Argumenten. Er wuselte durchs Haus, durchwühlte Schränke, Truhen und Beutel und verstreute dabei zahlreiche Sachen über den Boden.

»Du führst dich auf wie ein Schwein am Trog«, meckerte Leanne. »Wobei ich den Schweinen nicht zu nahe treten will.«

»Nicht lustig«, gab dieser zurück. »Tut mir leid, ich habe es eilig.«

»Bleib doch wenigstens zum Essen.«

»Das geht nicht«, nuschelte er mit einem Stift zwischen den Zähnen. »Ich werde schon erwartet.«

Als er alles gefunden und wieder – einigermaßen – aufgeräumt hatte, fand er doch noch kurz Zeit. »Ich habe etwas für dich«, verkündete er und grinste stolz. »Deinen Geburtstag habe ich zwar verpasst, aber nicht vergessen.«

»Ein Geschenk? Das ist ja … von *dir?*«

Er rollte mit den Augen. »Ja, von mir! Schau her …« Er holte ein dickes, eingerolltes Papier hervor. »Bitteschön! Weil du doch meine Tierzeichnungen immer so mochtest.«

Das Bild zeigte Sir Caster und Königsblut.

Leanne seufzte vor Dankbarkeit und Bewunderung. »Das ist wunderschön. Sie wirken so lebendig. Du hast sie wirklich toll getroffen!«

Jeden Tag seit ihrer Flucht aus dem Lager des Ordens hatte Leanne sich gefragt, was aus diesem mysteriösen Ritter und seinem Pferd geworden war. Es war ihr so wichtig gewesen, dass sie Damion ständig dazu gedrängt hatte, seine neu aufgebauten Kontakte auszufragen. Und tatsächlich hatte er auf diese Weise irgendwann erfahren, dass der Ritter nur wenige Tage nach ihrer Flucht an den Folgen seiner Schulterverletzung gestorben war.

Sie hatte ihn gemocht.

Seitdem wurde er vom Orden als Held gefeiert, den das Licht auf die Erde gesandt hatte, um Zantuls Schergen zu bezwingen. Sein Zweikampf mit Fletch, dem Diener der Finsternis, war unter Priestern und Rittern jetzt schon eine Legende und würde wohl für immer einen Ehrenplatz in den Aufzeichnungen des Ordens haben.

Sein Ruhm hatte allerdings unweigerlich zur Folge, dass der Orden bald herausgefunden hatte, wer sich hinter der Maske des Ritters verbarg: Sir Caster Hayley, Garde des ehemaligen Königs Horace Payton. Leanne kannte diesen Namen – Sir Caster war ein im ganzen Königreich bekannter Ritter gewesen, geliebt, gefürchtet, tödlich mit dem Schwert.

Schade, dass diesen tapferen Mann der Tod ereilt hat. Doch ich gönne ihm die Anerkennung von ganzem Herzen.

Diese genoss er allerdings nur innerhalb des Ordens. Nach außen hin hüllten sich die Mitarbeiter über seine Identität in Schweigen. Er stand ganz oben auf der Liste der meistgesuchten Menschen des Königreichs, und dass der Orden ihn beherbergt und seine Hilfe in Anspruch genommen hatte, würde der König als Verrat auslegen. Sollte er jemals davon erfahren, könnte das zu einem schweren Bruch zwischen Krone und Orden führen.

»Freut mich, dass es dir gefällt!«, sagte Lon und schenkte ihr eine Umarmung. »Jetzt muss ich aber los. Bis bald!«

Und schon war er weg – ein Abschied, der für Leanne viel zu schnell ging. Andererseits wäre ihr ein trauriger, in die Länge gezogener Abschied noch schwerer gefallen. Und so blieb ihr nur der Blick aus dem Fenster, bei dem sie Lon dabei beobachtete, wie er das Fischerdorf verließ und als Knappe in den Krieg zog.

Plötzlich stieg ein Verlangen in ihr auf.

Shinosin …

Auch nach zwei Jahren überkam es sie gelegentlich immer noch. Zwar hatte es über die Zeit hinweg deutlich abgenommen, doch offenbar trotzdem Spuren hinterlassen, die sie vielleicht für immer mit sich herumtragen würde. Es war ihr unangenehm, sie fühlte sich krank und schmutzig, wenn es sie überkam. Doch Damion redete es klein. Seiner Ansicht nach war es normal, dass der Körper sich nach heilender Medizin sehnt. Er selbst litt auch noch an Entzugserscheinungen, teils noch heftiger als sie, doch er konnte deutlich besser mit ihnen umgehen.

Leanne teilte diese Ansicht nicht. Shinosin benebelte den Geist und manipulierte die Menschen in ihrem tiefsten Inneren. Sie hatte das Verlangen und die wachsende Abhängigkeit nach dieser dunklen Kunst am eigenen Leib gespürt. Kurzzeitig vermochte es, Pflichtbewusstsein und Vernunft zu verdrängen, die Menschen sogar ihren Bezug zur Realität verlieren zu lassen. Dahinter steckte Schwarze Magie in ihrer schlimmsten Form. Was wohl passiert wäre, wenn sie dieses Mittel öfter genommen hätte? Hätte sie jemals wieder zu einem klaren Geist zurückfinden können? Wäre sie zu den *Zwölf Boten* übergelaufen und hätte an ihrer Seite gekämpft?

Inzwischen war sie auch überzeugt davon, dass das Shinosin von Damion Besitz ergriffen hatte. Ihrer Theorie nach waren seine immer wieder auftretenden ›dunklen Phasen‹, wie sie sie nannte, Hilferufe seiner Seele. Zwar war sie in hohem Maße vergiftet, doch wehrte sie sich noch immer gegen die vollständige Ummantelung dieses Gebräus, sodass es ihr stellenweise sogar noch gelang, an die Oberfläche zu treten und auf Damion einzuwirken, wie eine Ertrinkende, die gegen den Sog der Finsternis ankämpft. Seitdem er keinen Zugang mehr zum Shinosin hatte, überkamen die Phasen ihn immer seltener.

Leanne legte Lons Bild in ein kleines Wandregal und nahm sich vor, es demnächst einzurahmen und aufzuhängen. Bis dahin würde es sich in bester Gesellschaft befinden, gleich neben dem Armreif, den sie ihrer Schwester vor zwei Jahren geschenkt hatte. Sie trug ihn immer, wenn sie mit Damion unterwegs war. Auf See nahm er das schöne Blau des Wassers an, nahe einer Grotte, zu der sie gerne fuhren, schlug die Farbe in Türkis um. Gelegentlich löste der Reif in Leanne immer noch eine Welle der Trauer aus, doch mit der Zeit hatte sie gelernt, Frieden zu schließen – mit dem Inferno und mit sich selbst. Und so konnte sie auch endlich wieder Freude empfinden, wenn sie an ihre Schwester dachte.

Freude über die schönen Erinnerungen an ihre gemeinsame Zeit.

Auch die Halskette von Damions Großmutter, die er ihr zur Verlobung geschenkt hatte, befand sich in dem Regal. Nichts konnte es mit ihrer Schönheit aufnehmen. Frauen wie Männer beneideten Leanne um dieses Schmuckstück. Auch bei ihrer Hochzeit mit Damion, die sie alleine und inoffiziell gefeiert hatten, hatte die Kette um ihren Hals gehangen.

Plötzlich hielt sie sich den Bauch.

»Was ist?«, fragte Damion.

»Ich habe etwas gespürt.«

Er eilte herbei, legte seine Hand neben ihre. »Und was?«

»Es hat getreten. Eindeutig.«

Gespannt warteten sie auf die nächste Bewegung, doch das Kind wollte sich jetzt nicht mehr rühren.

Damion lächelte. »Es wollte nur kurz ›Hallo‹ sagen.«

»Ich glaube eher, es hat uns ermahnt, für Essensnachschub zu sorgen.«

Er lachte. »Das kann gut sein.« Dann richtete er seinen Blick auf ihren Bauch und sprach direkt zum Kind: »Und du, kleines Wunder

der Natur … Die Welt, in der du aufwachsen wirst, wird keine schöne sein. Doch du wirst uns haben, unsere Liebe, unsere Geborgenheit und viele wertvolle Freunde. Und irgendwann – vielleicht, wenn es uns nicht mehr gibt – wird sich diese Welt bessern. Unter Zantul. Das Blatt wird sich wenden und die Menschen den richtigen Glauben finden. Das verspreche ich dir.«